Formulaire de géométrie

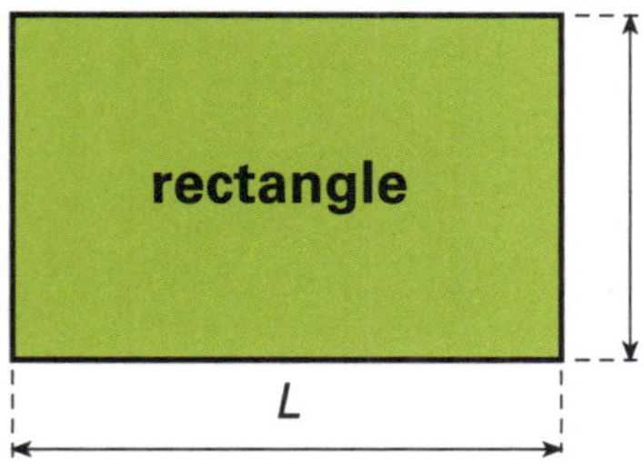

périmètre $= (L + \ell) \times 2$
aire $= L \times \ell$

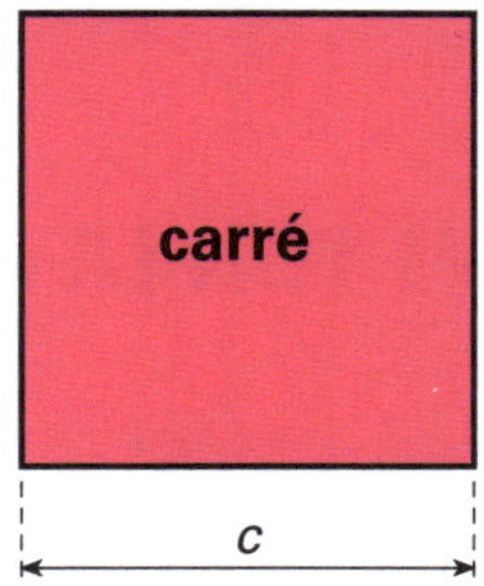

périmètre $= 4 \times c$
aire $= c \times c = c^2$

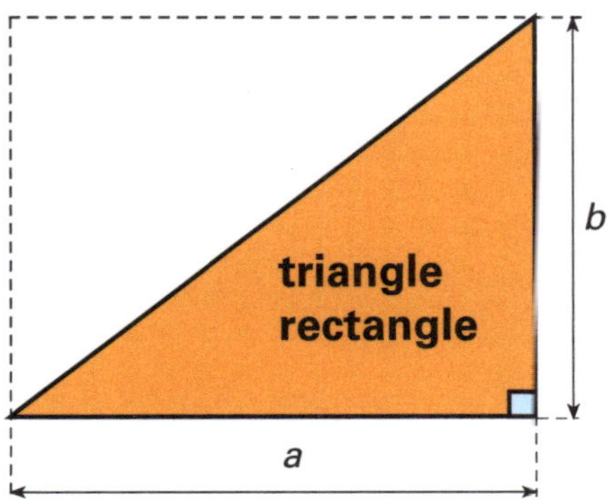

aire $= \dfrac{a \times b}{2}$

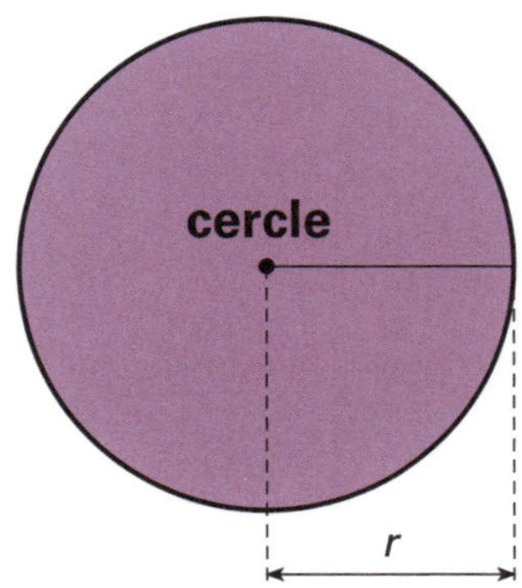

périmètre $= 2 \times \pi \times r$

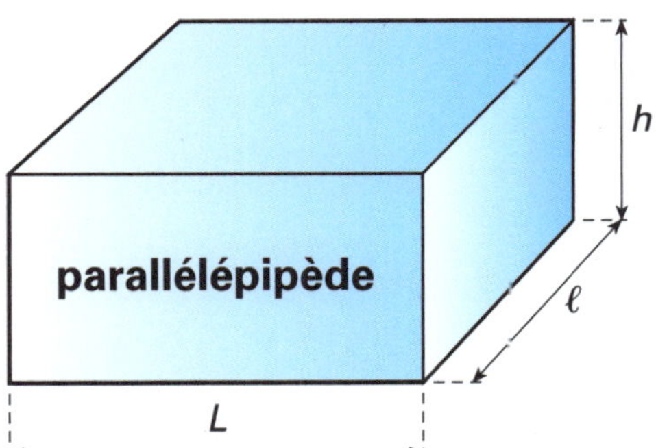

volume $= L \times \ell \times h$

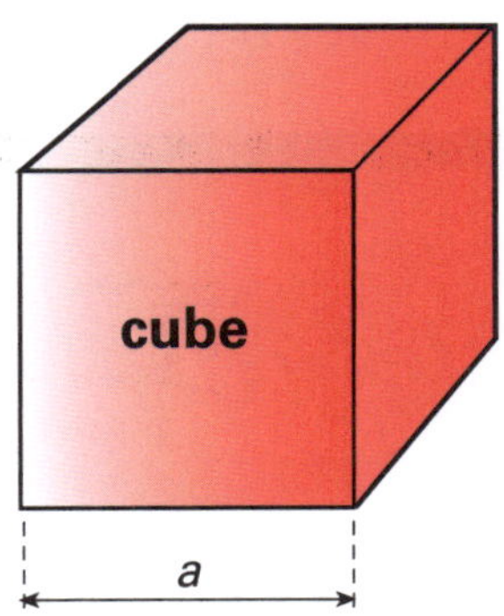

volume $= a \times a \times a$

POUR COMPRENDRE ET PROGRESSER

DANS TON LIVRE
Revois le cours et entraîne-toi.

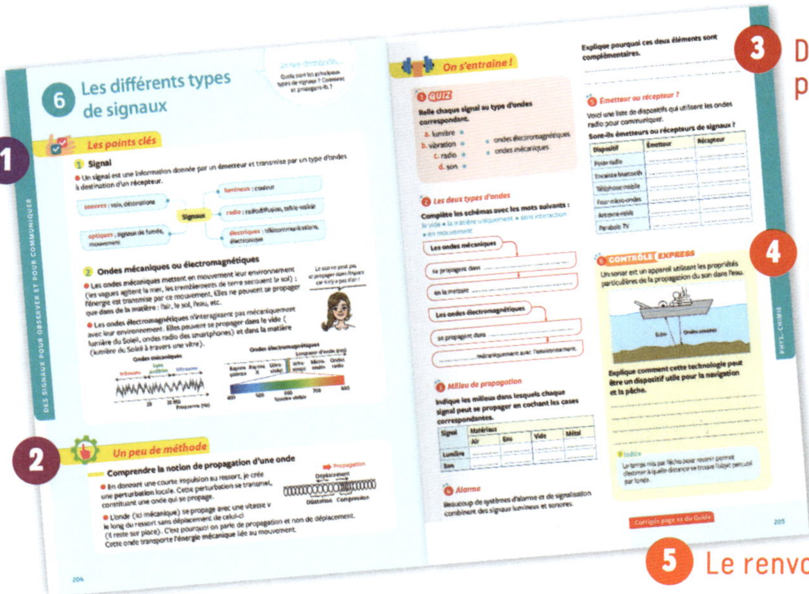

1 Un **rappel de cours** structuré et visuel

2 Une **méthode** clé

3 Des **exercices** progressifs

4 Un sujet de **contrôle**

5 Le renvoi aux **corrigés**

SUR LE SITE HATIER-ENTRAINEMENT.COM
Révise autrement, en t'amusant.

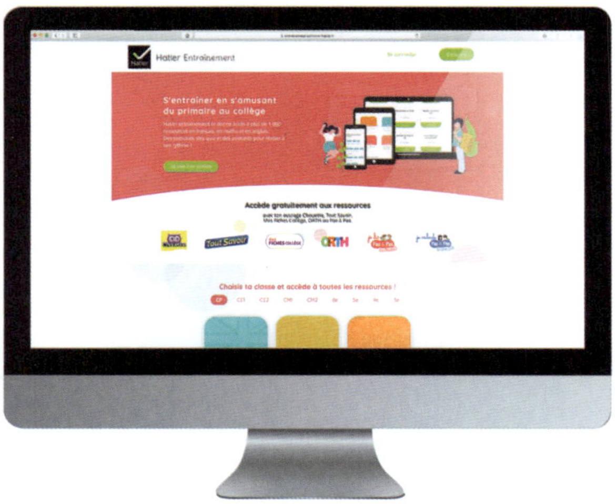

- Des **jeux** interactifs
- Encore plus d'**exercices** en français et maths
- Hola Hallo Ciao Hello — Des **podcasts** en anglais
- Des **dictées** audio

Pour cela, rendez-vous sur **hatier-entrainement.com**
C'est facile et gratuit grâce au code d'activation contenu dans cet ouvrage.

Hatier

MOI EN 6e

Tout Savoir

Pour comprendre et progresser !

Toute ma 6e

✓ Moi en 6e
Frédéric Plessiet

✓ Français
Marjorie Champetier

✓ Maths
Rémy Georges

✓ Histoire-géographie • EMC
Françoise Sutour

✓ Sciences & technologie
Bruno Hennoque • Patrick Vermeulen

✓ Anglais
Corinne Touati

Sommaire

Pour travailler un thème de ton programme, reporte-toi à la page indiquée. Coche la case ☐ quand tu as fini !

Moi en 6e

FRANÇAIS

Grammaire

Orthographe

Conjugaison

Lexique

Lire et écrire

MATHS

Nombres et calculs

Grandeurs et mesures

Espace et géométrie

HISTOIRE-GÉO•EMC

▸ Histoire

▸ Géographie

▸ Enseignement moral et civique

SCIENCES & TECHNO

▸ Matière, mouvement, énergie, information

▸ Le vivant et sa diversité

▸ Matériaux et objets techniques

▸ La Terre et l'environnement

ANGLAIS

VERS LA 5E

 – Isbn : 978-2-401-09526-7

Maquette de principe : studio Favre & Lhaïk

Mise en pages : STDI

Cartographie et schémas : Légendes Cartographie, STDI, Domino

Illustrations : Juliette Baily, Christiane Beauregard, Audrey Bussi, Stéphanie Jorisch, Jacques Perrault, Volker Theinhardt

Pictogrammes : Hung Ho Thanh

Iconographie : Magali Girodet, Hatier illustration

Édition : Caroline Blanc, Stéphanie Herbaut, Damien Lagarde, Delphine Livet, Béatrix Lot

MOI EN 6e

1 Auditif, visuel, kinesthésique : comment identifier mon « profil » ?

Mini-test

Trois élèves préparent une évaluation de géométrie sur le calcul des aires. Voici leurs méthodes.

Élève 1 Je commence par apprendre les formules par cœur comme si c'était des poésies ; je me les répète à voix haute ou dans ma tête.

Élève 2 Je commence par observer les différentes figures (carré, disque, triangle, etc.), puis je lis les formules correspondantes.

Élève 3 Au brouillon, je construis des figures dont je mesure les différents côtés. Puis je vérifie les formules avec les mesures prises.

Quel sens est associé de manière privilégiée à chacune de ces trois méthodes ?

Réponses : Élève 1 : l'ouïe. – Élève 2 : la vue. – Élève 3 : le toucher.

Je prends de la hauteur !

→ Quand j'apprends, est-ce que j'adopte une méthode qui se rapproche de l'une des trois évoquées ci-dessus ?

→ Y a-t-il un sens que je privilégie pour mémoriser ?

La stratégie pour réussir

Demande-toi si tu préfères une méthode pour apprendre.

- Il est utile de connaître ses préférences d'apprentissage pour travailler plus efficacement.
- Mais n'oublie pas que chacun est doté de plusieurs intelligences et peut ainsi passer d'une méthode à l'autre selon la situation, en combinant ses sens.

Les méthodes pour apprendre

Avec un « profil » auditif
- Le sens que j'aime solliciter : l'ouïe
- Ce qui m'aide : écouter, parler, « me parler »

→ Bien **écouter** en classe
→ **Relire à voix haute** en insistant par l'intonation sur les mots clés
→ M'enregistrer et **m'écouter**
→ Utiliser mon **langage intérieur** pour « entendre » le cours

Avec un « profil » visuel
- Le sens que j'aime solliciter : la vue
- Ce qui m'aide : observer, repérer

→ M'appuyer sur les **visuels du cours** et des manuels
→ Élaborer **mes propres visuels** (schémas, cartes mentales...)
→ Me construire des **images mentales**

Avec un « profil » kinesthésique
- Le sens que j'aime solliciter : le toucher
- Ce qui m'aide : faire, manipuler, essayer

→ **Participer** en classe
→ Me déplacer et faire des **gestes** lorsque j'apprends
→ Mimer physiquement ou mentalement

2 Comment apprendre plus facilement mes leçons ?

Mini-test

Les points clés

1 Le rôle d'un pronom

- « Pronom » signifie **« à la place du nom »**. Un pronom remplace le plus souvent un nom ou un GN que l'on vient de citer : **son antécédent**.

La fille de Pharaon recueille Moïse, enfant hébreu, que sa mère a déposé sur le Nil.

Un homme de la maison de Lévi s'en alla prendre pour femme **une fille de Lévi**. Celle-ci conçut et enfanta un fils.
D'après *La Bible*.

▶ Le pronom celle-ci remplace une fille de Lévi ; ce GN est son antécédent.

- Les pronoms **varient** en genre, en nombre, parfois aussi en personne. Ils peuvent changer de forme selon leur fonction.

Pharaon avait ordonné de jeter au fleuve les nouveau-nés du peuple hébreu. Une femme enfanta **un fils**. Voyant combien il était beau, elle le dissimula pendant trois mois.

▶ Les pronoms personnels il et le remplacent le GN un fils, mais leur forme n'est pas la même selon que le pronom est sujet (il) ou COD (le).

2 Les catégories de pronoms

3 catégories de pronoms

- **Les pronoms personnels** — Ils peuvent être de la 1re (je, me, nous), 2e (tu, te, vous) ou 3e personne (il, elles, le, etc.).
- **Les pronoms possessifs** — Ils varient selon :
  - la personne du possesseur (le mien, le tien, etc.) ;
  - le genre et le nombre de ce qui est possédé (la mienne, les miens).
- **Les pronoms démonstratifs** — Ils remplacent des noms accompagnés d'un déterminant démonstratif

Observe cet extrait de leçon sans le lire en détail.

1 Combien de parties comporte-t-il ?
☐ a. 2 ☐ b. 3 ☐ c. 4

2 Quel est le titre probable de cette leçon ?
☐ a. Les adjectifs qualificatifs
☐ b. Les préfixes
☐ c. Les pronoms

3 Quels sont les deux points importants de la partie 1 ?
☐ a. Les pronoms remplacent un mot appelé antécédent.
☐ b. Les pronoms sont toujours en début de phrase.
☐ c. Les pronoms sont des mots variables.

4 Combien de catégories de pronoms sont évoquées ?
☐ a. 2 ☐ b. 3 ☐ c. 4

Réponses : 1. a ; 2. c ; 3. a. et c. ; 4. b.

Je prends de la hauteur !

→ *Qu'est-ce que m'a permis de comprendre l'organisation de cette leçon ?*
→ *Comment ai-je repéré les points importants ?*
→ *Comment la partie 2 est-elle présentée ? Est-ce une aide pour moi ?*

La stratégie pour réussir

Pour mieux apprendre une leçon, observe sa mise en page.

- C'est en décomposant et en ordonnant des informations qu'on les rend plus faciles à comprendre et à mémoriser.
- Dans une leçon imprimée sur un manuel, on retrouve souvent ces différents éléments.

Élément	Mise en forme courante	Fonction
Titre	En haut, centré	Indique le thème de la leçon
Sous-titres	Groupe de mots en caractères plus gros ; souvent numérotés	Indique le plan de la leçon
Mots importants	Mots en gras ou soulignés	Indique les mots clés de l'explication
Exemple	Précédé de l'abréviation « Ex. : » Ou écris dans une autre couleur (ici en bleu)	Signale les exemples qui illustrent l'explication

Astuce

Toi aussi, quand tu écris une leçon, distingue ces niveaux de lecture, par exemple à l'aide de stylos de couleur et/ou de surligneurs.

3 Quelles sont les techniques pour rester attentif ?

Mini-test

Équipe-toi d'un stylo et d'un chronomètre, puis fais successivement ces deux expériences.

Expérience 1 Isole-toi dans une pièce calme.
Chronomètre le temps que tu mets à faire ces trois calculs.

45,9 + 347,14 = ...	752,7 – 68,63 = ...	56,2 × 3 = ...
Opération posée	Opération posée	Opération posée

Temps : ....

Expérience 2 Sur un téléphone ou un ordinateur près de toi, lance une vidéo avec le son.
Puis chronomètre le temps que tu mets à trouver le résultat de ces trois opérations.

63,7 + 438,32 = ...	423,6 – 85,37 = ...	68,4 × 5 = ...
Opération posée	Opération posée	Opération posée

Temps : ....

Je prends de la hauteur !

→ *La durée de l'expérience 2 est-elle différente de celle de l'expérience 1 ?*
→ *Comment puis-je expliquer la différence ?*

La stratégie pour réussir

Pour travailler efficacement, focalise ton attention.

Focaliser son attention, cela consiste à se concentrer sur une tâche (ici, trouver le résultat des opérations) et donc à ignorer ou écarter ce qui nous en détourne.

- Il faut éloigner en premier lieu les **distracteurs externes** – telle la vidéo de l'expérience 2 – qui peuvent rapidement perturber notre attention. D'une façon générale, les écrans sont des tentations, qui favorisent le décrochage.

- Tes pensées, tes émotions, tes sensations (par exemple, une sensation de faim) peuvent également te déconcentrer et agir comme des **distracteurs internes**. Pour limiter leur effet, identifie-les lorsqu'ils se présentent ; tu pourras ainsi reprendre plus facilement ta tâche.

Astuce

N'oublie pas également de faire régulièrement des pauses quand tu travailles.

4 Comment organiser mon travail efficacement ?

Mini-test

Tu veux réaliser un fondant au chocolat. Comment t'organises-tu ? Numérote les étapes.

- ☐ **A** Je beurre et farine le moule. Puis je verse la pâte et enfourne le gâteau. Au bout de 20 min., je contrôle qu'il est cuit en m'assurant que la pâte n'est pas collante au milieu.
- ☐ **B** Je rassemble 200 g de chocolat, 100 g de sucre, 5 œufs, 100 g de beurre doux, 4 cuillères à soupe de farine. Je préchauffe le four à 180 °C.
- ☐ **C** J'incorpore lentement les blancs en neige dans le mélange beurre et chocolat refroidi.
- ☐ **D** Je sépare les blancs des jaunes. J'ajoute le sucre puis les jaunes au mélange.
- ☐ **E** Je fais fondre le chocolat et le beurre dans une casserole ou au four micro-ondes.
- ☐ **F** Je cherche la recette en ligne pour vérifier les ingrédients et les quantités nécessaires.

Réponses : 1. F ; 2. B ; 3. E ; 4. D ; 5. C ; 6. A.

Je prends de la hauteur !

→ *Quelle précaution ai-je prise avant de commencer la préparation ?*
→ *Comment gagner du temps pour la cuisson au four ?*
→ *Tout au long de la préparation, de quoi ai-je besoin en plus des ingrédients ?*

La stratégie pour réussir

Organise ton travail dans un plan d'action.

- Être bien organisé te permet de gagner du temps et de mieux réaliser la tâche ou le travail à faire.
- La marche à suivre dépend de la tâche à accomplir, mais il faut toujours prendre le temps de planifier au début et de vérifier à la fin.

Étapes	Pour faire mes devoirs	Pour préparer mon sac
1 S'appuyer sur un document de référence	Je consulte mon agenda (ou l'ENT de mon collège).	Je consulte mon emploi du temps (ou l'ENT de mon collège)
2 Rassembler le matériel nécessaire	• Je prends le cahier/classeur et le manuel correspondant à la matière. • Je sors les outils nécessaires : règle, calculatrice, crayons de couleurs, etc.	D'abord, je vide mon sac des affaires de la veille et je les range. Puis je rassemble les éléments dont j'aurai besoin pour les cours du lendemain.
3 Réaliser les tâches dans un ordre optimal	• Je relis mon cours, puis je fais les exercices, du plus facile au plus difficile. • Si je n'arrive pas à faire un exercice, je relis à nouveau le cours.	
4 Contrôler	Je vérifie que j'ai fait tout ce qui était noté dans l'agenda.	Je m'assure que je n'ai rien oublié.

5 Comment bien maîtriser ma respiration ?

Mini-test

Quelle fonction vitale se cache derrière tous ces faits ?

- de la buée sur une vitre

- une coureuse essoufflée

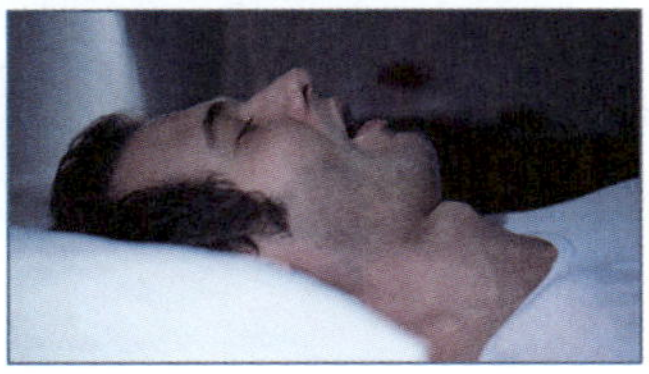

- un ronflement nocturne

- un bâillement

Réponse : la respiration.

Je prends de la hauteur !

→ Ai-je conscience de ma respiration tout au long de la journée ?

→ Est-ce important d'être à l'écoute de sa respiration pour réaliser un travail intellectuel ?

La stratégie pour réussir

Contrôle ta respiration pour mieux travailler.

- Des études ont révélé que le cerveau consomme 20 % de la ration globale d'oxygène alors qu'il ne pèse que 2 % du poids du corps.
- Ces deux respirations conscientes peuvent t'aider à te mettre en condition de travail.

La respiration pour apaiser

Quand ? Si tu éprouves le besoin de te calmer (avant une évaluation par exemple)

1. Inspire par le nez pendant 3 secondes en gonflant le bas du ventre.
2. Expire par la bouche pendant 3 secondes en dégonflant complètement le ventre.
3. Retiens ta respiration avec les poumons vides pendant 3 secondes.

La respiration pour dynamiser

Quand ? Si tu éprouves le besoin de retrouver de l'énergie (entre deux cours par exemple)

1. Inspire par le nez pendant 3 secondes en gonflant la poitrine.
2. Retiens ta respiration avec les poumons pleins pendant 3 secondes.
3. Expire par la bouche pendant 3 secondes en dégonflant la poitrine.

Après quelques cycles de cette respiration, reprends le fil de ton activité.

FRANÇAIS

Tu trouveras plein de dictées pour t'entraîner en orthographe sur hatier-entrainement.com !

GRAMMAIRE

ORTHOGRAPHE

CONJUGAISON

LEXIQUE

LIRE ET ÉCRIRE

TEST – BILAN

1 Le nom et ses déterminants

Je me demande…

Un déterminant est-il toujours associé à un nom ? Qu'est-ce qu'il détermine ?

Les points clés

Placé devant le nom, le déterminant précise certaines caractéristiques du nom : en particulier son **genre** et son **nombre**.

1 Le nom

- Un **nom** est un mot qui désigne un être (voyageur), une chose ou une idée (départ). Il peut être de genre masculin (le bateau) ou féminin (la mer). Il est employé soit au singulier (un éléphant), soit au pluriel (des éléphants) ; il appartient donc à la catégorie des mots **variables**.
- Il existe deux catégories de noms :

Le nom commun

- désigne une réalité qui n'est pas unique (une gare, la tempête),
- s'emploie en général AVEC un déterminant.

Le nom propre

- désigne une réalité unique (Passepartout, Londres),
- prend une majuscule,
- s'emploie en général SANS déterminant.

2 Les déterminants

- Un **déterminant** permet d'introduire un nom commun dans la phrase. Avec lui, il forme un **groupe nominal** (GN).

Dans *Le Tour du monde en quatre-vingts jours*, Passepartout suit **son** maître (GN) dans **un** tour (GN) **du** monde (GN).

- Il existe plusieurs catégories de déterminants, parmi lesquelles :
– les **articles** : définis (*le, la, les, l'*), indéfinis (*un, une, des*), partitifs (*du, de la, des*) ;
– les **déterminants** : démonstratifs (*ce, cet, cette, ces*), possessifs (*mon, ma, mes, ton, ta, tes, son, sa, ses, notre, votre, leur, nos, vos, leurs*).

Un peu de méthode

Mettre un nom au pluriel quand il convient

- Pour savoir si un nom doit se mettre au pluriel, on observe le **déterminant qui le précède** : s'il s'agit d'un déterminant au pluriel, le nom est au pluriel (**un** voyage → **des** voyages).
- Si aucun déterminant ne précède le nom, il faut alors s'appuyer sur le **sens de la phrase** dans lequel il est employé.

Parents et **enfants** ne se comprennent pas toujours.

▶ Il s'agit **des** parents et **de leurs** enfants en général.

On s'entraîne !

1 QUIZ

Indique le genre et le nombre de chacun des noms.

a. l'anniversaire	masculin singulier
b. un choix	féminin singulier
c. du lait	masculin pluriel
d. un remords	féminin pluriel
e. les vis	
f. l'entracte	
g. un reportage	
h. les genoux	
i. une noix	

2 *Deux catégories de noms*

Dans le texte ci-dessous :
– entoure 3 noms propres ;
– encadre 5 noms communs.

Philéas Fogg vient d'annoncer à son valet qu'ils partaient pour le port de Douvres.

« Monsieur se déplace ? demanda-t-il.
— Oui, répondit Philéas Fogg. Nous allons faire le tour du monde. »
Passepartout, l'œil démesurément ouvert, la paupière et le sourcil surélevés, les bras détendus, le corps affaissé, présentait alors tous les symptômes de l'étonnement poussé jusqu'à la stupeur.
« Le tour du monde ! murmura-t-il.
— En quatre-vingts jours, répondit Mr. Fogg. Ainsi, nous n'avons pas un instant à perdre. »

Jules Verne, *Le Tour du monde en quatre-vingts jours*, 1872.

3 *Nature des déterminants*

Surligne les déterminants soulignés dans la couleur correspondant à leur nature.

(bleu)	article
(rose)	dét. possessif
(vert)	dét. démonstratif

Le roman de Jules Verne raconte un pari entre des *gentlemen* anglais, qui conduit Philéas Fogg à voyager autour de la Terre avec son domestique Passepartout. Un policier nommé Fix, croyant que Fogg est un voleur en fuite, les suit dans ce voyage. Malgré ses manœuvres pour les retarder, les héros reviennent en Angleterre dans le temps imparti.

4 *Singulier ou pluriel ?*

Dans les phrases suivantes, mets les noms entre parenthèses au nombre qui convient (singulier ou pluriel).

a. Fogg et ses (ami) amis du (club) club aiment lancer des (pari) paris

b. Les (obstacle) obstacles n'arrêtent pas les (voyageur) voyageurs qui passent du (train) train au (bateau) bateau

c. Passepartout admire les (ville) villes à chaque (étape) étapes mais il commet des (imprudence) imprudence.

d. Aouda est sauvée par ces (aventurier) aventuriers ; elle quitte son (village) village pour les suivre.

5 CONTRÔLE EXPRESS

Lis le texte, puis réponds aux questions.

Là, Philéas Fogg donna à Passepartout l'ordre de prendre deux billets de première classe pour Paris. Puis, se retournant, il aperçut ses cinq collègues du Reform Club.
« Messieurs, je pars, dit-il, et les divers visas apposés sur un passeport que j'emporte à cet effet vous permettront, au retour, de contrôler mon itinéraire. »

J. Verne, *Le Tour du monde en quatre-vingts jours*, 1872.

a. Encadre les 6 noms introduits par les déterminants soulignés.
b. Indique la nature de chacun des déterminants soulignés.
c. Mets au singulier les groupes nominaux au pluriel et au pluriel les groupes nominaux au singulier.

? indice

b. Deux déterminants sont des déterminants numéraux.

les ordres : un billet : un collègue : le divers : ces effets : mes itinéraires.

Corrigés page 18 du Guide

2 Les pronoms

Je me demande...

Qu'est-ce qu'un pronom ? Y en a t-il de différentes sortes ?

Les points clés

La fille de Pharaon recueille Moïse, enfant hébreu, que sa mère a déposé sur le Nil.

1 Le rôle d'un pronom

- « Pronom » signifie « **à la place du nom** ».

Un pronom remplace le plus souvent un nom ou un GN que l'on vient de citer : **son antécédent.**

Un homme de la maison de Lévi s'en alla prendre pour femme **une fille de Lévi**. Celle-ci conçut et enfanta un fils.

D'après *La Bible*.

▶ Le pronom celle-ci remplace une fille de Lévi ; ce GN est son antécédent.

- Les pronoms **varient** en genre, en nombre, parfois aussi en personne. Ils peuvent changer de forme selon leur fonction.

Pharaon avait ordonné de jeter au fleuve les nouveau-nés du peuple hébreu. Une femme enfanta **un fils**. Voyant combien il était beau, elle le dissimula pendant trois mois.

▶ Les pronoms personnels il et le remplacent le GN un fils, mais leur forme n'est pas la même selon que le pronom est sujet (il) ou COD (le).

2 Les catégories de pronoms

3 catégories de pronoms

Les pronoms personnels
Ils peuvent être de la 1re (je, me, nous), 2e (tu, te, vous) ou 3e personne (il, elles, le, etc.).

Les pronoms possessifs
Ils varient selon :
- la personne du possesseur (le mien, le tien, etc.);
- le genre et le nombre de ce qui est possédé (la mienne, les miens).

Les pronoms démonstratifs
Ils remplacent des noms accompagnés d'un déterminant démonstratif (cette femme → celle-ci).

Un peu de méthode

Éviter une répétition grâce à un pronom personnel

- Pour éviter une répétition, on recourt souvent à un pronom personnel **de la 3e personne** : *il(s), elle(s), le, la, les, lui, leur, eux.*

Léa connaît bien l'histoire de Moïse.

Ses parents ont raconté **l'histoire de Moïse à Léa** quand **Léa** était petite.

→ Ses parents la lui ont racontée quand elle était petite.

▶ Le pronom personnel la remplace le GN COD l'histoire.

▶ Le pronom personnel lui remplace le GN COI à Léa.

*Quand le GN est COD, tu emploies **le**, **la** ou **les**.*

On s'entraîne !

1 QUIZ

Relie chaque pronom à sa catégorie.

- **a.** eux
- **b.** celle-ci
- **c.** les miens
- **d.** ceux
- **e.** la sienne

- pronom personnel
- pronom possessif
- pronom démonstratif

2 Mémoriser à l'aide d'un schéma

Complète le schéma récapitulatif.

un pronom

remplace le plus souvent ……le nom……

varie en ……genre…… et en ……nombre……
parfois selon sa ……nature……

peut occuper différentes ……
dans la phrase.

3 Repérer un pronom et son antécédent

Entoure les pronoms qui remplacent les GN soulignés.

La fille de Pharaon, qui vient de trouver Moïse au bord du Nil, a fait venir une nourrice du royaume.

> La fille de Pharaon dit à la nourrice : « Emmène cet enfant et nourris-le moi, je te donnerai moi-même ton salaire. » Alors la femme emporta l'enfant et le nourrit. Quand l'enfant eut grandi, elle le ramena à la fille de Pharaon qui le traita comme un fils et lui donna le nom de Moïse, car, disait-elle : « Je l'ai tiré des eaux. »
>
> *La Bible de Jérusalem, Exode, 2, 1-10*, © Les Éditions du Cerf, Paris, 1998.

? indice

Tu dois entourer 6 pronoms personnels.

4 Éviter une répétition

Remplace le groupe de mots en bleu par un pronom démonstratif.

a. La naissance de Moïse est antérieure à la naissance (……à elle……) de Jésus.

b. Pharaon souhaitait faire tuer les enfants des Hébreux ; mais les enfants (……ceux……) des Égyptiens pouvaient vivre.

c. La Bible se compose de nombreux textes ; ces textes (……ils……) sont au fondement de la culture des pays occidentaux.

5 CONTRÔLE EXPRESS

Lis le texte, puis réponds aux questions.

Cet épisode précède celui rapporté dans l'exercice 3.

> Pharaon donna alors cet ordre à tout son peuple : « Tout fils qui naîtra, jetez-le au Fleuve, mais laissez vivre toute fille. » Un homme de la maison de Lévi s'en alla prendre pour femme une fille de Lévi. Celle-ci conçut et enfanta un fils. Voyant combien il était beau, elle le dissimula pendant trois mois.
>
> *La Bible de Jérusalem, Exode, 2, 1-10*, © Les Éditions du Cerf, Paris, 1998.

a. Indique l'antécédent de chacun des cinq pronoms en couleur.

b. Précise leur nature.

c. Remplace *un fils* par *des fils* et réécris la dernière phrase du texte (veille à l'accord des verbes).

……celle-ci conçut et enfantaient deux fils……

Corrigés page 18 du Guide

3 L'adjectif qualificatif

Je me demande...
Pourquoi emploie-t-on des adjectifs qualificatifs ? En français, l'adjectif est-il invariable comme en anglais ?

Les points clés

1 Qu'est-ce qu'un adjectif qualificatif ?

Dans *L'Odyssée* d'Homère, Ulysse et ses compagnons se retrouvent prisonniers dans la caverne du Cyclope. Ce dernier entreprend de les dévorer un à un...

● L'adjectif qualificatif **se rapporte** à un nom (ou un pronom). Il caractérise l'être ou la chose désignés par le nom (ou le pronom).

Au soir le Cyclope revient, ramenant son troupeau à la belle toison.
D'après Homère, *L'Odyssée*.

▶ L'adjectif belle caractérise la toison des moutons du Cyclope en précisant que leur laine est de qualité.

● L'adjectif qualificatif appartient à la catégorie des mots variables : il s'accorde **en genre** (masculin ou féminin) et **en nombre** (singulier ou pluriel) avec le nom qu'il qualifie.

Il mène les grasses **brebis**.

▶ L'adjectif grasses s'accorde au féminin pluriel avec le nom brebis.

2 Les deux grandes fonctions de l'adjectif qualificatif

● L'adjectif qualificatif, placé directement avant ou après le nom, a la fonction d'**épithète**. Il fait alors partie d'un groupe nominal.

Il mène les brebis dans la spacieuse caverne.
épithète

● L'adjectif qualificatif peut se rapporter à un nom sujet par l'intermédiaire du verbe *être* ou équivalent (verbe attributif) : il est alors **attribut du sujet**.

La caverne est spacieuse.
att. du sujet

Un peu de méthode

Former le féminin et le pluriel d'un adjectif

● On forme le **féminin** d'un adjectif en ajoutant un **e final** (sauf quand la forme au masculin se termine déjà par un e). Il faut parfois faire d'autres modifications :
- ajouter un accent (léger → légère) ;
- modifier une consonne (spacieux → spacieuse) ;
- doubler la consonne (gras → grasse) ;
- modifier le suffixe (beau → belle).

● Le **pluriel** des adjectifs se forme généralement en ajoutant un *-s* à l'adjectif singulier (profond → profonds).
Les adjectifs qui se terminent par un *-s* ou un *-x* au singulier restent inchangés au pluriel (précieux → précieux).

Le mot « épithète » vient du grec epitithemi, « posé à côté ».

On s'entraîne !

1 QUIZ

Relie les GN de la colonne de gauche aux adjectifs qui conviennent. Attention aux accords !

a. les héros	inoubliable
b. des tuniques	sombre
c. le ciel	brave
d. des récits	courageux
e. un voyage	épiques
f. la nuit	brodées
g. un guerrier	obscure

2 *Enrichir un texte avec des adjectifs*

Complète le texte avec les adjectifs proposés.

• antique • artistiques • aventureux • commun • grec • long

L'Odyssée est une épopée (..........) qui aurait été composée par un aède (..........), Homère, à la fin du VIIIe siècle av. J.-C. Elle a inspiré de nombreuses œuvres (..........) et le mot « odyssée » est désormais un nom (..........) désignant un (..........) voyage (..........).

3 *Épithète ou attribut ?*

Indique à côté de chaque adjectif en bleu sa fonction (épithète ou attribut).

a. Les compagnons d'Ulysse sont apeurés (..........) en entendant le Cyclope.

b. Les héros des récits d'Homère paraissent exceptionnellement courageux (..........).

c. La cité troyenne (..........) a été pillée par les guerriers grecs (..........).

d. Les dangers de la mer semblent aussi périlleux (..........) que ceux de la guerre.

indice

L'attribut est séparé du nom qu'il qualifie par un verbe d'état.

4 *Accorder correctement*

Remplace le sujet souligné par celui entre parenthèses, puis **réécris la phrase** en faisant les modifications nécessaires.

a. Le courageux héros (héroïne) se montre très audacieux. → ....

b. Les nombreux exploits (aventures) d'Ulysse nous semblent toujours aussi passionnants.
→ ....

c. Le dévoué Télémaque (Pénélope) est fidèle à Ulysse.
→ ....

d. Les châtiments (sanctions) divins sont éternels.
→ ....

5 CONTRÔLE EXPRESS

Lis le texte, puis réponds aux questions.

Ulysse et ses compagnons viennent d'accoster sur l'île où vivent les Cyclopes. Ils découvrent la caverne de l'un d'eux, le berger Polyphème.

Et nous arrivâmes rapidement à son antre, sans l'y trouver, car il paissait ses troupeaux dans les gras pâturages ; et nous entrâmes, admirant tout ce qu'on voyait là. Les claies étaient chargées de fromages, et les étables étaient pleines d'agneaux et de chevreaux, et ceux-ci étaient renfermés en ordre et séparés, les plus jeunes d'un côté, et les nouveau-nés de l'autre. Et tous les vases à traire étaient pleins, dans lesquels la crème flottait sur le petit lait.

HOMÈRE, *L'Odyssée*, trad. de Leconte de Lisle, 1893.

a. Relève les adjectifs qualificatifs se rapportant aux noms et pronoms encadrés.
b. Précise la fonction (épithète ou attribut) de chacun des adjectifs relevés.
c. Réécris la dernière phrase du texte en remplaçant « vases » par « amphores ».

indice

c. Le mot « amphore » est un nom féminin.

Corrigés page 18 du Guide

4 Les fonctions dans la phrase

Je me demande...
Quel est le rôle du sujet dans la phrase ? À quoi sert un complément d'objet ?

GRAMMAIRE

Les points clés

1 Le sujet

● Le **sujet** désigne l'être ou la chose qui fait l'action exprimée par le verbe. Il est placé le plus souvent avant le verbe. C'est avec lui que s'accorde le verbe (voir p. 24). On ne peut pas le supprimer.

Le Petit Chaperon rouge est un conte d'origine française.
sujet du verbe est

● Parfois le sujet est placé après le verbe : on dit qu'il est **inversé**.

Veux-tu porter cette galette ?
sujet du verbe veux

2 Les compléments d'objet

● Un complément d'objet complète le sens d'un verbe, on ne peut pas le supprimer : c'est un complément **essentiel**. On distingue :

Le complément d'objet direct (COD)	Il se construit directement, sans préposition. La mère de la fillette **a préparé** des galettes. (COD)
Le complément d'objet indirect (COI)	Il est précédé de la préposition (souvent à ou *de*) avec laquelle se construit le verbe. Le Petit Chaperon rouge **pensa** **à** sa grand-mère malade. (COI)

3 L'attribut du sujet

● Après un verbe exprimant un état ou une transformation (*être, sembler, rester, devenir...*), on trouve un **attribut du sujet** : il caractérise le sujet.

Le Petit Chaperon rouge est une fillette obéissante.
att. du sujet

Un peu de méthode

Distinguer attribut du sujet et COD

● Pour s'assurer qu'on a affaire à un **attribut du sujet**, il faut vérifier que les termes situés de part et d'autre du verbe sont équivalents.

La grand-mère semble très malade.

▶ *La grand-mère* = *très malade*. On pourrait mettre le signe = entre les termes situés de chaque côté du verbe, on a donc ici un attribut.

Le Petit Chaperon rouge apporte une galette.

▶ *Le Petit Chaperon rouge* ≠ *une galette*. Il s'agit ici du COD du verbe *apporte*.

On s'entraîne !

1 QUIZ

Indique si l'élément souligné est bien le sujet du verbe de la phrase.

	V	F
a. La fillette apporte <u>une galette</u> à sa grand-mère.	☐	☐
b. <u>Vous</u> a-t-elle déjà répondu ?	☐	☐
c. <u>Où</u> veux-tu partir en vacances ?	☐	☐
d. Devant leurs parents, <u>ils</u> sont toujours sages comme des images.	☐	☐

2 Où sont les sujets ?

Dans l'extrait suivant, souligne le sujet de chacun des verbes en couleur.

> Il était une fois une petite fille de village, la plus jolie qu'on eût su voir […]. Un jour sa mère, ayant cuit et fait des galettes, lui dit : « Va voir comme se porte ta mère-grand, car on m'a dit qu'elle était malade, porte-lui une galette et ce petit pot de beurre. »
>
> Charles Perrault, « Le Petit Chaperon rouge », *Contes de ma mère l'Oye*, 1697.

3 COD ou COI ?

Dans les phrases suivantes, souligne en vert les COD et en rouge les COI des verbes en couleur.

a. La grand-mère de la fillette a confectionné un adorable chaperon rouge.

b. Ne se doutant de rien, le Petit Chaperon rouge obéit à la fausse grand-mère.

c. Dans le conte de Perrault, le loup dévore le Petit Chaperon rouge, mais dans d'autres versions un chasseur parvient à le sauver.

? indice

Le COI est introduit par une préposition.

4 Identifier la fonction

Indique la fonction des GN soulignés (COD ou attribut du sujet).

a. *Les Contes* de Perrault sont <u>des textes très connus</u> (……………………).

b. La fillette écoute attentivement <u>les recommandations de sa mère</u> (……………………)

c. Les enfants préfèrent <u>les contes de fées</u> (……………………) qui ont <u>une fin heureuse</u> (……………………).

5 Sujets et compléments d'objet

Dans le texte suivant, entoure les sujets des verbes en couleur. Souligne en vert les 2 COD et **en rouge** les 3 COI.

Les contes appartiennent à une tradition orale et populaire : ils se sont transmis de génération en génération. Des écrivains, comme Charles Perrault ou les frères Grimm, ont fixé ces récits par écrit. Parfois, un même conte possède plusieurs versions. L'univers merveilleux du conte plaît aux petits comme aux grands.

6 LECTURE D'IMAGE

Observe l'image et réponds aux questions.

a. Qui sont les personnages représentés et où se trouvent-ils ?

b. Pour quelle raison le personnage de gauche est-il ainsi vêtu ?

c. Quelle est l'attitude du personnage de droite ? Quel sentiment semble-t-il éprouver ? Pourquoi ?

Illustration de Gustave Doré pour *Le Petit Chaperon rouge* de Charles Perrault, Paris, Jules Hetzel, 1862.

Corrigés page 18 du Guide

5 Les compléments circonstanciels

Je me demande...
À quoi reconnaît-on un complément circonstanciel ? Quelles circonstances peut-il exprimer ?

Les points clés

1 Qu'est-ce qu'un complément circonstanciel ?

● Un complément circonstanciel (CC) informe sur les circonstances de l'action exprimée par le verbe.

Barbe bleue revint <u>de son voyage</u> <u>dès le soir même</u>.
(de son voyage : CC de lieu ; dès le soir même : CC de temps)

● Le CC peut être facilement **supprimé**.

<u>Chaque année</u>, Barbe bleue partait <u>quelques semaines</u> en voyage <u>pour ses affaires</u>.

▶ La phrase « Barbe bleue partait en voyage. » est moins précise, mais reste correcte.

Souvent, il peut aussi être **déplacé**.

Barbe bleue revint <u>de son voyage</u> <u>dès le soir même</u>.

On pourrait tout aussi bien dire :

<u>Dès le soir même</u>, Barbe bleue revint <u>de son voyage</u>.

2 Différentes circonstances

● Le CC peut servir à préciser **différentes circonstances**.
Par exemple :
– le lieu ; L'épouse de Barbe bleue reste seule <u>au château</u>.
– le temps ; L'absence de Barbe bleue ne dure que <u>quelques jours</u>.
– le moyen ; La jeune épouse essaie de nettoyer la clé <u>avec du sable</u>.
– la manière. Barbe bleue revient <u>précipitamment</u> de son voyage.

Observe qu'un CC n'est pas toujours introduit par une préposition.

Un peu de méthode

Connaître et orthographier les prépositions qui introduisent les CC

● Les CC sont généralement introduits par des **prépositions**. Ce sont des **mots invariables** qui se placent **devant** le mot ou groupe de mots qu'elles introduisent. Les prépositions apparaissent sous deux formes : des mots simples et des groupes de mots appelés **locutions prépositionnelles**.

	Prépositions	Locutions prépositionnelles
Lieu	*à, chez, en, dans, de, devant, derrière, entre, sous, sur, vers*	*à côté de, au-dessus de, face à, jusqu'à, près de*
Temps	*à, après, avant, de, depuis, pendant*	*à partir de, au-delà de, au moment où*
Manière / moyen	*à, avec, par, sans*	*à l'aide, au moyen de, grâce à*

● Attention à bien retenir l'orthographe de ces prépositions qui sont fréquentes. Il faut surtout veiller à bien reconnaître les prépositions qui peuvent avoir des **homophones**, par exemple : **près de** et prêt à, **sans** et s'en, **à** et a.

On s'entraîne !

1 QUIZ

Relie chacun des CC de la colonne de gauche à la circonstance qu'il exprime.

a. Dans une magnifique demeure •	• CC de lieu
b. Au bout de quelques semaines •	• CC de moyen
c. Au cours du voyage •	• CC de manière
d. Avec un couteau •	• CC de temps
e. Courageusement •	
f. Grâce à sa sœur •	

2 *CC de moyen ou de manière ?*

Précise si les compléments circonstanciels soulignés indiquent le moyen (M) ou la manière (Ma).

a. Avec un peu d'imagination (..................), on peut inventer une histoire merveilleuse.

b. L'épouse de Barbe bleue découvrit avec horreur (..................) le secret de son mari.

c. Barbe bleue réagit violemment (..................) et se mit en colère (..................) lorsqu'il comprit que sa femme avait désobéi.

3 Près *ou* prêt *?* sans *ou* s'en *?*

Complète les phrases ci-dessous avec *près* ou *prêt* ; *sans* ou *s'en*.

a. Barbe bleue .... va .... avoir pris la clé du cabinet qui se trouve .... de l'escalier.

b. Le trousseau de clés se trouve .... de la table : la jeune femme .... empare .... tarder.

c. Barbe bleue attend .... de la porte, il est .... à égorger sa femme, comme ses précédentes épouses.

? indice

Il y a 3 *près*, 1 *prêt*, 2 *sans* et 2 *s'en*.

4 *En toutes circonstances !*

Complète les phrases avec des CC en respectant la valeur indiquée et en essayant au maximum de varier leur nature.

a. Le genre du conte merveilleux apparaît .... (lieu) .... (temps), avec des auteurs comme Perrault.

b. Les contes ont d'abord été racontés .... (manière), puis recueillis et fixés .... (manière).

c. Barbe bleue est terrifiant, car il se met en colère .... (manière) et se montre menaçant .... (moyen).

5 LECTURE D'IMAGE

Observe l'image et réponds aux questions.

a. Quels sont les deux personnages représentés ? Quel objet est mis en valeur au premier plan ?
b. Comment peux-tu qualifier le regard du personnage de gauche ?
c. Quelle est l'attitude du personnage de droite ? Quel sentiment semble-t-il éprouver ?
d. Décris les costumes représentés. À quel milieu social appartiennent les personnages qui les portent ?

Illustration de Gustave Doré pour *La Barbe-Bleue* de Charles Perrault, Paris, Jules Hetzel, 1862.

Corrigés page 18 du Guide

6 Phrase simple et phrase complexe

Je me demande...

Une phrase complexe est-elle difficile à comprendre ? Ou la définit-on autrement en grammaire ?

Les points clés

1 Combien de propositions ?

- Une **proposition** est un ensemble de mots organisé autour d'un verbe conjugué. Elle est composée en général selon ce schéma : sujet + verbe + complément(s).
- Une phrase est **simple** si elle ne contient qu'une seule proposition, autrement dit un seul verbe conjugué.

  Un Agneau se désaltérait dans le courant d'une onde pure.

  Jean de La Fontaine, *Fables*, 1668.

- Une phrase est **complexe** si elle contient au moins deux propositions.

  [Un Loup survient à jeun,] [qui cherchait aventure,]
  [et que la faim en ces lieux attirait].

2 Les trois types de propositions

- Une proposition **indépendante** ne dépend d'aucune autre proposition et aucune proposition ne dépend d'elle. Une phrase simple est ainsi toujours composée d'une proposition indépendante.
- Une proposition **subordonnée** dépend d'une autre proposition, dite **principale**. Elle ne peut pas exister toute seule.

  Un Loup survient à jeun, [qui cherchait aventure.]
  prop. principale — prop. subordonnée

  ► La proposition qui cherchait aventure, introduite par le mot subordonnant qui, ne peut pas s'employer seule ; c'est une proposition subordonnée. Un loup survient à jeun est donc une proposition principale.

Commence toujours par repérer les verbes conjugués dans la phrase.

Un peu de méthode

Répondre à une question par une phrase complète

- À l'écrit, il est conseillé de répondre à une question par **une phrase complète** et non par un simple mot ou groupe de mots.
- Il faut donc rédiger une phrase contenant au moins un sujet, un verbe et un complément, c'est-à-dire **une phrase simple**.
- Tu peux **reprendre certains termes de la question** et notamment **le verbe** : tu n'es pas obligé de reprendre exactement les mêmes termes, mais il faut que le lecteur puisse **deviner quelle était la question** en lisant ta réponse.

Question	Réponse
Quels sont les personnages de la fable ?	Les personnages de la fable sont le Loup et l'Agneau.
Qui est l'auteur de la fable ?	C'est La Fontaine qui a écrit la fable.
À quel genre appartient ce texte ?	Il s'agit d'un texte poétique.

On s'entraîne !

1 QUIZ

Lis le texte puis coche la bonne réponse.

> Un Agneau se désaltérait
> Dans le courant d'une onde pure.
> Un Loup survient à jeun, qui cherchait aven-[ture,
> Et que la faim en ces lieux attirait.
>
> Jean de La Fontaine, « Le Loup et l'Agneau », *Fables*, 1668.

a. Combien y a-t-il de phrases dans cet extrait ?
☐ 2 ☐ 3 ☐ 4

b. Combien y a-t-il de verbes conjugués ?
☐ 3 ☐ 4 ☐ 5

c. Combien y a-t-il de propositions ?
☐ 3 ☐ 4 ☐ 5

2 Phrase simple ou complexe ?

Indique s'il s'agit d'une phrase simple (PS) ou d'une phrase complexe (PC) ?

a. L'agneau est un animal innocent. (..................)

b. Le loup, qui se sait supérieur par la force, l'accuse sans raison. (..................)

c. Cette fable nous montre que « la raison du plus fort est toujours la meilleure ». (..................)

? indice
1 verbe conjugué = 1 proposition.

3 Distinguer les propositions

Dans le texte ci-dessous :
– mets entre crochets les propositions ;
– souligne en noir les phrases complexes.

> — Comment l'aurais-je fait si je n'étais pas né ?
> Reprit l'Agneau ; je tète encore ma mère.
> — Si ce n'est toi, c'est donc ton frère.
> — Je n'en ai point.
> — C'est donc quelqu'un des tiens ;
> Car vous ne m'épargnez guère,
> Vous, vos bergers, et vos chiens.
>
> Jean de La Fontaine, « Le Loup et l'Agneau », *Fables*, 1668.

4 Indépendante ou subordonnée ?

Indique si les propositions soulignées sont indépendantes (PI) ou subordonnées (PS).

a. L'agneau est très jeune ; il ne peut pas avoir commis ces crimes. (..................)

b. Le loup, qui est tenaillé par la faim, use de sa force. (..................)

c. L'agneau n'avait rien fait : c'est une victime innocente. (..................)

5 Quelle est la question ?

À partir de ces réponses bien rédigées, retrouve la question qui a été posée.

a. La morale de cette fable est : « La raison du plus fort est toujours la meilleure. »

→ ....

b. La Fontaine est un célèbre fabuliste.

→ ....

c. À travers ses fables, La Fontaine critiquait la société de son époque.

→ ....

6 CONTRÔLE EXPRESS

Lis le texte, puis réponds aux questions.

a. Encadre les verbes conjugués et mets entre crochets les différentes propositions.
b. Souligne les propositions dans la couleur qui convient.

prop. indépendante
prop. principale
prop. subordonnée

À l'origine, La Fontaine écrit ses fables pour instruire le Dauphin de France. En effet, ces histoires, qui parlent des hommes et des animaux, contiennent généralement une morale et délivrent un enseignement. La Fontaine critique la société de son époque. Il met en scène des animaux, qui, en réalité, représentent les hommes. Par exemple, le lion incarne le roi, que le fabuliste peut ainsi critiquer de manière indirecte.

? indice
Il y a au moins 2 propositions de chaque nature.

Corrigés page 18 du Guide

7 L'accord du verbe avec le sujet

Je me demande…

Qu'est-ce que signifie « accorder un verbe » ? Quelles sont les règles à appliquer ?

Les points clés

1 La règle générale

Nicolas décrit son ami Alceste comme « un gros qui mange tout le temps ».

- Le verbe **s'accorde en personne et en nombre** (singulier / pluriel) avec son sujet.

  Alors, je suis sorti dans le jardin.

  ▶ Le verbe suis sorti s'accorde avec le sujet *je* à la 1re personne du singulier.

- Quand le sujet est un groupe nominal, c'est le **nom noyau** qui commande l'accord du verbe.

  Les **copains** de Nicolas viennent lui rendre visite.

  ▶ Le verbe viennent s'accorde avec le noyau du GN sujet, les ***copains*** de Nicolas, et se met donc à la 3e personne du pluriel.

2 Quelques cas particuliers

- Lorsque le verbe a plusieurs sujets coordonnés, il se met au pluriel.

  Alceste **et** Geoffroy sont venus chez Nicolas.

  ▶ Le verbe a deux sujets à la 3e personne : Alceste et Geoffroy ; il se met donc à la 3e personne du pluriel.

- Lorsque les sujets du verbe ne sont pas de la même personne, c'est toujours la personne qui vient en premier grammaticalement qui commande l'accord du verbe :
  – moi / nous + autre personne = accord à la 1re personne (sing. / pl.) ;

  Mon frère **et** moi aimons beaucoup les histoires du Petit Nicolas.

  – toi / vous + autre personne = accord à la 2e personne (sing. / pl.).

  Tes amis **et** toi faites enrager le surveillant.

- Lorsque le sujet est *aucun*, *chacun*, *on*, le verbe se met toujours au singulier.

  Chacun a le droit de lire une histoire avant de dormir.

Un peu de méthode

Le sujet n'est pas forcément devant le verbe, ni juste à côté.

Trouver le sujet du verbe

- Pour bien repérer le sujet, il faut se demander qui fait l'action exprimée par le verbe en posant la question « Qui est-ce qui… ? », ou en reformulant « C'est… qui… ».

  Agnan, qui est le chouchou de la maîtresse, est toujours le premier en classe.

  ▶ **Qui est-ce qui** est toujours le premier en classe ? C'est Agnan. **C'est** Agnan **qui** est toujours le premier en classe.
  Le verbe s'accorde donc avec le sujet *Agnan*, à la 3e personne du singulier.

On s'entraîne !

1 QUIZ

Relie les sujets aux verbes qui conviennent.

a. Nicolas et ses parents •	• allez à la piscine.
b. Toi et moi •	• rentrent de vacances.
c. Nos grands-parents •	• nous apportent une surprise.
d. Eux et vous •	• jouons aux échecs.

2 *Repérer les sujets*

Dans le texte ci-dessous, souligne le sujet de chacun des verbes encadrés.

Nicolas [est] un jeune écolier qui [a] de nombreux amis. Mais le meilleur copain de Nicolas [se nomme] Alceste et il [adore] manger.
Pendant les récrés, tous [aiment] jouer à se battre et ils [font] régulièrement enrager le surveillant qu'ils [surnomment] le Bouillon. Agnan, le chouchou de la maîtresse, les [agace].

indice
Attention, le dernier sujet est séparé du verbe par plusieurs mots.

3 *Le verbe bien accordé*

Dans chacune des phrases suivantes, souligne le sujet, puis coche la forme verbale qui est correctement accordée.

a. Pendant les récrés, Nicolas et ses copains
aiment ☐ aimes ☐ aime ☐ jouer au ballon.

b. Le père et la mère de Nicolas
veut ☐ veulent ☐ veux ☐ qu'il réussisse.

c. La maîtresse des enfants les interroge ☐
interroges ☐ interrogent ☐ sur leur leçon.

d. Le surveillant, qui fait souvent les gros yeux,
gronde ☐ grondent ☐ grondes ☐ les élèves turbulents.

4 *Accorder les verbes*

Accorde correctement le verbe de chacune des phrases ci-dessous. Attention à bien en repérer le sujet auparavant !

a. On jou......... tous ensemble à la récré.

b. Les parents de Nicolas sort......... ce soir.

c. Le directeur et la maîtresse discut......... dans la cour.

d. Maman et tante Mathilde prépar......... une tarte aux pommes pour le dessert.

e. Les cousins de Nicolas qui habitent au bord de la mer lui envoi......... une carte postale.

f. La fille de M. et Mme Courteplaque, qui sont les voisins de Nicolas, s'appell......... Marie-Edwige.

indice
Pour repérer le sujet du verbe, on se demande : « Qui est-ce qui fait l'action ? ».

5 CONTRÔLE EXPRESS

Lis le texte, puis réponds aux questions.

Et puis, le lendemain, M. Compani nous a dit que les Courteplaque devaient rentrer de vacances aujourd'hui. M. et Mme Courteplaque sont nos voisins, qui habitent la maison juste à côté de chez nous, et ils ont une fille qui s'appelle Marie-Edwige, qui a mon âge, avec des cheveux jaunes et des yeux bleus très chouettes.

J.-J. Sempé et R. Goscinny, *Histoires inédites du Petit Nicolas*, © IMAV éditions, 2006.

a. Encadre les verbes conjugués et souligne le sujet de chacun d'eux.
b. Dans la première phrase, quelle est la fonction du pronom « nous » ?
c. Réécris la dernière phrase du texte en remplaçant « M. et Mme Courteplaque » par « Mme Courteplaque ».

indice
a. Le sujet n'est pas toujours avant le verbe.

Corrigés page 19 du Guide

8 L'accord du participe passé

Je me demande…

Chanté est-il bien le participe passé du verbe *chanter* ? Dans quel cas faut-il l'accorder ? Et avec quel mot ?

Les points clés

1 Le participe passé est employé seul

● Lorsque le participe passé (PP) est employé seul, il s'accorde en genre et en nombre avec le nom auquel il se rapporte.

Les semences enfouies dans le sol finissent par percer la terre.

▶ Le participe passé enfouies s'accorde au féminin pluriel avec le nom semences dont il est épithète.

Dans la mythologie romaine, Cérès est la déesse de l'agriculture, des moissons et de la fécondité. Elle préside au renouvellement des saisons.

2 Le participe passé est employé avec un verbe

PP employé avec l'auxiliaire *être* → Il s'accorde avec le sujet du verbe. La fille de Cérès est revenue.

PP employé avec l'auxiliaire *avoir* →
- Il ne s'accorde jamais avec le sujet. Cérès a retrouvé sa fille.
- Il s'accorde avec le COD si celui-ci est placé avant le verbe. Elle l'a retrouvée.

Un peu de méthode

Repérer l'auxiliaire *être* quel que soit son temps

● On emploie l'auxiliaire **être** pour former les temps composés (auxiliaire + participe passé) des verbes intransitifs indiquant un mouvement ou un changement d'état comme : *aller, sortir, devenir, paraître…*

La fille de Cérès est devenue prisonnière du dieu des Enfers.

● L'auxiliaire **être** s'emploie également pour former la tournure passive. Il peut alors être conjugué à un temps composé.

La fille de Cérès a été rendue à sa mère par Hadès.

▶ Attention, dans ce cas, à bien reconnaître l'auxiliaire *être* et à accorder le participe passé avec le sujet !

Mot-Clé

Le mot « auxiliaire » vient du latin *auxilium*, « aide ». Il aide à former les temps composés.

On s'entraîne !

1 QUIZ

Complète cette définition.

un participe
- peut s'employer seul comme ....
- peut être employé avec un ....
- Il permet alors de conjuguer un verbe à un.................... composé.

2 Quel auxiliaire ?

Indique si les participes passés soulignés sont conjugués avec l'auxiliaire *être* ou l'auxiliaire *avoir*.

a. L'alternance des saisons a été longtemps <u>expliquée</u> par ce mythe. (....................)

b. Pendant l'absence de Proserpine, les champs ont été entièrement <u>stérilisés</u>. (....................)

c. Pour les Romains, Cérès a aussi <u>incarné</u> l'amour maternel. (....................)

d. J'ai <u>étudié</u> ce mythe en français. (....................)

indice
Par 2 fois l'auxiliaire *être* est à un temps composé.

3 Identifier les participes passés

Repère et souligne 6 participes passés.

> Accrochée à la branche basse d'un arbre, se trouvait une grenade. Elle l'avait cueillie, elle en avait fendu l'écorce pâle et retiré sept grains qu'elle avait portés à sa bouche. Un jeune homme qui se trouvait là l'avait vue.
>
> F. Rachmuhl, *16 métamorphoses d'Ovide*, © Castor Poche, 2003.

indice
L'un des participes est employé seul.

4 Accorder ou non ?

Accorde les participes passés si nécessaire.

a. Un jour, Hadès, dieu des Enfers, est tombé....... amoureux de la fille de Cérès.

b. Proserpine est alors enlevé....... par Hadès.

c. Cérès a perdu....... sa fille adorée.

d. La déesse des moissons a décidé....... de se venger.

e. Aussitôt, les sols sont gelé....... et les plantes sont maintenu....... sous la terre.

f. Zeus a ordonné....... à Hadès de rendre Proserpine.

g. Cette exigence, Hadès l'a accepté......., mais il a posé....... une condition.

h. Les grains de grenade que Proserpine a mangé....... l'obligent à revenir régulièrement sous terre.

indice
Pour les verbes construits avec *avoir*, repère le COD : est-il placé avant ou après l'auxiliaire ?

5 CONTRÔLE EXPRESS

Lis le texte pour répondre aux questions.

a. Souligne les participes passés employés avec les auxiliaires encadrés.

b. Relève 3 participes passés employés seuls comme des adjectifs.

c. Justifie l'accord de ces 3 participes passés : *appelée*, *gelée* et *consultés*.

d. Réécris l'avant-dernière phrase en remplaçant « Les dieux de l'Olympe » par « Zeus ».

Parce que sa fille [a été] enlevée par le dieu des Enfers, Cérès, également appelée Déméter chez les Grecs, déesse de l'agriculture et des moissons, [a] refusé de laisser les blés mûrir. Les sols se [sont] durcis, la terre [a été] gelée et toute plante [a] disparu de la surface de la Terre. Alors les hommes [ont] commencé à mourir de faim à cause de la végétation gardée prisonnière. Les dieux de l'Olympe [ont été] consultés et ils [ont] obligé Hadès à rendre sa fille à Cérès. Soulagée, la déesse [a] recommencé à faire pousser les blés.

Corrigés page 19 du Guide

9 Les accords dans le GN

Je me demande…

Avec quoi l'adjectif s'accorde-t-il ? Le pluriel d'un nom finit-il toujours par un *s* ?

ORTHOGRAPHE

Les points clés

1 L'accord du déterminant

● Le déterminant s'accorde en genre et en nombre **avec le nom qu'il introduit** (cette lion**ne**, des lion**s**).

Dans *L'Odyssée*, la magicienne Circé dompte les animaux sauvages grâce à des breuvages magiques.

2 L'accord de l'adjectif

● L'adjectif qualificatif s'accorde en genre et en nombre **avec le nom auquel il se rapporte.**

Circé vit au milieu d'animaux sauvag**es** ensorcel**és.**

▶ Les deux adjectifs s'accordent avec animaux au masculin pluriel.

● Lorsqu'un adjectif qualifie **plusieurs noms**, il se met au pluriel.
Si les noms sont de genres différents, l'adjectif se met toujours au masculin pluriel.

une lionne (féminin sg.) et des louves (féminin pl.) ensorcelé**es** (féminin pl.)

des louves (féminin pl.) et un lion (masculin sg.) ensorcelé**s** (masculin pl.)

3 Le cas d'un GN avec un complément du nom

● Le complément du nom est un groupe de mots qui complète le nom et apporte des précisions sur le nom noyau du GN. Il est souvent introduit par une préposition (*à*, *de*, *en*…).

un **mythe** de l'Antiquité, un **coup** de baguette, une **table** en bois

● Au sein d'un GN avec un complément du nom, **l'adjectif s'accorde avec le nom noyau** ou le nom complément en fonction du sens.

des coupes de breuvage **magique**

▶ C'est le breuvage qui est magique (masculin singulier).

Un peu de méthode

Former le pluriel d'un nom

La règle principale : On ajoute un ***s*** pour former le pluriel.

Les cas particuliers :

- **7 noms en *-ou*** prennent un ***x*** au pluriel : bijou, caillou, chou, genou, hibou, joujou, pou.
- **Les noms en *-al*** font leur pluriel en ***-aux*** (un animal, des animaux), sauf 6 noms qui prennent un *s* : bal, carnaval, chacal, festival, récital, régal.

On s'entraîne !

1 QUIZ

Lis la phrase et coche l'affirmation juste.
Les compagnons d'Ulysse découvrent le palais de Circé, entouré d'animaux sauvages, lions et loups, qui se comportent comme des animaux domestiques.

- ☐ *entouré* s'accorde avec *Circé*
- ☐ *sauvages* s'accorde avec *lions et loups*
- ☐ *domestiques* s'accorde avec *animaux*

2 Au féminin

Mets les noms ci-dessous au féminin. Attention à l'accord des déterminants !

a. un loup → ....

b. le héros → ....

c. cet ami → ....

d. quel champion → ....

3 Accorder correctement

Accorde les adjectifs qui se rapportent aux noms soulignés.

a. Circé finit par rendre leur apparence humain......... aux compagnons d'Ulysse transformé......... en porcs.

b. Les incroyable......... péripéties vécu......... par Ulysse sont racontées par Homère.

c. Les héros de l'Antiquité étaient des hommes doté......... de pouvoirs exceptionnel......... et capable......... d'étonnant......... prouesses.

? indice

Tu dois trouver 3 noms masculins et 4 féminins. Aide-toi des déterminants ou du dictionnaire pour vérifier le genre des noms.

4 Accords dans le GN

Accorde l'adjectif comme il convient.

a. Des écharpes de soie (bleu) ....

b. Un mythe de l'Antiquité (grec) ....

c. Des objets d'art (vendu) .... aux enchères.

5 Réécriture

Réécris les expressions suivantes en accordant correctement les déterminants et les adjectifs entre parenthèses.

a. (son) (nouveau) victoires
b. (un) (courageux) épouse
c. (le) (mystérieux) potions (magique)
d. (cet) ruses (perfide) et (dangereux)

? indice

Attention à bien accorder en genre (masculin ou féminin) mais aussi en nombre (singulier ou pluriel).

6 Repérer le nom donneur d'accord

Souligne les noms auxquels se rapportent les adjectifs et accorde ceux-ci correctement.

La rusé......... Circé a jeté un sort aux imprudent......... compagnons.

Elle les a ainsi transformés en de véritable......... cochons.

Ulysse, qui est une personne avisé......... et courageu........., a pris garde de se munir d'un puissant......... antidote avant de se rendre chez la cruel......... magicienne.

Grâce à sa profond......... intelligence, il a déjoué ses nombreu......... pièges et a délivré ses compagnons.

7 CONTRÔLE EXPRESS

Lis le texte, puis réponds aux questions.

> Et ils trouvèrent, dans une vallée, en un lieu découvert, les demeures de Circé, construites en pierres polies. Et tout autour erraient des loups montagnards et des lions. Et Circé les avait domptés avec des breuvages perfides [...].
>
> HOMÈRE, *L'Odyssée* (chant X), VIIIe siècle av. J.-C. trad. de Leconte de Lisle, 1893.

a. Mets entre crochets les GN qui ont pour noyaux les mots en bleu.
b. Dans ces GN, souligne les adjectifs qualificatifs.
c. Mets au singulier les GN qui sont au pluriel.

Corrigés page 19 du Guide

10 Les homophones grammaticaux

Je me demande...

La forme *a* du verbe *avoir* et la préposition *à* sont-elles des homophones grammaticaux ? Y en a-t-il d'autres ?

Les points clés

1 Avec ou sans accent ?

a ou à ?	= avait → **a** (verbe *avoir*) ≠ avait → **à** (préposition)	**À** (≠ avait) force de lire des romans policiers, ma grand-mère **a** (= avait) pris goût aux enquêtes.
***la* ou *là* ?**	≠ ici → ***la*** (article ou pronom) = ici / -ci → ***là*** (adverbe de lieu)	– As-tu suivi longtemps **la** piste de ce suspect ? – Non, je l'ai perdue en arrivant **là** !
***ou* ou *où* ?**	= ou bien → ***ou*** (conjonction de coordination) ≠ ou bien → ***où***	Ils ne savent pas par **où** commencer : **ou** ils interrogent les suspects, **ou** ils prélèvent les empreintes.

2 En un mot ou en deux ?

***l'a* ou *la* ?**	= l'avait → ***l'a*** (*l'* + verbe *avoir*) = le, les → ***la*** (article ou pronom)	**La** solution de l'énigme, il **l'a** trouvée rapidement !
***l'ai* ou *l'est* ou *les* ?**	= l'avais → ***l'ai*** (*l'* + verbe *avoir*) = l'était → ***l'est*** (*l'* + verbe *être*) = le, la → ***les*** (article ou pronom)	Coupable, il **l'est** : je **l'ai** compris en analysant **les** empreintes retrouvées sur le lieu du crime.
***dans* ou *d'en* ?**	= à l'intérieur → ***dans*** (préposition) = de cela → ***d'en*** (*d'* + pronom adverbial *en*)	Le lieu du crime comprend de nombreux indices. **Dans** ces circonstances, les inspecteurs craignent **d'en** oublier.
***sans* ou *s'en* ?**	= privé de → ***sans*** (préposition) = m'en / t'en → ***s'en*** (*s'* + pronom adverbial *en*)	Cette fois-ci, le coupable **s'en** tire **sans** une peine de prison ferme.
***ni* ou *n'y* ?**	= pas de, aucun → ***ni*** (conjonction de coordination exprimant la négation) = ne... à cela, ne... là → ***n'y*** (négation *n'* + pronom adverbial *y*)	Ce crime reste un mystère : il **n'y** a **ni** arme, **ni** mobile.

Un peu de méthode

Reconnaître les verbes *être* et *avoir*

● Les formes des verbes ***être*** et ***avoir*** ont parfois la même prononciation et peuvent être confondues (***ai*** ou ***est*** / ***l'ai*** ou ***l'es***...). Pour les reconnaître à coup sûr, on peut conjuguer ces verbes à l'imparfait par exemple :
- ***ai*** (1re personne du sing. du verbe ***avoir***) peut être remplacé par ***avais*** ;
- ***es*** (2e personne du sing. du verbe ***être***) peut être remplacé par ***étais*** ;
- ***est*** (3e personne du sing. du verbe ***être***) peut être remplacé par ***était***.

J'ai **(= avais)** la conviction qu'il est **(= était)** coupable, mais tu n'en es **(= étais)** pas encore sûr.

Identifie bien la personne à laquelle est conjugué le verbe.

On s'entraîne !

1 QUIZ

Coche l'homophone qui convient.

a. Je dois être ☐ a ☐ à l'aéroport ☐ a ☐ à 5 heures.

b. Il sait ☐ ou ☐ où elle se trouve, mais il ignore si elle rentre ce soir ☐ ou ☐ où demain.

c. Les voyageurs ☐ on ☐ ont dissimulé leur butin ☐ dans ☐ d'en des bouteilles en plastique.

d. Lorsque la police ☐ les ☐ l'ai a interrogés, ils ☐ son ☐ sont restés silencieux.

2 *À chacun son a*

Complète le texte ci-dessous avec a / à.

Elle .... interrogé la victime.

— .... quelle heure avez-vous découvert le vol ?

.... -t-elle demandé .... maman.

— .... trois heures et demie, quand j'ai voulu prendre un yaourt.

— Et .... quelle heure aviez-vous mis la crème au Frigidaire ?

— Vers dix heures ce matin, ... répondu maman.

— Bien, ... conclu mamie, nous pouvons donc en déduire que le malfaiteur .... opéré entre dix heures et quinze heures trente.

Bernard Friot, *Encore des histoires pressées*, © Éditions Milan, 1997.

3 *Donne le la !*

Complète avec *l'as / l'a / la / là*.

a. .... solution, elle .... trouvée grâce à .... perspicacité de sa grand-mère.

b. .... suspecte n° 1 n'est autre que .... victime !

c. Cette crème, tu ....mangée au lieu de .... remettre où elle doit être en ce moment : dans .... glacière !

4 *Homophones lexicaux*

Complète la grille avec des homophones des mots indiqués dans le tableau pour chaque ligne et chaque colonne.

Horizontalement	Verticalement
2. mer 3. près 4. seau 5. paire 6. chœur	C. maître G. vert

	A	B	C	D	E	F	G
1							
2							
3							
4							
5							
6							

indice

Par exemple, les mots *mer*, *mère* et *maire* sont des homophones lexicaux.

5 CONTRÔLE EXPRESS

Complète le texte avec des homophones étudiés dans ce chapitre. Justifie chacun de tes choix.

Aujourd'hui, Grand-mère m'.................... dit que je pouvais .... suivre pour l'aider .... résoudre l'énigme de .... crème au chocolat. Maman .... mise dans le Frigidaire, mais quelqu'un .... entamée avant l'heure du déjeuner. Les suspects, je .... ai interrogés un par un en essayant de .... confondre. J'.................... demandé à chacun .... il était .... l'heure du crime. .... mon avis, ... réponses ne .... pas satisfaisantes et, avec grand-mère, ... n'.................... pas encore pu identifier le coupable .... l'heure qu'il ....

Corrigés page 19 du Guide

11 La ponctuation, les majuscules

Je me demande...
Pourquoi distingue-t-on différents points ? La ponctuation ne sert-elle que pour l'écrit ?

Les points clés

1 Les différents points

Dans *Les Fourberies de Scapin*, le valet Scapin défend les jeunes amoureux contre leurs pères.

● Toute phrase se termine par une **ponctuation forte** :

Signe de ponctuation	Rôle
point (.)	Termine une phrase déclarative Je vous vois tout troublé.
point d'interrogation (?)	Termine une phrase interrogative Qu'est-ce, seigneur Octave ?
point d'exclamation (!)	Traduit une émotion forte ou indique un ordre Je suis le plus infortuné de tous les hommes !
points de suspension (...)	Indiquent que la phrase a été interrompue brusquement et est inachevée Je ne sais vraiment pas quoi faire...

● D'autres points sont utilisés à l'intérieur de la phrase :

Signe de ponctuation	Rôle
point-virgule (;)	Sépare deux propositions juxtaposées à l'intérieur d'une phrase Scapin rencontre Octave ; il lui demande l'origine de ses plaintes.
deux-points (:)	Introduit une énumération, une explication ou des paroles entre guillemets Octave craint la réaction de son père : il espère l'aide de Scapin.

2 Les majuscules

● On trouve une majuscule à **chaque début de phrase**, donc après une ponctuation forte ou un deux-points dans le cas d'un dialogue.

Le valet rencontre son jeune maître. Il lui demande : « Comment allez-vous ? »

● **Les noms propres** prennent une majuscule à l'initiale (Scapin ; Octave). Attention, quand un nom propre est employé comme adjectif, il ne prend pas de majuscule.

Les Anglais ont adoré cette pièce ! → nom propre
Le **public** anglais a adoré cette pièce ! → adjectif
Cette pièce a été jouée **en** anglais. → nom commun

Un peu de méthode

Utiliser des virgules

● La **virgule** (,) marque une faible pause. Elle sert à **séparer** les termes d'une énumération ou des propositions juxtaposées (posées les unes à côté des autres).

[...] **je suis** perdu, **je suis** désespéré, **je suis** le plus infortuné de tous les hommes!

● Elle permet également de **mettre en valeur** un mot ou groupe de mots mis en apposition. **Pauvre de moi,** je suis le plus malheureux de tous!

On s'entraîne !

1 QUIZ

Coche les mots ou groupes de mots dans lesquels il manque une majuscule.

- ☐ molière
- ☐ un valet
- ☐ un français
- ☐ un pays
- ☐ la grèce
- ☐ le théâtre
- ☐ scapin
- ☐ en français
- ☐ l'angleterre
- ☐ un héros grec

2 *Un point c'est tout !*

Dans les phrases suivantes, rétablis les majuscules et la ponctuation finale.

a. Quel farceur que ce valet
b. Pourquoi crains-tu le retour de géronte
c. Octave s'est marié sans demander l'avis de son père
d. Crois-tu que géronte appréciera

3 *Les virgules*

Rétablis les virgules à l'intérieur de chacune des phrases ci-dessous.

a. En cours de français nous étudions des pièces de théâtre des poèmes et des extraits de romans.
b. Moi j'aime beaucoup le théâtre mais je préfère quand même la poésie.
c. Pour ma part je ne supporte pas d'aller au théâtre !
d. Parmi mes auteurs favoris il y a Molière Corneille et Racine.

4 *Ponctuer une tirade*

Complète la tirade de Scapin en rétablissant les majuscules, trois points d'interrogation et cinq points d'exclamation.

> SCAPIN. — est-ce là tout .... vous voilà bien embarrassés tous deux pour une bagatelle .... c'est bien là de quoi se tant alarmer .... n'as-tu point de honte, toi, de demeurer court à si peu de chose .... que diable .... te voilà grand et gros comme père et mère, et tu ne saurais trouver dans ta tête, forger dans ton esprit, quelque ruse galante, quelque honnête stratagème, pour ajuster vos affaires .... fi .... peste soit du butor ....
>
> MOLIÈRE, *Les Fourberies de Scapin* (I, 3), 1671.

5 *Ponctuation et majuscules*

Réécris ces phrases en rétablissant la ponctuation et les majuscules nécessaires.

a. molière fut auteur comédien metteur en scène et chef de troupe → ....

....

....

b. ses pièces ont encore un grand succès elles sont à la fois comiques et satiriques → ....

....

....

c. quel talent remarquable possède ce comédien il sait vraiment tout jouer → ....

....

....

d. je peux citer les personnages principaux de la pièce scapin octave géronte argante et léandre

→ ....

....

6 CONTRÔLE EXPRESS

Lis le texte, puis réponds aux questions.

a. Ponctue correctement ce dialogue fictif entre Scapin et Géronte, le père d'Octave.
b. Rétablis les majuscules manquantes.
c. Indique quel est le type de chacune des phrases du dialogue.

SCAPIN. — pourquoi êtes-vous si en colère
GÉRONTE. — parce qu'il n'avait pas le droit de se marier sans mon accord
SCAPIN. — est-ce si grave que ça
GÉRONTE. — oui car j'avais d'autres projets en tête
SCAPIN. — que voulez-vous dire
GÉRONTE. — octave devait épouser la fille de mon ami argante

Corrigés page 19 du Guide

12 Le verbe, les trois groupes verbaux

Je me demande...
On dit d'un verbe qu'il se conjugue, qu'est-ce que cela signifie ? Pourquoi distinguer des groupes verbaux ?

CONJUGAISON

Les points clés

1 Les différents points

● Dans une phrase verbale, les mots sont organisés **autour d'un verbe** principal. Celui-ci exprime une action ou un état.

Il peignit ensuite une étoile [v. d'action].
Le tableau semble [v. d'état] inachevé.

● Le verbe se conjugue. Il peut varier à la fois :
- en **personne** et en **nombre** : 1re, 2e ou 3e personne du singulier ou du pluriel ;
- en **mode** : indicatif, impératif, conditionnel ou (dans le cas d'un mode personnel) ;
- en **temps** : présent, passé ou futur ; simple ou composé.

● Le verbe se compose de deux parties :
- son **radical** (qui ne change pas ou peu) indique son sens ;
- sa **terminaison** (ou désinence) porte les marques de la personne, du nombre, du mode et du temps.

il voul ut
radical + terminaison

2 Les différents groupes verbaux

Selon leur infinitif, les verbes se répartissent en **trois groupes** : trois ensembles de verbes qui ont des caractéristiques communes et suivent la même conjugaison.

Groupe	Caractéristiques	Exemple
1er groupe	– infinitif en *-er* – radical unique	dessiner
2e groupe	– infinitif en *-ir* – participe présent en *-issant* – radical en *-i-* ou en *-iss*	rougir, rougissant
3e groupe	– tous les autres verbes – plusieurs modèles de conjugaison différents – radical variable	peindre, il peint, nous peignons

Un peu de méthode

Distinguer le participe passé en -é de l'infinitif en -*er*

● Généralement, l'infinitif se rencontre derrière une préposition ou un autre verbe (différent des auxiliaires *être* et *avoir*). On peut le **remplacer par un infinitif du 3e groupe** comme *prendre, mordre, mentir...*

Il a dessiné une dorade. ▶ Il est impossible de remplacer dessiné par un infinitif du 3e groupe, il s'agit donc d'un participe passé en *-é*.

Il veut pêcher une dorade. ▶ On peut dire « il veut **prendre** une dorade », il s'agit donc d'un infinitif en *-er*.

On s'entraîne !

1 QUIZ

Relie chaque mot à sa catégorie.

a. courir •		
b. coureur •		
c. soupir •		
d. soupirer •		• verbe
e. fleurs •		
f. fleurir •		• nom
g. visiteur •		
h. visitons •		

2 *Infinitif et groupe des verbes*

Pour chaque verbe, donne son infinitif et indique à quel groupe il appartient.

	Infinitif	Groupe
a. je vais	....	....
b. vous nagez	....	....
c. il court	....	....
d. tu crois	....	....
e. elle prend	....	....

3 *Verbe conjugué ou infinitif ?*

Souligne, dans ce texte, les formes verbales, puis entoure les verbes à l'infinitif.

Le poète est un artisan du langage : il assemble les mots, pour les faire chanter et résonner ensemble. Il crée une nouvelle langue faite de rythmes, de rimes et d'images.

4 *Chercher l'intrus*

Quel verbe n'appartient pas au même groupe ? Barre l'intrus dans chacune des listes.

a. sourire • nourrir • partir • cuire • sortir
b. farcir • rougir • blanchir • dire • gémir
c. signaler • indiquer • répondre • informer • tromper
d. démolir • cueillir • salir • maudire • glapir
e. hurler • rugir • maugréer • contester

? indice

Pour savoir si un verbe en *-ir* est du 2e ou du 3e groupe, mets-le au participe présent : *vieillir > vieillissant* (2e gr.) / *fuir > fuyant* (3e gr.).

5 *Quelle terminaison ?*

Complète les formes verbales avec la bonne terminaison.

a. Cet écrivain a contribu........ à renouvel........ la poésie et le théâtre.

b. Il a été admir........ par la plupart de ses compagnons, mais contest........ par certains pour ses idées politiques.

c. Peu avant sa mort, elle a cré........ une fondation pour assur........ la promotion de son œuvre.

6 CONTRÔLE EXPRESS

Lis le poème, puis réponds aux questions.

Il voulut peindre une rivière ;
Elle coula hors du tableau.

Il peignit une pie grièche ;
Elle s'envola aussitôt.

Il dessina une dorade ;
D'un bond, elle brisa le cadre.

Il peignit ensuite une étoile ;
Elle mit le feu à la toile.

Alors, il peignit une porte
Au milieu même du tableau.

Elle s'ouvrit sur d'autres portes,
Et il entra dans le château.

Maurice Carême, « L'Artiste », dans *Entre Deux Mondes*, © Fondation Maurice Carême, 1970.

a. Relève les formes verbales conjuguées.
b. Entoure le radical de chacun des verbes que tu as relevés et souligne la terminaison.
c. Indique à quel groupe appartient chacun de ces verbes.

? indice

Tous les verbes sont conjugués au passé simple, à la 3e personne du singulier.

Corrigés page 20 du Guide

13 Le présent

Je me demande...

Quelles terminaisons faut-il utiliser au présent de l'indicatif ? Qu'est-ce qui distingue un verbe à l'impératif ?

Les points clés

1 Le présent de l'indicatif

- Les terminaisons du **présent de l'indicatif** changent selon le groupe du verbe.

Groupe	1er groupe	2e groupe	Pour la plupart des verbes du 3e groupe
Terminaisons	-e, -es, -e, -ons, -ez, -ent	-is, -is, -it, -issons, -issez, -issent	-s, -s, -t, -ons, -ez, -ent

- Certains **verbes du 3e groupe** présentent des terminaisons particulières.

Type de verbe	Modèle *ouvrir*	Verbes en *-dre* (sauf en *-indre, -soudre*)	Verbes *pouvoir, vouloir, valoir*
Terminaisons	-e, -es, -e, -ons, -ez, -ent	-ds, -ds, -d, -ons, -ez, -ent	-x, -x, -t, -ons, -ez, -ent

- On distingue plusieurs emplois du présent de l'indicatif.

Le présent d'énonciation → pour un fait qui se déroule au moment où l'on parle

Le présent de vérité générale → pour un fait toujours vrai

Le présent de narration → pour un fait que l'on veut rendre présent, dans un récit au passé

2 Le présent de l'impératif

- L'impératif est un mode qui **permet d'exprimer un ordre**. Au mode impératif, il n'existe que trois personnes et le sujet n'est pas exprimé (regarde, regardons, regardez).

- Les **terminaisons** du présent de l'impératif sont généralement celles du présent de l'indicatif (prends, prenons, prenez).
Toutefois, à la 2e personne du singulier, les verbes du 1er groupe *cueillir, offrir, ouvrir* et *souffrir* se terminent en *-e* (et non *-es*).
Les verbes *être* et *avoir* sont eux aussi irréguliers à la 2e personne du singulier (sois, soyons, soyez • aie, ayons, ayez).

Un peu de méthode

Mettre un *-s* à la fin d'un verbe quand il convient

- Au **présent de l'indicatif**, avec le sujet *tu*, on met **toujours un *-s*** à la fin d'un verbe.
  tu respires • je finis, tu finis • je cours, tu cours

- À l'**impératif présent**, les verbes du 1er groupe ne prennent **jamais de *-s* final** à la 2e personne du singulier (respire). Toutefois, lorsqu'ils sont suivis des pronoms adverbiaux *en* et *y*, ils prennent un *-s* pour faciliter la prononciation : vas-y • rapportes-en.

On s'entraîne !

1 QUIZ

Relie les sujets de la première colonne aux verbes conjugués au présent de l'indicatif.

a. Mon ami et moi •	• veux.
b. Les cerisiers •	• bavardons.
c. Je •	• oublies.
d. L'homme pressé •	• marchent.
e. Les randonneurs •	• accélère.
f. Toi-même •	• fleurissent.
g. Vous autres •	• frémissez.

? **indice**

Fais attention aux accords.

2 Au présent de l'indicatif

Conjugue les verbes suivants au présent de l'indicatif et à la personne demandée.

a. il (apprendre) → ....

b. je (pouvoir) → ....

c. nous (savoir) → ....

d. ils (vouloir) → ....

e. vous (dire) → ....

3 À l'impératif

Conjugue les verbes suivants à l'impératif présent à toutes les personnes.

a. parler → ....

b. répondre → ....

c. observer → ....

d. finir → ....

4 Distinguer les verbes

Dans les poèmes suivants :
– souligne en bleu les verbes au présent de l'indicatif et en vert les verbes à l'impératif ;
– indique l'infinitif de chacun d'eux.

Le fil du cerf-volant —
dans le ciel il se noie
sur le doigt il se voit.

Haïku de Seishi Yamaguchi

Tombent les fleurs de cerisier —
entre les branches
un temple apparaît.

Haïku de Yosa Buson

Grimpe en douceur
petit escargot —
tu es sur le Fuji !

Haïku de Issa Kobayashi

5 Les valeurs du présent

Dans les phrases suivantes, indique la valeur du présent : présent d'énonciation (PE) ou présent de vérité générale (PVG).

a. La Terre tourne autour du Soleil. (..................)

b. L'eau bout à cent degrés. (..................)

c. Tu écris vraiment trop mal. (..................)

d. *L'Odyssée* raconte les aventures d'Ulysse au retour de la guerre de Troie. (..................)

e. Le vent se lève et chasse les nuages. (..................)

f. Après la pluie vient le beau temps. (..................)

6 CONTRÔLE EXPRESS

Lis les poèmes, puis réponds aux questions.

Une alouette s'élève
je respire la brume
je marche sur les nuages !

Haiku de Shiki Masaoka

Sauterelle
n'écrase pas
les perles de rosée blanche !

Haïku de Issa Kobayashi

Haïku. Anthologie du poème court japonais, traduit par Corinne Atlan et Zéno Bianu, © Éditions Gallimard, 2002.

a. Relève les formes verbales et indique à quel temps et quel mode chacune d'elles est conjuguée.
b. Précise à quel groupe verbal appartiennent les verbes que tu as relevés.
c. Indique quelle est la valeur du présent de l'indicatif dans le premier poème.

Corrigés page 20 du Guide

14 L'imparfait et le passé simple

Je me demande...
Quelles sont les terminaisons de l'imparfait ? Quand emploie-t-on le passé simple dans un récit au passé ?

Les points clés

L'imparfait et le passé simple sont deux temps de l'indicatif permettant d'**évoquer un fait passé**, chacun avec sa propre valeur.

Un conte africain explique comment le chacal sauvage est devenu chien domestique.

1 L'imparfait

- Pour conjuguer un verbe à l'**imparfait**, on ajoute au radical les terminaisons : *-ais*, *-ais*, *-ait*, *-ions*, *-iez*, *-aient*.

  je régn**ais**, tu régn**ais**, il régn**ait**, nous régn**ions**, vous régn**iez**, ils régn**aient**

Attention : les verbes en *-cer* prennent une cédille devant le *-a* (j'avanç**ais**) et les verbes en *-ger* prennent un e devant le *-a* (tu bouge**ais**).

- Dans un récit au passé, l'**imparfait** s'utilise pour évoquer l'**arrière-plan** du récit. Il est employé dans les descriptions et permet aussi d'exprimer une **action passée qui s'est répétée**.

  Quand le chacal arriva au village, le vieil homme mangeait des noix de cola.

2 Le passé simple

- Au **passé simple**, les terminaisons sont différentes selon les groupes de verbes.

Groupe	Terminaisons
1er groupe	-ai, -as, -a, -âmes, -âtes, -èrent
2e groupe	-is, -is, -it, -îmes, -îtes, -irent
3e groupe	-is, -is, -it, -îmes, -îtes, -irent (verbes en *-ir* et *-re*) -us, -us, -ut, -ûmes, -ûtes, -urent (certains verbes + *être*) -ins, -ins, -int, -înmes, -întes, -inrent (*tenir, venir* + leurs composés)

- Dans un récit au passé, le **passé simple** s'utilise pour raconter les actions de **premier plan**, celles qui font avancer l'histoire.

  Deux chacals décidèrent d'aller chercher du feu au village des hommes.

- Contrairement à l'imparfait, le passé simple sert à exprimer des **actions achevées** et **limitées dans le temps**.

  Alors que le froid régnait sur la brousse, les animaux partirent un à un.

Un peu de méthode

Différencier les terminaisons *-ai* et *-ais*

- À la 1re personne du singulier, les terminaisons *-ais* (imparfait) et *-ai* (passé simple) peuvent être confondues. Or ces deux temps n'ont pas la même valeur : **l'imparfait** sert à exprimer une action passée en cours de déroulement, tandis que **le passé simple** sert à exprimer une action passée limitée dans le temps.

- Pour éviter de confondre ces deux formes, on peut mettre le verbe à la 3e pers. du sing.

  Pendant que je lisais **(il lisait)** cette histoire, j'éclatai **(il éclata)** de rire.

On s'entraîne !

1 QUIZ

Relie chaque forme verbale au temps correspondant.

a. ils prirent •	
b. je marchai •	
c. tu lisais •	• imparfait
d. elle laissa •	• passé simple
e. vous racontiez •	
f. je décidai •	

2 Conjuguer à l'imparfait

Conjugue les verbes à la 2e personne du singulier et du pluriel de l'imparfait.

Verbe	2e personne du sg.	2e personne du pl.
nager	....	....
faire	....	....
dire	....	....
crier	....	....
prendre	....	....

3 Imparfait ou passé simple ?

Réécris les formes suivantes au passé simple ou à l'imparfait en conservant la même personne.

a. il devait → ....

b. je tins → ....

c. ils venaient → ....

d. vous fûtes → ....

e. tu eus → ....

4 Conjuguer au passé simple

Dans les phrases suivantes, conjugue les verbes entre parenthèses au passé simple.

a. Il (s'aventurer) .... jusqu'au village des hommes.

b. Le chacal (découvrir) .... le monde des humains et (se laisser) .... apprivoiser.

c. Les autres animaux (être) .... déçus de sa réaction et le (rejeter) ....

d. Les hommes (baptiser) .... le chacal du nom de « chien » et le (retenir) .... auprès d'eux.

e. Le chien (rester) .... auprès d'eux et ne (vouloir) .... plus retrouver l'état sauvage.

5 Terminaison en -ai ou -ais ?

Dans les phrases suivantes, complète la terminaison des verbes avec *-ai* ou *-ais* selon qu'il s'agit du passé simple ou de l'imparfait.

a. Avant, j'aim........ beaucoup les contes : j'en lis........ des recueils entiers.

b. En visitant la grotte, je frissonn........ et m'enrhum........

c. L'été dernier, je nage........ le matin et me promen........ l'après-midi, bref je ne m'ennuy........ pas une seconde !

d. Je cueill........ des mûres depuis déjà plusieurs heures, quand je décid........ de rentrer. De retour à la maison, je cuisin........ une tarte avec les fruits.

6 CONTRÔLE EXPRESS

Lis le texte, puis réponds aux questions.

> Sur son passage, [le chacal] vit à terre des os et des morceaux de viande que les habitants avaient jetés durant le dîner. Gourmand, il les broya avec volupté. Il mangea tout ce qu'il trouva sur le sol. Puis il arriva près d'enfants, assis auprès du feu, où le vieux du village leur disait des contes. Le vieil homme mangeait des noix de cola et les enfants décortiquaient des arachides, qu'ils dégustaient avec plaisir.
>
> Kama Sywor Kamanda, *Les Contes du griot*, tome III, © Présence africaine, 1998.

a. Relève les verbes conjugués à l'imparfait et au passé simple en les classant dans un tableau à 2 colonnes.
b. Justifie l'emploi des deux temps dans le texte.
c. Réécris la dernière phrase du texte en remplaçant « le vieil homme » par « les griots » et « les enfants » par « le petit garçon ».

Corrigés page 20 du Guide

15 Le futur simple et le conditionnel présent

Je me demande...
Quelles sont les terminaisons du futur simple ? Comment forme-t-on le conditionnel présent ?

Les points clés

1 Le futur simple

- Le futur simple est un temps de l'indicatif. Voici comment il se forme :

Le futur simple
- radical terminé par **-r** + terminaisons ***-ai***, ***-as***, ***-a***, ***-ons***, ***-ez***, ***-ont***
- exemples :
  - aimer → aime**r-** → j'aimer**ai**
  - finir → fini**r-** → tu finir**as**
  - perdre → perd**r-** → il perdr**a**

- Le futur simple sert à situer une action à venir **par rapport au moment présent**.

2 Le présent du conditionnel

- Voici comment se forme le présent du conditionnel :

Le présent du conditionnel
- radical du **futur** + terminaisons de **l'imparfait**
- exemple :

je voudr**ais**	nous voudr**ions**
tu voudr**ais**	vous voudr**iez**
il voudr**ait**	ils voudr**aient**

- Il permet de situer une action à venir **par rapport à un moment passé**.

Narcisse s'arrêta à une source, sans savoir qu'il regretterait ce moment...

Présent — Futur simple →
[Il ne sait pas][qu'il regrettera ce moment.]

Passé — Présent du conditionnel →
[Il ne savait pas][qu'il regretterait ce moment.]

- Il peut aussi être utilisé pour exprimer une action soumise à une condition ou pour atténuer une affirmation.

Si Narcisse était moins orgueilleux, il ne serait pas en admiration devant son reflet.

Un peu de méthode

Conjuguer les verbes irréguliers

- Certains verbes ont une **conjugaison irrégulière** au futur : c'est le cas notamment des **auxiliaires *être*** et ***avoir***, mais aussi des **verbes** en *-yer*, ainsi que de **certains verbes du 3e groupe**.
- Au **conditionnel**, ces verbes se conjuguent avec les mêmes particularités.

→ je serai / je serais • j'aurai / j'aurais • je paierai / je paierais • j'irai / j'irais...

On s'entraîne !

1 QUIZ

Relie chaque forme verbale à son temps.

a. il prendra •
b. nous voudrions •
c. vous ferez •
d. elles feraient •
e. je déciderai •
f. tu crieras •

• futur simple
• présent du conditionnel

2 *Conjuguer au futur*

Complète le tableau ci-dessous en conjuguant les verbes au futur simple.

Verbe	1re personne du sg.	1re personne du pl.
savoir	....	....
prendre	....	....
avoir	....	....
faire	....	....

3 *Repérer le conditionnel*

Dans le texte ci-dessous, entoure les verbes au présent du conditionnel.

> Du haut des airs, l'infortuné Phaéton a vu la terre disparaître dans un profond éloignement ; il pâlit, ses genoux tremblent d'une terreur nouvelle, et ses yeux [...] se couvrent de ténèbres. Oh ! qu'il voudrait n'avoir jamais touché les guides du char de son père ! [...] Il aimerait bien mieux être appelé fils de Mérops.
>
> OVIDE, *Métamorphoses*, Livre III, Ier siècle, traduction de L. Puget, Th. Guiard et Fouquier, 1876.

4 *Du futur au conditionnel*

Réécris les phrases en mettant au présent du conditionnel les verbes au futur simple.

a. Il raconte qu'une déesse condamnera la vanité de Narcisse et le punira sévèrement.
→ Il racontait qu'une déesse condamnerait la vanité de Narcisse...

b. Narcisse ignore encore qu'il verra sa propre image se refléter et tombera amoureux d'elle.
→ Narcisse ignorait alors...

c. La déesse annonce que Narcisse essaiera d'embrasser son image, mais qu'il se noiera.
→ La déesse annonça...

d. Le mythe raconte que son corps disparaîtra et qu'une fleur jaune poussera à cet endroit.
→ Le mythe racontait...

5 *Changer de personne*

Remplace la forme verbale soulignée par une forme à la 1re personne du singulier en conservant le même temps (futur simple ou présent du conditionnel).

a. En classe de 6e, tu étudieras sans doute les *Métamorphoses* d'Ovide.

b. Tu connaîtras ainsi les mésaventures des dieux et des mortels.

c. Elle préfèrerait lire les aventures d'Ulysse.

d. Auriez-vous une préférence entre *L'Iliade* et *L'Odyssée* ?

6 CONTRÔLE EXPRESS

Lis le texte, puis réponds aux questions.

a. Conjugue les verbes entre parenthèses au temps demandé.

b. Justifie l'emploi du conditionnel pour le verbe *désirer*.

c. Réécris le deuxième paragraphe en conjuguant les verbes au futur.

Un jour, Phaéton (*apprendre*, passé simple) qu'il (*être*, imparfait) le fils du Soleil. Il (*souhaiter*, passé simple) alors rencontrer son père qui (*proposer*, passé simple) de lui offrir tout ce qu'il (*désirer*, présent du conditionnel). Phaéton, inconscient des dangers, (*réclamer*, passé simple) le droit de conduire le char de son père. Le dieu (*avoir*, présent du conditionnel) préféré refuser, mais il ne (*revenir*, passé simple) pas sur sa parole.

Cependant, une fois lancé à toute vitesse, le char (*être*, passé simple) incontrôlable et Phaéton, sans le vouloir, (*semer*, passé simple) partout la désolation : les terres (*brûler*, passé simple), la chaleur (*détruire*, passé simple) les récoltes...

Corrigés page 20 du Guide

16 Les temps composés

Je me demande...

Comment forme-t-on un temps composé ? Qu'est-ce qu'un participe passé ?

Les points clés

1 Temps simples et temps composés

● Lorsqu'il est conjugué à **un temps simple**, le verbe porte la marque du temps (présent, imparfait, etc.) et de la personne.

Il **parlait**. Nous l'**écoutions**.

● Lorsqu'il est à **un temps composé**, le verbe se conjugue avec **un auxiliaire** (*être* ou *avoir*). C'est cet auxiliaire qui porte la marque du temps et de la personne ; le verbe conjugué apparaît sous la forme d'un **participe passé**.

Si Joseph ou l'oncle Jules l'**avaient** entendu.
(avaient : auxiliaire ; entendu : p. passé)

2 Former les temps composés

● À chaque temps simple correspond un temps composé : l'auxiliaire du temps composé se conjugue au temps simple qui lui correspond et est suivi du participe passé du verbe.

Temps simples	Temps composés (auxiliaire au temps simple + participe passé)
Présent : j'entends	Passé composé : j'ai entendu
Futur simple : j'entendrai	Futur antérieur : j'aurai entendu
Imparfait : j'entendais	Plus-que-parfait : j'avais entendu
Passé simple : j'entendis	Passé antérieur : j'eus entendu
Conditionnel : j'entendrais	Conditionnel passé : j'aurais entendu

● Généralement, on utilise l'auxiliaire ***avoir*** pour former le temps composé d'un verbe, sauf pour les verbes de mouvement (*venir, partir*...) et les verbes à la forme pronominale (*se regarder, se tromper*...) qui se forment avec l'auxiliaire ***être***.

Il **était** parti ; elle se **sera** trompée.

Un peu de méthode

Identifier une forme verbale qui se termine par le son [i]

● Le problème se pose pour les verbes du 2e groupe et certains verbes du 3e groupe (comme *prendre*) qui font leur passé simple en [i].

Le verbe se conjugue avec un auxiliaire → la forme en [i] est un **participe passé** : il a fini, elle a pris

Le verbe se conjugue sans auxiliaire → la forme en [i] est un **présent** ou un **passé simple** : je finis, elle finit, il prit

On s'entraîne !

1 QUIZ

Relie chaque forme simple à la forme composée qui lui correspond.

a. elle étudie •	• elle eut étudié.
b. elle étudiait •	• elle a étudié.
c. elle étudiera •	• elle aurait étudié.
d. elle étudierait •	• elle aura étudié.
e. elle étudia •	• elle avait étudié.

2 *Temps simple ou composé ?*

Souligne en bleu les verbes conjugués à un temps simple et en vert les verbes conjugués à un temps composé.

a. Marcel a trouvé un nouveau camarade.
b. Son entrée au collège fut mémorable.
c. Nous aurons fini le programme en mai.
d. Elle passa l'été en colonie de vacances.
e. Il aurait triché si le maître ne l'avait pas surveillé.

3 *Du temps simple au temps composé*

Indique le temps auquel est conjugué chacun des verbes suivants. Puis conjugue-les au temps composé qui leur correspond.

a. je regardais (……………) → ……………
b. nous aurons (……………) → ……………
c. tu vas (……………) → ……………
d. vous feriez (……………) → ……………
e. ils observaient (……………) → ……………
f. tu pris (……………) → ……………

? indice
je regardais (imparfait) → *j'avais regardé*

3 *Auxiliaire être ou avoir ?*

Indique avec quel auxiliaire (*être* / *avoir*) se conjugue chacun des verbes suivants.

a. copier → ……………
b. se lever → ……………
c. marcher → ……………
d. partir → ……………
e. expliquer → ……………

5 *Écrire aux temps composés*

Indique à quel temps sont conjugués les verbes en couleur, puis conjugue chacun des verbes au temps composé correspondant.

Je n'avais plus «ma classe» et «mon pupitre». Nous changions sans cesse de local, et les pupitres n'étaient pas à nous, car ils servaient aussi à d'autres, dont nous ne savions pas grand-chose, sauf parfois le nom, qui surgissait (à raison d'une lettre par semaine) profondément gravé au couteau dans l'épaisse table de bois dur.

Marcel Pagnol, *Le Temps des secrets*, © Éditions Bernard de Fallois, 1960. Site : marcel-pagnol.com

6 LECTURE D'IMAGE

Observe l'image et réponds aux questions.

a. Quelle est la nature de l'illustration (peinture, gravure, photo…) ? Que représente-t-elle ?
b. Décris plus précisément le personnage situé au premier plan. Qu'est-il en train de faire? Quelle est son expression?
c. Nomme tous les objets qui se trouvent au premier plan.
d. La scène se situe-t-elle à notre époque? Justifie ta réponse.
e. Imagine en quelques phrases ce que le personnage du premier plan peut être en train de se dire.

Robert Doisneau (1912-1994), « L'information scolaire », écoliers en classe, Paris Ve (1956), photographie.

Corrigés page 20 du Guide

17 Le dictionnaire

Je me demande...

Quelles informations trouve-t-on sur les mots dans un article du dictionnaire ?

Les points clés

1 Utiliser le dictionnaire

- Dans le dictionnaire, les mots sont rangés par **ordre alphabétique**. Chercher un mot dans un dictionnaire permet de vérifier : son **orthographe**, sa **prononciation** (donnée entre crochets en alphabet phonétique), sa **classe grammaticale** (indiquée en abrégé : adj. = adjectif, v. = verbe, n. = nom, etc.).
- Il y a un article pour chaque mot et chaque article se divise en différentes parties numérotées qui correspondent aux **principaux sens** du mot.
- Pour bien lire un article de dictionnaire, il faut :
  - connaître les **abréviations** : fig. (figuré), fam. (familier), contr. (contraire)... ;
  - savoir que les **mots en gras** précédés d'une flèche renvoient à d'autres articles de sens proche.
- Souvent, on trouve l'**étymologie** du mot présenté (étym.).

2 Le sens propre et le sens figuré

- Chaque mot a un **sens propre** : un sens premier, souvent concret. Le mot *cœur* désigne, au sens propre, l'organe central de l'appareil circulatoire.
- Le **sens figuré** est un sens secondaire, un sens imagé qui dérive du sens propre. Le mot *cœur* a ainsi plusieurs **sens figurés** :

Sens figurés de *cœur*

1. la poitrine ou l'estomac
   - serrer quelqu'un sur son cœur
   - avoir mal au cœur
2. le courage, la bravoure (sens du XIIe siècle)
   Rodrigue, as-tu du cœur ?
3. le siège des sentiments
   avoir un grand cœur

- Un mot qui a plusieurs sens (propre et figurés) est **polysémique**.

Un peu de méthode

Chercher un mot dans le dictionnaire sans en connaître l'orthographe

- Il faut tout d'abord se fier à **sa prononciation**. Le son entendu doit aider à trouver la première lettre du mot (**p**arapluie commence par le son [p]).
- Toutefois un même son peut avoir plusieurs graphies possibles (a**pp**roximatif, **h**abituel...). On peut alors s'appuyer sur d'autres **mots appartenant à la même famille**, puis chercher à proximité de ces mots dans les pages du dictionnaire (a**pp**roximatif → a**pp**rocher • **h**abituel → **h**abitude).
- Si on ne connaît aucun mot de la même famille ou s'il n'en existe pas, il faut alors **lister toutes les manières possibles d'écrire le mot** en se fiant au son du début du mot et vérifier si ces graphies existent dans le dictionnaire (irondelle*, yrondelle*, hirondelle).

On s'entraîne !

1 QUIZ

Cherche chacun des mots suivants dans le dictionnaire puis indique leur classe grammaticale sous forme d'abréviation (par exemple : v. pour « verbe »).

a. centrer → ……………………………………

b. centre → ……………………………………

c. demain → ……………………………………

d. ordre → ……………………………………

e. ordonner → ……………………………………

2 Décrypter un article du dictionnaire

Lis l'article de dictionnaire ci-dessous et réponds aux questions.

> **LABORIEUX, IEUSE** [labɔʀjø, jøz] adj. — v. 1200 « pénible » ; lat. *laboriosus*, de *labor* →labeur ; labourer* (encadré) **1.** VIEILLI OU LITTÉR. Qui coûte beaucoup de peine, de travail. ⇒ **difficile*, fatigant, pénible.** *Une laborieuse entreprise. Des recherches, des solutions laborieuses.* ◊ Qui sent l'effort. *Récit, style laborieux.* ⇒ **embarrassé, lourd.** ◊ FAM. *Il n'a pas encore terminé? C'est laborieux!* c'est trop long. **2.** (v. 1370) (PERSONNES) Qui travaille beaucoup. ⇒ **actif, diligent, travailleur.** « *Un professeur avisé, laborieux* » (Green). LOC. COUR. *Les masses, les classes laborieuses,* qui n'ont pour vivre que leur travail. ⇒ **travailleur.** — PAR EXT. *Vie laborieuse* : vie de travail. ◊ CONTR. Aisé, facile. Inactif, oisif, paresseux.

Dictionnaire *Le Robert*, 2003.

a. Quelle est la classe grammaticale du mot ?
b. Combien a-t-il de sens ?
c. Donne deux antonymes du mot.

3 Mots polysémiques ?

Cherche les mots suivants dans le dictionnaire puis indique s'ils ont un ou plusieurs sens.

a. jamais → ……………………………

b. un loup → ……………………………

c. malin → ……………………………

d. juger → ……………………………

e. un sens → ……………………………

Mieux vaut-il être une tête de lard ou une tête de linotte ?

4 Sens propre ou figuré ?

Indique si le mot souligné est employé au sens propre (P) ou figuré (F).

a. Il m'a offert des roses (…………), mais j'aurais préféré des bonbons (…………).

b. J'adore ta veste rose bonbon (…………).

c. J'aimerais avoir la recette (…………) du succès.

d. La pièce a eu beaucoup de succès, la recette (…………) fut excellente.

e. Tu as mal au cœur (…………) et les joues en feu (…………) : tu n'es pas dans ton assiette (…………) !

indice
3 mots sont employés au sens propre et 5 au figuré.

5 Utiliser le sens figuré

Utilise chacun des mots suivants dans une phrase où il aura un sens figuré.

a. âne : ……………………………………

b. trésor : ……………………………………

c. chou : ……………………………………

d. flèche : ……………………………………

6 CONTRÔLE EXPRESS

Lis le texte, puis réponds aux questions.

a. Quel est le point commun entre les expressions soulignées dans le texte ?
b. Explique le sens de chacune de ces expressions en t'aidant au besoin du dictionnaire.

Dans un groupe, il n'est pas toujours facile de s'accorder : les uns ont un caractère de cochon, certains s'entendent comme chien et chat, et d'autres se laissent marcher sur les pieds… Ceux qui sont trop autoritaires passent leur temps à aboyer sur leurs camarades et n'hésitent pas à tirer la couverture à eux dans toutes les situations. Dans ces cas-là, il faut garder la tête froide, leur montrer qu'ils dépassent les bornes et tenter de maintenir l'harmonie au sein du groupe : c'est tout l'art de la communication…

Corrigés page 21 du Guide

18 Synonyme, antonyme, homonyme, paronyme

Je me demande…

Des synonymes sont-ils toujours équivalents ? Qu'est-ce qu'un paronyme ?

LEXIQUE

Les points clés

1 Reconnaître des synonymes, des antonymes

- Les **synonymes** sont des mots de même nature grammaticale qui ont le même sens ou un sens très proche. Belle et magnifique sont des synonymes.
- Parfois, les synonymes ne sont pas interchangeables, car ils expriment des nuances différentes. Voici un exemple :

Synonymes de *regarder*

- **scruter** : examiner attentivement par la vue
  scruter l'horizon
- **toiser** : regarder avec mépris
  toiser son interlocuteur
- **contempler** : s'absorber dans l'observation
  contempler le coucher du soleil

- Deux **antonymes** sont des mots de même nature grammaticale qui ont un sens contraire. Belle et laide sont deux antonymes.

2 Reconnaître des homonymes, des paronymes

- Les **homonymes** (ou homophones) sont des mots dont la prononciation est identique, mais qui n'ont pas le même sens. Les mots air (air de musique), aire (une aire d'autoroute), ère (l'ère glaciaire) sont des homonymes.
- Les **paronymes** sont des mots dont l'orthographe et la prononciation sont presque similaires, mais qui n'ont pas le même sens : ils peuvent donc conduire à des confusions.

> Le prince de Motordu habitait un chapeau magnifique.
>
> Pef, *La Belle Lisse Poire du prince de Motordu*, 1980.

▶ Ici, le mot qui convient est *château* et non *chapeau* : les deux mots sont des paronymes.

Employant un mot pour un autre, le prince de Motordu habite dans un « chapeau » (château) sur lequel flottent des « crapauds » (drapeaux). Ce sont des paronymes.

Un peu de méthode

Éviter une répétition grâce à un synonyme

- Dans une rédaction, tu peux recourir à un synonyme pour varier l'expression.

> Le prince de Motordu habitait un magnifique château. Toutefois, cette demeure lui paraissait bien vaste pour lui seul. Il souhaitait épouser une jeune femme qui pourrait vivre avec lui dans son luxueux logis.

On s'entraîne !

1 QUIZ

Relie les mots de la colonne de gauche aux antonymes qui conviennent.

a. victoire •	• détestable
b. somptueux •	• caresser
c. liquide •	• grimacer
d. agréable •	• acide
e. sucré •	• défaite
f. blesser •	• délabré
g. frapper •	• solide
h. sourire •	• soigner

indice
Fais attention à la nature des mots.

2 *Chercher l'intrus*

Barre l'intrus dans chacune de ces listes de synonymes.

a. regarder • observer • curieux • voir • contempler

b. content • ravi • enthousiaste • poli • heureux

c. enfant • gamin • bosse • mioche • marmot

d. écrire • rédiger • récurer • griffonner • gratter

e. questionner • interroger • demander • reposer • exiger

3 *Des paronymes*

Dans le texte ci-dessous, souligne les paronymes et rétablis le mot qui convient.

Le prince de Motordu ne s'ennuyait jamais. Lorsque venait l'hiver, il faisait d'extraordinaires batailles de poules de neige. Et le soir, il restait bien au chaud à jouer aux tartes avec ses cousins dans la grande salle à danger du chapeau. Le prince vivait à la campagne. Un jour, on le voyait mener paître son troupeau de boutons. Le lendemain, on pouvait l'admirer filant comme le vent sur son râteau à voile.

PEF, *La Belle Lisse Poire du prince de Motordu*,
© Éditions Gallimard, 1980.

4 *Le bon synonyme*

Dans les phrases suivantes, entoure le synonyme du mot en bleu parmi les termes proposés.

a. Zoé emprunte toujours plusieurs ouvrages à la bibliothèque. (livres • collages • lectures)
b. Arrête de marmonner et parle distinctement ! (grelotter • murmurer • répéter)
c. Dès l'annonce du concert, nous nous sommes rués sur les billets. (massés • précipités • grimpés)
d. Les deux jumeaux ne se ressemblent pas : l'un est plutôt trapu, l'autre est d'apparence chétive. (robuste • fragile • hâtive)
e. Il a perdu son emploi et se retrouve dans une situation précaire. (passagère • médiocre • incertaine)

5 *Diversifier son vocabulaire*

Dans les phrases suivantes, remplace le verbe *faire* par un verbe synonyme plus précis.

a. Il fait (..........................) des tableaux depuis des années.

b. Elle a fait (..........................) toute seule le repas et a fait (..........................) des plats délicieux.

c. Aujourd'hui, tu as fait (..........................) plusieurs longueurs de piscine, hier tu as fait (..........................) plusieurs tours de piste : tu es vraiment infatigable !

d. Le parlement a fait (..........................) une nouvelle loi cette nuit.

6 CONTRÔLE EXPRESS

On a souligné les répétitions maladroites dans le texte. Réécris celui-ci en les supprimant.

Le prince de Motordu est le personnage principal d'un récit de la littérature jeunesse. Ce personnage commet beaucoup d'erreurs de langage... Ce sont surtout des erreurs de vocabulaire : Motordu prend un mot pour un autre ! L'auteur, Pef, a inventé un personnage qui déforme les mots comme le font les enfants. Et les enfants sont ravis que ce soit un personnage de fiction qui commette des erreurs.

indice
Tu peux t'aider d'un dictionnaire.

Corrigés page 21 du Guide

19 La forme des mots, l'étymologie

Je me demande...

À quoi sert-il de connaître l'étymologie d'un mot ? Qu'est-ce qu'une famille de mots ?

Les points clés

Parmi les mots, on distingue les **mots simples**, qu'on ne peut pas décomposer en unités plus petites (sur, bec), et les **mots construits** qui se décomposent en unités de sens (al-léché, lang-age).

1 Reconnaître les mots construits par composition

- Un mot est construit **par composition** à partir de deux mots simples qui peuvent être : juxtaposés (téléphone portable) ; accolés (minijupe) ; reliés par un trait d'union (timbre-poste) ; reliés par une préposition (poil à gratter).

2 Reconnaître les mots construits par dérivation

- Un mot est construit **par dérivation** à partir d'un radical (élément contenant le sens principal du mot), auquel vient s'ajouter un **préfixe** et / ou un **suffixe**. Les mots formés autour du même radical appartiennent à une même **famille de mots**.

Qu'est-ce qu'un préfixe ?
- Il précède le radical.
- Il modifie le sens du mot auquel il s'ajoute, mais pas sa classe grammaticale.
  conscient (adj.) → in-conscient (adj.)

Qu'est-ce qu'un suffixe ?
- Il suit le radical.
- Il peut modifier la classe grammaticale du mot auquel il s'ajoute.
  jour (nom) → journal (nom), journée (nom), ajourner (verbe)

3 Comprendre et utiliser l'étymologie

- L'étymologie est l'étude de l'**origine des mots**. L'essentiel des mots de la langue française, qui est une **langue romane**, vient du latin. Toutefois certains mots ont d'autres origines : le grec, l'arabe, l'italien, l'espagnol, l'anglais...

- L'étymologie permet souvent **d'expliquer l'orthographe** d'un mot. Le mot *corps* se termine toujours par un *-s*, car il vient du mot latin « *corpus* ».
- L'étymologie d'un mot permet surtout d'en **expliquer le sens**. L'adjectif *irascible* vient du mot latin « *ira* » qui signifie : la colère. Cet adjectif sert à désigner une personne qui se met facilement en colère.

Un peu de méthode

Orthographier un mot à l'aide d'un mot de la même famille

- On peut retrouver l'orthographe d'un mot en s'appuyant sur les mots qui appartiennent à la même famille.

  ▶ Les mots atterrir, terrestre, terreux, enterrer, déterrer sont tous formés sur le radical terr- qui vient du latin « *terra* = la terre ».

On s'entraîne !

1 QUIZ

Retrouve, dans la grille ci-dessous, les mots suivants construits par dérivation : impossible • irréel • polissage • étirer • relire • irascible • emporter • buvette • relier • rêveur • retirer.

I	M	P	O	S	S	I	B	L	E
R	U	O	N	O	D	R	U	A	M
R	E	L	I	R	E	A	V	G	P
É	T	I	R	E	R	S	E	B	O
E	U	S	E	V	P	C	T	M	R
L	O	S	F	E	T	I	T	A	T
E	P	A	C	U	D	B	E	U	E
V	I	G	B	R	E	L	I	E	R
N	R	E	T	I	R	E	R	T	E

2 Retrouver le préfixe

Souligne le préfixe de chacun des mots suivants.

atterré • surpris • recommencer • allonger • inutile • apprivoisé • exporter • impossible • illégitime • extraordinaire • démonter • allégé

3 Famille de mots

Entoure le radical commun aux mots d'une même liste. Puis donne deux autres mots de la même famille pour compléter chacune des listes.

a. diction • dictée • indicible → ……………………

b. apporter • portable • supporter → ……………………

c. ordinateur • coordonner • ordre → ……………………

4 Verbes et noms

Reformule les phrases d'après l'exemple.

Les élèves entrent en classe. → L'entrée des élèves en classe.

a. Le bateau arrive au port.

→ ……………………

b. Adem achète un nouveau portable.

→ ……………………

c. Le parc ferme à 19 heures.

→ ……………………

d. Le texte est lu devant la classe.

→ ……………………

5 Un suffixe, des mots

Donne deux mots formés à partir de chacun des suffixes proposés et précise la nature des mots trouvés. Que remarques-tu ?

a. -eux → ……………………

b. -ible → ……………………

c. -eur → ……………………

d. -emment → ……………………

6 Du latin au français

Retrouve dans le texte latin les mots qui sont à l'origine des mots français soulignés dans la traduction.

Vulpes
ad personam tragicam
Personam tragicam forte vulpes viderat : « O quanta species » inquit « cerebrum non habet ! »
Hoc illis dictum est quibus honorem et gloriam Fortuna tribuit, sensum communem abstulit.

Le Renard
au masque tragique
Un renard avait vu par hasard un masque tragique : « Ô quelle belle apparence, dit-il, mais elle n'a pas de cerveau ! »
On dit cela aux personnes auxquelles la Fortune a attribué l'honneur et la gloire, mais a ôté le sens commun.

7 CONTRÔLE EXPRESS

a. Parmi les mots en gras, souligne en vert les mots construits sur une racine latine et en bleu les mots construits sur une racine grecque.
b. Surligne le préfixe et/ou le suffixe de chacun des mots en gras, puis **entoure le radical.**
c. Sans t'aider du dictionnaire, **définis :** polythéiste • omnipotent • polymorphe.

En cours de latin, nous étudions les croyances religieuses des **Romains** dans l'Antiquité et leur **mythologie**. Les Romains étaient **polythéistes** et croyaient en de multiples dieux. Mon préféré reste Jupiter qui est un dieu **omnipotent** et **polymorphe**.

Corrigés page 21 du Guide

20 Les niveaux de langue

Je me demande...

Quels niveaux de langue distingue-t-on ? Quelles sont les caractéristiques du langage soutenu ?

Les points clés

1 À chaque situation, une façon de s'exprimer

● Le **niveau** (ou registre) **de langue** caractérise la façon de s'exprimer à l'écrit et à l'oral. Il dépend de la **situation de communication** (qui parle ? à qui ? où ? quand ?), car on ne s'adresse pas de la même façon par exemple à son meilleur ami ou à son professeur...

● On distingue **trois niveaux** de langage principaux :
- le **langage courant** est utilisé au quotidien, à l'écrit comme à l'oral : dans la famille, avec ses professeurs, ses voisins, etc. ;
- le **langage familier** est principalement utilisé **à l'oral**, dans des conversations avec des amis, des gens proches ;
- le **langage soutenu** est principalement utilisé **à l'écrit**, dans des **textes littéraires** ou des discours officiels.

2 Les caractéristiques des niveaux de langue

Niveau de langue	Caractéristiques	Exemple
Langage courant	→ Un vocabulaire compris de tous, commun → Des phrases construites correctement, plutôt simples et courtes → Une prononciation correcte	Que veut dire ce mot, s'il te plaît ?
Langage familier	→ Un vocabulaire familier → Des phrases courtes, éventuellement mal construites, incomplètes ou désordonnées → Parfois aussi une prononciation incorrecte, avec des élisions abusives	Ça veut dire quoi, s'te plaît ?
Langage soutenu	→ Un vocabulaire recherché → Des phrases complexes et bien construites avec une grammaire irréprochable → Une prononciation parfaite, qui met en valeur les liaisons et la ponctuation	Pourriez-vous me préciser le sens de ce mot, s'il vous plaît ?

Un peu de méthode

Identifie bien la situation de communication pour construire correctement tes phrases.

Éviter deux fautes courantes de construction de la langue orale

Le langage familier est utilisé pour parler à l'oral ; on peut être tenté de l'employer également à l'écrit, mais son usage est souvent incorrect.

● Il ne faut pas employer *nous* et *on* dans une même phrase : l'emploi de nous est à privilégier.
On dira : nous ne savons pas où nous sommes ou on ne sait pas où on est.

● Il ne faut pas utiliser de négation incomplète (je sais pas).
On dira : je ne sais pas comment faire et non : je sais pas comment faire.

On s'entraîne !

1 QUIZ

Courant (C), familier (F) ou soutenu (S) ? Coche la case qui convient.

	C	F	S
un pote	☐	☐	☐
un camarade	☐	☐	☐
de l'eau	☐	☐	☐
de la flotte	☐	☐	☐
insalubre	☐	☐	☐
crade	☐	☐	☐

2 *Chercher l'intrus*

Dans chacune des listes ci-dessous, entoure l'intrus.

a. joyeux • extatique • heureux • content
b. prendre • voler • piquer • dérober
c. écrire • raconter • copier • gratter

3 *Langage familier ou soutenu ?*

Dans le texte ci-dessous, souligne en bleu les mots appartenant au langage familier et en vert les mots appartenant au langage soutenu.

LA JEUNE ÉLÈVE. — Soyez chou, emmenez Lolotte en teuf-teuf.
LE PROFESSEUR, *quêtant une réponse dans l'assistance.* — Traduction ?
UN ÉLÈVE. — Soyez assez aimable pour inviter Charlotte à faire une promenade en automobile. [...]
LE PROFESSEUR. — *Dondon ?*
UN ÉLÈVE. — Dame ayant de l'embonpoint. La grosse *dondon* est la femme du gros *patapouf*.
LE PROFESSEUR. — Cz... cz... cz... cz...
UN ÉLÈVE. — Phonèmes stridents par lesquels on excite au combat, contre un adversaire, quelqu'un pour qui l'on prend parti. Exemple : « Cz... cz !... » faisaient les Romains pendant le combat des Horace et des Curiace.

Jean TARDIEU, *Ce que parler veut dire*, 2013,

4 *Du familier au courant*

Réécris ces phrases appartenant au langage familier en les transposant au langage courant.

a. J't'appelle c't'aprèm', ok ?

....

b. Elle est à quelle heure la fiesta c'soir ?

....

c. J'les ai pas vus partir : y sont où ?

....

? indice
Attention à bien corriger les erreurs de grammaire et de syntaxe.

5 *Du soutenu au courant*

Réécris les expressions suivantes dans un langage courant.

a. Auriez-vous l'amabilité d'ouvrir la fenêtre ?

....

b. Je me vois contraint de vous quitter de bonne heure.

....

c. Je vous prie de recevoir mes plus sincères salutations.

....

6 CONTRÔLE EXPRESS

Lis le texte, puis réponds aux questions.

a. Souligne en bleu les expressions appartenant au langage familier.
b. Réécris ce texte afin qu'il soit entièrement rédigé dans un langage courant et correct à l'écrit.

Chaque fin de semaine, nous nous rendons chez nos grands-parents. Là-bas, on profite un max de leur jardin... À l'heure du déjeuner, y nous appellent et nous, on arrive en courant : généralement on est super excités et on arrête pas de gigoter. Alors y'a nos parents qui finissent par nous gronder.

Mais c'est pas bien grave à cause que quand on est là, papi et mamie y rigolent vachement !

Corrigés page 21 du Guide

21 Commencer un récit

Je me demande...
Qu'est-ce qu'un schéma narratif ?
Quels éléments composent la situation initiale ?

Les points clés

1 Le schéma narratif

● On appelle schéma narratif les principales étapes qui structurent la plupart des récits, et notamment les contes.

1. Situation initiale
2. Événement perturbateur
3. Péripéties
4. Résolution
5. Situation finale

2 Le début d'un récit

● Le début d'un récit correspond à la première étape du schéma narratif : il présente **la situation initiale**. Les informations qu'on y trouve permettent de répondre aux questions suivantes :
- **où et quand ?** le lieu et l'époque de l'histoire ;
- **qui ?** le héros et les personnages principaux ;
- **quoi ?** la quête du héros.

● Le narrateur peut choisir de plonger directement le lecteur au cœur de l'action. Le récit commence alors ***in medias res*** et les éléments de description (lieu, personnages, etc.) sont donnés au fur et à mesure. Voici, par exemple, comment débute le conte de Perrault intitulé *Le Chat botté* :

> Un meunier ne laissa pour tous biens à trois enfants qu'il avait, que son moulin, son âne, et son chat.

Dans *Le Chat Botté*, un jeune homme reçoit pour tout héritage un chat, mais celui-ci s'avère très malin…

Un peu de méthode

Écrire le début d'un récit

● Au début du récit, il s'agit de présenter le cadre et les personnages. On utilise donc généralement l'**imparfait**, car c'est le temps de la description.

● En principe, la narration se fait à **la 3e personne** et les personnages n'interviennent pas directement. Voici le début de *La Belle et la Bête*, de Mme Leprince de Beaumont :

> Il était une fois un marchand qui était extrêmement riche.
> Il avait six enfants, trois garçons et trois filles.

Mot-Clé
Cadre du récit : il correspond au lieu et à l'époque dans lesquels va se dérouler le récit. C'est le cadre spatio-temporel.

On s'entraîne !

1 QUIZ

Vrai ou faux ?

	V	F
a. Le début d'un récit présente la situation initiale des personnages.	☐	☐
b. Un récit débute souvent par la présentation des personnages.	☐	☐
c. Un récit débute toujours par la présentation du cadre de l'action.	☐	☐

2 *Est-ce un début de récit ?*

Lis les extraits suivants et indique ceux qui sont des débuts de récit. Justifie ta réponse.

a. Il y avait en Vestphalie, dans le château de monsieur le baron de Thunder-ten-tronckh, un jeune garçon à qui la nature avait donné les mœurs les plus douces. Sa physionomie annonçait son âme. Il avait le jugement assez droit, avec l'esprit le plus simple ; c'est, je crois, pour cette raison qu'on le nommait Candide.

VOLTAIRE, *Candide ou l'optimisme*, 1759.

b. En même temps, il entendit un grand bruit et vit venir à lui une bête si horrible, qu'il fut tout près de s'évanouir. « Vous êtes bien ingrat, lui dit la Bête d'une voix terrible ; je vous ai sauvé la vie en vous recevant dans mon château, et puis vous me volez mes roses. […] »

Mme LEPRINCE DE BEAUMONT, *La Belle et la Bête*, 1740.

c. Capitaine Renard allait de compagnie
Avec son ami Bouc des plus hauts encornés :
Celui-ci ne voyait pas plus loin que son nez ;
L'autre était passé maître en fait de tromperie.

Jean de LA FONTAINE, *Fables*, 1678.

3 *Temps et lieu du récit*

Souligne les éléments qui servent à préciser les circonstances de l'action dans la couleur qui convient.

—— indications de temps
—— indications de lieu

a. La princesse dormait depuis des centaines d'années dans son château délabré.

b. Autrefois, lutins et korrigans peuplaient la forêt de Brocéliande.

c. À des kilomètres de là, l'ogre vivait heureux entouré de ses dizaines d'enfants. Il partait souvent chasser autour de sa propriété et rapportait quelques habitants du pays pour le déjeuner.

d. Un beau matin, la fillette décida de quitter la maison et d'échapper ainsi aux réprimandes incessantes de sa marâtre.

? indice

Pour répondre, identifie les compléments circonstanciels.

4 *Étudier un début de récit*

Lis le début de récit ci-dessous et réponds aux questions posées.

Il était une fois un gentilhomme qui épousa en secondes noces une femme, la plus hautaine et la plus fière qu'on eût jamais vue. Elle avait deux filles de son humeur, et qui lui ressemblaient en toutes choses. Le mari avait de son côté une jeune fille, mais d'une douceur et d'une bonté sans exemple ; elle tenait cela de sa mère, qui était la meilleure personne du monde.

Charles PERRAULT, « Cendrillon », dans *Contes*, 1697.

a. Quelle expression indique le moment de l'action ? Cette indication te paraît-elle précise ?
b. Qui sont les personnages présentés ?
c. Quel est le personnage principal ? Quels éléments te permettent de répondre ?
d. Quelle indication n'est pas donnée dans ce début de récit ?

5 CONTRÔLE EXPRESS

À ton tour, rédige un début de récit (environ 8 lignes) en respectant les consignes suivantes :

a. utilisation de la phrase d'amorce suivante : *Jadis, dans un petit pays oublié depuis longtemps, vivait… ;*
b. emploi de l'imparfait et de la 3e personne ;
c. présentation détaillée du cadre spatio-temporel ;
d. brève description du personnage principal ;
e. phrase annonçant l'élément perturbateur et la fin de la situation initiale.

Corrigés page 22 du Guide

22 Faire progresser un récit

Je me demande...
Comment enchaîner des actions dans un récit ? Comment faire pour qu'il intéresse le lecteur ?

Les points clés

1 Les péripéties

- Dans un conte, les péripéties correspondent aux épreuves que le héros doit surmonter afin d'atteindre son objectif.
- Au cours de ces péripéties, le héros est tantôt aidé par des **adjuvants** (personnages bienfaisants), tantôt confronté à des **opposants** (personnages malveillants).

2 Les outils de la langue pour raconter

- Les péripéties constituent le corps du récit et s'enchaînent sur plusieurs paragraphes. Pour les évoquer, il faut utiliser le **passé simple**. Ce temps permet en effet d'exprimer des actions qui se succèdent et s'enchaînent au **premier plan du récit**.

> Cependant, M. Seguin ne se découragea pas, et, après avoir perdu six chèvres de la même manière, il en acheta une septième.
>
> D'après Alphonse Daudet, *Lettres de mon moulin*, 1879.

- Dans un récit, on a souvent recours à des **mots de liaison** pour situer les actions dans le temps et mettre en évidence la chronologie des événements racontés. On les appelle des **connecteurs temporels**.

Les connecteurs temporels peuvent exprimer
- des actions qui se succèdent : tout d'abord, ensuite, enfin, la veille, le lendemain, quelques jours plus tard
- des actions simultanées : au même instant, ce jour-là
- une action qui renverse la situation : tout à coup, soudain

Un peu de méthode

Rédiger un récit intéressant

- Pour que le récit soit agréable à lire, pense à **diversifier les péripéties**. Attention à ne pas tomber pour autant dans l'accumulation ! Il faut maintenir une certaine **vraisemblance**.
- Il est nécessaire de préparer un plan **au brouillon** afin de noter et d'organiser les **idées principales**, en faisant un tableau avec des catégories, par exemple :
  - objet de la quête du héros ;
  - liste des combats et des épreuves ;
  - objets ou personnages qui apportent une aide et permettent au héros d'avancer, etc.

Après avoir fait la liste de ces éléments, il ne reste plus qu'à rédiger !

On s'entraîne !

1 QUIZ

Vrai ou faux ?

	V	F
a. Dans un conte, les péripéties correspondent aux épreuves.	☐	☐
b. Un adjuvant est un personnage qui cherche à nuire au héros.	☐	☐
c. Dans un récit au passé, on utilise le passé simple pour exprimer les principales péripéties.	☐	☐

2 Les connecteurs temporels

Dans chacune des phrases ci-dessous :
– souligne le connecteur temporel utilisé ;
– indique si les actions sont successives (SU) ou simultanées (SI).

a. La chèvre détacha sa corde, puis elle s'enfuit dans la montagne. (..............)

b. M. Seguin s'inquiéta toute la journée pour sa chèvre ; pendant ce temps, celle-ci profitait de sa liberté. (..............)

c. Le loup vit la chèvre appétissante, aussitôt, il se jeta sur elle pour la manger. (..............)

3 Ordonner un récit

Numérote dans l'ordre les étapes du récit, après avoir rétabli les connecteurs temporels.

Après avoir lutté toute la nuit • le soir • durant de longues semaines • pendant des heures • un jour

a. ☐ ...., elle commence à s'inquiéter de se retrouver seule.

b. ☐ Assoiffée de liberté, la petite chèvre se décide .... à partir malgré l'avis de M. Seguin.

c. ☐ ...., la pauvre Blanquette subit le triste sort que lui prédit M. Seguin.

d. ☐ ...., la chèvre de M. Seguin le supplie de la laisser aller gambader dans la montagne.

e. ☐ ...., elle se sent revivre, elle est libre.

4 Utiliser les temps du récit

Complète le texte en conjuguant les verbes au temps qui convient.

Autrefois, Maître Cornille (être) .... un meunier prospère. Il (posséder) .... un magnifique moulin à vent dont les ailes (tourner) .... à plein régime.

Un jour, des Parisiens (arriver) .... dans la région et (installer) .... une minoterie. À partir de ce moment, les moulins (fermer) .... les uns après les autres. Seul le moulin de Maître Cornille (continuer) .... de tourner. Mais, à partir de ce fameux jour, le vieil homme (vivre) .... isolé et ne (parler) .... plus à quiconque. Un jour, on (découvrir) .... son secret : des sacs de gravats (remplacer) .... les sacs de blé !

5 CONTRÔLE EXPRESS

Rédige trois péripéties à partir des éléments ci-dessous. Tu utiliseras le passé simple et tu auras recours à des connecteurs temporels pour montrer l'enchaînement des actions.

- **Situation initiale :** Un beau jour, le plus jeune fils du gouverneur de la planète Bételgeuse, tout juste promu astronavigateur, monta à bord de son vaisseau pour aller explorer les recoins inconnus de la galaxie des Elfes...
- **Péripéties...**
- **Situation finale :** Au terme de ce périple intergalactique, notre héros revint enfin auprès des siens. Satisfait d'être parvenu à assurer une paix durable entre les Elfes et les habitants de Bételgeuse, il se promit de toujours utiliser son pouvoir pour de nobles causes.

Corrigés page 22 du Guide

23 Employer le bon temps dans un récit au passé

Je me demande…

Quel temps utilise-t-on dans un récit ? Le passé simple ou le passé composé ? Peut-on raconter au présent ?

LIRE ET ÉCRIRE

Les points clés

1 Imparfait et passé simple

● Dans un récit au passé, l'**imparfait** est employé pour :
– **décrire** le décor, les personnages, etc. ;

> Ce robinet et cet évier faisaient partie d'une cuisine, et cette cuisine était située dans un appartement […]
>
> Pierre Gripari, *Contes de la rue Broca*, 1967.

– **rapporter** des actions de second plan.

> […] où habitait une famille d'ouvriers.

● Généralement, **le passé simple** est employé pour exprimer les actions de **premier plan**, qui font avancer le récit.

> La fée resta longtemps sans se manifester à eux […].

● Le **plus-que-parfait** est employé pour exprimer une action qui s'est déroulée avant une autre action passée. Ce temps marque **l'antériorité** par rapport à l'imparfait et au passé simple.

> La fée qui était tombée dans les canalisations **se retrouva** dans le robinet d'une cuisine.

2 Le présent

● **Dans un récit au passé**, on utilise le présent :
– dans les dialogues, pour faire parler les personnages (**présent d'énonciation**) ;
– dans certains passages, pour exprimer **des vérités générales**.

> […] car les fées ne se montrent pas pendant le jour.

Un peu de méthode

Choisir le temps qui convient dans un récit

● Quand on rédige un récit, il faut choisir entre trois temps de base :
– **le passé simple** (c'est le temps utilisé dans un récit au passé) ;
– **le passé composé** (c'est le temps utilisé de préférence dans un récit de vie à la 1re personne ou dans un récit journalistique) ;
– **le présent** (on peut choisir de rapporter des actions passées au présent pour les rendre plus proches).

● Voici les temps utilisés de manière complémentaire pour rapporter les actions de second plan ou pour décrire :

Temps pour les actions de 1er plan	passé simple	passé composé	présent
Temps pour les actions de 2nd plan	imparfait	imparfait	présent

On s'entraîne !

1 QUIZ

Complète avec les verbes au temps qui convient. Coche les bonnes réponses.

a. La fée ... dans la cuisine et ne ... que la nuit.
- ☐ vécut ☐ vivait ☐ vivra
- ☐ sortit ☐ sort ☐ sortait

b. Une nuit, l'aînée des filles se ... et se ... jusqu'au frigidaire.
- ☐ levait ☐ lèvera ☐ leva
- ☐ faufilait ☐ faufile ☐ faufila

c. Soudain, elle ... la fée et ... peur.
- ☐ apercevait ☐ apercevra ☐ aperçut
- ☐ prenait ☐ prend ☐ prit

2 Identifier les temps du passé

Dans l'extrait ci-dessous, souligne les verbes dans la couleur qui convient.

—— imparfait
—— passé simple

Ce robinet et cet évier faisaient partie d'une cuisine, et cette cuisine était située dans un appartement où habitait une famille d'ouvriers comprenant le père, la mère et deux grandes filles. La fée resta longtemps sans se manifester à eux, car les fées ne se montrent pas pendant le jour : elles ne sortent qu'après minuit. [...] Une fois cependant, l'aînée des filles, qui était gourmande et mal élevée, se leva, sur le coup de deux heures du matin, pour aller voler dans le frigidaire.

Pierre Gripari, *Contes de la rue Broca*, © Éditions de La Table Ronde, 1967.

3 Imparfait ou passé simple ?

Dans les phrases ci-dessous, conjugue les verbes entre parenthèses au temps qui convient (imparfait ou passé simple).

a. Chaque nuit, il (rêver) .... qu'il (pouvoir) .... voler.

b. Dès que le film (commencer) .... elle (fermer) .... les yeux et (s'endormir) .... profondément.

c. Mourad et Caroline (regarder) .... la télévision, quand soudain ils (se rappeler) .... qu'ils (avoir) .... rendez-vous avec une amie.

d. À 22 heures, dès qu'il (entendre) .... ses parents rentrer, Sébastien (éteindre) .... la lumière.

4 Utiliser les temps du passé

Recopie l'extrait de conte en conjuguant les verbes au temps qui convient (imparfait, passé simple ou plus-que-parfait).

Ils (arriver) enfin à la maison où (être) cette chandelle, non sans bien des frayeurs, car souvent ils la (perdre) de vue, ce qui leur (arriver) toutes les fois qu'ils (descendre) dans quelque fond. Ils (heurter) à la porte, et une bonne femme (venir) leur ouvrir. Elle leur (demander) ce qu'ils (vouloir) ; le Petit Poucet lui dit qu'ils (être) de pauvres enfants qui (se perdre) dans la forêt, et qui (demander) à coucher par charité.

Charles Perrault, « Le Petit Poucet », in *Contes de ma mère l'Oye*, 1697.

? indice
Il faut conjuguer 4 verbes au plus-que-parfait.

5 CONTRÔLE EXPRESS

Réécris le texte ci-dessous au passé.

Cendrillon est une jeune fille douce et très belle. Elle vit avec son père, mais aussi sa méchante belle-mère et les deux filles de celle-ci, qui sont parfaitement odieuses. Cendrillon doit s'occuper de toutes les tâches ménagères et sa marâtre ne cesse de lui donner des ordres.

Un jour, grâce à l'aide de sa marraine la fée, elle parvient à se rendre au bal donné par le fils du roi. Celui-ci tombe aussitôt amoureux de la charmante jeune fille. À minuit, Cendrillon s'enfuit par peur de voir son carrosse transformé en citrouille. Dès le lendemain du bal, le prince retrouve Cendrillon grâce à une pantoufle de vair. Ils se marient et vivent heureux.

? indice
Attention à bien utiliser le temps qui convient (imparfait ou passé simple) selon ce qui est exprimé.

Corrigés page 22 du Guide

24 Désigner et décrire un personnage

Je me demande...
Comment désigner un personnage autrement que par son nom ? Que doit-on décrire pour le présenter ?

Les points clés

1 Désigner un personnage

- Dans un récit, il faut penser à **varier les termes** désignant un personnage pour éviter les répétitions et enrichir le texte.

- Un personnage peut être désigné par :
  - son nom propre : Mr. Wonka, Charlie…
  - un surnom : le Petit Poucet, le Petit Chaperon rouge…
  - un terme précisant le type de personnage : le détective, la fée, l'ogre, le coupable…
  - un terme précisant son rôle dans l'histoire : le héros, l'ennemi…
  - le lien qu'il a avec les autres personnages : la fiancée, le fils, le grand-père…
  - une périphrase : la fillette capricieuse, le petit bonhomme étrange…

2 Décrire un personnage

- Au début d'un récit, on décrit généralement les personnages afin de les présenter et de préciser leur rôle. La description d'un personnage peut porter sur ses **caractéristiques physiques** (silhouette, traits du visage…) et **morales** (qualités, défauts…).

> L'Oompa-Loompa s'inclina et sourit, montrant ses belles dents blanches.
>
> D'après Roald Dahl, *Charlie et la chocolaterie*, 1997.

- Pour éviter d'employer systématiquement le nom du personnage, on peut aussi utiliser des **reprises pronominales** : il, elle, celui-ci, cette dernière…

Un peu de méthode

Faire un portrait

- On distingue deux types de portrait.

Le portrait statique	Le portrait en action
On décrit le personnage comme s'il était immobilisé sur une photo, en détaillant en particulier son physique.	On décrit le personnage en rapportant : • ses gestes, ses actions ; • ses paroles (dans un dialogue par exemple).

> Cette photo représentait un garçon de neuf ans, si gros et si gras qu'il avait l'air gonflé par une pompe extrapuissante. Tout flasque et tout en bourrelets. (*portrait statique*)
>
> Elle parlait très vite et très fort à tout le monde, mais on avait du mal à la comprendre car, tout en parlant, elle mâchait du chewing-gum avec férocité. (*portrait en action*)
>
> Roald Dahl, *Charlie et la chocolaterie*, traduit par Élisabeth Gaspar, © Éditions Gallimard Jeunesse, 1997.

Dans les dialogues, varie le ton et le vocabulaire selon tes personnages.

On s'entraîne !

1 QUIZ

Relie ces périphrases à ce qu'elles désignent.

a. la ville-lumière •	• le chien
b. le meilleur ami de l'homme •	• Zeus
c. le plus rusé des animaux •	• Paris
d. le dieu des dieux •	• le renard

2 Utiliser des pronoms

Dans les phrases suivantes, remplace les répétitions par des pronoms.

a. Mr. Wonka veut prendre sa retraite. Mr. Wonka a lancé un grand concours pour trouver son successeur.

b. Les grands-parents de Charlie sont très vieux de sorte que les grands-parents de Charlie ne sortent plus de leur lit.

3 Analyser un portrait

Dans ce portrait, surligne les éléments descriptifs dans la couleur qui convient.

- caractéristiques physiques (bleu)
- caractéristiques morales (rose)

Mr. Wonka se tenait tout seul à l'entrée de la chocolaterie. Quel extraordinaire petit homme que ce Mr. Wonka ! Il était coiffé d'un chapeau haut de forme noir. Il portait un habit à queue d'un beau velours couleur de prune. Son pantalon était vert bouteille. Ses gants étaient gris perle. Et il tenait à la main une jolie canne à pommeau d'or. Une petite barbiche taillée en pointe — un bouc — ornait son menton. Et ses yeux — ses yeux étaient merveilleusement brillants. Ils semblaient vous lancer sans cesse des regards complices pleins d'étincelles. Tout son visage était, pour ainsi dire, illuminé de gaieté, de bonne humeur.

Roald Dahl, *Charlie et la chocolaterie*, traduit par Élisabeth Gaspar, © Éditions Gallimard Jeunesse, 1997.

4 Rédiger des périphrases

Trouve des périphrases qui permettent de désigner les personnes et personnages cités ci-dessous. Ces périphrases doivent apporter des éléments de description.

Exemple : V. Hugo → ce grand écrivain du XIXe siècle

a. Le Petit Poucet → ....

b. Mr. Willy Wonka → ....

c. Molière → ....

d. Ulysse → ....

? indice

Pour « Mr. Willy Wonka », aide-toi du texte de l'exercice 2.

5 LECTURE D'IMAGE

Observe l'image et réponds aux questions.

a. Quelle est la nature de l'image ? Qui en est l'auteur ?
b. Décris cette image en quelques mots.
c. Quelles sont les couleurs dominantes ?
d. Quelle est la particularité du visage ? Quel effet cela produit-il ?
e. Selon toi, le peintre a-t-il cherché à représenter fidèlement la réalité ?
f. Donne quatre adjectifs pour qualifier le personnage représenté. Justifie tes choix en t'appuyant sur des éléments précis du tableau.

Pablo Picasso (1881-1973), *Portrait de Dora Maar* (1937), huile sur toile, 92 × 65 cm, Musée Picasso, Paris.

Corrigés page 23 du Guide

25 La poésie

Je me demande…

Généralement, à quoi reconnaît-on un poème ? Qu'est-ce qu'un alexandrin ?

Les points clés

1 Le texte poétique

« On regarde voler les tirelires en l'air », Claude Roy.

● Le texte poétique se caractérise par une **mise en page** particulière. Il se compose généralement de **vers** (toutefois il existe également ce que l'on appelle des **poèmes en prose**). Les vers sont regroupés en **strophes** séparées par des **espaces blancs** qui sont des temps de pause et de respiration. Dans les poèmes **calligrammes**, le texte forme un dessin en correspondance avec le thème.

● Le poète agence les mots comme un musicien assemble les notes. Il **joue sur les sons et les rythmes** pour donner au langage tout son pouvoir évocateur.

● Grâce aux images qu'il utilise, il nous surprend et nous fait voir le monde d'une manière nouvelle. C'est ainsi que le poète Paul Éluard affirme :

La terre est bleue comme une orange.

2 Notions de versification

● Lorsqu'un même son se répète en fin de vers, on parle de rime. Les rimes sont :
– féminines quand elles se terminent par un **e** muet (escarcelle / hirondelle) ;
– masculines dans les autres cas (supposition / violon).

● Les vers se décomposent en syllabes.

Nom du vers	octosyllabe	décasyllabe	alexandrin
Nombre de syllabes	8	10	12

Les / dic / tées / tout / à / coup / ont / un / air / bien / bi / zarre.
▶ Ce vers est un alexandrin.

● Les strophes se nomment différemment en fonction du nombre de vers qu'elles contiennent.

Nom de la strophe	distique	tercet	quatrain
Nombre de vers	2	3	4

Un peu de méthode

Compter les syllabes d'un vers

Pour bien compter le **nombre de syllabes** que comporte un vers, il faut faire attention à quelques règles.

● On ne compte pas un **e** qui se trouve en fin de vers ou qui est suivi par une voyelle (se / pro / non / ce es / car / celle). En revanche, on le compte lorsqu'il est suivi d'une consonne (u / ne / sup / po / si / tion).

● Parfois, pour avoir le nombre de syllabes qui convient, il faut **séparer deux sons prononcés** normalement dans un même souffle. Ce procédé est appelé **diérèse** : vi / o / lon.

On s'entraîne !

1 QUIZ

Vrai ou faux ?

	V	F
a. Tout poème est composé de vers.	☐	☐
b. Un décasyllabe est un vers de 11 syllabes.	☐	☐
c. Une rime féminine se termine par un e muet.	☐	☐

2 *Rimes féminines ou masculines ?*

Entoure les mots à la rime. Surligne en rouge les rimes féminines et en bleu les rimes masculines.

> [...]
> Suppose et supposons une supposition :
> que le mot *ver luisant* se prononce *escarcelle*,
> que le mot *chocolat* se prononce *violon*,
> que le mot *tirelire* se prononce *hirondelle*.
> [...]
> Tu me dis baluchon : ça veut dire grosse bête
> Fourbi ? C'est un poisson. Lézard ? Saule
> [pleureur.
> Les mots ne savent plus ou donner de la tête :
> fritures de fourbis, ou lézard rose de fleurs ? [...]
>
> Claude Roy, « Supposons une supposition », dans *Nouvelles Enfantasques*, © Éditions Gallimard, 1978.

3 *Compter les syllabes*

a. Dans chaque vers de cette fable, sépare les syllabes.
b. Indique à la fin de chaque vers le nombre de syllabes trouvé.

> Ca|pi|tai|ne| Re|nard| al|lait| de|
> com|pa|gnie ....
> Avec son ami Bouc des plus haut encornés : ....
> Celui-ci ne voyait pas plus loin que son nez ; ....
> L'autre était passé maître en fait
> de tromperie. ....
> La soif les obligea de descendre en un puits : ....
> Là chacun d'eux se désaltère. [...] ....
>
> Jean de La Fontaine, « Le Renard et le Bouc », *Fables*, 1668.

4 *Lire un calligramme*

Réponds aux questions.

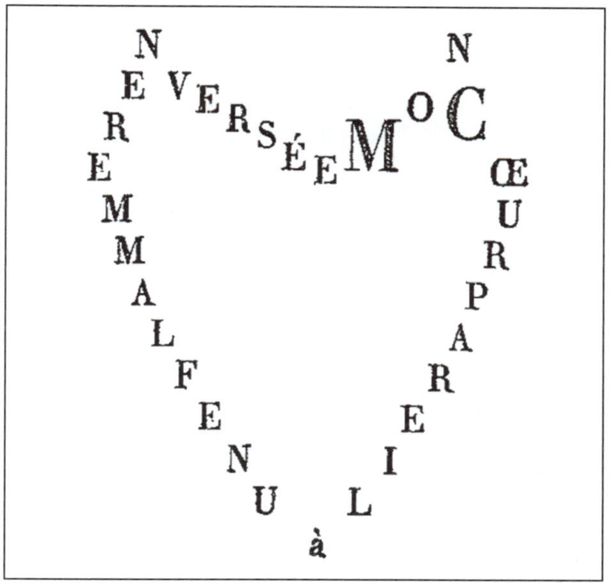

Guillaume Apollinaire, « Cœur », extrait de *Calligrammes*, 1918.

a. Entoure la première lettre du poème et « décode »-le.
b. En quoi peut-on dire que ce poème donne à voir et à entendre ?
c. Quel est le sujet du poème ? Quelle comparaison contient-il ? Quels sentiments du poète traduit-il ?

5 CONTRÔLE EXPRESS

Lis le poème, puis réponds aux questions.

> Si les poissons savaient marcher
> ils aimeraient bien aller le jeudi au marché.
> Si les canards savaient parler
> ils aimeraient bien aller le dimanche au café.
> Et si les escargots savaient téléphoner
> ils resteraient toujours au chaud dans leur
> [coquille.
>
> Claude Roy, « Avec des "si" », dans *Enfantasques*, © Éditions Gallimard, 1974.

a. Combien ce poème a-t-il de strophes ? Comment les nomme-t-on ?
b. Combien de syllabes comprend chacun des vers de ce poème ? S'agit-il de vers réguliers ?
c. Quel est le sujet de ce poème ? En quoi permet-il de dire que le poète invente un monde nouveau ?
d. Continue ce poème en ajoutant une ou deux strophes.

Corrigés page 23 du Guide

Test - Bilan

Grammaire

1 Mes voisins ont adopté une petite chatte très affectueuse.

Les adjectifs *petite* et *affectueuse* sont :

☐ épithètes ☐ attributs

2 Quel(s) pronom(s) personnel(s) conviennent ?

Paul a emprunté quatre revues à Tim ; il .... rendra le week-end prochain.

☐ lui ☐ les lui ☐ leur

3 Julie m'a confié un secret.

Le pronom souligné occupe la fonction de :

☐ COD ☐ COI

4 Il a réussi à monter le meuble sans aide.

Le GN souligné occupe la fonction de :

☐ C du nom ☐ COI ☐ CC de manière

.... /4

Orthographe

5 *Hunger games* est décrit comme un jeu de téléréalité (mortel) ....

Comment s'écrit l'adjectif ?

☐ mortel ☐ mortelle ☐ mortels

6 C'est .... qui partiras la première.

Quel pronom personnel convient ?

☐ moi ☐ toi ☐ elle

7 Lucie n'a pas été bien inform....... .

Comment s'écrit le dernier mot ?

☐ informé ☐ informée ☐ informer

8 Les lettres qu'ils ont reçu....... leur ont fait plaisir.

Comment s'écrit le participe passé ?

☐ reçu ☐ reçus ☐ reçues

9 Choisis les trois formes qui conviennent.

Léa part ce soir dans les Pyrénées. ....-tu d'accord pour .... conduire .... la gare ?

☐ Est / l'a / à ☐ Es / là / a ☐ Es / la / à

.... /5

Conjugaison

10 Je vous (promettre) .... d'être à l'heure. (Faire) ....-moi confiance !

Dans cette phrase au présent, quelles formes conviennent ?

☐ promet, Fais ☐ promets, Fais ☐ promets, Faites

11 Ce matin-là, il (quitter) .... la maison très tôt.

Quelle(s) forme(s) du verbe quitter conviennent ?

☐ a quitté ☐ quitta ☐ quittera

12 Quelle est la forme de *faire* au plus-que-parfait, 1re personne du pluriel ?

☐ nous faisions ☐ nous avions fait ☐ nous ferions

.... /3

Lexique

13 Les adjectifs *large* et *étroit* sont des :

☐ synonymes ☐ antonymes ☐ homonymes

14 Un synonyme de *sot* est :

☐ seau ☐ stupide ☐ savant

15 Quels mots appartiennent à la même famille que *portable* ?

☐ porter ☐ téléphone ☐ export ☐ aimable

.... /3

Lire et écrire

16 Sans réfléchir, il se précipita à la poursuite de l'homme qui prenait la fuite. Mais il eut à peine le temps de le voir disparaître au coin de la rue...

Dans un récit, ce passage peut correspondre :

☐ à la situation initiale ☐ au dénouement ☐ à une péripétie

17 Quel(s) verbe(s) peux-tu utiliser pour introduire les paroles d'un personnage dans un récit ?

☐ répliquer ☐ marmonner ☐ arriver

.... /2

Score total : .... /17 CORRIGÉS P. 23 DU GUIDE

MATHS

▸ NOMBRES ET CALCULS

▸ GRANDEURS ET MESURES

▸ ESPACE ET GÉOMÉTRIE

1 Les nombres décimaux

Je me demande...
Un nombre entier est-il un nombre décimal ?

Les points clés

millions	centaines de mille	dizaines de mille	unités de mille	centaines	dizaines	unités	dixièmes	centièmes	millièmes	dix-millièmes	cent-millièmes	millionièmes
		3	7	5	4	0 ,	8	5				

1 Lire

- 37 540,85 se lit « 37 540 virgule 85 » ou « 37 540 unités et 85 centièmes ».

2 Écrire

- 37 540,85 = $\underbrace{37\,540}_{\text{partie entière}}$ + $\underbrace{0{,}85}_{\text{partie décimale}}$.

- Un nombre entier est un nombre décimal particulier : sa partie décimale est nulle.
  EXEMPLE 38 = 38,0 = 38,00

- Un nombre décimal peut s'écrire sous forme de **fraction décimale**, c'est-à-dire sous forme de fraction dont le dénominateur est 10 ou 100 ou 1 000...

  EXEMPLE $4{,}72 = \frac{472}{100}$ (472 centièmes) ou $4{,}72 = \frac{4\,720}{1\,000}$ (4 720 millièmes)

3 Chiffre et nombre

- Un nombre s'écrit avec des chiffres. Attention à ne pas les confondre.

Dans 37 540,85
- le **chiffre** des dizaines est 4
- le **nombre** de dizaines est 3 754

Mot-Clé
Rang : Le rang d'un chiffre est sa position par rapport à la virgule (rang des unités, rang des dizaines...).

Un peu de méthode

Multiplier ou diviser par 10, par 100 ou par 1 000

C'est bien pratique pour calculer de tête !

- Quand je **multiplie** un nombre par 10, par 100 ou par 1 000, je décale la virgule de 1, de 2 ou de 3 rangs **vers la droite**.

  EXEMPLES 64 × 10 = 64,0 × 10 = 640 ; 23,6 × 100 = 23,60 × 100 = 2 360 ; 0,07 × 1 000 = 70

- Quand je **divise** un nombre par 10, par 100 ou par 1 000, je décale la virgule de 1, de 2 ou de 3 rangs **vers la gauche**.

  EXEMPLES 53,2 ÷ 10 = 5,32 ; 6,4 ÷ 100 = 006,4 ÷ 100 = 0,064 ; 5 140 ÷ 1 000 = 5,140

On s'entraîne !

1 QUIZ

Vrai ou faux ?

Dans 32,8 :

	V	F
a. le chiffre des centièmes est 8.	☐	☒
b. le chiffre des centaines est 3.	☐	☒
c. le chiffre des millièmes est 0.	☒	☐

2 *Tout en chiffres*

Écris en chiffres.

a. Dix mille deux : 10 002

b. Cent mille vingt-trois unités et douze millièmes :
100 023,012

c. Trois millions deux mille cent : 3 200 100

d. Trente mille quatre cent trois unités et huit centièmes : 30 437,98

e. Six mille deux cent quatre centièmes :
600 000,204

3 *Différentes écritures*

Avec des flèches, trace le chemin passant par les nombres égaux à 7,02.

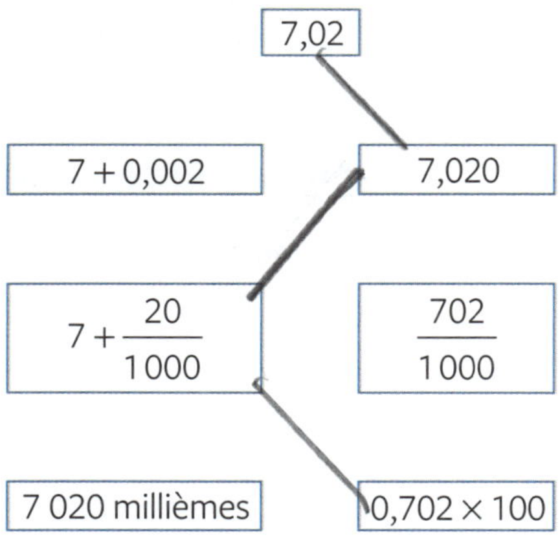

4 *Le rang de 6*

Place la virgule pour que le chiffre 6 représente le chiffre des centièmes dans les écritures suivantes (si c'est nécessaire, ajoute des zéros).

a. 8 0,6 4 **b.** 7,6 0 0 0 **c.** 0,6 5 0

5 *Trop de zéros*

Barre les zéros et les signes inutiles.

a. 05,02 **b.** 860,04~~00~~ **c.** 0009,~~00~~

6 *Touche pas à la touche* [,]

Pour afficher 5,2 sur ta calculatrice, tu appuies sur les touches : [5] [,] et [2].
Sans se servir de la touche [,], Sophie affiche ce nombre en tapant : [5] [2] [÷] [1] [0] [=].

Utilise cette méthode pour afficher les nombres suivants.

a. 8,05 → 805 ÷ 100 = 8,05

b. 0,063 → 63 ÷ 1000 = 0,063

7 *Le bon nombre*

Complète ces phrases par un nombre.

a. Un manuel de 6e pèse 0,490 kg. Un paquet de 10 manuels de 6e pèse 4,900 kg.

b. La voiture de M. Dupont consomme en moyenne 12 litres d'essence aux 100 km. La consommation pour 1 km est 0,12 L.

c. Une bouteille contient 0,75 L de sirop. 100 cartons de 10 bouteilles contiennent 750 L de sirop.

8 *Devinette*

Je suis un nombre décimal.
Ma partie décimale est la même que celle de 3,08.
Mon nombre de dizaines est 52.
Mon chiffre des unités est égal au chiffre des millièmes.

Qui suis-je ? 520,08

9 CONTRÔLE EXPRESS

La masse d'une pièce de 1 € est 6,9 g.

a. Quelle est la masse d'un tas de 1 000 pièces ?
6900g

b. Combien de billets de 10 € représente ce tas de pièces ? 100 billets

c. Une liasse compte 10 billets.
Combien de liasses peut-on former ? 10

Corrigés page 24 du Guide

2 La comparaison de nombres décimaux

Je me demande…
Entre deux nombres décimaux, le plus grand est-il celui qui a le plus de chiffres ?

Les points clés

1 Règle de comparaison de deux nombres décimaux

● **1er cas** : les deux nombres ont des parties entières différentes.
Le plus petit nombre est celui qui a la plus petite partie entière.

EXEMPLE 7,52 < 12,3 (car 7 < 12)

La partie entière d'un nombre est située à gauche de la virgule.

● **2e cas** : les deux nombres ont des parties entières égales.
Il faut comparer leurs parties décimales.

EXEMPLE Il y a deux méthodes pour comparer 78,35 et 78,329.

Première méthode	Deuxième méthode
On compare chiffre par chiffre, de gauche à droite : 7 8, 3 5 7 8, 3 2 9 comme 5 > 2 alors : 78,35 > 78,329	On complète par des zéros « inutiles » pour avoir le même nombre de décimales : 78,35 = 78,350. Puis, on compare les parties décimales : 78,350 78,329 comme 350 > 329 alors 78,35 > 78,329

2 Encadrement

● Encadrer un nombre, c'est trouver une valeur plus petite et une valeur plus grande de ce nombre.

EXEMPLES 15 < 15,38 < 16 est un encadrement de 15,38 **à l'unité près**.
15,3 < 15,38 < 15,4 est un encadrement de 15,38 **au dixième près**.

Mots-Clés
- **Ordre croissant** : Ranger des nombres par ordre croissant, c'est les écrire du plus petit au plus grand.
- **Ordre décroissant** : Ranger des nombres par ordre décroissant, c'est les écrire du plus grand au plus petit.

Un peu de méthode

Donner une valeur approchée

Le diamètre d'un cercle mesure 5 cm.
Pour calculer son périmètre en cm, au dixième près par excès, j'utilise ma calculatrice.

1. **Je tape** le calcul du périmètre 5 × π. La calculatrice affiche : 15,70796327
2. **Je « coupe »** ce résultat au dixième : 15,7
3. **J'écris** l'encadrement au dixième : 15,7 < 15,70796327 < 15,8
4. **Je choisis** la valeur par excès (celle de droite) : **15,8**

J'écris la réponse : 5 × π ≈ 15,8.
Le diamètre mesure 15,8 cm.

On s'entraîne !

1 QUIZ

Vrai ou faux ?

	V	F
a. 32 dixièmes est plus petit que 1,8.	☐	☒
b. Il n'y a aucun nombre décimal compris entre 15,2 et 15,3.	☐	☒

2 < ou > ?

Complète avec le symbole qui convient.

a. 67,080 > 67,8

b. 7 860 500 > 7 860 055

c. 802 > 801,99

d. 657,09 > 657,1

3 Le bon choix

Complète par l'un des nombres : 68,02 ; 58,2 ; 0,1 ; 8,2 ; 158.

a. 87 < 158

b. 0,108 > 0,1

c. 58,200 = 58,2

d. 7 < 68,02 < 58,20

4 L'autre valeur approchée

La valeur approchée par excès au dixième d'un nombre est 79,3.

Quelle est la valeur approchée par défaut à l'unité de ce nombre ?

79,2

5 Le plus

a. **Entoure le plus grand** de ces deux nombres :

- trois cent dix-huit millièmes
- trente centièmes

b. **Entoure le plus petit** de ces deux nombres :

- $\frac{580}{100}$
- dix mille millièmes

6 Suite d'inégalités

Complète toujours par le même chiffre pour obtenir quatre nombres dans l'ordre décroissant.

7 81,5 > 7 3 5 > 776, 2 7 > 776,8 0

7 La bonne place

Dans 8643, place une virgule pour avoir :

a. un nombre inférieur à 10 : 9

b. un nombre compris entre 100 et 1 000 :

199

8 Donner une valeur approchée

À LOUER

1 578 m² de bureaux sur 5 étages

La surface est la même à chaque étage.

Quelle est la valeur approchée à l'unité près par excès de la surface de bureaux en m² par étage ?

1600 m²

9 Devinette

Je suis un nombre décimal écrit avec quatre chiffres. Ma valeur approchée à l'unité par excès est 14. Mon chiffre des centièmes est le même que celui des unités, et mon chiffre des dixièmes est plus grand que 8.

Qui suis-je ? 14,94

10 CONTRÔLE EXPRESS

Les nombres de ce tableau indiquent le poids et la taille de quatre amis.

Amis	Poids (kg)	Taille (m)
Mathias	44,5	1,45
Sofiane	40	1,3
Benoît	41,5	1,38
Samuel	32,0	1,05

Quel est celui qui mesure plus de 1,35 m et qui pèse moins de 42 kg ? Benoît

Corrigés page 24 du Guide

3 L'addition et la soustraction

Je me demande...
Comment nomme-t-on les nombres dans une somme ou une différence ?

Les points clés

1 Additionner des nombres décimaux

- On effectue l'addition **en ligne** ou **en posant** l'opération.

les termes

315,76 + 7 + 37,6 = 360,36

(315,76 + 7 + 37,6 : somme non effectuée ; 360,36 : somme effectuée)

		2	1			
	3	1	5	,	7	6
			7	,		
+		3	7	,	6	
	3	6	0	,	3	6

- On vérifie le résultat :
– en recomptant de bas en haut dans le calcul posé ;
– en calculant un **ordre de grandeur** du résultat :

315,76 + 7 + 37,6 = 360,36
↓ ↓ ↓ ↑
300 + 10 + 40 = 350 semble vrai

2 Soustraire des nombres décimaux

- On effectue la soustraction **en ligne** ou **en posant** l'opération.

92,88 (plus grand terme) – **8,275** (plus petit terme) = **84,605**

(92,88 – 8,275 : différence non effectuée ; 84,605 : différence effectuée)

	9	₁2	,	8	8	₁0
–		8	,	2	7	5
	₁				₁	
	8	4	,	6	0	5

Pour calculer plus facilement, on complète la partie décimale avec des zéros.

- On vérifie le résultat :
– en effectuant l'addition 8,275 + 84,605 = ... ;
– en calculant un **ordre de grandeur** du résultat : 90 – 10 = 80.

Un peu de méthode

Résoudre un problème d'addition ou de soustraction

- Dans un énoncé, les expressions *de plus que* ou *de moins que* peuvent être trompeuses et entraîner une solution erronée.

EXEMPLE Kevin dit à Mathieu : « Je pèse 58,3 kg. »
Mathieu répond : « Alors, tu pèses 15 kg **de plus que** moi. »
Combien pèse Mathieu ?

→ Pour éviter de me tromper, je fais un schéma.
Ici, il ne faut pas faire une addition (mauvaise utilisation du mot *plus*), mais une soustraction :
58,3 – 15 = 43,3
Mathieu pèse 43,3 kg.

On s'entraîne !

1 QUIZ

Vrai ou faux ?

	V	F
a. Le résultat d'une addition est appelé une différence.	☐	☒
b. La différence entre les nombres 5,6 et 108,60 est un nombre entier.	☒	☐

2 *Effectuer des opérations*

a. 103,45 + 5 271 + 0,786 = 5 209,831

b. 35,08 + 609,7 + 37,275 = 682,055

c. 362,45 – 53,8 = 308,65

d. 2 050,6 – 65,37 = 1985,14

3 *Addition et soustraction*

La différence entre deux nombres est 65,08.
L'un de ces nombres est 80.

Quel est l'autre nombre ? Combien y a-t-il de solutions ? 2 solution 14,92 / 145,08

4 *Addition ou soustraction*

Léa a tapé sur sa calculatrice 738,2 au lieu de 73,82.

Quel nombre doit-elle ajouter ou retrancher pour obtenir 73,82 ?

738,2

5 *Poids d'un manuel*

32 manuels de 6e pèsent 15,680 kg.
33 manuels de 6e pèsent 16,170 kg.

Sans effectuer de division, calcule le poids d'un manuel.

un manuel pèse 0,490 Kg

6 *3 virgules*

Dans son addition, Rémi a oublié d'écrire les virgules.

Place-les pour que l'addition soit juste.

3 6 2 + 8 8 + 7 2 1 8 = 1 6 3 8

7 *Deux opérations*

Deux barres de fer ont pour longueur 1,32 m et 0,78 m. On les soude de façon à ce qu'elles se recouvrent sur une longueur de 0,10 m.

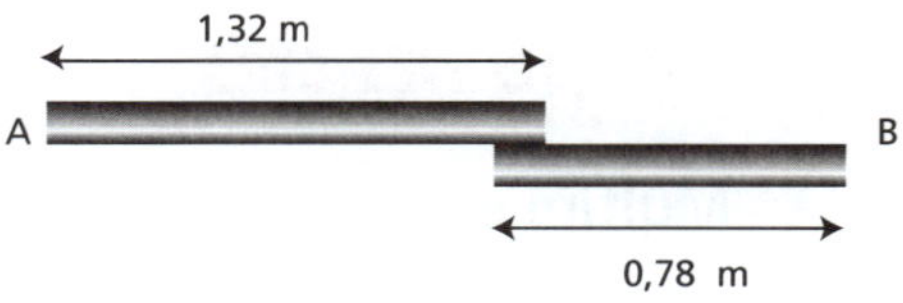

Calcule la longueur de AB : 1,9 m

8 *Casse-tête*

Une veste et un pantalon coûtent ensemble 272 €. M. Durand choisit la veste, mais prend un autre pantalon. Il paie 20,65 € de moins.

Quel est le prix du pantalon choisi, si la veste seule coûte 160,50 € ? 90,85

9 *Villes alignées*

Deux panneaux sont placés au bord de la route.

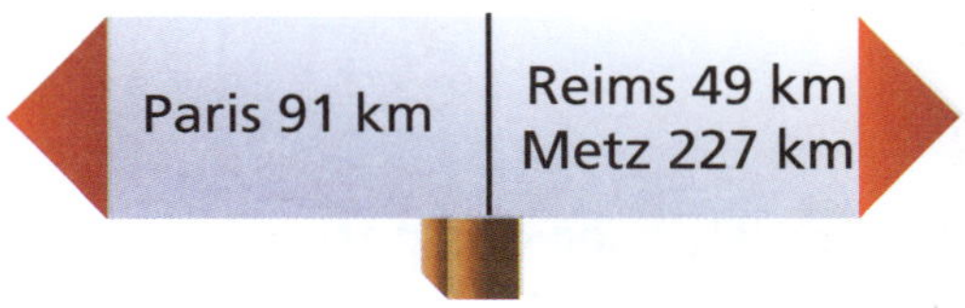

a. Calcule la distance Paris-Reims : 140 Km

b. Calcule la distance Metz-Reims : 87 Km

10 *Calculs d'années et d'âge*

Lorsque Mathieu est né, son père avait 29 ans. En 2018, Mathieu avait 22 ans. **Calcule :**

a. l'année de naissance de Mathieu : 1996

b. l'âge de son père en l'an 2010 : 45 ans

c. l'année de naissance de son père : 1967

11 CONTRÔLE EXPRESS

Dans sa tirelire, Guillaume a 62,40 €. Il a 18,65 € de moins que sa sœur Aude.

a. Combien d'argent Aude possède-t-elle ?

81,05€

b. Combien d'argent doit-elle économiser si elle veut avoir 100 € ? 18,95€

Corrigés page 24 du Guide

4 La multiplication

Je me demande...
Dans un produit, comment se nomme chaque nombre ?

Les points clés

1 Multiplier des nombres décimaux

les facteurs

2,48 × 8,5 = 21,08

produit non effectué — produit effectué

```
      2, 4 8     → 2 décimales
  ×     8, 5     → 1 décimale
  ---------
      1 2 4 0
    1 9 8 4 .    → décalage de 1 rang
  ---------
    2 1, 0 8 0   ← 3 décimales (1 + 2)
```

- D'abord, on effectue la multiplication **sans tenir compte des virgules.**
- Puis, on place la virgule dans le résultat **en comptant le nombre de décimales** comme indiqué ci-dessus, dans la pose de l'opération.

2 Vérifier le résultat d'une multiplication

- On vérifie le résultat en calculant un **ordre de grandeur** du résultat :

2,48	×	8,5	=	21,08	
↓		↓		↑	
2	×	10	=	20	semble vrai

Tu peux aussi vérifier le résultat avec ta calculatrice.

3 Utiliser des parenthèses

- **Attention !** Les parenthèses imposent l'**ordre** du calcul.

EXEMPLE $5 \times (2 + 6) = 5 \times 8 = 40$
$(5 \times 2) + 6 = 10 + 6 = 16$

Un peu de méthode

Calculer rapidement

- 444 × 85,9
Je pose l'opération comme indiqué ci-contre.
Ainsi, j'écris les trois mêmes calculs intermédiaires.

```
        8 5,9
      × 4 4 4
    ---------
      3 4 3 6
    3 4 3 6 .
  3 4 3 6 . .
  -----------
  3 8 1 3 9,6
```

- 275 × 30,6
J'effectue la multiplication comme indiqué ci-contre.
Le **décalage supplémentaire** est dû au 0 de 30,6.

```
      2 7 5
    × 3 0,6
    -------
    1 6 5 0
  8 2 5 . .    ← décalage supplémentaire
  ---------
  8 4 1 5,0
```

- 2,5 × 13 × 4
Je change l'ordre des facteurs pour simplifier les calculs.
2,5 × 13 × 4 = (2,5 × 4) × 13 = 10 × 13 = 130

Retiens ces produits :
2 × 0,5 = 1
4 × 2,5 = 10
4 × 25 = 100

NOMBRES ET CALCULS

On s'entraîne !

1 QUIZ

Vrai ou faux ?

	V	F
a. 738 × 0,92 > 738	□	□
b. Multiplier par 0,5 puis par 2, c'est multiplier par 1.	□	□

2 *Effectuer des opérations*

a. 56,2 × 7,3 = ...

b. 7,82 × 0,350 = ...

c. 4 730 × 70,6 = ...

3 *Une multiplication*

208 × 715 = 148 720

Utilise ce résultat pour compléter, sans poser les multiplications, les égalités suivantes :

a. 2,08 × 71,5 = ...

b. 2080 × 0,715 = ...

4 *Les parenthèses*

Mets les parenthèses pour que l'égalité soit vraie.

a. 15 + 10 × 2 = 50

b. 10 + 12 − 7 + 1 = 14

5 *Chiffres inconnus*

Complète et place la virgule qui manque.

```
        □,□ 9
   ×      4 □
   ----------
        3 □ 9
  □ □ , 3 □
   ----------
  □ □ , 6 6 □
```

6 *Du gramme au kilogramme*

Quel est le prix d'un rôti de bœuf de 800 g à 21,85 € le kg ? ....

....

7 *Cinq fois et demie*

Mathieu a quatre fois et demie plus d'argent que Jeanne qui a 19,70 €.

Ont-ils assez d'argent pour acheter un cadeau commun de 100 € environ à leur mère ?

8 *Devinette*

En multipliant un nombre par 8, on trouve le même résultat qu'en multipliant ce nombre par 7 et en lui ajoutant 13,4.

Quel est ce nombre ? ....

9 *Intervalles*

M. Toncle a planté 12 thuyas distants chacun de 1,5 m.

Calcule la distance entre le premier thuya et le dernier : ....

10 *La poste*

C'est l'anniversaire de Matéo. Son grand-père lui envoie un colis contenant :
– une voiture téléguidée pesant 1,700 kg et coûtant 26 € ;
– 3 bandes dessinées pesant chacune 390 g et coûtant 13,60 € chacune ;
– 2 tablettes de chocolat de 125 g chacune et coûtant 1,50 € l'une.
Il met le tout dans un emballage postal qu'il choisit selon le poids total des cadeaux.

Selon le tarif postal ci-dessous, calcule la dépense totale du grand-père de Matéo.

Formats	Poids maximum de	Prix
S	1 kg	7,95 €
M	2 kg	8,95 €
L	5 kg	13,75 €
XL	10 kg	20,05 €

11 CONTRÔLE EXPRESS

Un paquet de 100 enveloppes pèse 230 g.
Quel est le poids d'un tas de paquets de 100 enveloppes représentant 2 700 enveloppes ?

Corrigés page 24 du Guide

5 La division

Je me demande...

Pourquoi ne peut-on pas toujours « terminer » une division ?

Les points clés

1 Division euclidienne

- 102 divisé par 43

Le quotient est : « En 102, combien de fois 43 ? »
ou « En 10, combien de fois 4 ? » → 2 fois.
2 × 43 = 86 puis on soustrait 86 à 102.
On vérifie : 102 = 43 × 2 + 16

dividende	diviseur
1 0 2	4 3
− 8 6	2 (quotient entier)
0 1 6 (reste)	

dividende = diviseur × quotient + reste (avec reste < diviseur)

- Le dividende, le diviseur, le quotient et le reste sont des **nombres entiers**.

2 Division décimale

- 102,8 divisé par 43

Après avoir calculé le quotient entier 2, on abaisse le chiffre des dixièmes : 8. Puis on place une virgule au quotient.
On recherche : « En 168, combien de fois 43 ? »
ou « En 16, combien de fois 4 ? » → 4 fois.

Mais 4 × 43 = 172 et 172 > 168, alors on essaie avec 3 fois.
On a 3 × 43 = 129 et on poursuit le calcul.

On vérifie : 102,8 = 43 × 2,3 + 3,9.

1 0 2 ,8	4 3
− 8 6 ↓	2, 3
0 1 6 8	quotient au dixième
− 1 2 9	
0 3 9 (reste égal à 3,9)	

- Cette division ne « se termine » pas. Le quotient n'est pas un nombre décimal.
2,3 est une **valeur approchée** au dixième du quotient de 102,8 par 43.

Dans une division, tu n'es pas obligé(e) de faire apparaître les soustractions intermédiaires.

3 Multiples et diviseurs

- Dans une division euclidienne, le reste peut être nul.

9 8	7
2 8	1 4
0 (reste = 0)	

EXEMPLE

98 divisé par 7 → 98 = 7 × 14 ou 98 ÷ 7 = 14 → 98 est un multiple de 7. ou 7 est un diviseur de 98.

Un peu de méthode

Multiplier par 0,1 ou par 0,01 ou par 0,001

Quand je multiplie un nombre par 0,1 ou par 0,01 ou par 0,001,
je le divise par 10, par 100 ou par 1 000.

→ Donc, je déplace la virgule de 1, de 2 ou de 3 rangs vers la gauche.

EXEMPLES 83,2 × 0,1 = 8,32 ou 83,2 ÷ 10 = 8,32
500 × 0,01 = 5 ou 500 ÷ 100 = 5

NOMBRES ET CALCULS

On s'entraîne !

1 QUIZ

Vrai ou faux ?

Dans la division au dixième de 8 par 13 :

8	13
80	0,6
2	

	V	F
a. le dividende est 8.	☐	☐
b. le reste est égal à 2.	☐	☐
c. 0,7 est une valeur approchée du quotient au dixième.	☐	☐

2 *Dividende inconnu*

Dans une division, le reste est égal à 14, le quotient à 405 et le diviseur à 29.

Quel est le dividende ? ....

3 *Opérations*

Effectue les divisions suivantes.

a. (à l'unité)

7 6 2 5 | 3 7

b. (au dixième)

3 0 6 0 , 7 | 5 8

4 *Reste et diviseur*

En observant l'égalité suivante :

$$307 = 13 \times 22 + 21$$

Ahmed dit : « 21 est le reste de la division euclidienne de 307 par 13. »

Laura dit : « 13 est le quotient de la division euclidienne de 307 par 22. »

Sofia dit : « 21 est le quotient de la division euclidienne de 307 par 22. »

Qui a raison ? ....

5 *= ou ≈*

Calcule les quotients suivants avec une calculatrice et complète avec le symbole qui convient = ou ≈.
Si c'est ≈, donne le résultat au dixième.

a. 48 ÷ 36 ....

b. 82 ÷ 205 ....

c. 325 ÷ 57 ....

d. 2 813 ÷ 116 ....

6 *Un de plus*

M. Desvignes range 238 bouteilles dans des cartons de 12 bouteilles.

a. Combien de cartons faut-il ? ....

b. Combien de bouteilles y a-t-il dans le dernier carton ? ....

7 *Division et multiplication*

Le quotient exact de deux nombres est 42.
L'un de ces nombres est 966.

Trouve l'autre nombre. Donne toutes les solutions : ....

8 *S'aider d'un schéma*

Pierre pèse 2 fois plus que Louise.
Ensemble, ils pèsent 72 kg.

Calcule le poids de Louise, puis le poids de Pierre.

9 *Multiples*

Anaya achète des abricots pour garnir des tartelettes. En mettant 6 abricots par tartelette, il n'en reste aucun. De même, en en disposant 5, il n'en reste aucun. En garnissant les tartelettes, Anaya compte plus de 50 noyaux et moins de 80 noyaux.

Combien y avait-il d'abricots ? ....

10 CONTRÔLE EXPRESS

M. Madus achète un ordinateur à 1 345 €. Il paie uniquement avec des billets de 100 €.

a. Combien de billets doit-il donner ? ....

b. Combien d'argent lui rend-on ? ....

Corrigés page 24 du Guide

6 Le quotient de deux nombres (1)

Je me demande…

La fraction $\frac{1}{2}$ est-elle comprise entre 1 et 2 ?

Les points clés

1 Vocabulaire

- Le quotient du nombre a par le nombre b peut se noter : $\frac{a}{b}$ (a → numérateur ; b → dénominateur)
C'est une **écriture fractionnaire**.

EXEMPLES $\frac{3{,}2}{7}$ (on lit « 3,2 sur 7 ») et $\frac{25}{0{,}5}$ sont des écritures fractionnaires.

- Si les nombres a et b sont des entiers, l'écriture fractionnaire $\frac{a}{b}$ s'appelle une **fraction**.

EXEMPLE $\frac{15}{6}$ est une fraction. On lit « 15 sur 6 » ou « quinze sixièmes ».

2 Fractions et nombres décimaux

Il existe des fractions particulières : les fractions décimales. Leur dénominateur est égal à 10, 100, etc.

- Certaines fractions sont des **nombres entiers**.

EXEMPLE $\frac{18}{2} = 9$ car $18 \div 2 = 9$

- Certaines fractions sont des **nombres décimaux**.

EXEMPLE $\frac{15}{6} = 2{,}5$ car $15 \div 6 = 2{,}5$

Attention ! La fraction $\frac{17}{6}$ n'est pas un nombre décimal. La division ne s'arrête pas.

On peut donner :
- la valeur approchée à l'unité par défaut : $\frac{17}{6} \approx 2$
- la valeur approchée au dixième par défaut : $\frac{17}{6} \approx 2{,}8$
- l'encadrement à l'unité : $2 < \frac{17}{6} < 3$
- la valeur approchée au centième par excès : $\frac{17}{6} \approx 2{,}84$

```
1 7    | 6
  5 0  | 2,833...
   2 0
    2 0
      2
```

Un peu de méthode

Placer un quotient sur une demi-droite graduée

Pour placer $\frac{7}{3}$ sur une demi-droite graduée :

1. **Je choisis une unité** pouvant facilement **se partager en 3 parties égales** sur la demi-droite tracée (par exemple : 3 cm, 6 cm, etc.) et **je gradue**.

2. **Je compte de** $\frac{1}{3}$ **en** $\frac{1}{3}$ jusqu'à $\frac{7}{3}$ et je place $\frac{7}{3}$.

On s'entraîne !

1 QUIZ

Vrai ou faux ?

La fraction $\frac{10}{4}$:

	V	F
a. se lit « dix quatrièmes ».	☐	☐
b. est égale à 2.	☐	☐

2 *Des lettres et des chiffres*

Complète quand c'est possible.

Écriture en lettres	Écriture décimale	Écriture fractionnaire
sept dixièmes		
		$\frac{8}{4}$
		$\frac{4}{3}$
douze cinquièmes		
cinq demis		

3 *Partage*

Quelle est la fraction coloriée de chaque dessin ?

a.

b.

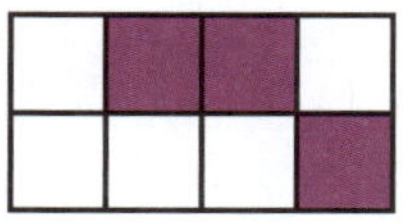

c.

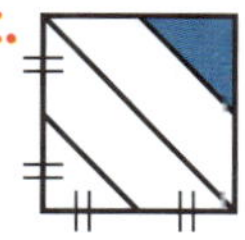

4 *Cela s'arrêtera-t-il ?*

Si c'est possible, écris chaque quotient sous forme de nombre décimal, sinon sous forme de fraction.

a. $28 \div 4 =$ ....

b. $8 \div 3 =$ ....

c. $27 \div 75 =$ ....

d. $11 \div 7 =$ ....

e. $1 \div 100 =$ ....

5 *Numérateur ou dénominateur*

Complète les fractions suivantes.

a. $\frac{\dots}{3} = 5$

b. $\frac{6}{\dots} = 1$

c. $\frac{\dots}{10} = 0{,}8$

d. $\frac{1\,000}{\dots} = 10$

6 *Repérage*

À quelle fraction correspond chaque lettre ?

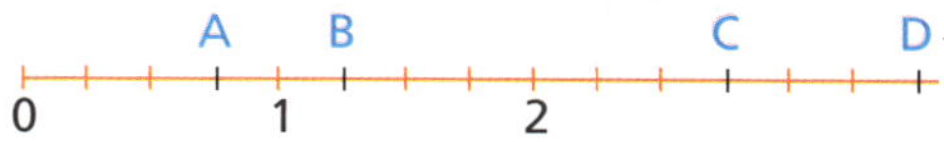

A → .... B → .... C → .... D → ....

7 *Mentalement*

Les dimensions de la salle de classe de Sophie sont $\frac{21}{3}$ m et $\frac{1}{2}$ dam.

Trouve, en mètres, les dimensions de cette salle :

....

8 *Division décimale*

Un pâtissier a fabriqué un gâteau au fromage d'un kilogramme qu'il a partagé en huit parts égales. Un premier client en achète trois morceaux, un deuxième prend un morceau, et un troisième, deux morceaux.

a. Quelle fraction du gâteau reste-t-il ?

....

b. Calcule le poids du morceau restant.

....

9 CONTRÔLE EXPRESS

En revenant du match de football, Manon a d'abord bu une boisson tonique de 0,5 L, puis $\frac{1}{2}$ litre d'eau et enfin $\frac{3}{4}$ de litre de jus d'orange.

Quelle quantité de liquide a-t-elle absorbée en centilitres (cL) ?

....

Corrigés page 24 du Guide

7 Le quotient de deux nombres (2)

Je me demande...
Deux fractions dont les dénominateurs sont différents peuvent-elles être égales ?

Les points clés

1 Quotients égaux

On ne change pas le quotient $\frac{a}{b}$ (ou la fraction $\frac{a}{b}$), si on multiplie ou si on divise a et b par un même nombre différent de 0.

EXEMPLES $\frac{6}{9} = \frac{6 \times 4}{9 \times 4} = \frac{24}{36}$

$\frac{18}{24} = \frac{18 \div 6}{24 \div 6} = \frac{3}{4}$

On dit que $\frac{3}{4}$ est la **fraction simplifiée** de $\frac{18}{24}$.

Mot-Clé
Fraction décimale : Une fraction décimale est une fraction dont le dénominateur est 10, 100, 1 000, etc.

2 Critères de divisibilité

Un nombre entier est divisible

- **par 2** quand son chiffre des unités est 0 ; 2 ; 4 ; 6 ou 8
- **par 3** quand la somme de ses chiffres est un multiple de 3
- **par 4** quand le nombre formé par les chiffres des dizaines et des unités est un multiple de 4
- **par 5** quand son chiffre des unités est 0 ou 5
- **par 9** quand la somme de ses chiffres est un multiple de 9
- **par 10** quand son chiffre des unités est 0

Un peu de méthode

Calculer le quotient de deux nombres décimaux

● Je transforme leur écriture afin d'obtenir une division par un nombre entier. Pour cela, je multiplie le numérateur et le dénominateur en utilisant la propriété des quotients égaux, puis je pose la division.

EXEMPLES $\frac{9,65}{2,3} = \frac{9,65 \times 10}{2,3 \times 10} = \frac{96,5}{23}$

9,65 | 2,3 ou 96,5 | 23

$\frac{35}{0,72} = \frac{35 \times 100}{0,72 \times 100} = \frac{3\,500}{72}$

35 | 0,72 ou 3 500 | 72

Diviser par 0,1 ou par 0,01 ou par 0,001

● Quand je divise un nombre par 0,1 ou par 0,01 ou par 0,001, je le **multiplie par** 10, **par** 100 **ou par** 1 000. Donc, je décale la virgule de 1, de 2 ou de 3 rangs vers la droite.

EXEMPLES $13 \div 0,1 = 130$ ou $13 \times 10 = 130$

$3,8 \div 0,01 = 380$ ou $3,8 \times 100 = 380$

On s'entraîne !

1 QUIZ

Vrai ou faux ?

	V	F
a. $\frac{3}{2} = \frac{12}{8}$	☐	☐
b. $\frac{700}{1\,000} = \frac{7}{10}$	☐	☐
c. $\frac{30}{4} = \frac{15}{1}$	☐	☐
d. $\frac{2}{6} = \frac{0}{3}$	☐	☐

2 *Les bonnes cases*

Mets une croix dans les cases qui conviennent.

est divisible par	2	3	4	5	9
24					
1 340					
645					
8 370					

3 *Sans la calculatrice*

Simplifie ces fractions.

a. $\frac{3}{9} = \frac{\dots}{\dots}$ **b.** $\frac{8}{16} = \frac{\dots}{\dots}$ **c.** $\frac{60}{90} = \frac{\dots}{\dots}$

4 *Pas difficile !*

Quelle fraction du rectangle est colorée en bleu foncé ? Simplifie cette fraction.

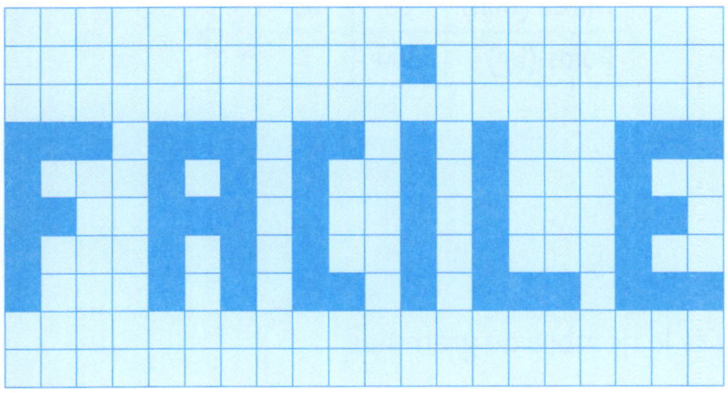

....

5 *Le quart de la figure*

Entoure les figures dont le quart est coloré.

a.

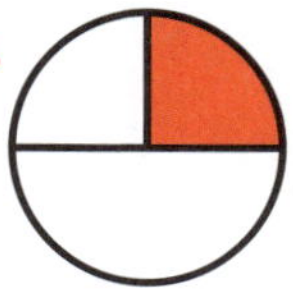

b.

c.

d.

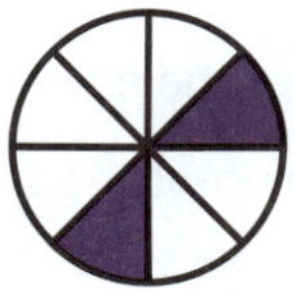

6 *Énigme*

Bilal achète un paquet de 12 macarons dont 9 sont à la vanille, et le reste au chocolat. Au goûter, il mange tous les macarons au chocolat. Il dit à sa sœur Audrey : « J'ai mangé le quart du paquet de macarons. »
Audrey lui répond : « Tu en as mangé plus… Tu as mangé les neuf douzièmes du paquet. »

Qu'en penses-tu ? ....

7 *Devinette*

Trouve l'intrus.

$\frac{21}{14}$ $\frac{3}{2}$ $\frac{36}{24}$ $\frac{9}{4}$ $\frac{300}{200}$ $\frac{15}{10}$

8 *La moitié de la moitié*

Aujourd'hui, Nicolas va au collège de 8 h à 11 h, puis de 14 h à 17 h.

À quelle fraction de la journée correspond le temps passé au collège ? Simplifie cette fraction.

....

9 CONTRÔLE EXPRESS

Écris les nombres suivants sous la forme d'une fraction décimale. Si c'est possible, simplifie la fraction.

a. $1{,}4 = \frac{\dots}{\dots} = \frac{\dots}{\dots}$

b. $0{,}08 = \frac{\dots}{\dots} = \frac{\dots}{\dots}$

Corrigés page 24 du Guide

8 La proportionnalité

Je me demande...
Comment reconnaître une situation de proportionnalité ?

Les points clés

1 Tableau de proportionnalité

● Un tableau de nombres est un tableau de proportionnalité si on obtient les nombres d'une ligne en multipliant ceux de l'autre ligne par un même nombre.

● Ce nombre s'appelle le **coefficient de proportionnalité**.

EXEMPLE Le tableau indique la masse de farine pour un cake selon le nombre de personnes.

Nombre de personnes	4	2	6	10
Masse de farine (g)	200	100	300	500

× 50   × 0,02

Dans ce tableau, on a le choix entre deux coefficients :
la 2e ligne est proportionnelle à la 1re ligne, le coefficient est 50 ;
la 1re ligne est proportionnelle à la 2e ligne, le coefficient est 0,02.

→ La masse de farine et le nombre de personnes sont **deux grandeurs proportionnelles**.

2 Tableau de non-proportionnalité

EXEMPLE Ce tableau donne la hauteur d'un arbre en fonction de son âge.

Âge (années)	1	2	3
Hauteur (m)	0,5	1	1,6

~~× 0,5~~

$1 \times 0{,}5 = 0{,}5$
$2 \times 0{,}5 = 1$
mais $3 \times 0{,}5 \neq 1{,}6$

→ Ce n'est pas une situation de proportionnalité.

Dans une situation de proportionnalité, deux grandeurs sont liées par une multiplication (ou une division).

Un peu de méthode

Résoudre un problème de proportionnalité

Le boucher dit à M. Benoît : « Pour faire cuire un rôti au four, il faut 20 min pour 500 g. Pour votre rôti, comptez 50 min de cuisson. »
Quel est le poids du rôti acheté par M. Benoît ?

● À l'aide d'un tableau

1. Je construis un tableau de proportionnalité.

Durée (min)	20	50
Poids (kg)	500	?

× ......

2. Je détermine le coefficient de proportionnalité :
$\frac{500}{20} = 25$

3. Puis je calcule :
$50 \times 25 = 1\ 250$ g ou 1,250 kg

● Sans tableau

1. Je recherche d'abord la valeur de l'unité, c'est-à-dire le nombre de grammes pour 1 min de cuisson, soit $\frac{500}{20}$ (quotient égal à 25).

2. Je calcule le poids du rôti pour 50 min de cuisson :
$25 \times 50 = 1\ 250$ g

On s'entraîne !

1 QUIZ

Vrai ou faux ?

	V	F
a. L'aire du carré est proportionnelle à son côté.	☐	☐
b. Le périmètre du cercle est proportionnel à son diamètre.	☐	☐
c. 3 serviettes de bain mettent 1 heure pour sécher au soleil. 6 serviettes mettront 2 heures pour sécher.	☐	☐
d. Le prix des brioches est proportionnel à la quantité des brioches achetées.	☐	☐

2 *Le bon choix*

Trouve les tableaux de proportionnalité et indique le coefficient de proportionnalité dans le sens de la flèche.

a.

3	4	5	6
12	16	20	24

....

b. ....

21	7
30	10
6	2

c.

0	2
2	4
3	6

....

d. ....

1,5	40	0,8
15	400	80

3 *Mentalement*

a. Complète ce tableau pour qu'il soit un tableau de proportionnalité.

15	....	5	7,5	....
3	6	....	....	10

b. Quel est le coefficient de proportionnalité qui permet de passer :

– de la 2e ligne à la 1re ligne ?

....

– de la 1re ligne à la 2e ligne ?

....

4 *Proportionnalité dans un triangle*

a. Complète la phrase suivante : Un triangle équilatéral a .... côtés de même longueur.

b. Complète le tableau donnant la longueur d'un côté de quatre triangles équilatéraux.

Côté (cm)	3	5	7,5	4,2
Périmètre (cm)	...	...	...	...

c. Le périmètre du triangle équilatéral est-il proportionnel à son côté ? ....

5 *Âge et poids*

Ce tableau indique le poids, en kg, de Nicolas en fonction de son âge.

Âge en années	1	2	3	4	5
Poids en kg	6,5	13	17		

a. Est-ce une situation de proportionnalité ?

b. Peux-tu retrouver le poids de Nicolas à 5 ans ?

6 *Proportionnalité ?*

Voici trois problèmes.

a. Pour préparer 8 tasses de café, il faut 100 g de café moulu. Combien faut-il de café pour 3 tasses ?

b. Deux frères mettent 20 min pour aller de leur maison au collège. Quel temps met l'un des frères pour parcourir le même trajet ?

c. Pour faire 100 km, une voiture consomme en moyenne 6,5 L d'essence. Calcule la consommation si la voiture parcourt 300 km à la même vitesse.

Pour chaque problème, indique :
– les deux grandeurs qui interviennent ;
– si ces deux grandeurs sont proportionnelles.
Puis résous ces problèmes si c'est possible.

7 CONTRÔLE EXPRESS

Pour faire des beignets aux pommes, la grand-mère de Barnabé utilise 2 pommes pour 3 personnes.

a. Pour combien de personnes peut-elle faire des beignets avec 9 pommes ? ....

b. Combien de pommes lui faut-il pour faire des beignets pour 5 personnes ? ....

Corrigés page 25 du Guide

9 Les pourcentages

Je me demande…

Qu'est-ce qu'un pourcentage ?
À quel nombre décimal est égal un pourcentage de 30 % ?

Les points clés

1 Signification

15 %
de réduction
sur tous les livres

- 15 % se lit **15 pour cent**

et représente le nombre $\frac{15}{100}$ ou **0,15**.

- Cela signifie que :
- pour un livre coûtant 100 €, la réduction est de 15 € ;
- pour un livre coûtant 10 €, la réduction est de 1,5 € ;
- pour un livre coûtant 20 €, la réduction est de 3 € ;
- pour un livre coûtant 30 €, la réduction est de 4,5 € ; etc.

2 Application d'un taux de pourcentage

- La réduction et le prix sont deux grandeurs proportionnelles.

Prix du livre (€)	10	18
Réduction (€)	1,5	?

(× 0,15)

donc ? = 18 × 0,15 = 2,7

- Pour calculer ***x*** % d'un nombre, on multiplie ce nombre par le décimal $\frac{x}{100}$.

3 Pourcentages particuliers

Calculer

- **50 %** d'un nombre → c'est calculer **la moitié de ce nombre**
- **25 %** d'un nombre → c'est calculer **le quart de ce nombre**
- **10 %** d'un nombre → c'est **diviser ce nombre par 10**
- **75 %** d'un nombre → c'est calculer **les trois quarts de ce nombre**

Un peu de méthode

Appliquer un taux de pourcentage

60 % des 25 élèves de la classe de Taoufik ont eu la moyenne au dernier contrôle de mathématiques. Combien d'élèves n'ont pas eu la moyenne ?

- Solution 1.

Je calcule 60 % de 25 : j'effectue 25 × 0,60 ou 0,60 × 25.
Le résultat est 15. 15 élèves ont obtenu la moyenne.
Il y a donc 10 élèves (25 – 15) qui n'ont pas eu la moyenne.

- Solution 2.

Je calcule le pourcentage d'élèves n'ayant pas eu la moyenne : 100 % – 60 % = 40 %
Puis j'effectue 25 × 0,40 = 10.
Donc 10 élèves n'ont pas eu la moyenne.

On s'entraîne !

1 QUIZ

Vrai ou faux ?

	V	F
a. Les 10 % de 100, c'est 10.	☐	☐
b. Les 50 % de 50, c'est 50.	☐	☐
c. Les 25 % de 400, c'est 100.	☐	☐
d. Les 10 % de 10, c'est 5.	☐	☐
e. Le 1 % de 1000, c'est 100.	☐	☐

2 *Pas de calcul !*

Cette année, sur les 29 élèves de la classe de Théo, 100 % des élèves ont réussi le brevet.

Combien y a-t-il eu d'élèves admis ?

....

3 *Filles-garçons*

Dans une classe, il y a 25 élèves dont 60 % de filles.
Quel est le nombre de garçons ?

....

4 *Soldes*

Un vélo coûte 120 €. Le commerçant propose une remise de 25 %.

Quel est le nouveau prix ? ....

indice
La remise équivaut à un quart du prix initial.

5 *Un carré qui augmente*

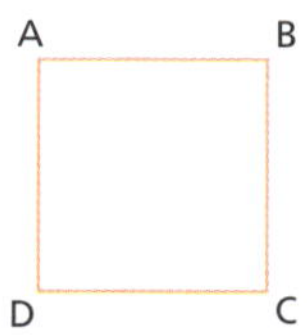

a. Mesure le côté de ce carré.
b. Calcule son périmètre.

....

c. Audrey reproduit ce carré en augmentant la mesure de son côté de 80 %. **Calcule la mesure du côté du carré agrandi, puis son périmètre.**

....

....

d. Est-ce que le périmètre a augmenté de 80 % ?

....

6 *Comptant et content*

M. Durand achète un téléviseur qui coûte 882 €. Le magasin lui propose deux possibilités de paiement :
– payer comptant avec une remise de 5 %.
– payer à crédit, c'est-à-dire verser un acompte de 200 € et payer 3 mensualités de 248 €.

Quelle est l'économie réalisée s'il choisit de payer comptant par rapport au paiement à crédit ?

....

7 *Deux ou trois fois ?*

Si le prix d'un article de 100 € augmente de 200 %, alors son prix double.

Est-ce vrai ?

....

8 *Gourmandise*

M. Martin pèse 135 kg. Il fait un régime et perd 10 % de son poids en une semaine. La semaine suivante, il déjeune plusieurs fois au restaurant et son poids augmente de 10 %. M. Martin dit : « J'ai quand même maigri, je pèse moins de 135 kg. »

Est-ce vrai ? Combien pèse-t-il désormais ?

....

....

9 *Casse-tête*

Un professeur de mathématiques a corrigé un paquet de 30 copies.

Complète son tableau récapitulatif.

	Note < 8	$8 \leqslant$ Note $\leqslant 12$	Note > 12
Pourcentage d'élèves	20 %	50 %	....
Nombre d'élèves	6	....	....

10 CONTRÔLE EXPRESS

Un article qui valait 90 € coûte maintenant 100 €.

Son prix a-t-il augmenté de 10 % ?

....

Corrigés page 25 du Guide

10 Les graphiques

Je me demande…
Sur un graphique, comment une situation de proportionnalité est-elle représentée ?

Les points clés

1 Graphique cartésien

● Un graphique cartésien est composé de points reliés par des segments, et donne l'évolution d'une grandeur en fonction d'une autre.

● Voici la **courbe de croissance** du poids d'un enfant au cours de ses 12 premières années. Ce **graphique** représente le poids en fonction de l'âge.
→ **Les points ne sont pas alignés.**

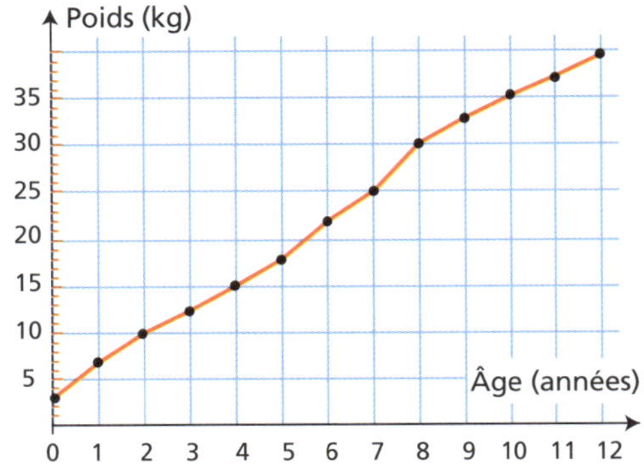

2 Graphique et proportionnalité

● On achète des kiwis à 0,50 euro l'unité. Le prix des kiwis en fonction de la quantité est représenté par un graphique.

● **Tous les points sont alignés** sur une droite passant par le point de coordonnées (0 ; 0) qui est l'**origine**.
→ Le graphique représente une **situation de proportionnalité**.

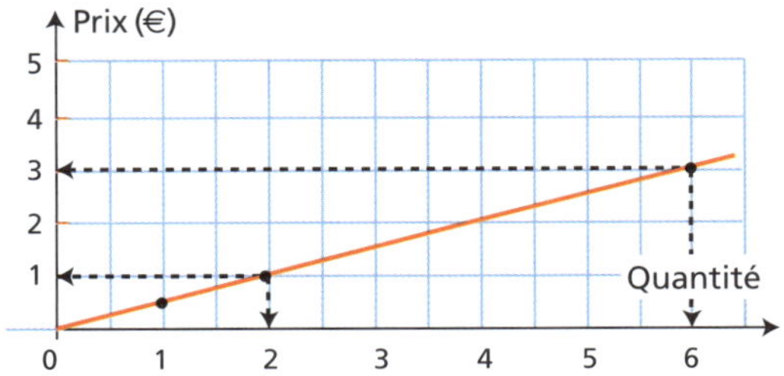

Un peu de méthode

Représenter graphiquement une situation

Pour représenter graphiquement le poids du cerveau d'un enfant en fonction de son âge (de 0 à 4 ans) :

Âge (années)	0	1	2	3	4
Poids (kg)	0,4	0,8	1	1,1	1,2

1. **Je trace** deux axes perpendiculaires.
2. **Je gradue** régulièrement :
– l'axe des abscisses après avoir choisi une échelle (1 cm pour 1 an) ;
– l'axe des ordonnées en prenant comme échelle 1 cm (ou 10 mm) pour 1 kg, soit 1 mm pour 0,1 kg.

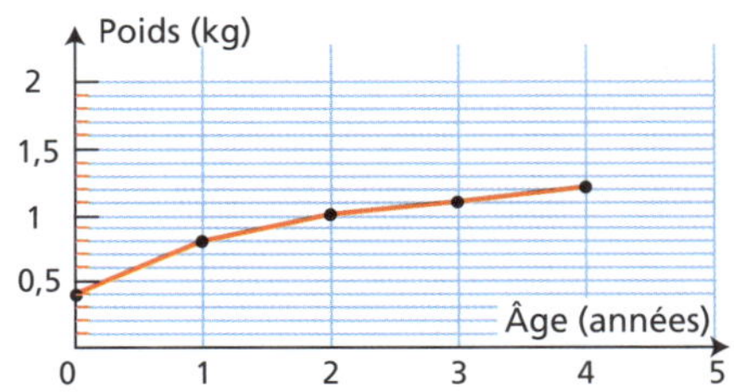

3. **Je place** les points correspondant aux couples de nombres du tableau.
4. **Je relie** les points.

On s'entraîne !

1 QUIZ

Un père a tracé la représentation graphique du poids de son bébé de 0 à 5 mois.

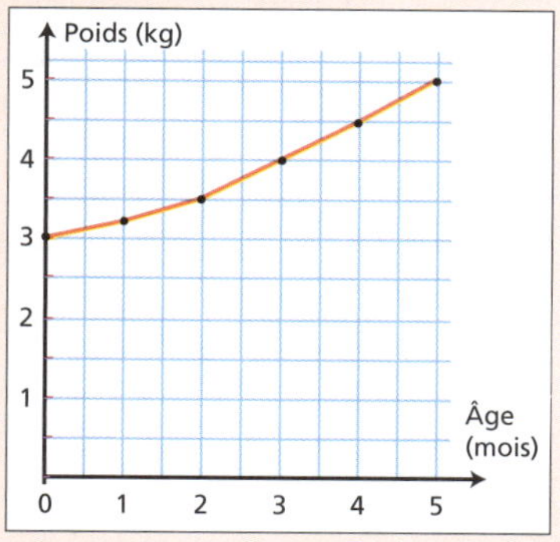

Vrai ou faux ?

	V	F
a. Sur l'axe vertical, on a 1 carreau pour 1 kg.	☐	☐
b. À 4 mois, le bébé pesait 3,5 kg.	☐	☐
c. À sa naissance, il pesait moins de 4 kg.	☐	☐

2 *Durée et tarif*

Ce graphique cartésien représente le tarif d'un abonnement à une revue en fonction de sa durée.

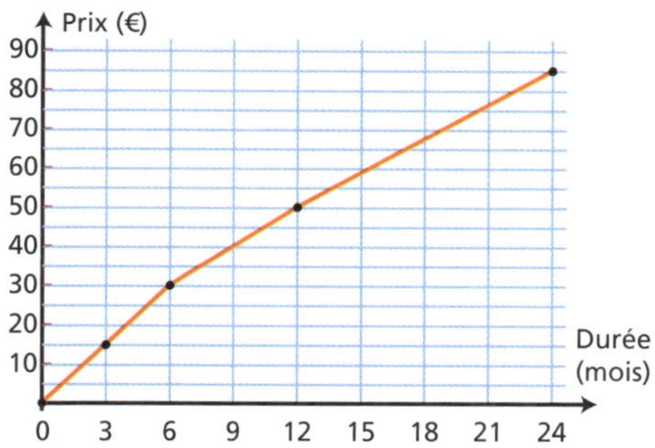

Complète le tableau à l'aide du graphique.

Durée (mois)	0	3	6	12	24
Prix (euros)	0	....	....	....	....

3 *Étude d'un graphique*

Ce graphique indique le prix d'œufs en chocolat en fonction de leur nombre.

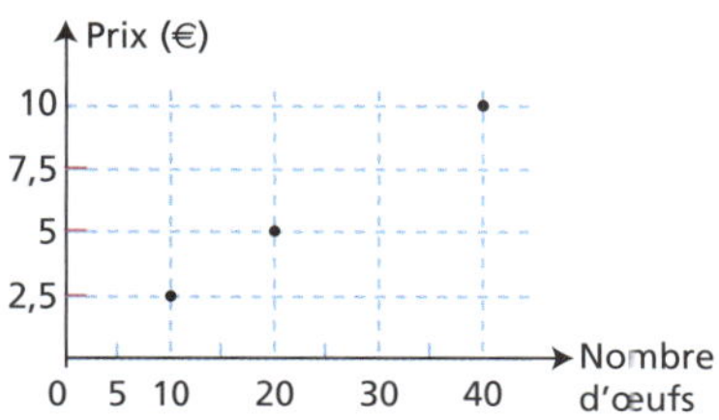

a. S'agit-il d'une situation de proportionnalité ? ....

b. Combien coûtent 30 œufs ? ....

c. Calcule le prix de 22 œufs. ....

d. Avec 4 €, **combien d'œufs peut-on acheter** ? ....

4 *600 m en 25 minutes !*

Ce graphique représente le déplacement de Mathieu, de sa maison à son collège, mardi.

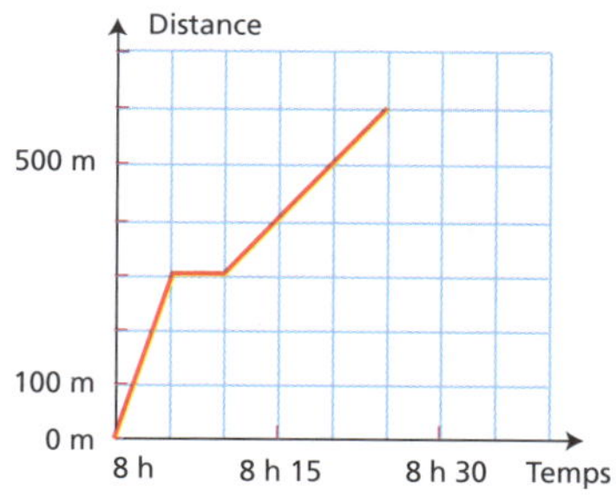

a. Quelle est la distance entre la maison de Mathieu et son collège ? ....

b. À quelle heure est-il arrivé au collège ? ....

c. À 8 h 05, il s'est arrêté devant la maison de son ami Taoufik. **Pendant combien de temps ?** ....

d. À quelle distance du collège se trouvent les deux enfants à 8 h 20 ? ....

5 CONTRÔLE EXPRESS

Le graphique suivant représente la croissance d'un cochon d'Inde en fonction de son âge.

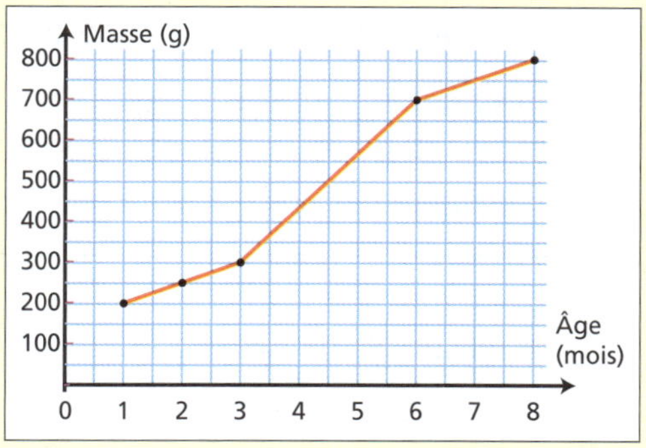

a. Combien pesait ce cochon d'Inde à 6 mois ?

....

b. Quel était l'âge du cochon d'Inde quand il pesait 300 g ? ....

c. De combien de grammes a augmenté la masse du cochon d'Inde entre les 6e et 8e mois ? ....

Corrigés page 25 du Guide

11 La demi-droite graduée

Je me demande...

Sur une demi-droite graduée, quel est le nom du point O d'abscisse 0 ?

Les points clés

1 Définition

● Sur une **demi-droite graduée**, chaque point est repéré par un nombre appelé **abscisse**.

Mot-clé

Origine : Le point O d'abscisse 0 est appelé l'origine de la demi-droite.

2 Exemples

● Sur la demi-droite ci-dessous, l'abscisse du point A est 3. Celle du point B est comprise entre 8 et 9.

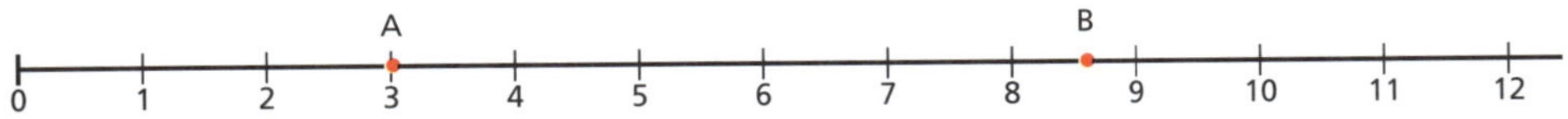

● L'abscisse du point C est 5,8.

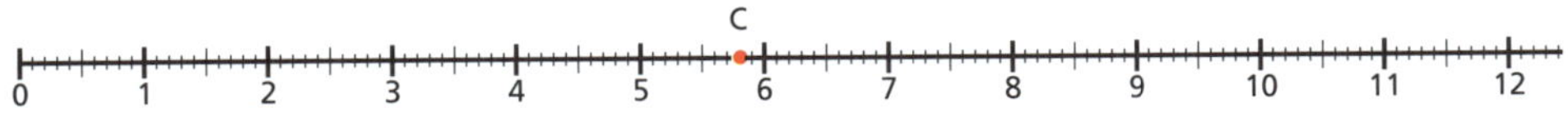

● L'abscisse du point D est 2 plus $\frac{1}{3}$, soit $\frac{7}{3}$. L'abscisse du point E est comprise entre $\frac{4}{3}$ et $\frac{5}{3}$.

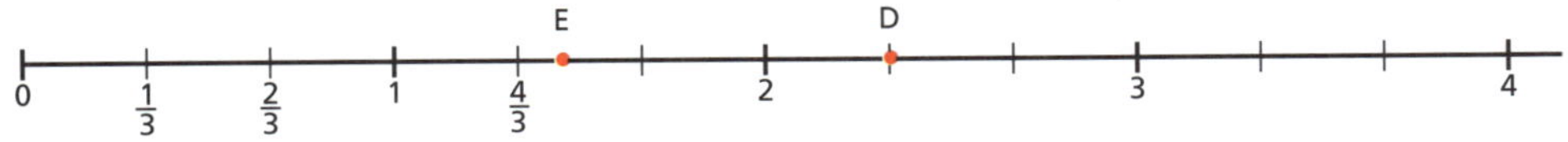

Un peu de méthode

Graduer une demi-droite et placer des repères

Un magasin vend différents appareils aux prix suivants :
Lecteur DVD = 199 € • Appareil photo = 280 € • Téléviseur = 450 €.

Pour indiquer ces prix sur cette demi-droite :

1. Je mesure l'intervalle entre 0 et 500 €. Je trouve 10 cm.

2. Je gradue cette demi-droite.
Pour cela, je cherche à répondre à la question : « À combien d'euros correspond 1 cm ? »
Je construis un tableau de proportionnalité.
Après avoir déterminé le coefficient de proportionnalité, je trouve que :
1 cm correspond à 50 €.

Longueur (cm)	10	1
Prix (€)	500	?

× ....

3. Je place avec précision (ou approximativement) les points L, A et T correspondant aux prix du lecteur DVD, de l'appareil photo et du téléviseur.

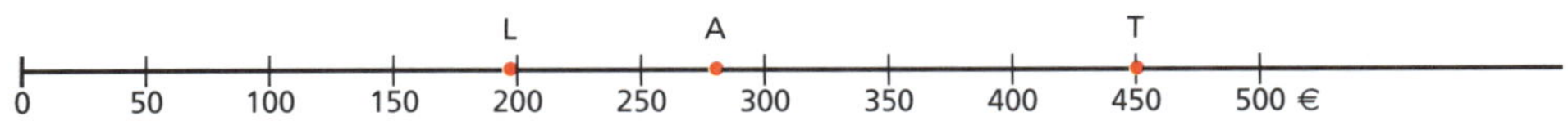

On s'entraîne !

1 QUIZ

Vrai ou faux ?

Sur le dessin ci-dessous :

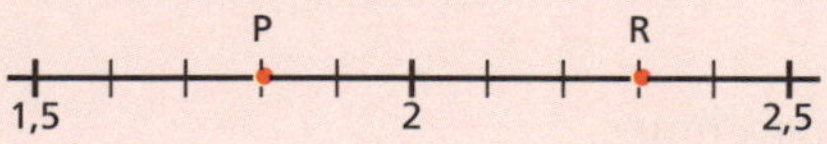

	V	F
a. le point d'abscisse 2,3 est P.	☐	☐
b. l'abscisse du point R est comprise entre 2 et 3.	☐	☐

2 *Repérage*

À quelle abscisse correspond chaque point ?

a.

A → .... B → .... C → ....

b.

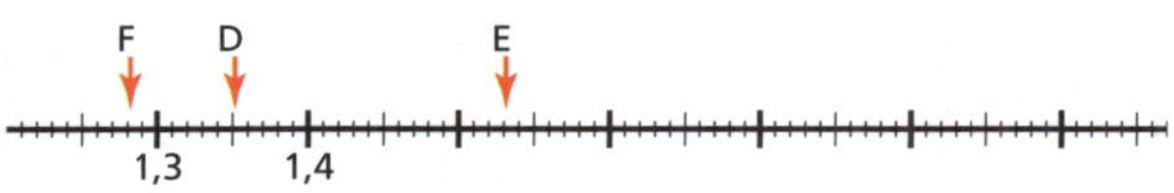

D → .... E → .... F → ....

3 *Le bon choix*

Trouve les points de cette droite numérique qui ont les abscisses suivantes :

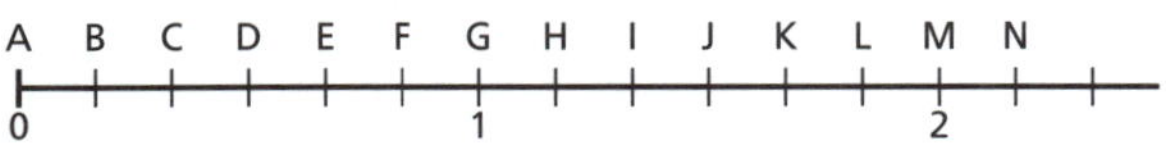

a. $\frac{5}{6}$ → .... **b.** $\frac{12}{6}$ → .... **c.** $\frac{1}{2}$ → ....

d. $\frac{2}{3}$ → .... **e.** $\frac{3}{2}$ → .... **f.** $\frac{4}{3}$ → ....

4 *Diviser pour placer*

Place ces trois points sur la droite graduée.

A → 5,8 B → $\frac{23}{5}$ C → $\frac{62}{10}$

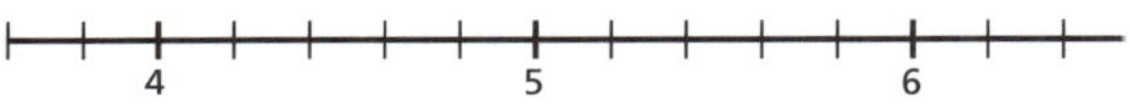

5 *Un carreau pour 1/6*

Sur la droite dessinée ci-dessous, continue la graduation de telle sorte que tu puisses placer exactement les nombres suivants :

$A = \frac{3}{2}$; $B = \frac{7}{3}$; $C = 1$; $D = \frac{11}{6}$; $E = 2{,}5$.

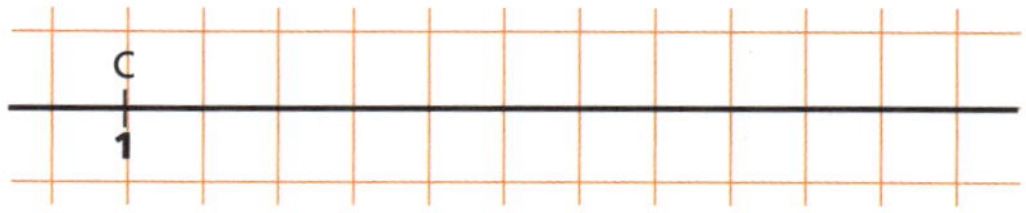

6 *Avec la proportionnalité*

Sur la ligne ci-contre, les cinq repères A, F, M, L et J correspondent à la taille de Ali, Fatou, Mathieu, Lou et Jeanne.

a. Trouve :

– l'enfant le plus grand : ....

– l'enfant dont la taille est le double de celle d'un autre : ....

– les enfants dont la taille est le tiers de celle d'un autre : ....

....

b. L'intervalle entre O et A représente 202,5 cm. **Calcule la taille de chaque enfant.**

Ali	Fatou
....	....

Lou	Mathieu
....	....

Jeanne
....

7 CONTRÔLE EXPRESS

Parmi 10 ; 50 ; 200 ; 90 ; 60 ; 120, quelles abscisses correspondent aux repères X, Y et Z ?

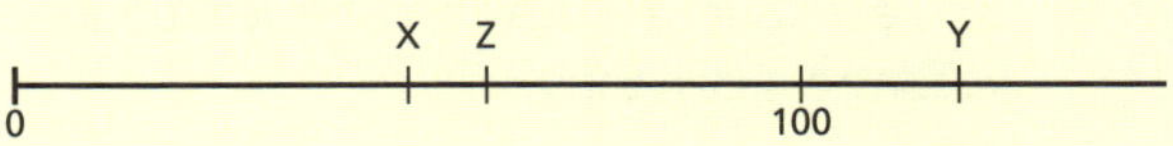

X → .... Y → .... Z → ....

Corrigés page 25 du Guide

MATHÉMATIQUES

12 Les diagrammes

Je me demande...

Dans un diagramme semi-circulaire, à quel angle correspond tout le secteur ?

Les points clés

Sur les 24 élèves d'une classe de collège, 8 garçons et 4 filles viennent à pied, 2 garçons et 1 fille en rollers, 4 garçons et 5 filles en bus.

On peut **représenter ces données** à l'aide d'un tableau ou de diagrammes.

- Un tableau

	Garçons	Filles	Total
À pied	8	4	12
En rollers	2	1	3
En bus	4	5	9

- Un diagramme en bâtons

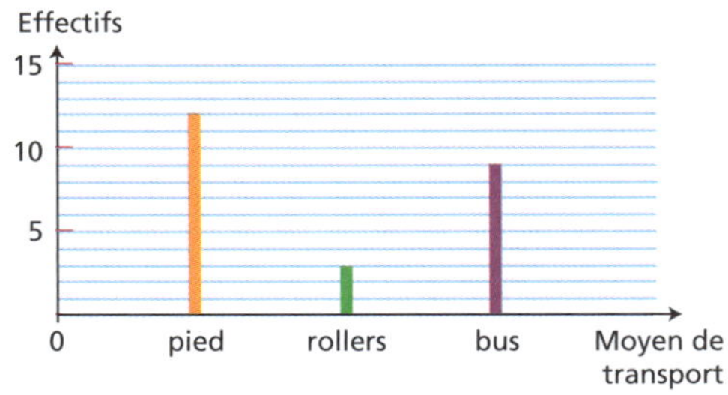

- Un diagramme circulaire

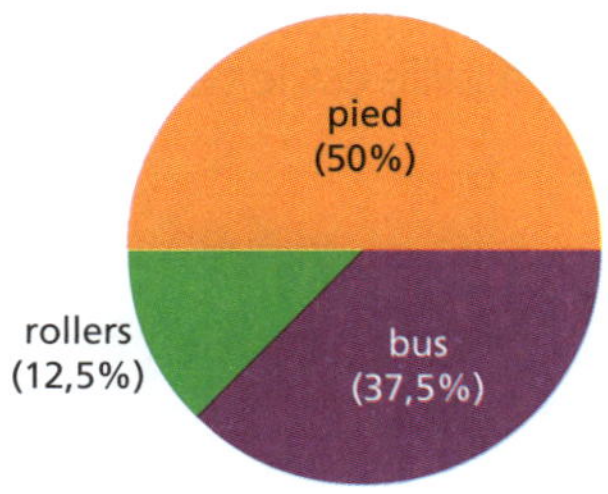

- Un diagramme semi-circulaire

Voici une représentation de la colonne « Filles ».

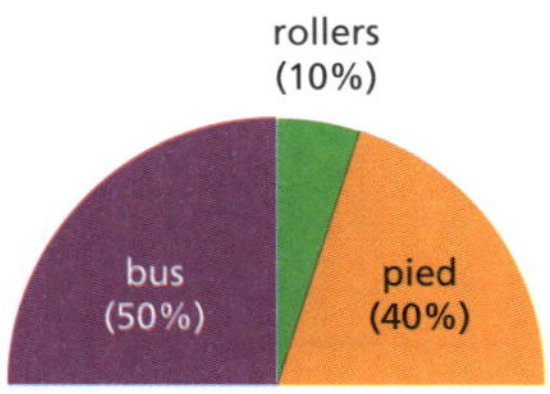

Pour les diagrammes circulaires et semi-circulaires, la mesure de l'angle est proportionnelle à l'effectif qu'il représente.

Un peu de méthode

Construire un diagramme en bâtons

Construire un diagramme en bâtons représentant les résultats d'un sondage réalisé auprès d'une classe de 32 élèves :

« Êtes-vous pour les devoirs de vacances ? »

Pour	Contre	Sans opinion
14	8	10

1. **Je trace** 2 axes perpendiculaires.
2. **J'inscris** le nom des axes : « Opinion » et « Effectifs ».
3. **J'écris** sur l'axe des abscisses les rubriques : « pour », « contre » et « sans ».
4. **Je gradue** régulièrement l'axe des ordonnées en prenant par exemple 2 mm pour 1 élève.
5. **Je trace** les bâtons.

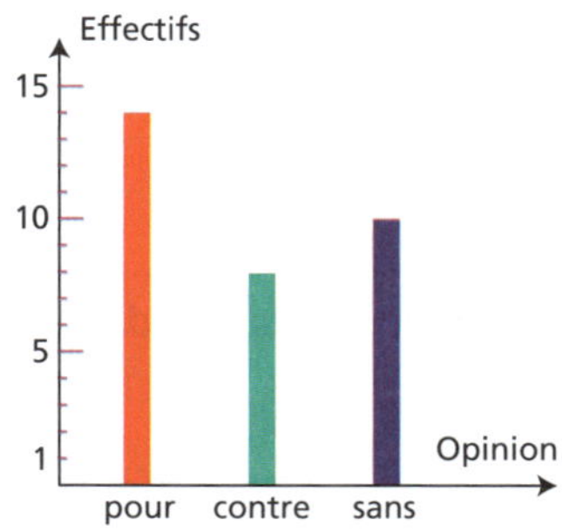

On s'entraîne !

1 QUIZ

Vrai ou faux ?

	V	F
a. Dans un diagramme en bâtons, il y a au minimum 3 segments.	☐	☐
b. Le diagramme circulaire correspondant à un diagramme de 4 bâtons comporte 3 secteurs.	☐	☐
c. Dans un diagramme semi-circulaire, un angle de 90° représente 50 % de l'effectif total.	☐	☐

2 *Bruns = blonds + châtains*

Dans une classe de 28 élèves, la couleur des cheveux des élèves se répartit suivant ce diagramme.

Combien y a-t-il d'élèves ayant :

a. les cheveux bruns ?

....

b. les cheveux châtains ?

....

c. les cheveux blonds ?

....

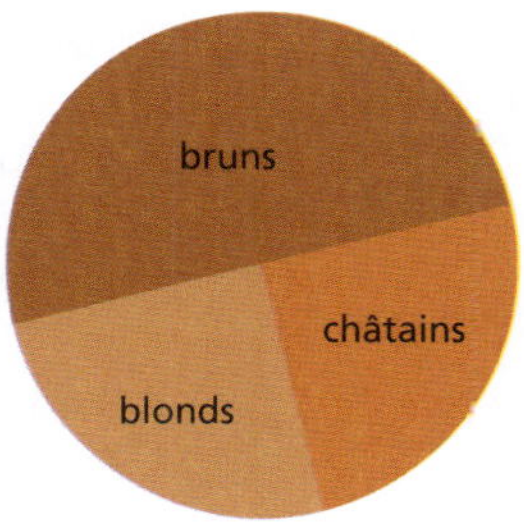

3 *12 400 000 élèves au travail !*

À la rentrée scolaire de septembre 2019, il y avait 12 400 000 élèves ainsi répartis :
- primaire : 6 700 000 ;
- collège : 3 400 000 ;
- lycée : 2 300 000.

Construis un diagramme en bâtons en prenant pour échelle : 1 cm pour 1 000 000 élèves.

4 *Casse-tête*

Dans une classe de 28 élèves, 14 élèves ont 12 ans, 6 élèves ont 11 ans et 8 élèves ont 13 ans.

Quel diagramme représente cette situation ?

a.

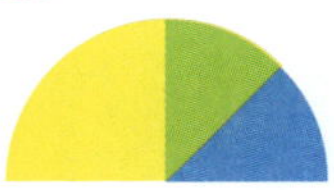

b.

c.

5 *Alimentation*

Le diagramme en bâtons suivant montre la consommation par jour et en grammes de quelques aliments d'un jeune de 11 ans.

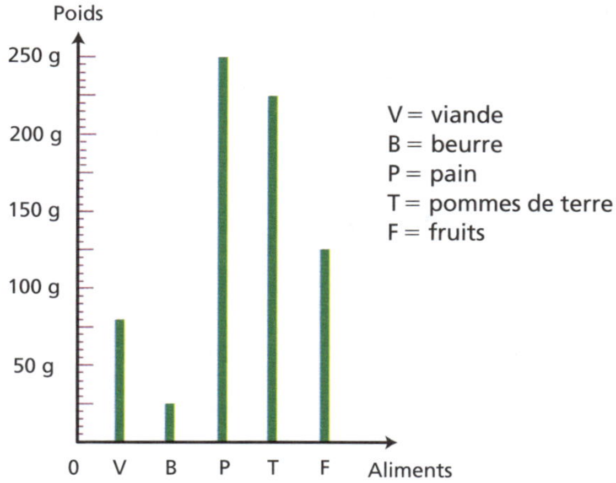

a. Quel est l'aliment le plus consommé ? ....

b. Quel est l'aliment le moins consommé ? ....

c. Est-il vrai qu'un jeune consomme deux fois plus de pain que de fruits ? ....

d. Trouve le poids de pommes de terre consommées et celui du beurre. ....

6 CONTRÔLE EXPRESS

Mathieu a représenté par un diagramme en bâtons le sport pratiqué par ses camarades de classe, excepté quatre qui ne font pas de sport pour des raisons de santé.

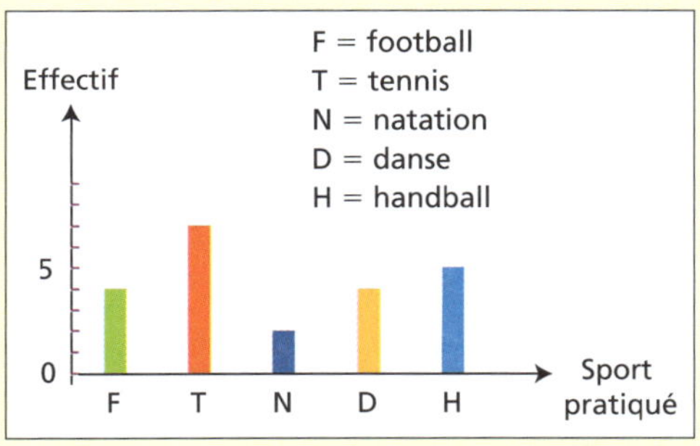

a. Combien y a-t-il d'élèves dans la classe de Mathieu ? ....

b. Quel est le sport le plus pratiqué ? ....

c. Combien d'élèves pratiquent la natation ? ....

Corrigés page 25 du Guide

13 Les durées

Je me demande...
Y a-t-il des unités de durée plus petites que la seconde ? Lesquelles ?

Les points clés

● Le mot *temps* a deux sens différents. Il peut désigner :
– un instant (il est 5 h) ;
– une durée (un voyage de 5 h).

1 Les unités de durée

● L'unité principale de durée est la **seconde** (s).

jour	heure	minute	seconde	dixième de seconde	centième de seconde
j	h	min	s		
24 h	60 min 3600 s	60 s	1 s	0,1 s	0,01 s

2 Les changements d'unités

● Pour calculer avec des durées, il faut parfois les convertir.

Convertir

en unités plus petites
5 h et quart = 5 × 60 min + 15 min
= 300 min + 15 min
= 315 min

en unités plus grandes
208 min = 3 h 28 min
car 208 | 60
– 180 | 3
28

Un peu de méthode

Additionner des durées

1. J'additionne séparément les différentes unités.

2. Je convertis si un total « atteint » ou « dépasse » 60.
77 min = 60 min + 17 min, soit 77 min = 1 h 17 min.

3. J'écris le résultat final.

	h	min	s
	12 h	53 min	
+	2 h	24 min	40 s
	14 h	77 min	40 s
	1 h	17 min	
	15 h	17 min	40 s

Soustraire des durées

1. Je soustrais successivement d'abord les secondes, puis les minutes et enfin les heures.

	h	min	s
	3 h	25 min	40 s
–	1 h	30 min	16 s
	....	....	24 s

2. Dans la colonne des minutes, la soustraction 25 – 30 n'est pas possible.
Je transforme : 3 h, c'est 2 h + 1 h (convertie en 60 min) ;
je remplace 3 h 25 par 2 h 85 min.

3. Je continue les calculs.

	h	min	s
	2 h	85 min	
	~~3 h~~	~~25~~ min	40 s
–	1 h	30 min	16 s
	1 h	55 min	24 s

GRANDEURS ET MESURES

On s'entraîne !

1 QUIZ

Vrai ou faux ?

	V	F
a. 1 heure est égale à 3 600 secondes.	☐	☐
b. De midi à minuit, il y a 620 minutes.	☐	☐
c. De 22 h à 3 h du matin, il y a 19 heures.	☐	☐

2 *Conversions*

a. 72 min = ... h + ... min

b. 100 s = ... min + ... s

c. 58 h = ... j + ... h

d. 12 dixièmes de seconde = ... s

3 *Opérations*

a. 8 h 10 min + 2 h 37 min = ...

b. 15 h 22 min – 6 h 04 min = ...

c. 5 h 47 min + 3 h 30 min = ...

d. 17 min 18 s – 2 min 58 s = ...

e. 43 min 37 s + 1 h 20 min 12 s = ...

4 *Le bon choix*

Voici des horaires de train entre Paris et Marseille :

n° de train	6103	5102	6105	6109
Paris-Gare de Lyon	07.20		08.20	10.20
Avignon	09.59	10.20		
Marseille Saint-Charles	10.30	11.02	11.21	19 30

n° de train	6118	6120	6124	6126
Marseille Saint-Charles	12.29	14.31	16.29	16.59
Avignon	12.58		17.04	17.28
Paris-Gare de Lyon	15.48	17.31	19.45	20.11

Sofia habite Paris et doit aller à Marseille.

Quels trains peut-elle prendre :

a. pour aller déjeuner à Marseille ? ....

b. pour rentrer le soir à Paris avant 20 h ? ....

5 *Joyeux anniversaire*

Mathieu dit à son copain Mustapha :

« Dans 10 368 000 s, c'est mon anniversaire. »

Mustapha prend sa calculatrice et dit :

« Alors, c'est dans .... jours. »

Complète la réponse de Mustapha.

6 *À midi moins...*

Un représentant doit prendre un train qui part à midi et quart.
Il lui faut 25 minutes pour aller à pied à la gare et 10 minutes au maximum pour prendre son billet au guichet automatique.

À quelle heure au plus tard devra-t-il partir de chez lui s'il ne veut pas rater son train ?

....

7 *Décalage horaire*

Mademoiselle Cristal est dans un avion qui décolle de Paris à 10 h 45 pour Cayenne (Guyane française). La durée du vol est de 9 h 05 min.
Elle arrive à Cayenne à 15 h 50 (heure locale) le même jour.

a. Quelle heure est-il à Paris quand son avion atterrit à Cayenne ? ....

b. Quel est le décalage horaire entre Paris et Cayenne ? ....

c. Le premier lancement de la fusée Ariane 6 pouvant emporter jusqu'à 10,5 t de charges est programmé pour le 16 juillet 2020 à Cayenne.

Si le lancement a lieu à 1 h 03 (heure locale), **quelle heure sera-t-il** à Paris ? ....

8 CONTRÔLE EXPRESS

Pour effectuer tous les exercices de cette page, Mario a mis 100 minutes, Abel $\frac{5}{4}$ h et Audrey 1 heure et demie.

Qui a mis :

a. le moins de temps ? ....

b. le plus de temps ? ....

Corrigés page 26 du Guide

14 Longueurs, masses et capacités

Je me demande...
À combien de quintaux une tonne est-elle égale ?

Les points clés

1 Les unités principales

- L'unité principale de longueur est le **mètre** (m).
Celle des masses est le **gramme** (g) et celle des capacités est le **litre** (L).

Mot-Clé
Masse : quantité de matière d'un objet, à ne pas confondre avec son poids (qui varie en fonction de la pesanteur).

2 Les différentes unités

- Les préfixes des multiples

déca (da) → 10 unités

hecto (h) → 100 unités

kilo (k) → 1 000 unités

EXEMPLE 1 hectolitre = 100 litres

- Les préfixes des sous-multiples

déci (d) → $\frac{1}{10}$ d'unité

centi (c) → $\frac{1}{100}$ d'unité

milli (m) → $\frac{1}{1000}$ d'unité

EXEMPLE 1 décimètre = 0,1 mètre

Unités	kilo	hecto	déca		déci	centi	milli
de longueur	km	hm	dam	m	dm	cm	mm
de masse	kg	hg	dag	g	dg	cg	mg
de capacité	—	hL	daL	L	dL	cL	mL

3 D'autres multiples du gramme pour les grandes masses

- On utilise souvent la tonne (1 t = 1 000 kg) ou le quintal (1 q = 100 kg).
Il n'y a pas de nom pour une dizaine de kilogrammes.

Un peu de méthode

Convertir les unités de longueur, de masse ou de capacité

- **À l'aide d'un tableau :** j'écris les nombres avec un chiffre par colonne.

EXEMPLES 8,573 hL = ... L

hL	daL	L	dL
8	5	7	3

→ 8,573 hL = 857,3 L

54 dam = ... km

km	hm	dam	m
0	5	4	

→ 54 dam = 0,54 km

- Directement en **multipliant** ou en **divisant par 10** successivement.

EXEMPLES
hL daL L
8 , 5 7 , 3
× 10 × 10

km hm dam
0 , 5 4
÷ 10 ÷ 10

On s'entraîne !

1 QUIZ

Vrai ou faux ?

	V	F
a. Un centième de mètre, c'est 10 mm.	☐	☐
b. Un million de milligrammes, c'est 1 kg.	☐	☐
c. Un millier de litres, c'est 1 hL.	☐	☐
d. Dix mille kilogrammes, c'est 100 t.	☐	☐
e. Un millième d'hectolitre, c'est 1 dL.	☐	☐

2 Convertir

a. 658 dg = ... hg

b. 9,5 km = ... dam

c. 0,084 hL = ... L

d. 64 300 cm = ... hm

e. 500 000 dL = ... hL

f. 2 000 000 g = ... t

3 La bonne mesure

Coche la bonne réponse.

a. La Loire mesure :
☐ 1 022 hm ☐ 1 022 km ☐ 1 022 m

b. Le poids d'un éléphant est :
☐ 2 500 g ☐ 2 500 mg ☐ 2 500 kg

c. La citerne d'un camion a une capacité de :
☐ 250 hL ☐ 250 L ☐ 250 cL

d. Le poids total de la tour Eiffel est :
☐ 8 757 kg ☐ 8 757 q ☐ 8 757 t

e. La hauteur d'une grue est :
☐ 2 m ☐ 2 dam ☐ 2 hm

4 Bien choisir

Complète avec l'unité qui convient.

a. Pierre pèse 8 .... de moins que Paul.

b. La distance Lune-Terre est de 380 000 ....

c. Le réservoir d'une moto a une capacité de 17 ....

d. Le pied de ton professeur mesure 26 ....

e. Cette bouteille contient 75 .... de jus d'orange.

5 Mètre, kilogramme, litre...

M. Dupont dit à M. Dupond : « J'ai acheté une voiture 15 000 euros. Elle est longue de 420 cm et large de 0,17 dam. Son poids est 12 000 000 dg. Elle consomme 650 cL tous les 1 000 hm. »

Réécris ce texte en utilisant des unités usuelles.

6 Multiple de 25

Mathieu et sa casquette pèsent 50,100 kg.
Mathieu pèse 50 kg de plus que sa casquette.

Quelle est la masse de la casquette en g ?

....

7 Casse-tête

La longueur d'une allumette est 4,5 cm.
Il y a 50 allumettes dans une boîte.
La distance Paris-Nice est environ de 900 km.

Combien de boîtes d'allumettes faudrait-il si on mettait bout à bout des allumettes entre Paris et Nice ?

....

8 Avec un schéma

Si Zoé ajoute son poids à celui de sa mère, elle trouve 81,5 kg. Si elle soustrait son poids à celui de sa mère, elle trouve 25,5 kg.

Combien pèse Zoé ? ....

9 CONTRÔLE EXPRESS

Trois chemins vont de la maison de Bastien à la mare aux canards.

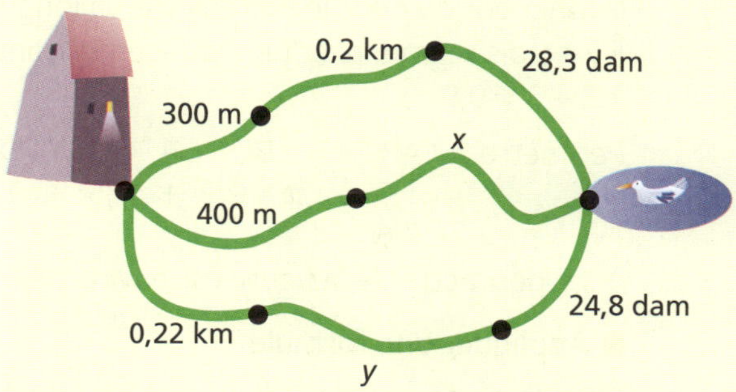

Sachant que les trois chemins ont la même longueur, trouve les distances manquantes en mètres :

x = ... y = ...

Corrigés page 26 du Guide

15 Les périmètres

Je me demande...
Dans quel calcul de périmètre le nombre π est-il utilisé ?

Les points clés

1 Formules de périmètre

- On désigne par P le périmètre.

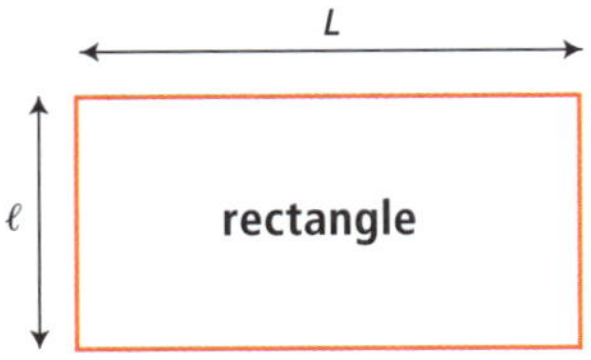

$P = 2 \times (L + \ell)$

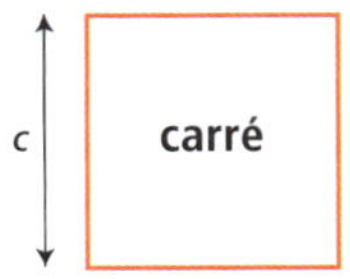

$P = 4 \times c$

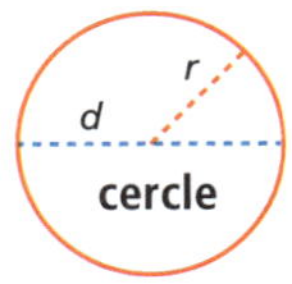

$P = \pi \times d = 2 \times \pi \times r$

Mot-Clé
Périmètre : longueur du tour d'une figure plane.

2 Le nombre π (pi)

- $\pi \approx 3{,}141\ 592\ 653\ 589\ 793\ 238\ 462\ 643\ 383\ 279\ 502\ 884\ 197\ 169\ 399\ 375...$
- Le nombre π (pi) n'est pas un nombre décimal car il comporte un nombre infini de décimales.
- Si les calculs sont faits à la main ou si c'est écrit dans l'énoncé, on utilise la valeur approchée **3,14**. Sinon, avec la calculatrice, on utilise la touche [π] qui donne aussi une valeur approchée, mais plus précise que 3,14.

Un peu de méthode

Calculer un périmètre

- Additionner des longueurs

Pour calculer le périmètre de la figure ci-contre,
je décompose le contour de la figure en portions dont je connais la longueur ou dont je sais calculer la longueur.
Il y a trois segments et un demi-cercle dont le rayon est :
$1{,}8 \div 2 = 0{,}9$.

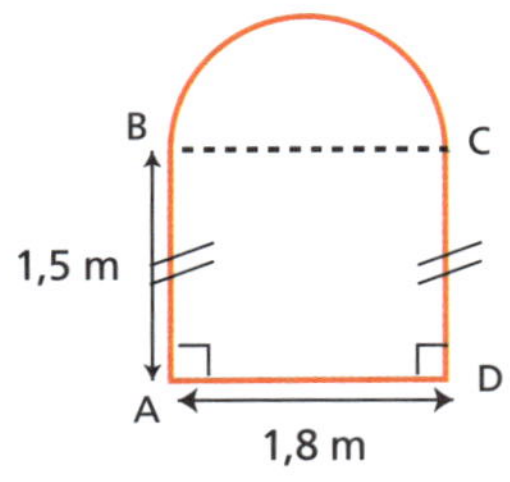

$$\begin{aligned} \text{Périmètre} &= AB + \overset{\frown}{BC} + CD + DA \\ &= 1{,}5 + \pi \times 0{,}9 + 1{,}5 + 1{,}8 \\ &\approx 7{,}6 \end{aligned}$$

→ Le périmètre de la figure est environ 7,6 m.

- Appliquer une formule

Calculer le périmètre P d'un rectangle de 4 dm de long sur 3 cm de large.
→ Les dimensions sont connues, **j'applique la formule :** $P = 2 \times (L + \ell)$
où L est la longueur et ℓ est la largeur du rectangle.
Donc le périmètre du rectangle est $2 \times (40 + 3) = 86$ cm
ou $2 \times (4 + 0{,}3) = 8{,}6$ dm.

J'exprime les dimensions dans la même unité, soit en cm (40 cm et 3 cm), soit en dm (4 dm et 0,3 dm).

On s'entraîne !

1 QUIZ

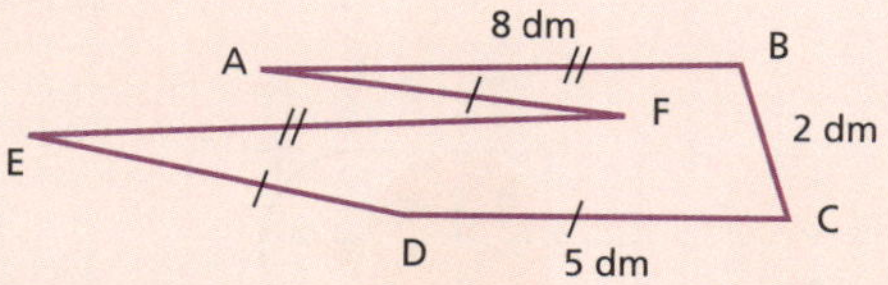

Vrai ou faux ?

Le périmètre de la figure est égal à :

	V	F
a. $5 + 5 + 8 + 5 + 8 + 2$	☐	☐
b. $5 \times 2 \times 8$	☐	☐
c. $(5 \times 3) + (8 \times 2) + 2$	☐	☐
d. $(8 + 5) \times 3$	☐	☐

2 *Dimension manquante*

Le périmètre d'un rectangle est un kilomètre. L'une de ses dimensions mesure 150 m.

Est-ce sa longueur ou sa largeur ?

3 *Sans longueur ni largeur*

Si on augmente de 5 cm la largeur d'un rectangle, on obtient un carré dont le périmètre est 50 cm.

Calcule le périmètre de ce rectangle : ....

....

4 *Carré rentrant*

Peux-tu calculer le périmètre de cette figure, dont tous les angles sont droits ?

Si oui, calcule ce périmètre.
Sinon, indique les mesures qui manquent.

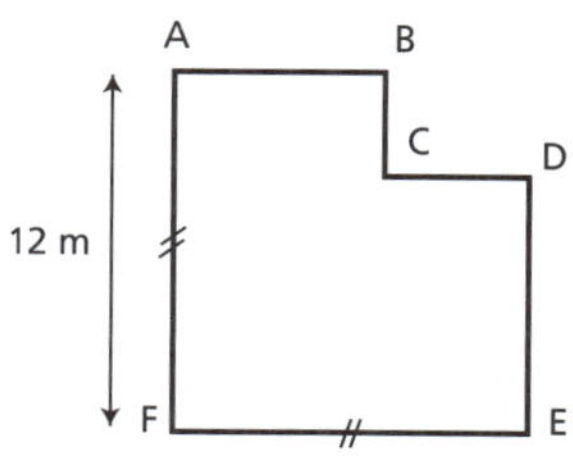

5 *Calculs avec π ≈ 3,14*

Quelle figure a le plus petit périmètre ?

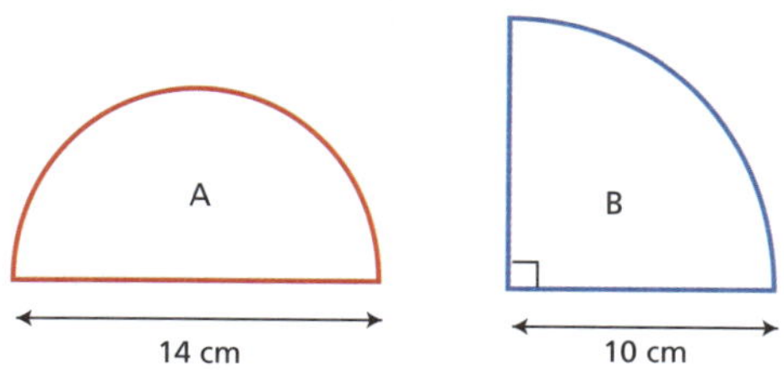

6 *Soustraction et addition*

Le périmètre du triangle ABC est 23,5 m et celui du triangle ADC est 37 m. Les diagonales [AC] et [BD] mesurent respectivement 9 m et 6 m.

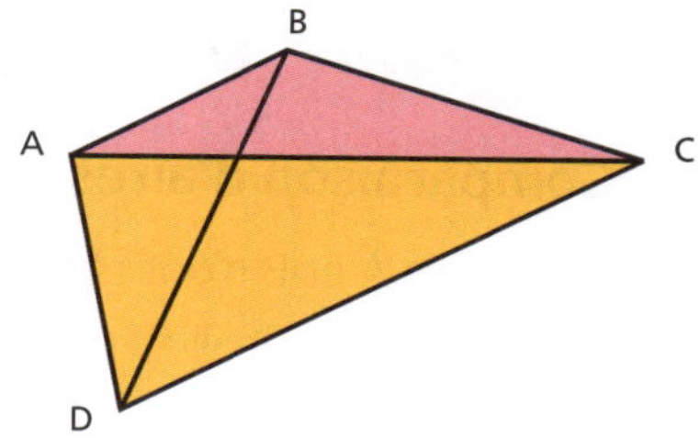

Calcule le périmètre du quadrilatère ABCD.

....

7 *Casse-tête*

Une feuille d'un livre rectangulaire mesure 93 cm de périmètre. La différence entre les deux dimensions est 7,5 cm.

Calcule les deux dimensions de cette feuille.

....

indice

Tu peux vérifier en mesurant une feuille de *Tout Savoir* !

8 *Les largeurs ne comptent pas*

Quel est le périmètre du stade représenté ci-dessous ? (Arrondis au mètre.)

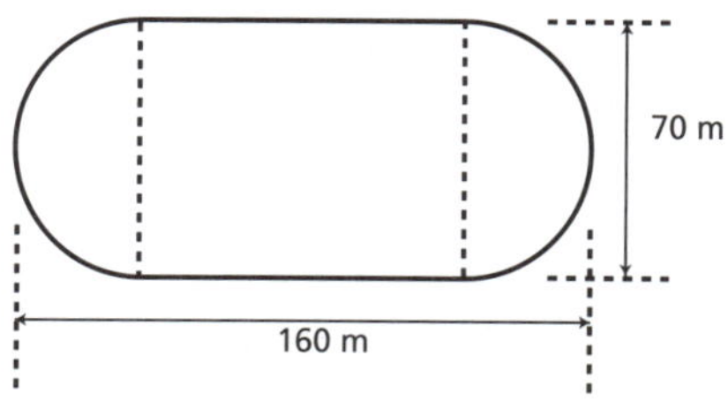

9 CONTRÔLE EXPRESS

Le périmètre de ce rectangle mesure 33 m.

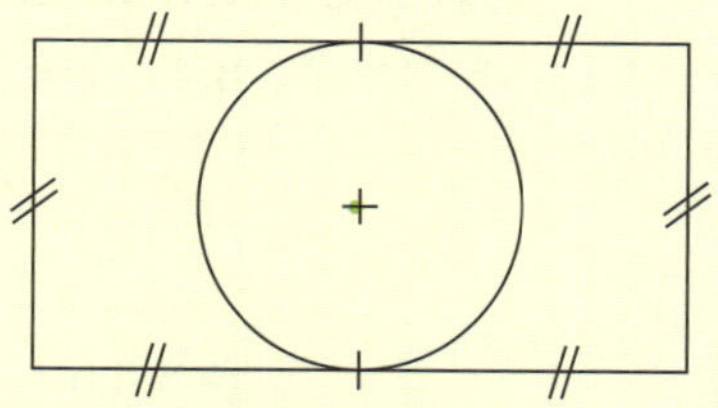

Calcule la longueur du cercle.

....

Corrigés page 26 du Guide

16 Les aires

Je me demande...
Deux figures différentes peuvent-elles avoir la même aire ?

Les points clés

1 Comparaison d'aires

● Les **surfaces** A et B n'ont pas la même forme, mais elles ont la même aire.

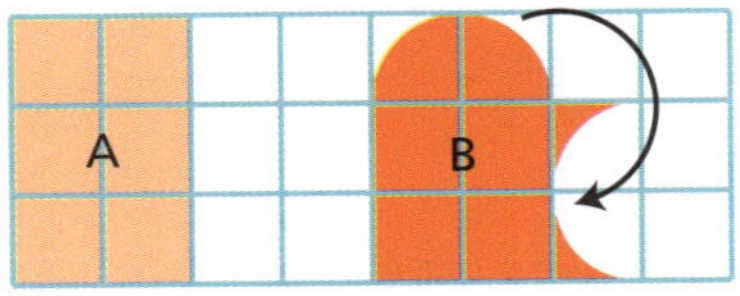

2 Unités d'aire

● L'unité principale d'aire est le **mètre carré**. Les autres unités sont :

km^2 hm^2 dam^2	m^2	dm^2 cm^2 mm^2
multiples	mètre carré	sous-multiples

$1\ km^2 = 100\ hm^2$, $1\ hm^2 = 100\ dam^2$, $1\ dam^2 = 100\ m^2$, $1\ m^2 = 100\ dm^2$...

3 Formules d'aire

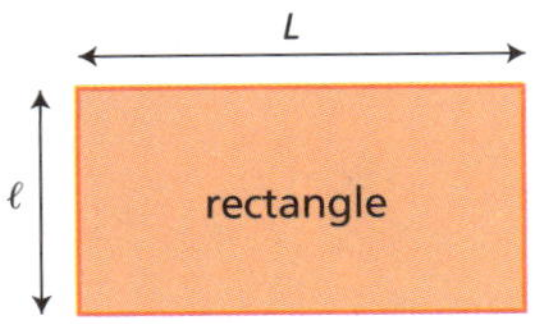

Aire $= L \times \ell$

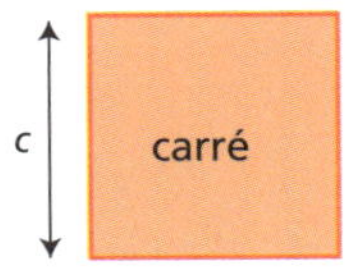

Aire $= c \times c$

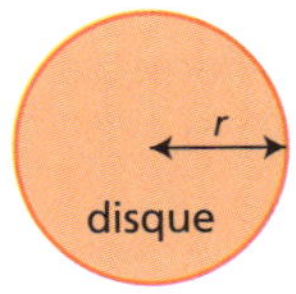

Aire $= \pi \times r \times r$

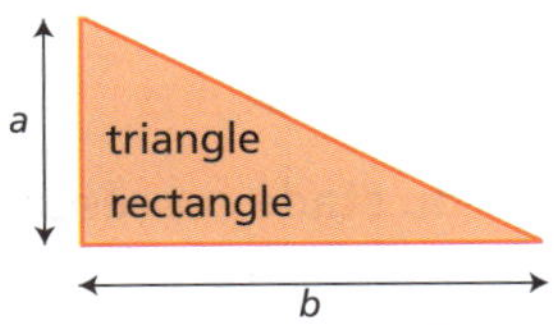

Aire $= \dfrac{a \times b}{2}$

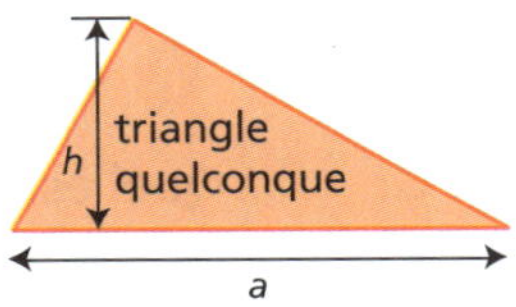

Aire $= \dfrac{a \times h}{2}$

Et si je calculais l'aire de mon équerre ?

Un peu de méthode

Convertir les unités d'aire

● **À l'aide d'un tableau :** j'écris les nombres avec deux chiffres par unité.

EXEMPLES $8{,}4\ m^2 = \ldots\ cm^2$

m^2		dm^2		cm^2		mm^2	
	8	4	0	0	0		

→ $8{,}4\ m^2 = 84\ 000\ cm^2$

$53\ 000\ dam^2 = \ldots\ hm^2$

km^2		hm^2		dam^2		m^2	
	5	3	0	0	0		

→ $53\ 000\ dam^2 = 530\ hm^2$

● Directement en **multipliant** ou en **divisant par 100** successivement.

EXEMPLES
m^2 dm^2 cm^2
8 , 4 0 0 0
× 100 × 100

hm^2 dam^2
5 3 0 , 0 0
÷ 100

On s'entraîne !

1 QUIZ

Vrai ou faux ?

	V	F
a. 1 m^2 est égal à 100 cm^2.	☐	☐
b. 1 cm^2 est l'aire d'un carré de 10 mm de côté.	☐	☐
c. L'aire d'un disque de rayon 10 cm est environ égale à 31,4 cm^2.	☐	☐

2 *Convertir*

a. 38,2 dm^2 = ... cm^2

b. 6,02 hm^2 = ... m^2

c. 64 000 cm^2 = ... m^2

d. 8 km^2 = ... m^2

3 *Bien choisir*

Complète avec l'unité qui convient.

a. 28 000 dam^2 = 2,8 ....

b. 7,12 km^2 = 712 ....

c. 300 000 mm^2 = 0,3 ....

d. 8,6 m^2 = 86 000 ....

4 *Dans la même unité*

Calcule l'aire d'un rectangle mesurant 8 cm sur 50 mm : ....

5 *Deux calculs possibles !*

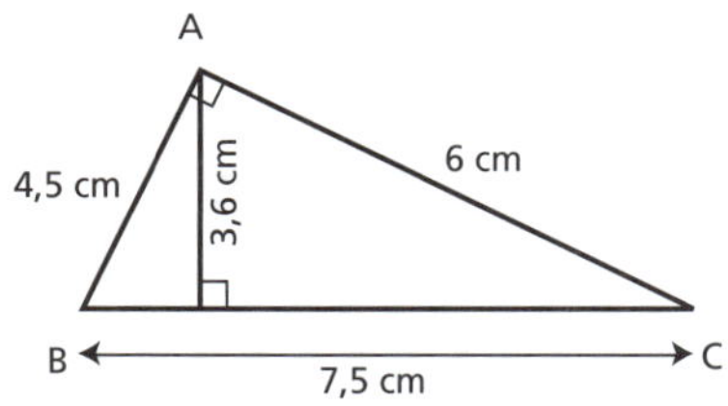

Calcule l'aire du triangle ABC : ....

6 *Longueur ou largeur ?*

L'aire d'un rectangle est 1 m^2. Une de ses dimensions est 0,8 m. **Est-ce sa longueur ou sa largeur ?**

7 *Périmètre et aire*

Deux terrains de jeu ont le même périmètre. L'un, de forme rectangulaire, a pour dimensions 50 m sur 20 m. L'autre est carré.

Quel est le terrain le plus étendu ? ....

8 *Casse-tête*

Une feuille de carton a une forme rectangulaire.
Si l'on découpe dans le sens de la longueur une bande rectangulaire de 2 cm de large, l'aire de la feuille diminue de 24 cm^2.
Si l'on découpe dans le sens de la largeur une bande rectangulaire de 2 cm de large, l'aire de la feuille diminue de 14 cm^2.

Calcule l'aire de la feuille de carton.

....

9 *$\pi \approx 3,14$*

Un bricoleur passe deux couches de peinture sur les deux faces d'une table circulaire de 2 m de diamètre.

Sachant qu'avec un pot de 1 kg, on peut peindre 4 m^2, combien de pots doit-il acheter ?

....

10 *Aires comparées*

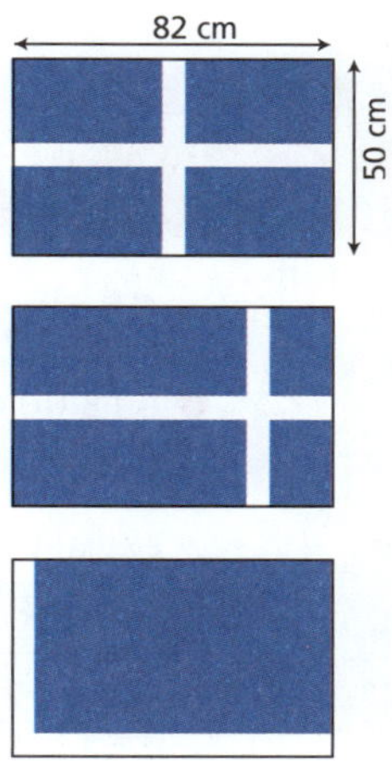

Ces trois fanions rectangulaires ont les mêmes dimensions.
La largeur des bandes blanches est la même (3 cm).

a. Les surfaces coloriées des trois fanions ont-elles la même aire ?
b. Calcule l'aire de chaque surface colorée.

11 CONTRÔLE EXPRESS

Un carré et un rectangle ont la même aire.
Le côté du carré est 4,5 m et un des côtés du rectangle mesure 5 m.

Combien mesure l'autre côté du rectangle ?

....

Corrigés page 26 du Guide

17 Les volumes

Je me demande...
Peut-on convertir en litres des volumes exprimés en mètres cube ?

Les points clés

1 Unités de volume

- Un **mètre cube** (m^3) est le volume d'un cube de 1 m d'arête.
Les sous-multiples du mètre cube sont : le décimètre cube (dm^3) ; le centimètre cube (cm^3) ; le millimètre cube (mm^3).
- On a : 1 m^3 = 1 000 dm^3 ; 1 dm^3 = 1 000 cm^3 ; 1 cm^3 = 1 000 mm^3

Mot-Clé
Volume : mesure de l'espace occupé par un solide ou un liquide.

2 Correspondance entre contenance et volume

- Pour exprimer une unité de volume en unité de contenance (ou de capacité), on doit savoir que : **1 L = 1 dm^3**.

3 Formules de volume

Volume = $L \times \ell \times h$

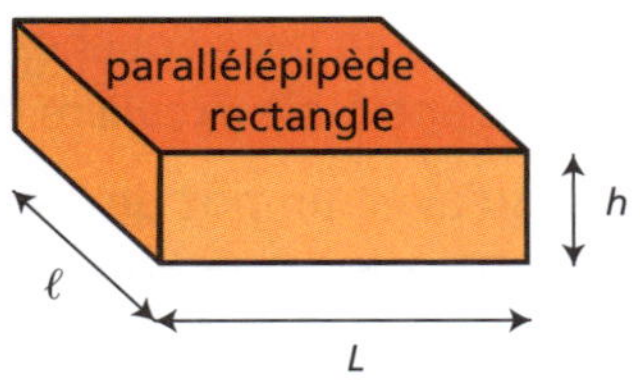

Volume = $a \times a \times a$

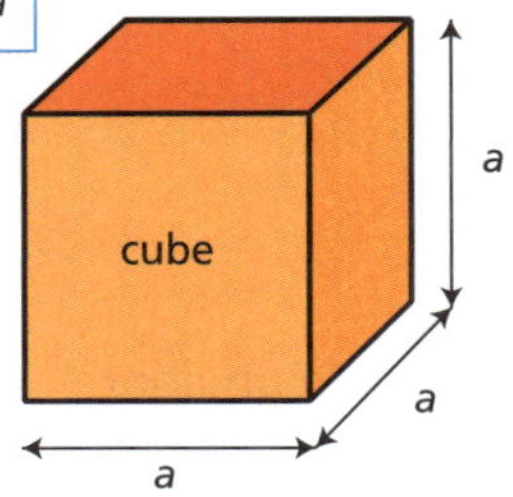

Un peu de méthode

Changer d'unité de volume

- **À l'aide d'un tableau**
J'écris le nombre dans un tableau avec trois chiffres par unité.

EXEMPLES 4,6 m^3 = ... cm^3 ; 800 dm^3 = ... m^3.

m^3			dm^3			cm^3			mm^3		
		4	6	0	0	0	0	0			
		0	8	0	0						

→ 4,6 m^3 = 4 600 000 cm^3
→ 800 dm^3 = 0,8 m^3

Il paraît que le volume de la piscine est de 375 m^3, ça doit faire beaucoup de litres !

- **Directement** en **multipliant** ou **en divisant par 1 000** successivement.

Convertir des contenances en volumes

EXEMPLE 3,4 dL = ... cm^3
Je convertis 3,4 dL en L (3,4 dL = 0,34 L), puis en dm^3 (0,34 L = 0,34 dm^3), et enfin en cm^3 (0,34 dm^3 = 340 cm^3).

dm^3			cm^3			mm^3		
hL	daL	L	dL	cL	mL			
			3	4	0			

→ 3,4 dL = 340 cm^3

On s'entraîne !

1 QUIZ

Vrai ou faux ?

	V	F
a. Un mètre cube et demi, c'est 1 500 dm^3.	☐	☐
b. 1 dm^3 est égal à 100 cL.	☐	☐
c. 1 m^3 est le volume d'un cube de 1 mm d'arête.	☐	☐

2 *Convertir*

a. 200 dm^3 = ………………… m^3

b. 15,2 dm^3 = ………………… cm^3

c. 17 000 mm^3 = ………………… cm^3

d. 8 dm^3 = ………………… mm^3

3 *Volume et contenance*

a. 4,5 m^3 = ………………… L

b. 70 000 cm^3 = ………………… L

c. 150 000 cL = ………………… m^3

d. 15 hL = ………………… dm^3

4 *Deux méthodes*

Détermine de deux façons différentes le volume de ce solide formé de cubes de 4 cm d'arête.

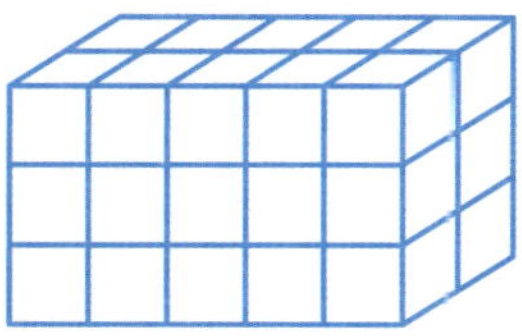

a. En calculant le nombre de cubes, puis le volume d'un cube et celui du pavé.

b. En calculant les dimensions du pavé, puis en appliquant la formule du volume du pavé.

5 *Cubes et pavé*

Ce pavé est formé de 4 cubes égaux.

Calcule son volume en dm^3.

…………………………………………

6 *Une pile de 10 cubes*

Les dimensions d'un pavé droit sont 5 dm, 2 dm et 1 dm. On le découpe en cubes de 1 dm^3 qu'on empile.

Quelle est la hauteur de la pile obtenue ?

…………………………………………

7 *$2 \times 2 \times 2 = 8$*

On plonge un petit cube dans un pavé droit rempli aux deux tiers d'eau.

a. Calcule le volume du cube.

…………………………………………

b. Peux-tu trouver l'arête du cube ?

…………………………………………

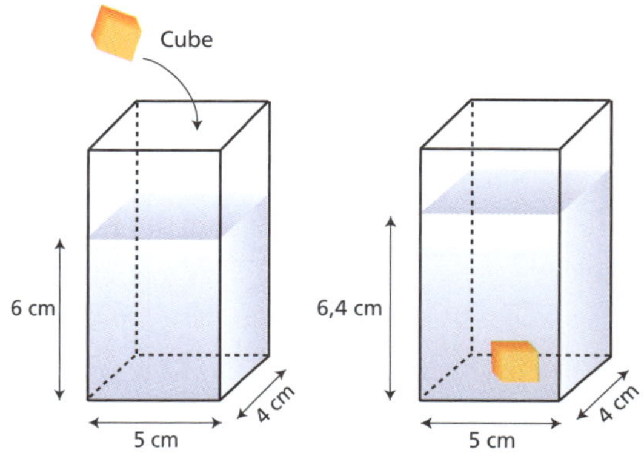

c. Calcule la hauteur du pavé droit.

…………………………………………

8 *Calcul réfléchi*

Cette boîte contient 6 sardines.
On double chaque dimension de la boîte.
(La boîte de sardines est assimilée à un pavé droit.)

Combien de sardines pourra-t-on y mettre ?

…………………………………………

…………………………………………

9 CONTRÔLE EXPRESS

Une bouteille de 1,5 L est entièrement remplie d'eau. On la verse dans un récipient en forme de pavé droit dont les dimensions sont : 12 cm, 12 cm et 11 cm.

L'eau va-t-elle déborder ?

Corrigés page 26 du Guide

18 Les angles

Je me demande...

La mesure d'un angle plat est-elle égale à la somme des mesures de deux angles droits ?

Les points clés

1 Vocabulaire et notation

- Un angle est l'**écartement entre deux demi-droites** de même origine, mesuré en **degrés**.
- Les demi-droites $[Ox)$ et $[Oy)$ sont les côtés de cet angle.
- Le point O est le sommet de l'angle.
- Cet angle se note $\widehat{xOy}$ ou $\widehat{yOx}$.

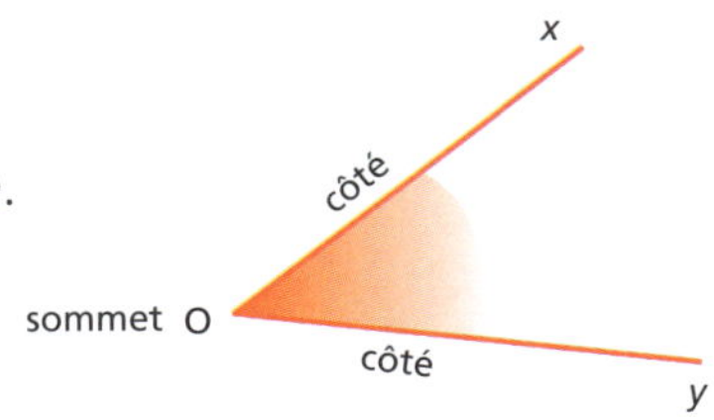

2 Les différents angles

Angle nul	Angle aigu	Angle droit	Angle obtus	Angle plat
	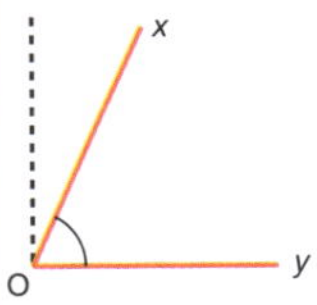	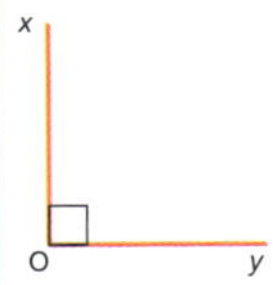	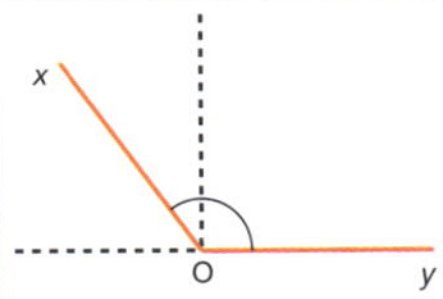	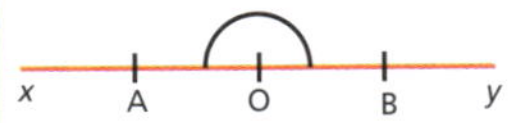
$\widehat{xOy} = 0°$	La mesure de $\widehat{xOy}$ est comprise entre 0° et 90°.	$\widehat{xOy} = 90°$	La mesure de $\widehat{xOy}$ est comprise entre 90° et 180°.	$\widehat{xOy} = 180°$ A, O et B sont alignés.

Un peu de méthode

Mot-Clé

Degré : unité de mesure d'angle, dont le symbole est °.

Mesurer un angle avec un rapporteur

1. Je place le rapporteur pour que :
- son centre et le sommet de l'angle coïncident ;
- le zéro de la graduation soit sur l'un des côtés de l'angle.

2. Je lis la graduation sur l'autre côté de l'angle : $\widehat{xOy} = 110°$.

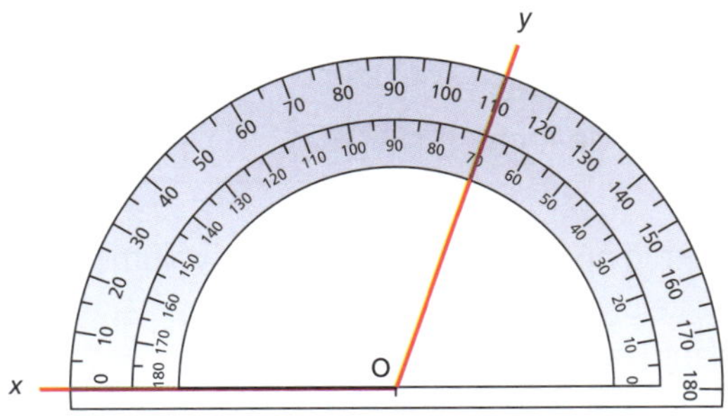

Parfois, tu dois prolonger un côté pour lire la graduation.

En prolongeant la demi-droite $[Ox)$, je lis : $\widehat{xOt} = 20°$.

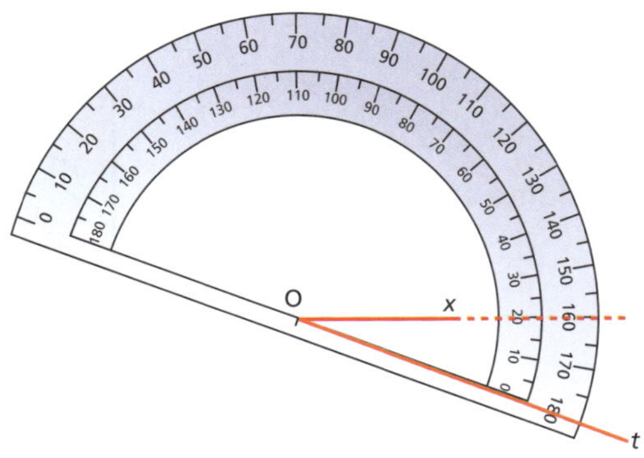

On s'entraîne !

1 QUIZ

Vrai ou faux ?

	V	F
a. Les côtés d'un angle plat sont perpendiculaires.	☐	☐
b. La mesure d'un angle obtus est comprise entre 0 et 180°.	☐	☐
c. Les côtés d'un angle nul sont confondus.	☐	☐
d. La somme des mesures de deux angles aigus quelconques est supérieure à 90°.	☐	☐

2 *L'intruse*

Parmi ces différentes écritures, l'une ne désigne pas le même angle.

Entoure-la.

$\widehat{xAy}$ $\widehat{KAB}$ $\widehat{JAI}$ $\widehat{BAC}$ $\widehat{IAB}$

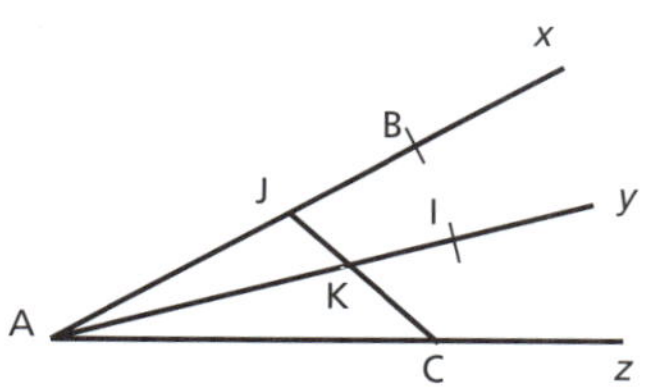

3 *Somme = deux angles plats*

a. Avec ton rapporteur, **mesure ces angles.**

- $\widehat{BOA}$ = ... °
- $\widehat{DOC}$ = ... °
- $\widehat{BOC}$ = ... °
- $\widehat{AOD}$ = ... °

b. Additionne ces quatre mesures. Que trouves-tu ?

....

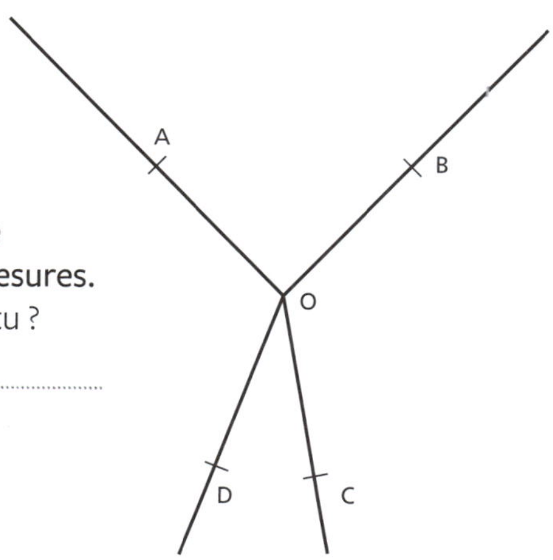

4 *Petits calculs*

Sans utiliser ton rapporteur, calcule la mesure des angles de cette figure dessinée à main levée.

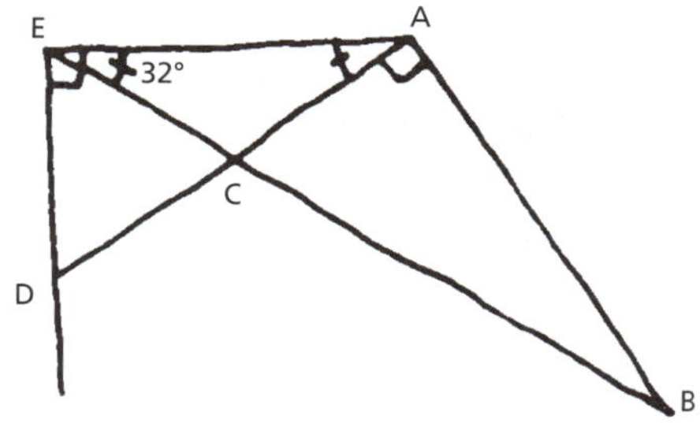

a. $\widehat{EAC}$ = ... °

b. $\widehat{CED}$ = ... °

c. $\widehat{BAE}$ = ... °

5 *Un faux angle droit*

Pierre a construit deux angles dont les mesures sont : $\widehat{xOy} = 32°$ et $\widehat{yOz} = 58°$.

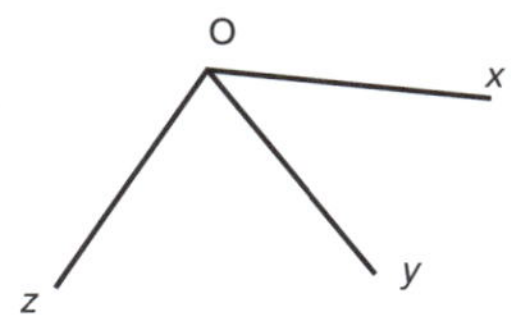

Sans faire aucune mesure, peux-tu dire pourquoi sa figure est fausse ?

6 *Avec le rapporteur*

Construis la demi-droite [O*t*) telle que $\widehat{xOt} = \widehat{xOy}$.

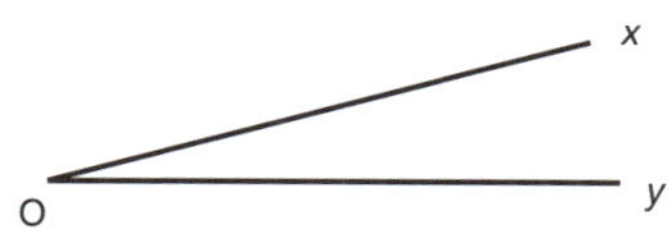

7 CONTRÔLE EXPRESS

On a oublié d'indiquer le point R.
Mais on sait que $\widehat{TSR} = 42°$ et que $\widehat{STR} = 26°$.

Construis ce point R, puis mesure $\widehat{SRT}$.

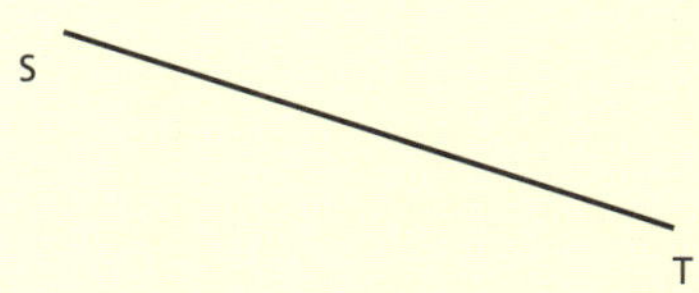

$\widehat{SRT}$ = ... °

Corrigés page 27 du Guide

19 Les premiers éléments de géométrie

> **Je me demande…**
> Une droite peut-elle avoir un milieu ?

Les points clés

1 Vocabulaire et notation

	Point	Segment	Demi-droite	Droite
Dessin			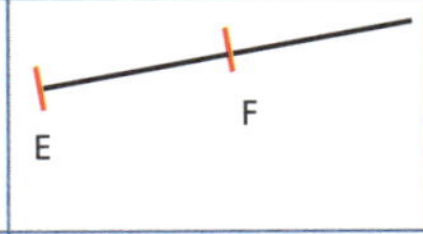	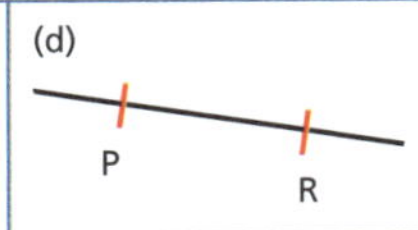
Notation	A ; M	[CD] ou [DC]	[EF)	(PR) ou (RP) ou (d) ou *d*
Informations	Un point est noté par une majuscule.	Un segment a deux extrémités.	Une demi-droite a une origine.	Une droite est illimitée.

2 Point

Des points sont alignés s'ils sont situés sur une même **droite.**

EXEMPLES A, B et C sont alignés ainsi que A, B et K. Mais A, B et D ne sont pas alignés.

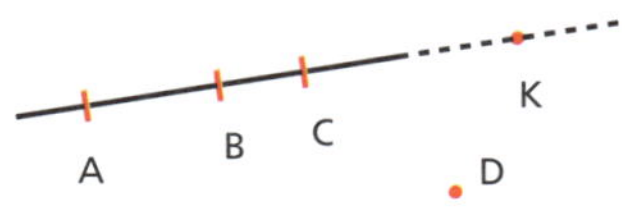

3 Segment

EXEMPLE La longueur du **segment** [EF] se note EF. On écrit : EF = 4 cm. Le point I est le **milieu** de [EF].

IE = IF = 2 cm

4 Droite

EXEMPLE Les droites (d) et (d′) sont **sécantes** en un point A : c'est le **point d'intersection**.

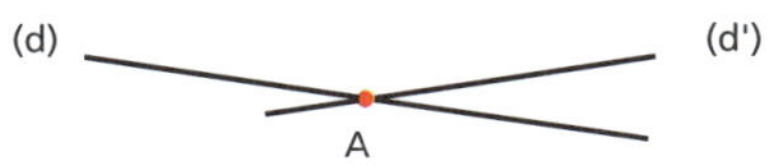

Un peu de méthode

Reporter la longueur d'un segment

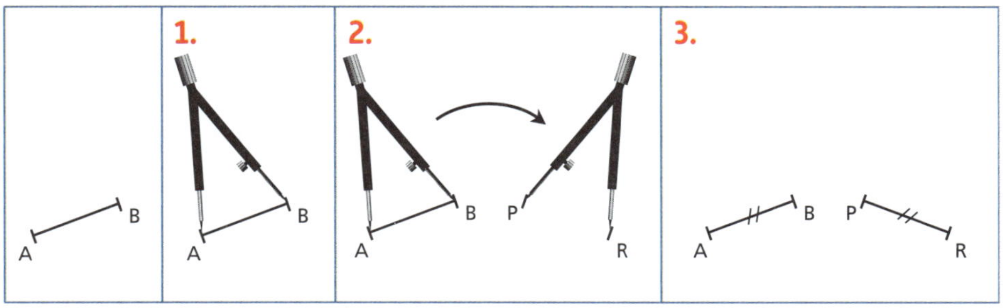

À la deuxième étape, l'ouverture du compas ne change pas.

● Les deux segments [AB] et [PR] ont la **même longueur** ou sont **superposables**. On note AB = PR, mais [AB] ≠ [PR].

On s'entraîne !

1 QUIZ

Vrai ou faux ?

	V	F
a. Deux points sont toujours alignés.	☐	☐
b. AB = CD. Donc les segments [AB] et [CD] sont égaux.	☐	☐
c. Sur le dessin ci-dessous, il y a deux demi-droites.	☐	☐

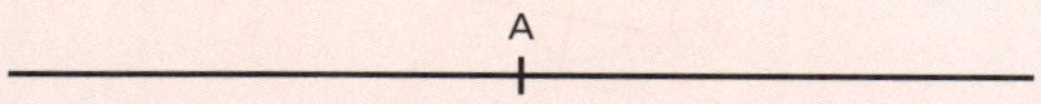

2 *Dessiner*

Sur la figure, trace :
- la droite (BC) en bleu ;
- le segment [AB] en rouge ;
- la demi-droite [CA) en vert.

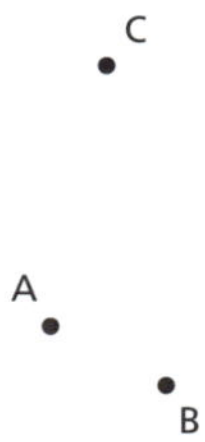

3 *Programme de construction*

Dessine un segment [AB] de 2,8 cm de longueur. Puis dessine le segment [AC] tel que B soit le milieu de [AC].

4 *Affirmations*

ABC est un triangle équilatéral.

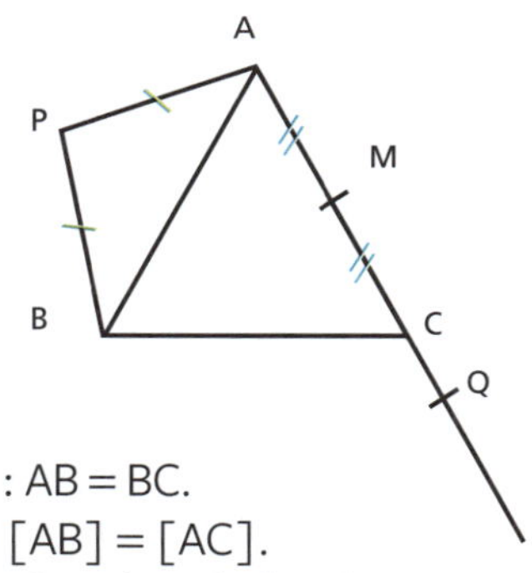

Mathieu dit : AB = BC.
Jeanne dit : [AB] = [AC].
Ali dit : M est le milieu de [AC].
Fatou dit : P est le milieu de [AB].
Audrey dit : Q est sur la demi-droite [AM).

Quels sont les enfants qui se trompent ?

....

5 *Points d'intersection*

a. Quel est le point d'intersection de (EF) et (d) ? ......

b. (PR) et (EF) sont-elles sécantes ? ....
Si oui, dessine le point d'intersection.

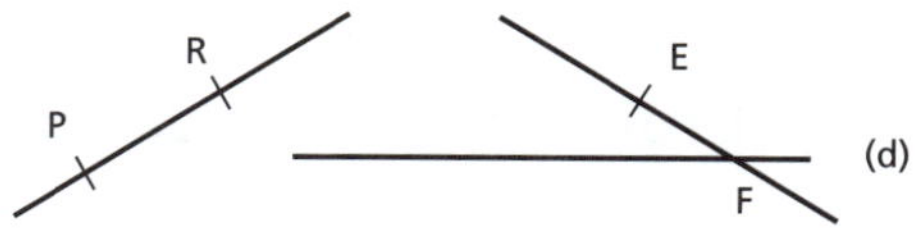

6 *Point d'intersection effacé*

Sur cette figure, les points A, L et M sont alignés, ainsi que les points B, O et M.

Retrouve la position du point M.

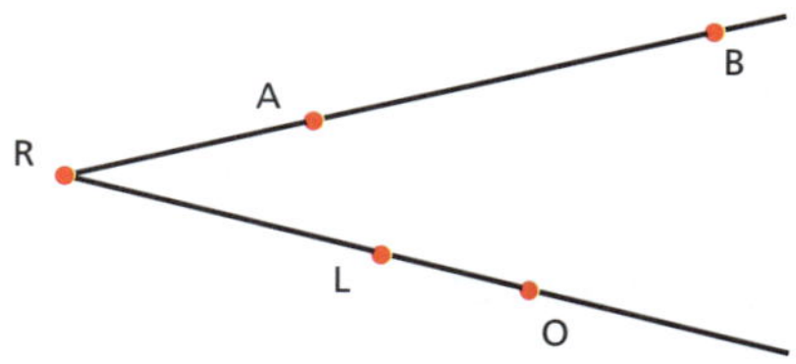

7 *Casse-tête*

Un supporter de football affirme qu'il peut, avec 6 ballons, faire 4 alignements de 3 ballons.

Fais le dessin.

? indice
Le dessin est déjà dans cette page.

8 CONTRÔLE EXPRESS

Sur le dessin, place les points A, B, C et D tels que :
– les droites (e) et (f) soient sécantes en C ;
– les points K, C et A soient alignés ;
– la droite (AB) coupe la droite (f) en D.

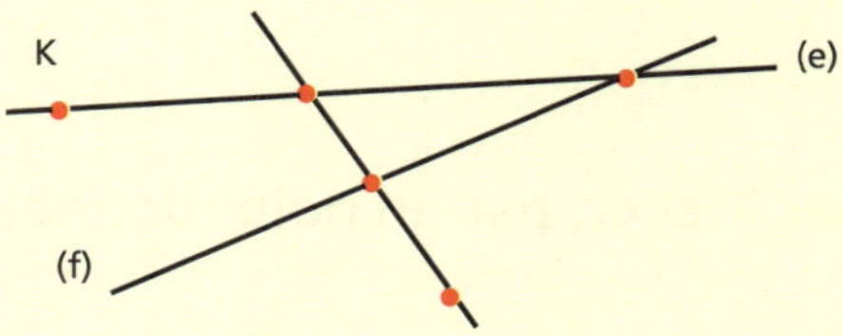

Corrigés page 27 du Guide

20 Droites perpendiculaires et parallèles

Je me demande...
Deux droites perpendiculaires sont-elles sécantes ?

Les points clés

On code l'angle droit par un petit carré.

1 Droites perpendiculaires

- Les droites (d_1) et (d_2) se coupent en formant quatre **angles droits**.
- On dit que (d_1) et (d_2) sont **perpendiculaires**.
On note : $(d_1) \perp (d_2)$ ou $(d_2) \perp (d_1)$.

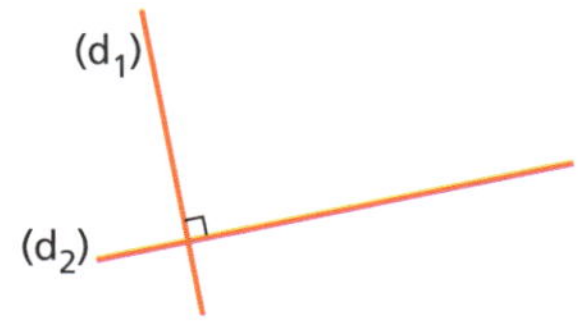

2 Droites parallèles

- Les droites (d_3) et (d_4) ne se coupent jamais.
- On dit que (d_3) et (d_4) sont **parallèles**.
On note : $(d_3) \mathbin{/\!/} (d_4)$ ou $(d_4) \mathbin{/\!/} (d_3)$.

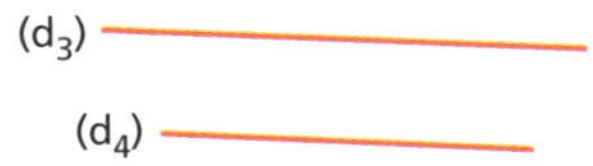

3 Propriétés

Si deux droites sont parallèles, alors toute droite perpendiculaire à l'une est perpendiculaire à l'autre.

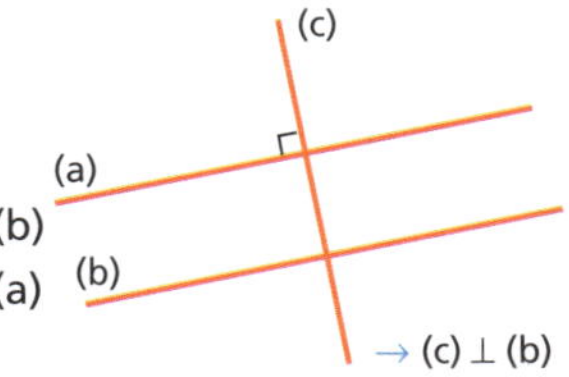

Si deux droites sont perpendiculaires à une même droite, alors ces deux droites sont parallèles entre elles.

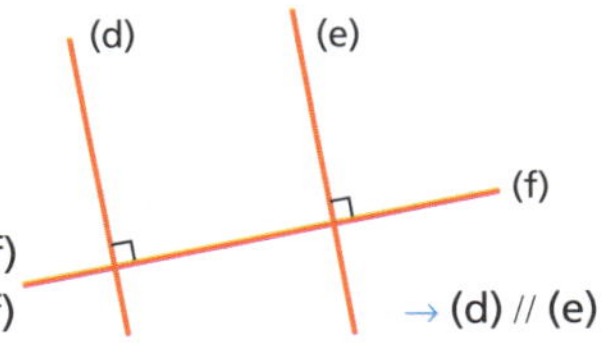

Un peu de méthode

Tracer, par un point donné, la perpendiculaire à une droite

$(PH) \perp (HA)$
PH est la **distance** du point P à la droite (d).

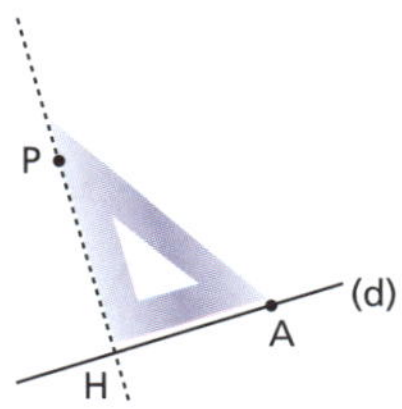

Tracer, par un point donné, la parallèle à une droite

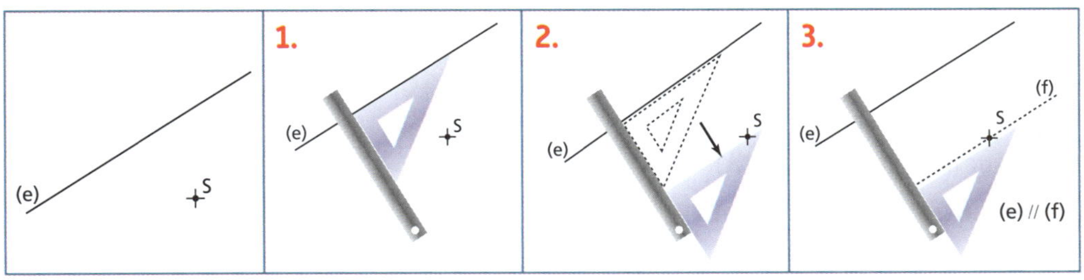

On s'entraîne !

1 QUIZ

Vrai ou faux ? Examine cette figure puis coche la case qui convient.

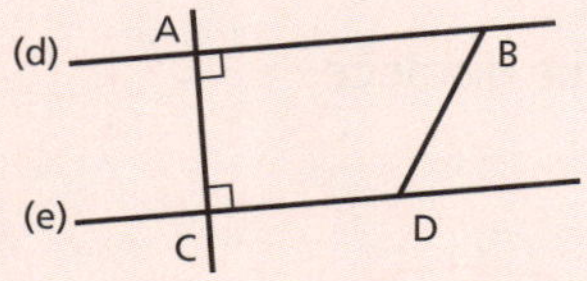

	V	F
a. (d) est perpendiculaire à (AC).	☐	☐
b. (AC) et (BD) sont perpendiculaires.	☐	☐
c. (d) et (e) sont parallèles.	☐	☐
d. DC est la distance du point D à (AC).	☐	☐

2 Observer et trouver

Observe cette figure et nomme :

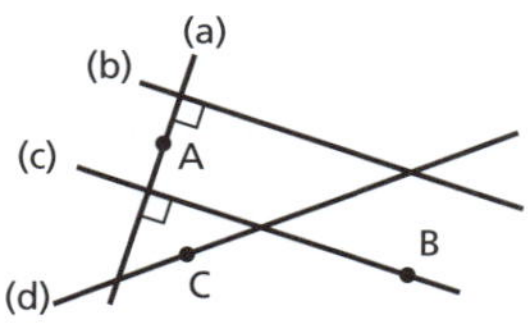

a. deux droites perpendiculaires : ....

b. deux droites parallèles : ....

c. la droite perpendiculaire à la droite (b) : ....

d. la droite perpendiculaire à la droite (a) et passant par B : ....

3 Construction et propriété

a. Construis la figure suivante.
1. Place deux points A et B.
2. Trace une droite (a) passant par B, mais pas par A.
3. Dessine la droite (b) perpendiculaire à la droite (a) et passant par A.
4. Dessine la droite (c) parallèle à la droite (b) et passant par B.

b. Que peux-tu dire des droites (a) et (c) ?

....

c. Énonce la propriété utilisée.

....

....

4 Programme de construction

a. **Dessine trois points** quelconques A, B et C.
b. **Construis la droite perpendiculaire** à (AB) passant par C. Cette droite coupe (AB) en D.
c. **Puis trace la parallèle** à (AD) passant par C.

5 Des maths à la rédaction

Sur ce dessin, la droite (d) est parallèle à la droite (BC).

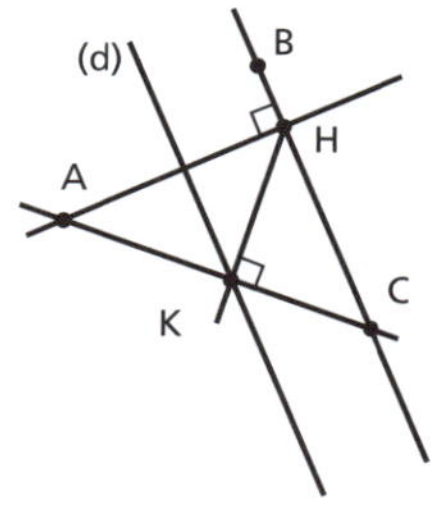

Rédige un programme de construction.
Commence par : « Dessine trois points quelconques A, B et C. »

....

....

....

6 Casse-tête

Sur ce dessin, on a oublié de nommer les points.

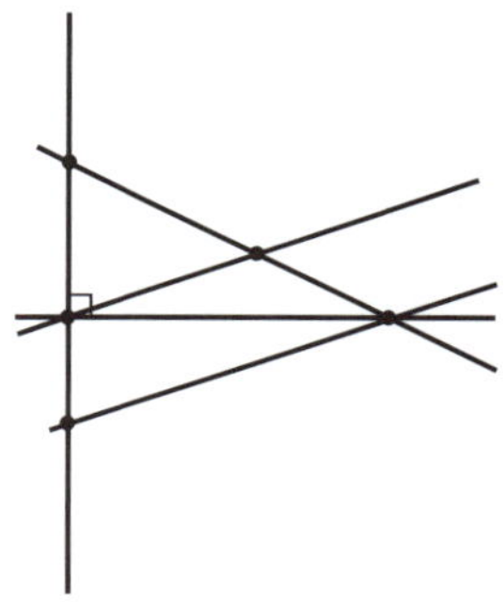

Place les lettres A, B, C, D et E sachant que : (AB) ⊥ (DC) et (DA) // (EB).

7 CONTRÔLE EXPRESS

Trace quatre droites (e), (f), (g) et (h) telles que (e) ⊥ (f), (g) ⊥ (e) et (h) // (e).

Quelle figure obtiens-tu ?

....

Corrigés page 27 du Guide

21 Le cercle

Je me demande...
Quelle différence y a-t-il entre un cercle et un disque ?

Les points clés

1 Définition

● Un **cercle** est l'ensemble de tous les points situés à une même distance d'un point unique appelé centre. Cette distance est le **rayon.**

2 Vocabulaire

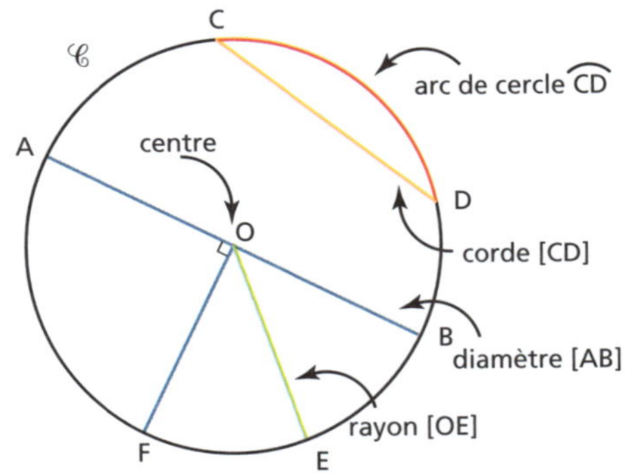

● Les mots **rayon** et **diamètre** peuvent désigner :
– soit une **longueur** ;

EXEMPLE Le diamètre AB mesure le double du rayon OE.

– soit un **segment**.

EXEMPLE Le diamètre [AB] est perpendiculaire au rayon [OF].

3 Cercle et disque

● Le cercle est une ligne.

● L'intérieur du cercle 𝒞 s'appelle un **disque.** C'est une surface.

Mots-Clés
- **Ligne** : Une ligne est formée d'une infinité de points.
- **Surface** : Une surface est une étendue limitée par une ligne.

Un peu de méthode

Tracer une perpendiculaire à une droite avec le compas

● Le point est sur la droite.

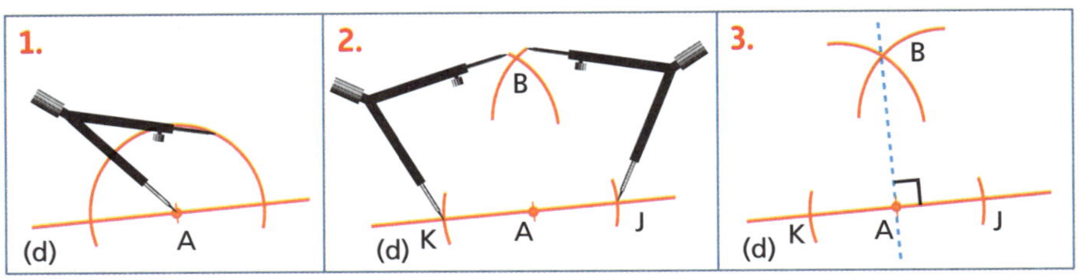

● Le point n'est pas sur la droite.

Pour la deuxième étape, l'écartement du compas peut rester le même.

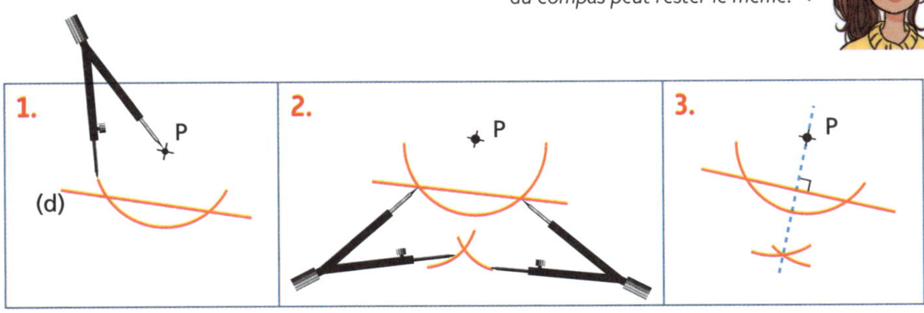

On s'entraîne !

1 QUIZ

Vrai ou faux ?

	V	F
a. Le diamètre est la moitié du rayon.	❑	❑
b. Un diamètre est une corde passant par le centre.	❑	❑
c. Le centre d'un cercle n'est pas un point du disque.	❑	❑

2 Sans faute

Complète la description de cette figure.

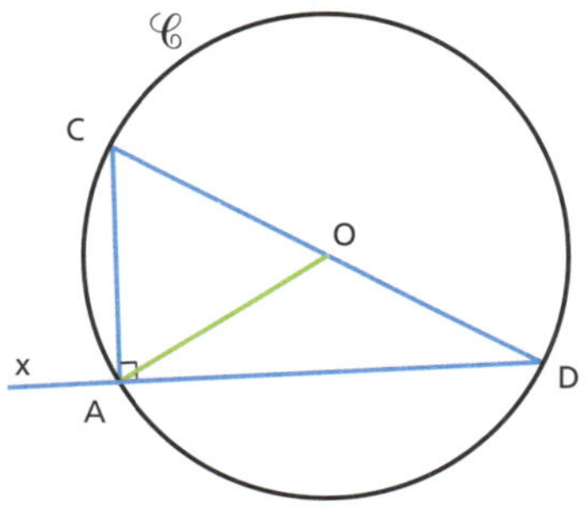

Le cercle .... de .... [CD] coupe la demi-droite [Dx) en .... Le .... O du cercle 𝒞 est le .... du segment [CD]. Le segment [OA] est un .... du cercle. La droite (AD) est perpendiculaire à la .... [CA] du cercle.

3 Recherche du centre

a. Construis un cercle de rayon [EF].

b. Combien y a-t-il de solutions ?

....

....

4 Programme de construction

a. Trace un segment [AB] mesurant 5 cm. Construis le cercle de centre A et de 4 cm de rayon, puis le cercle de centre B et de 3 cm de rayon. Ces deux cercles se coupent en C et D. Place C et D.

b. Sans utiliser de règle graduée, **donne les longueurs** de : CA = ... cm et DB = ... cm.

5 Difficile de compter !

Trace un segment [KL] de 4 cm. Construis un cercle passant par les points K et L.

Combien y a-t-il de solutions ? ....

6 Point de contact

Trace un segment [AB] mesurant 8 cm de longueur. Construis les cercles de centre A et de centre B et de même rayon de 4 cm.

Que constates-tu ? ....

7 Méli-mélo

a. Les quatre étapes d'un programme de contruction ont été mélangées. **Remets-les dans l'ordre.**

1. Puis place le point S diamétralement opposé à R.
2. Sur ce cercle, marque un point R.
3. Trace une corde [RT] de 5 cm de long.
4. Trace un cercle de centre O et de 3 cm de rayon.

....

b. Effectue la construction.

c. Quelle est la nature du triangle RTS ?

....

8 Casse-tête

Dessine un segment [RS]. Puis construis un cercle dont le rayon mesure RS et qui passe par les points R et S.

9 CONTRÔLE EXPRESS

a. Construis un cercle de centre O et de 3 cm de rayon. Place un point P sur ce cercle. Indique un point R tel que [PR] soit une corde du cercle mesurant 3 cm. Trace [OP] et [OR].

b. Quelle est la nature de la figure OPR ?

Corrigés page 27 du Guide

22 Les triangles

Je me demande...

Peut-il y avoir deux angles droits dans un triangle rectangle ?

Les points clés

1 Définition

Un triangle est une figure qui a **trois côtés**.

2 Triangles particuliers

<table>
<tr><th>Triangle rectangle</th><th>Triangle isocèle</th><th>Triangle équilatéral</th></tr>
<tr>
<td>Un triangle rectangle a deux côtés perpendiculaires.
Il a un angle droit.
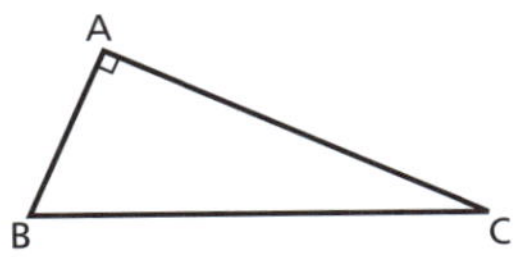
(AB) ⊥ (AC)
$\widehat{A} = 90°$
[BC] est l'hypoténuse.</td>
<td>Un triangle isocèle a deux côtés de même longueur.
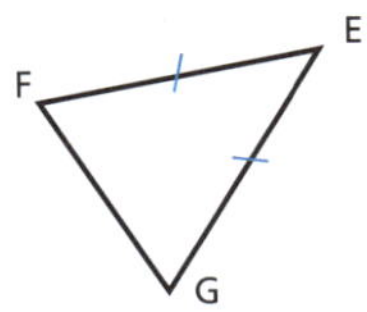
EF = EG
E est le sommet principal.
[FG] est la base.</td>
<td>Un triangle équilatéral a trois côtés de même longueur.
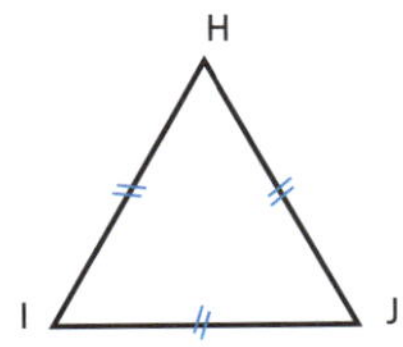
HI = IJ = JH
Le triangle équilatéral HIJ est aussi isocèle en H, en I et en J.</td>
</tr>
<tr><td>$\widehat{B} + \widehat{C} = 90°$</td><td>$\widehat{F} = \widehat{G}$</td><td>$\widehat{H} = \widehat{I} = \widehat{J} = 60°$</td></tr>
</table>

Un peu de méthode

Un triangle peut être à la fois rectangle et isocèle !

Construire un triangle

Construire un triangle RST avec RS = 4 cm, RT = 3 cm et ST = 2 cm.

<table>
<tr>
<td>1. Je trace un côté, par exemple [RS], de 4 cm de long.
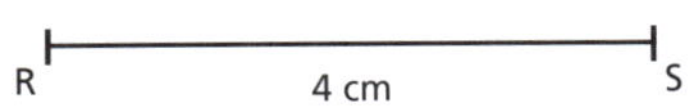</td>
<td>2. Je trace un arc de cercle de centre R et de 3 cm de rayon.
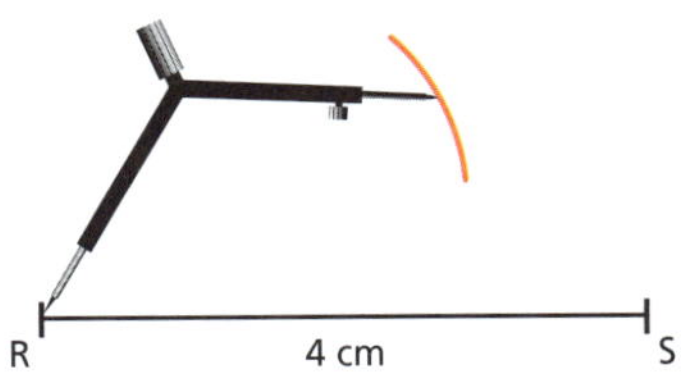</td>
</tr>
<tr>
<td>3. Je trace un arc de cercle de centre S et de 2 cm de rayon.
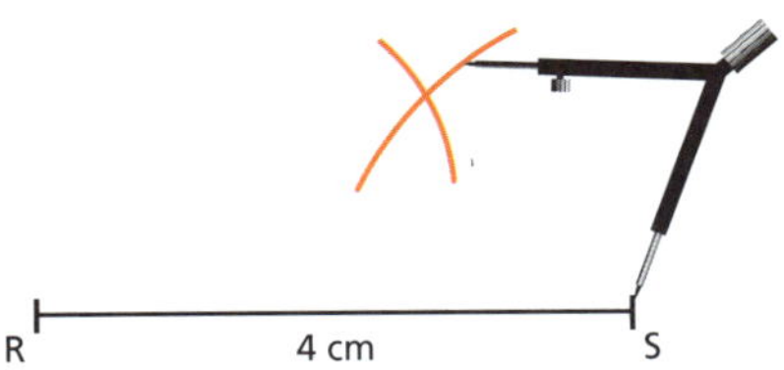</td>
<td>4. Je nomme T et je trace [TR] et [TS].
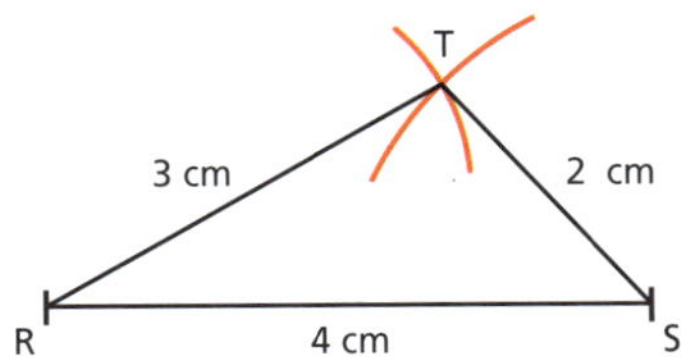</td>
</tr>
</table>

On s'entraîne !

1 QUIZ

Vrai ou faux ? Observe cette figure, puis coche la case qui convient.

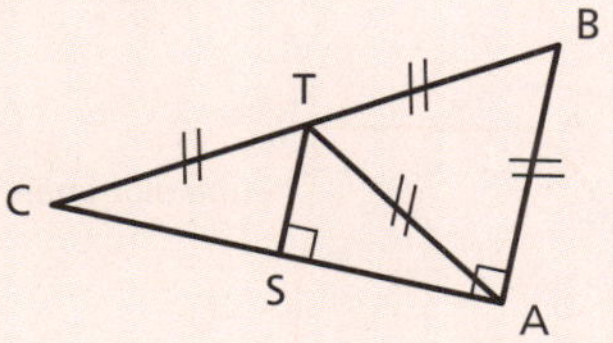

	V	F
a. Le triangle ACT est isocèle en T.	☐	☐
b. Le triangle CTS est rectangle.	☐	☐
c. [SA] est l'hypoténuse du triangle rectangle TSA.	☐	☐
d. Le triangle ATB est équilatéral.	☐	☐

2 Avec le compas

Construis un triangle ABC tel que :
AB = 4 cm, BC = 7 cm et AC = 5,5 cm.

3 Une ou deux solutions ?

a. Construis le point K sur la droite (e) pour obtenir un triangle isocèle HJK dont la base est [JK].

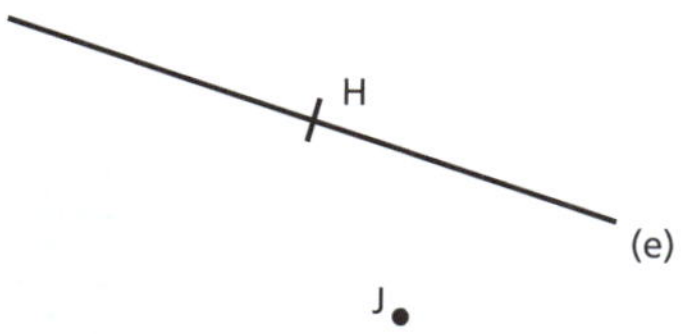

b. Combien y a-t-il de solutions ? ....

4 Le bon nombre

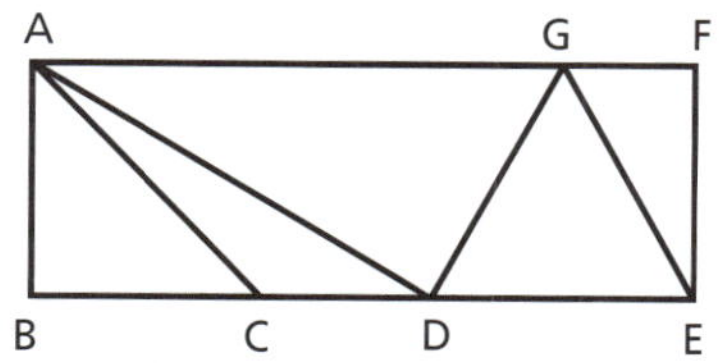

Utilise les instruments de géométrie pour trouver le nombre :

a. de triangles rectangles : ....

b. de triangles isocèles : ....

5 Codage

Code cette figure à l'aide du texte ci-dessous.

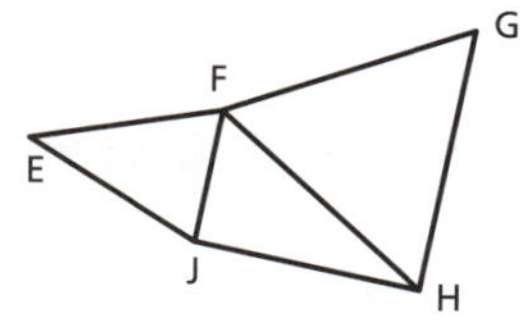

Le triangle FJH est rectangle en J.
[FJ] est la base du triangle isocèle EFJ.
Le triangle FGH est équilatéral.

6 Utiliser une propriété des droites

Sur la figure, les droites (AB) et (DE) sont parallèles, et les droites (CA) et (DE) sont perpendiculaires.

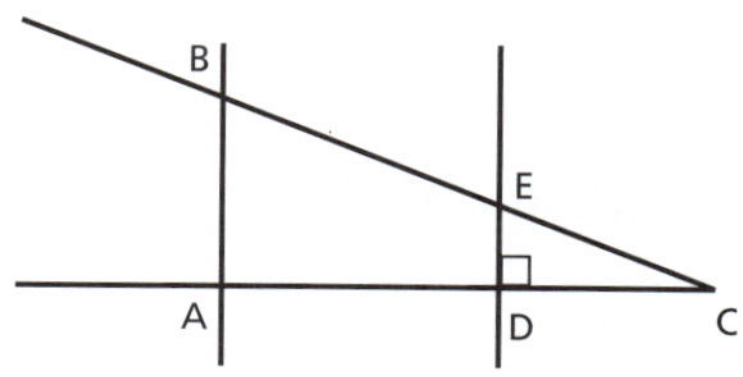

Que peux-tu dire du triangle CAB ? Justifie ta réponse.

....

....

7 CONTRÔLE EXPRESS

Sur cette figure, les cercles de centre O et O′ et de rayon égal à OO′ se coupent en E et F.

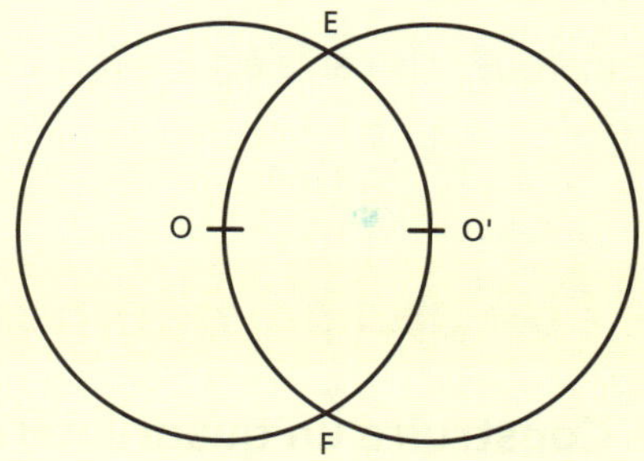

a. Quelle est la nature du triangle OEF ?

....

b. Quelle est la nature du triangle OEO′ ?

....

Corrigés page 28 du Guide

23 Les quadrilatères

Je me demande...
Combien de diagonales y a-t-il dans un quadrilatère ?

Les points clés

1 Définition

● Un **quadrilatère** est un polygone qui a **quatre côtés.**

EXEMPLE Le quadrilatère ci-contre se nomme ABCD. Il peut aussi se nommer BCDA, CBAD, DABC (on fait le tour du quadrilatère) ou ADCB...
[BD] est aussi une diagonale.

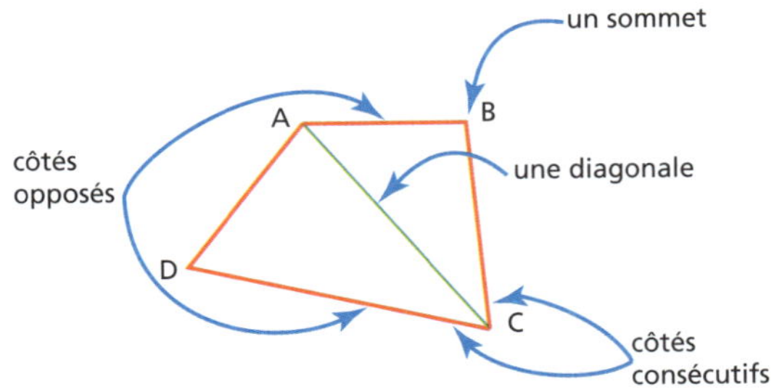

● En traçant des droites parallèles, on obtient un quadrilatère appelé **parallélogramme**.

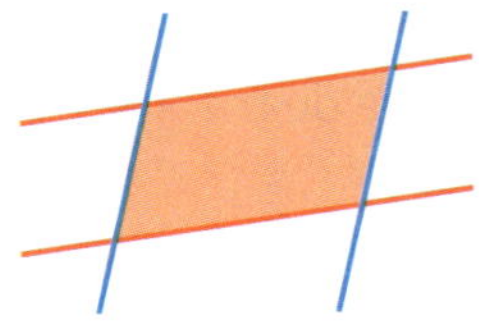

2 Les quadrilatères particuliers

Rectangle	Losange	Carré
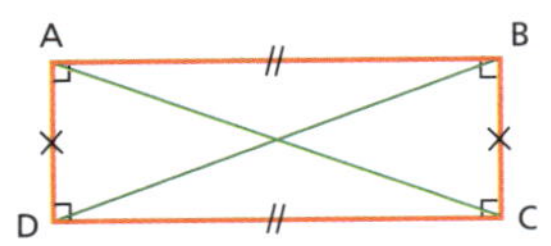	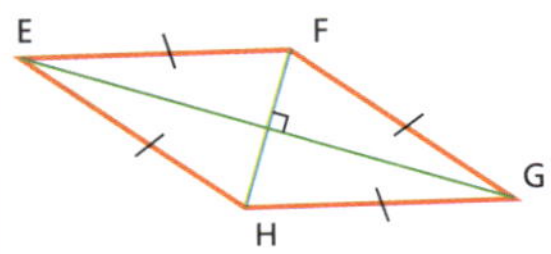	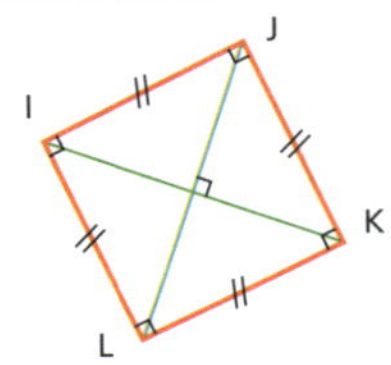
• côtés opposés de même longueur • côtés opposés parallèles	• 4 côtés de même longueur • côtés opposés parallèles	• 4 côtés de même longueur • côtés opposés parallèles
• 4 angles droits	• angles opposés égaux	• 4 angles droits
• diagonales se coupent en leur milieu • diagonales de même longueur	• diagonales se coupent en leur milieu • diagonales perpendiculaires	• diagonales se coupent en leur milieu • diagonales de même longueur • diagonales perpendiculaires

Remarque : Un carré est à la fois un losange et un rectangle.

Un peu de méthode

Construire un quadrilatère particulier

● Construire un carré ABCD dont les diagonales mesurent 2 cm.

1.	2.	3.	4.
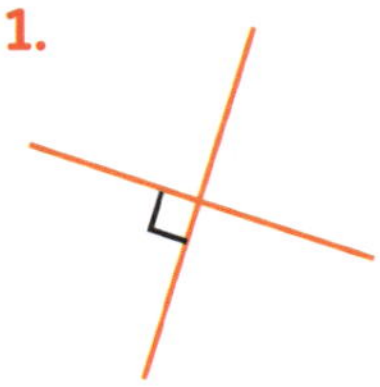	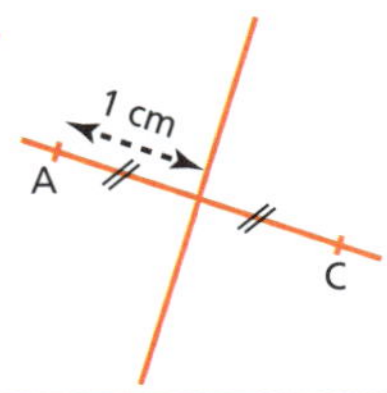	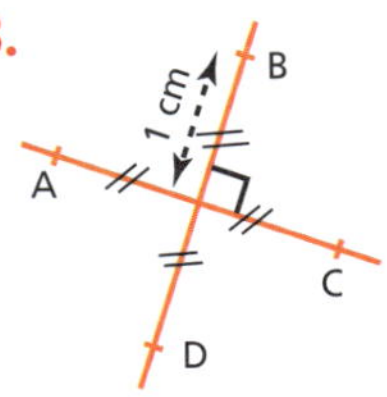	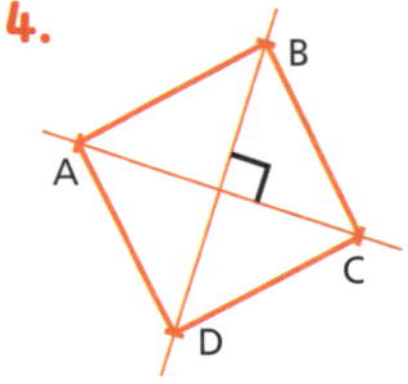

On s'entraîne !

1 QUIZ

Vrai ou faux ?

	V	F
a. Un triangle rectangle est un quadrilatère.	☐	☐
b. Un carré est un losange.	☐	☐
c. Un quadrilatère qui a quatre angles droits est un carré.	☐	☐
d. Un parallélogramme n'a que deux côtés parallèles.	☐	☐

2 *À la suite*

Trois élèves ont nommé ce quadrilatère.
Paul : « UTSR »
Léa : « STRU »
Sarah : « RSTU »

Qui s'est trompé ? ....

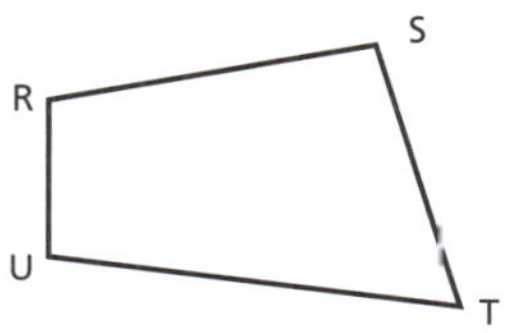

3 *Devinette*

Dans cette figure, Julien a trouvé 8 rectangles.

Est-ce vrai ? ....

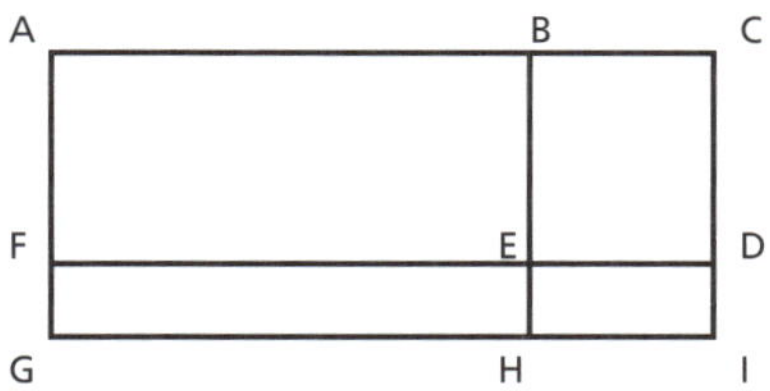

4 *Perpendiculaire*

Construis le rectangle ABCD tel que le point D soit situé sur la droite (e).

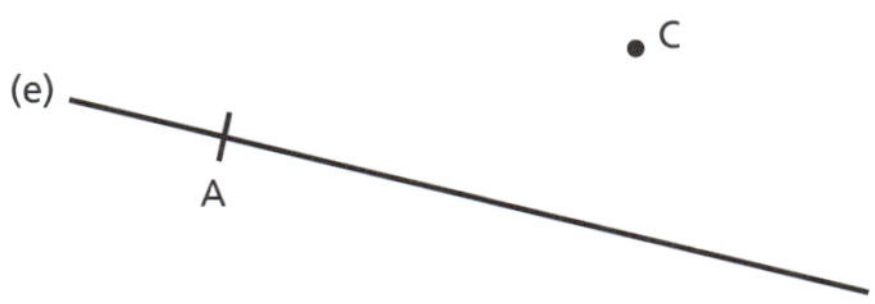

5 *Construction*

Trace un triangle ABC rectangle en C, puis un carré BAFG.

6 *Longueurs égales*

Construis le losange ABCD tel que la diagonale [AC] soit située sur (d).

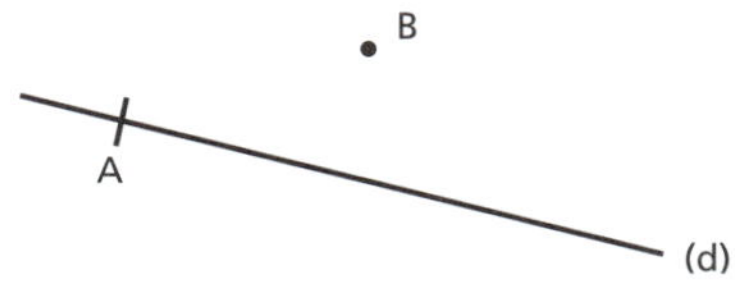

7 *Casse-tête*

Entoure la figure qui correspond à cet énoncé :
Trace un losange EFGH, puis un rectangle EGRS tel que H soit un point du côté [RS].

a.

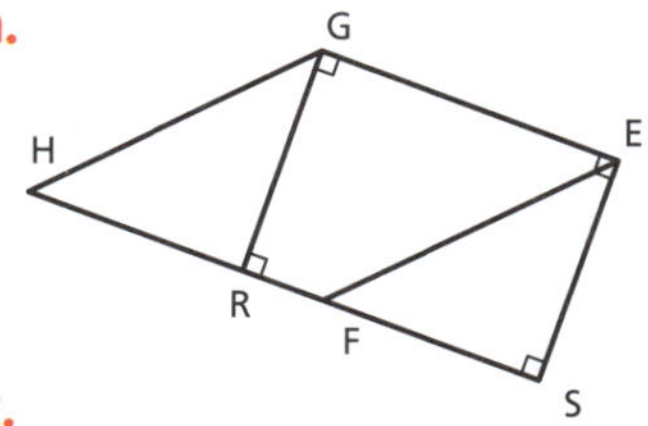

b.

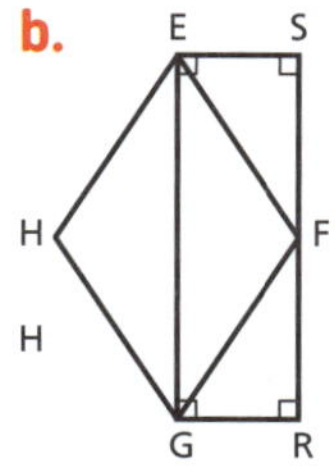

c.

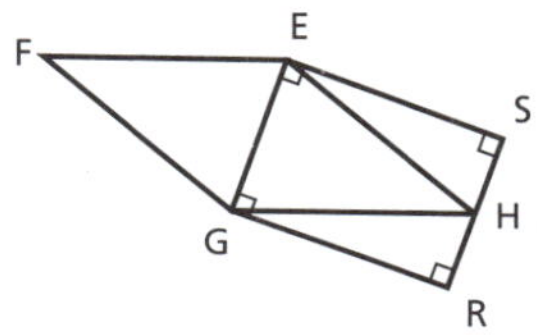

8 *Raisonner*

ABCD est un carré et ADFE est un losange.

Quelle est la nature du triangle EAB ? Justifie.

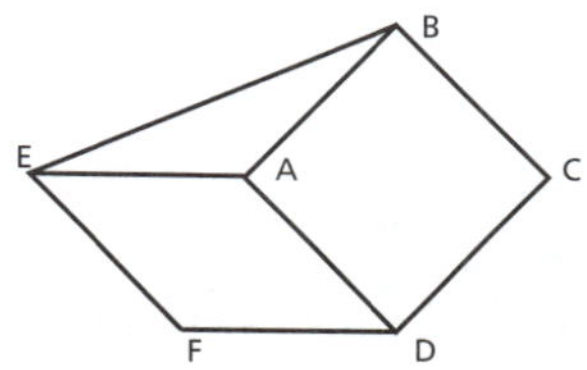

9 CONTRÔLE EXPRESS

Complète avec l'un des mots : *carré*, *losange* ou *rectangle*.

a. En reliant dans l'ordre les milieux des côtés d'un rectangle, on obtient un ....

b. En dessinant un losange avec un angle droit, on obtient un ....

c. En traçant deux diamètres d'un même cercle et en reliant dans l'ordre les points d'intersection, on obtient un ....

Corrigés page 28 du Guide

24 La symétrie par rapport à une droite

Je me demande…
Quel est le symétrique d'un carré par rapport à une droite ?

Les points clés

1 Symétrique d'un point

● A′ est le symétrique de A par rapport à la droite (d).
A et A′ sont symétriques par rapport à (d).

● Le symétrique de M situé sur l'axe est le point lui-même.
M et M′ sont confondus.

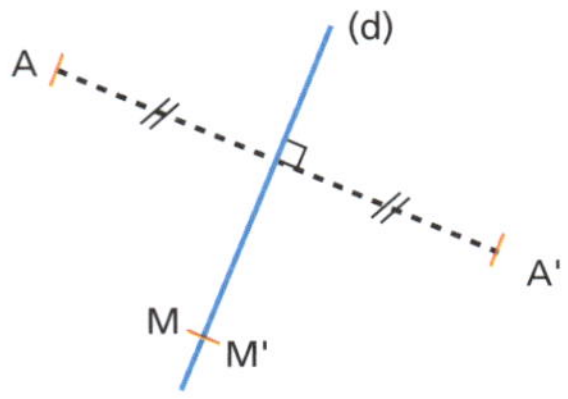

2 Symétriques de figures

Segment | Droite | Angle | Cercle

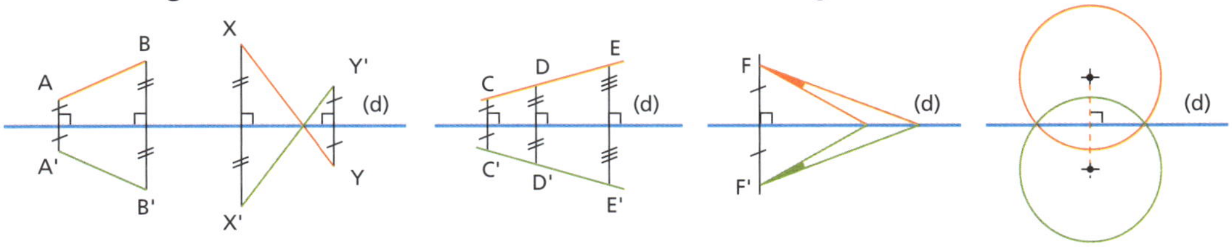

3 Axe de symétrie

● Une figure a un **axe de symétrie** (d) si le symétrique de cette figure par rapport à (d) est la figure elle-même.

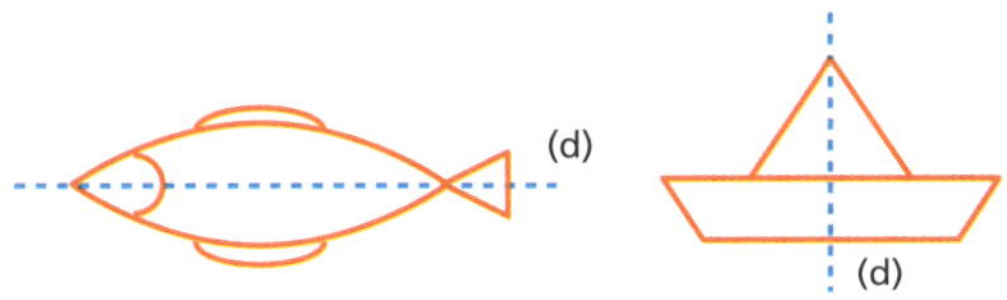

Un peu de méthode

Construire le symétrique d'un point

● Avec l'équerre et la règle

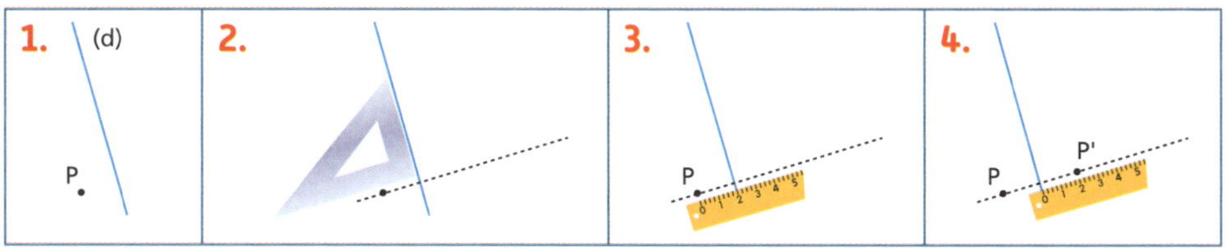

● Avec le compas

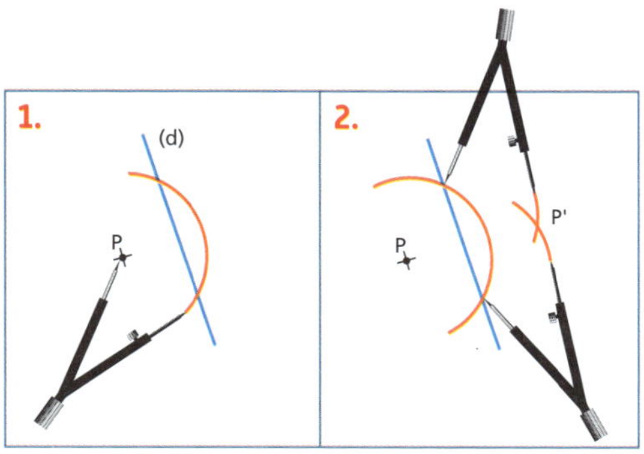

L'écartement de ton compas doit rester le même.

On s'entraîne !

1 QUIZ

Vrai ou faux ?

Sur la figure ci-dessous, par rapport à la droite (d) :

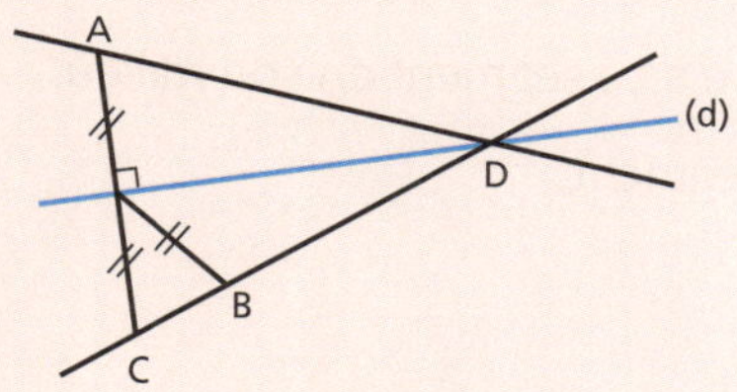

	V	F
a. les points A et B sont symétriques.	☐	☐
b. le point D n'a pas de symétrique.	☐	☐
c. les droites (CD) et (AD) sont symétriques.	☐	☐

2 *Points symétriques*

Dessine les symétriques A′, B′, C′ et D′ des points A, B, C et D par rapport à la droite (d).

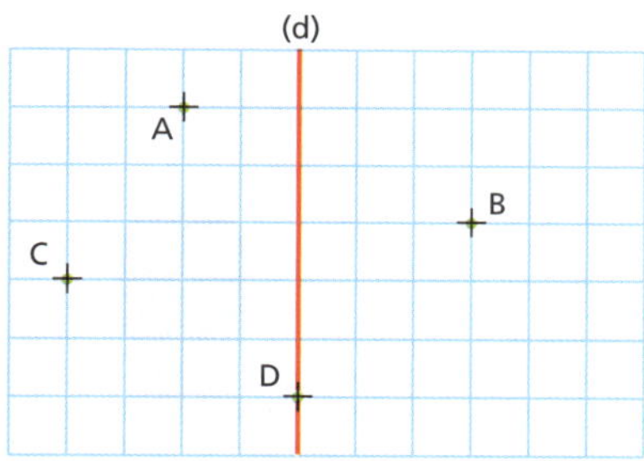

3 *Symétrie et rectangle*

Trace le symétrique de ce rectangle par rapport à la droite (d).

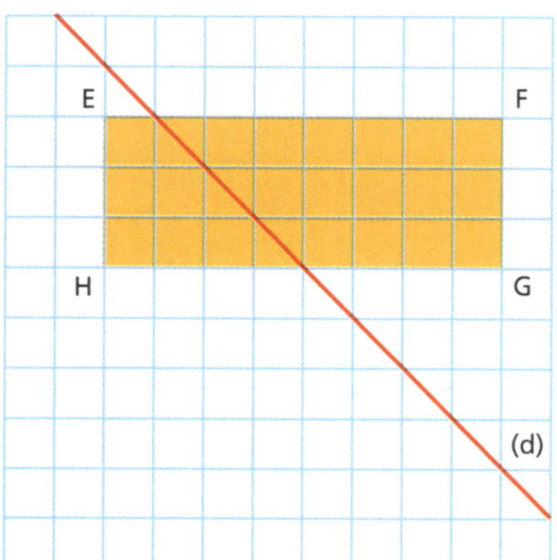

4 *Points d'intersection*

a. Trace un carré SRTU de 6 cm de côté.
Place les points A milieu de [SR] et B milieu de [RT].

b. Trace le symétrique S′R′T′U′ du carré SRTU par rapport à la droite (AB).

c. Quel est le point d'intersection des droites (SR) et (S′R′) ?

d. Quel est le point d'intersection des droites (RT) et (R′T′) ?

5 *Avec la règle et le compas*

a. Reproduis cette figure selon les dimensions indiquées.

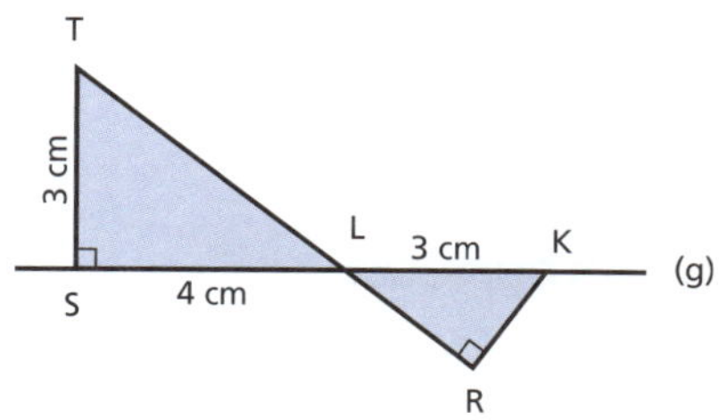

b. Construis son symétrique par rapport à la droite (g).

c. Vérifie que les points T′, L et R′ sont alignés.

6 *Avec la règle non graduée*

a. Trace un segment [AB] et une droite (d).
Construis avec le compas le symétrique A′ du point A par rapport à (d).

b. On a tracé la droite (AB).
Trace avec ta règle non graduée trois droites pour obtenir le symétrique B′ du point B par rapport à (d).

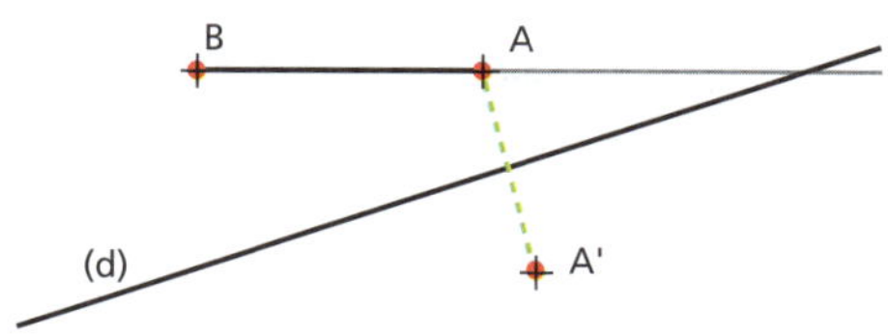

7 CONTRÔLE EXPRESS

a. Construis un triangle ABC isocèle en A tel que : AB = 4 cm et BC = 6 cm.
Construis le triangle symétrique de ABC par rapport à la droite (BC). Appelle D le symétrique de A.

b. Quelle est la nature du quadrilatère ABDC ?

Corrigés page 29 du Guide

25 La médiatrice

Je me demande...
Un segment a deux axes de symétrie. A-t-il deux médiatrices ?

Les points clés

1 Définition

- La médiatrice d'un **segment** est la **droite perpendiculaire** à ce segment **en son milieu.**
- La médiatrice d'un segment est **axe de symétrie** de ce segment.

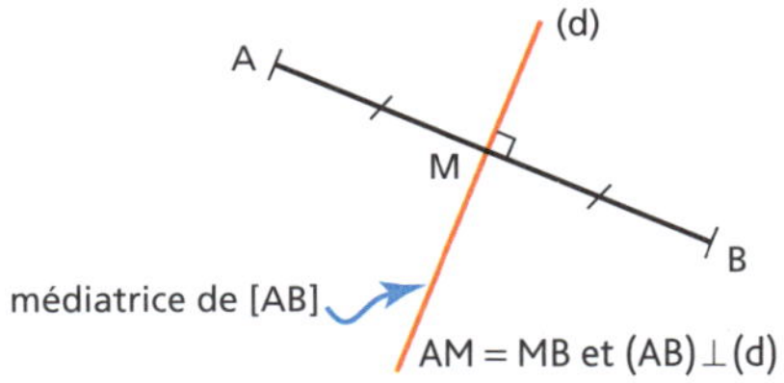

2 Propriétés

1. M est sur la médiatrice de [AB], donc MA = MB.
2. PA = PB, donc P est sur la médiatrice de [AB].

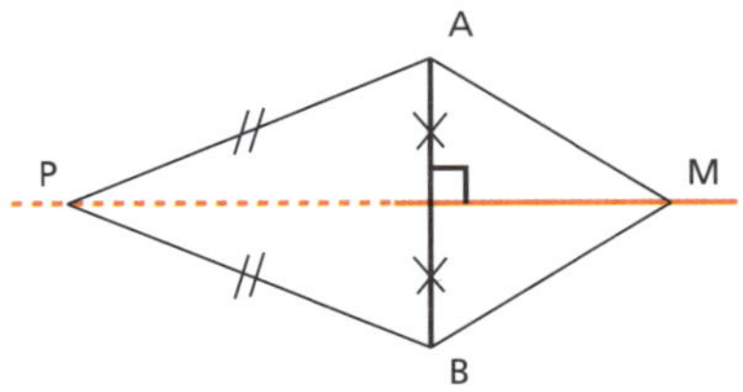

Un peu de méthode

L'écartement de ton compas doit rester le même.

Construire la médiatrice d'un segment

- Méthode 1

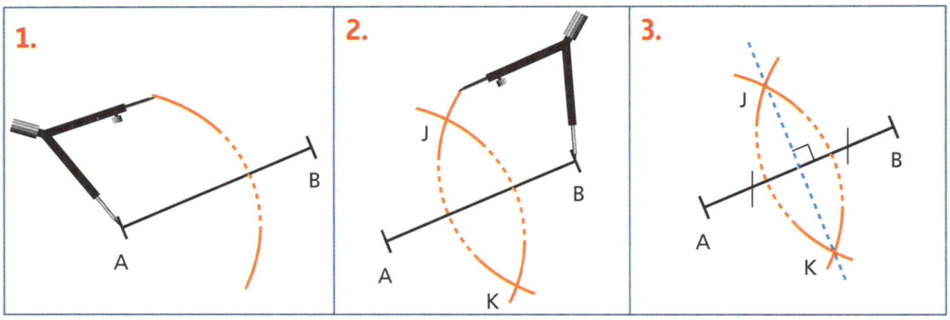

- Méthode 2

Je peux construire J et K du même côté.

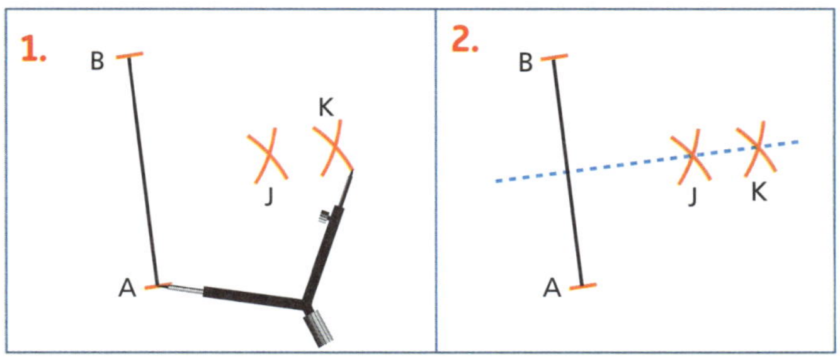

On s'entraîne !

1 QUIZ

Vrai ou faux ?

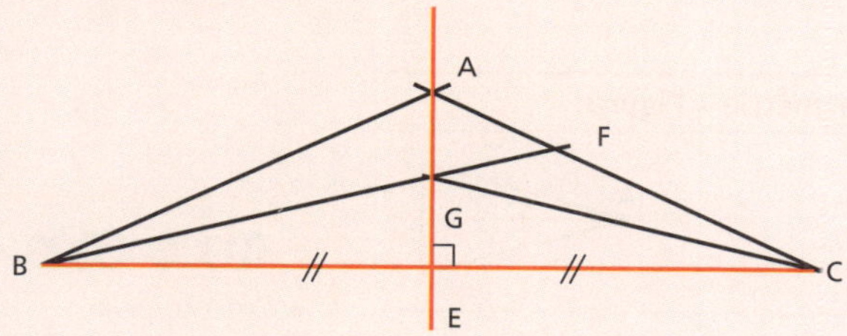

	V	F
a. (AE) est axe de symétrie de [BC].	☐	☐
b. (BF) est la médiatrice de [AC].	☐	☐
c. (EG) est la médiatrice de [BC].	☐	☐

2 *Le bon choix*

En utilisant l'équerre et la règle graduée, nomme les segments de la figure ayant la droite (d) pour médiatrice.

....

....

....

....

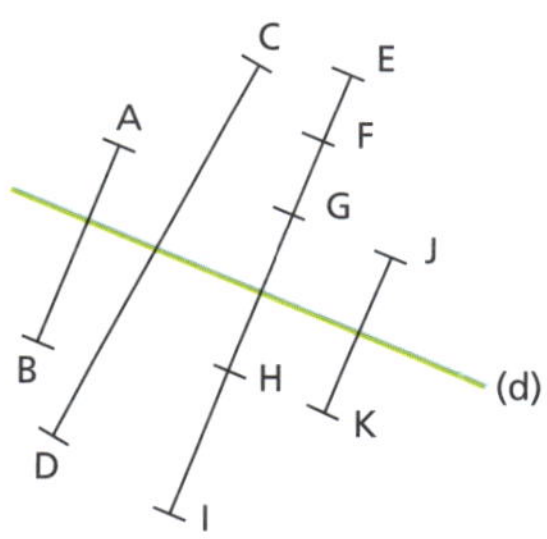

3 *Presque droit*

Emma dit : « J'ai tracé la médiatrice de [AB]. » Sur la figure, elle a indiqué les mesures exactes de SA et SB.

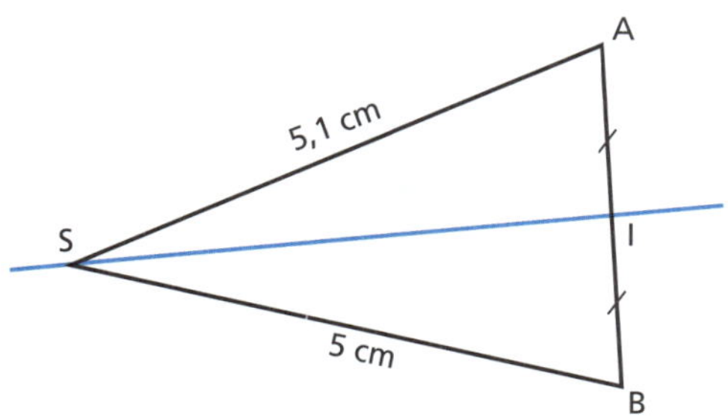

Es-tu d'accord avec ce qu'elle dit ? Pourquoi ?

....

....

4 *Perpendiculaires et parallèles*

a. **Trace une droite.** Places-y dans cet ordre les points M, P et R. Construis la médiatrice (d) de [MP] et la médiatrice (e) de [PR].

b. Que peux-tu dire des droites (d) et (e) ? **Énonce la propriété utilisée.**

....

....

....

5 *Équerre indispensable*

Cheng a trouvé un morceau de feuille de papier déchiré sur lequel il y avait un exercice.

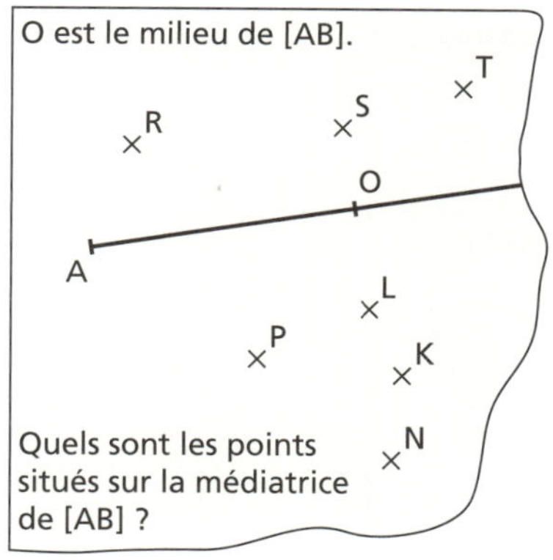

Résous cet exercice.

? indice
Tu dois faire un tracé.

6 CONTRÔLE EXPRESS

EFGH forme un losange.

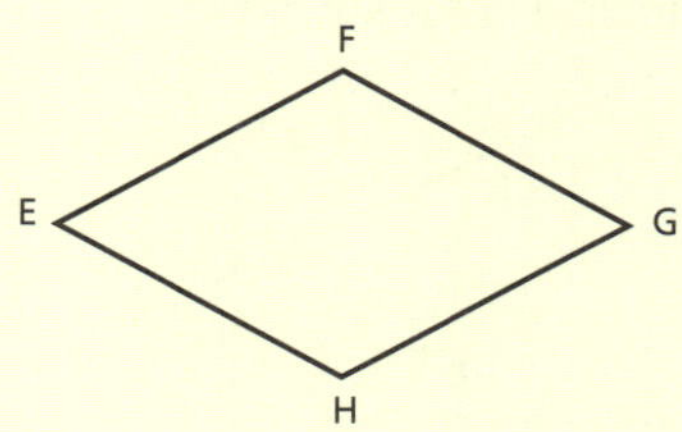

a. Construis la médiatrice (d) de [FH].

b. Que représente cette médiatrice pour le losange ?

....

....

Corrigés page 29 du Guide

26 Les axes de symétrie de figures usuelles

Je me demande…
Un triangle a-t-il toujours un axe de symétrie ?

Les points clés

Nom	Nombre d'axes	Désignation des axes de symétrie	Figure
Triangle isocèle	1	la médiatrice de la base	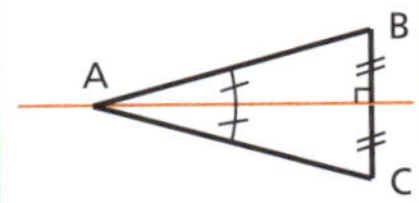
Triangle équilatéral	3	les médiatrices des côtés	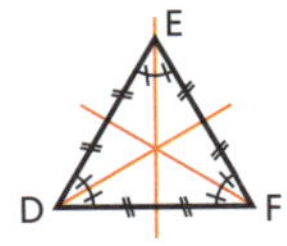
Losange	2	les diagonales	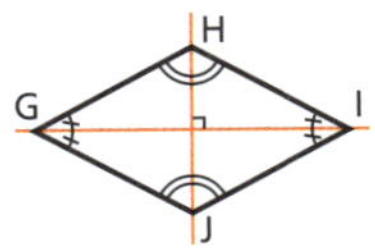
Rectangle	2	les médiatrices des côtés opposés. (O est le centre du rectangle)	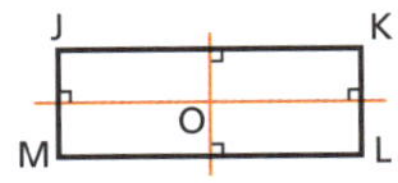
Carré	4	les diagonales et les médiatrices des côtés opposés	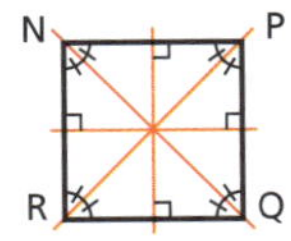

Mots-Clés

- **Côté opposé** : Dans un quadrilatère, deux côtés opposés sont deux côtés non consécutifs.
- **Sommet opposé** : Dans un quadrilatère, deux sommets opposés sont deux sommets non consécutifs.

Un peu de méthode

Construire une figure connaissant un axe de symétrie

● Pour construire le triangle **isocèle** EFG dont le sommet principal G est sur (d) : 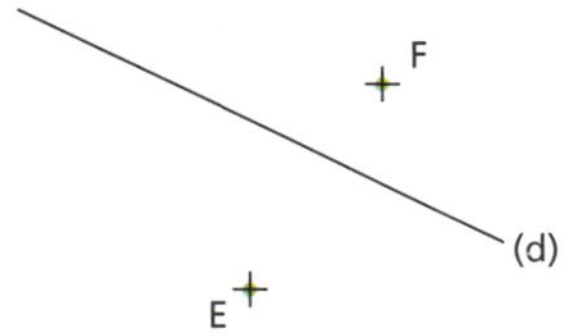	**1.** Je trace l'axe de symétrie, c'est-à-dire la médiatrice de [EF]. 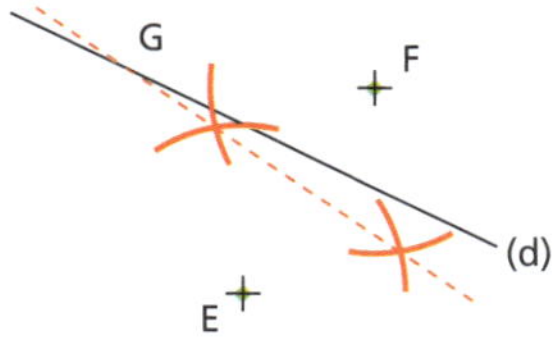	**2.** La médiatrice coupe (d) en G. Je relie les points E, F et G. 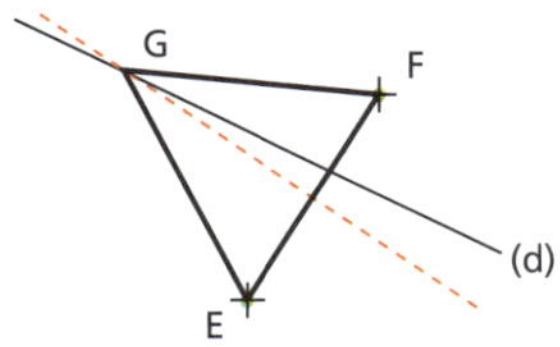
● Pour construire le **rectangle** RSTV dont (d) est un axe de symétrie : 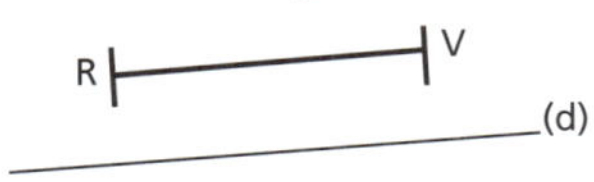	**1.** Je construis les symétriques S et T des points R et V. 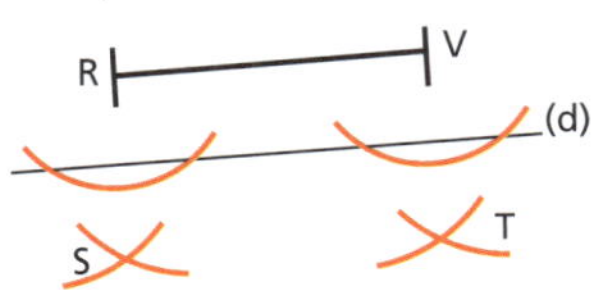	**2.** Je relie les points dans l'ordre. 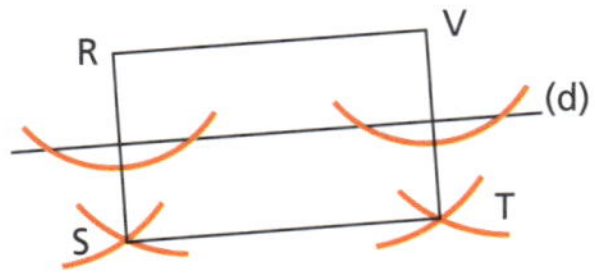

On s'entraîne !

1 QUIZ

Vrai ou faux ?

	V	F
a. La droite (AX) est un axe de symétrie du triangle ABC.	❑	❑

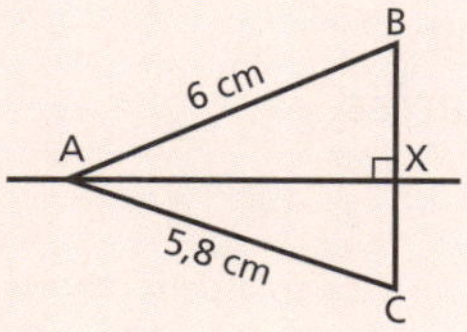

	V	F
b. Un disque n'a qu'un axe de symétrie.	❑	❑
c. Dans un triangle rectangle, la médiatrice de l'hypoténuse est un axe de symétrie du triangle.	❑	❑

2 Avec une règle

Trace les axes de symétrie de cette figure.

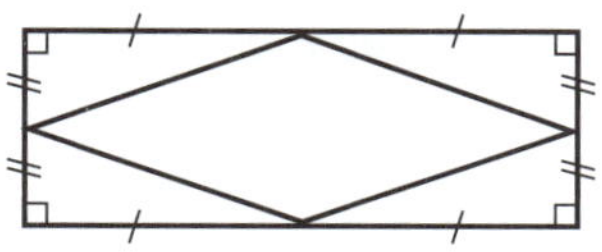

3 Casse-tête

Dans ce carré, colorie les cases en bleu, en rouge ou en vert pour que le dessin ait deux axes de symétrie.

4 Avec le compas

Construis le triangle RST isocèle en T, ayant la droite (e) pour axe de symétrie et dont le côté [TR] mesure 4 cm.

5 Avec la règle et le compas

PRST est un carré, mais son sommet T n'est pas sur la feuille.

Trace la diagonale [PS] et la partie visible de la diagonale [RT]. Puis trace les autres axes de symétrie du carré.

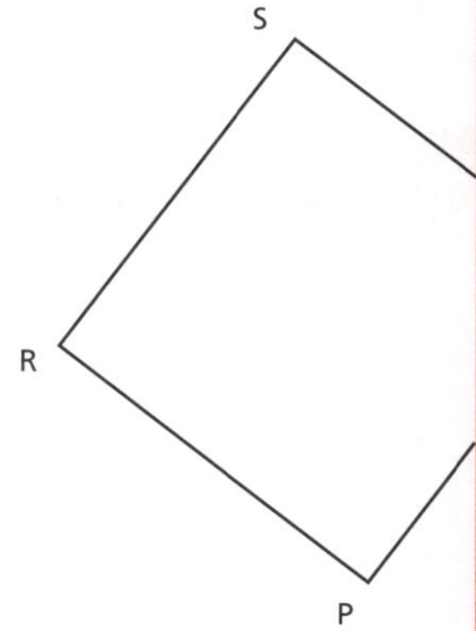

6 Devinette

La figure suivante est formée de deux pinces identiques.

Trace son axe de symétrie.

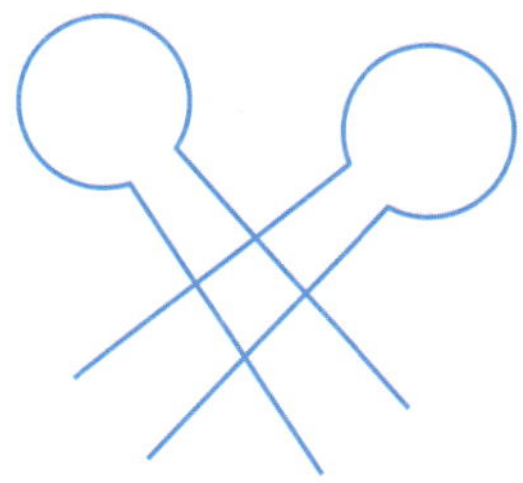

7 Résoudre un problème

La droite (d) est axe de symétrie du rectangle ABCD. (d) est aussi axe de symétrie du losange HARD.

Construis ces deux figures.

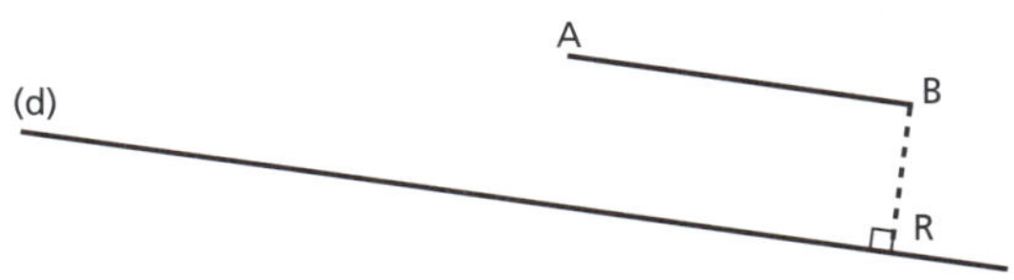

8 CONTRÔLE EXPRESS

Trace le (ou les) axe(s) de symétrie de ces quatre dominos s'il(s) existe(nt).

Corrigés page 30 du Guide

27 Les parallélépipèdes rectangles

Je me demande...
Combien de rectangles faut-il tracer pour dessiner un patron de pavé droit ?

Les points clés

1 Définitions

● Un **parallélépipède rectangle** (ou pavé droit) est un **solide qui a 6 faces rectangulaires.**

● Un **cube** est un pavé droit dont les **6 faces sont des carrés.**

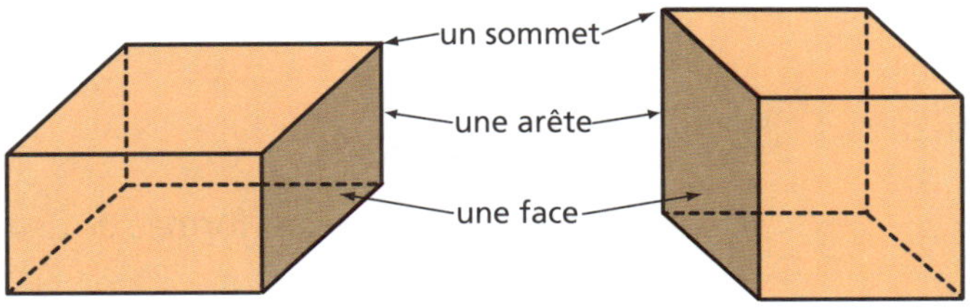

Ce sont deux représentations en perspective cavalière.

2 Perspective cavalière

● Dans une **perspective cavalière** d'un pavé droit ou d'un cube :
- les faces avant et arrière sont des rectangles superposables (ou des carrés) ;
- les autres faces sont représentées par des parallélogrammes ;
- les arêtes parallèles sont représentées par des segments parallèles et de même longueur ;
- les arêtes cachées sont tracées en pointillés.

Un peu de méthode

Dessiner en perspective cavalière

● Je construis un rectangle, puis un autre rectangle de côtés parallèles et de mêmes dimensions que le premier. Je trace 4 segments reliant leurs sommets.

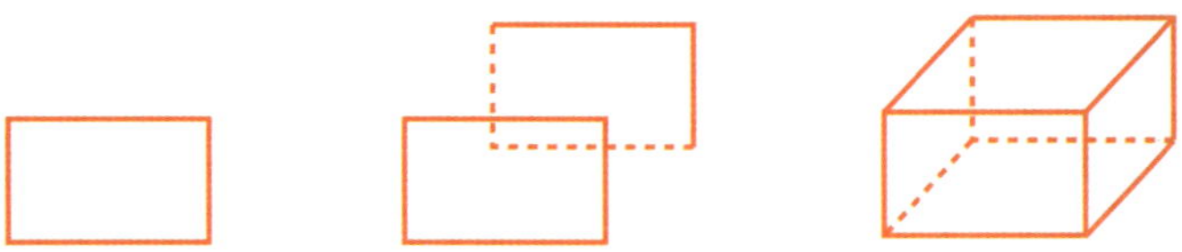

● Ou bien, je construis un 1er rectangle, puis je trace à partir de ses sommets 4 segments parallèles et de même longueur, et je trace le 2e rectangle.

Construire un patron de pavé droit

1. Je trace d'abord deux paires de rectangles de mêmes dimensions.

échelle $\frac{1}{10}$

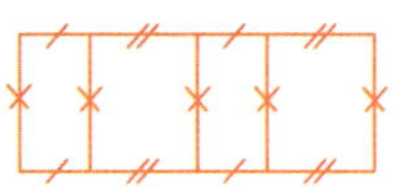

Mesure des arêtes :
9 cm, 5 cm et 7 cm.

2. Je trace une troisième paire de rectangles superposables.

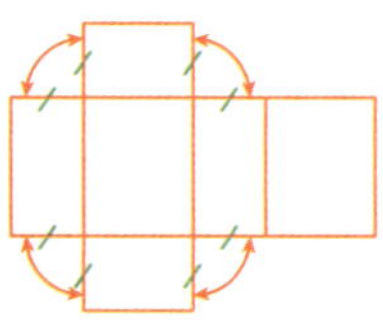

ou

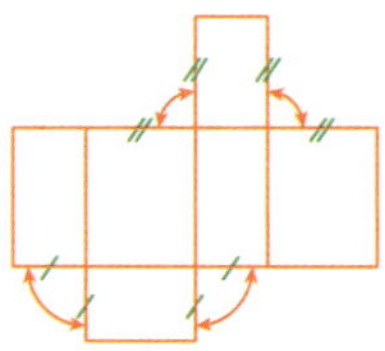

On s'entraîne !

1 QUIZ

Vrai ou faux ? Observe ce pavé droit et coche la case qui convient.

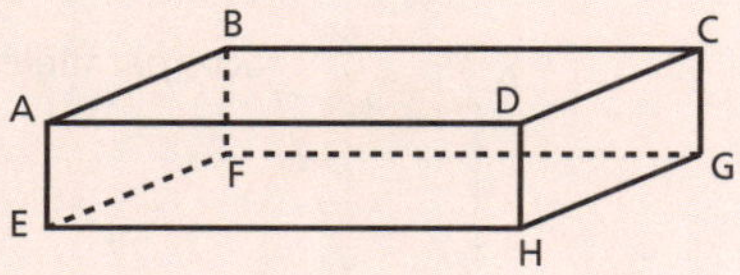

	V	F
a. [FG] est une arête.	☐	☐
b. EFGH est une face.	☐	☐
c. [DC] et [DH] sont parallèles.	☐	☐
d. Dans la réalité, la face DCGH est un losange.	☐	☐
e. B est le sommet caché.	☐	☐

2 *Un solide particulier*

Comment s'appelle un pavé droit dont les arêtes ont la même longueur ? ....

3 *Rectangle, losange ou carré*

Dessine, en grandeur réelle, la face EFGH du pavé droit représenté ci-dessous.

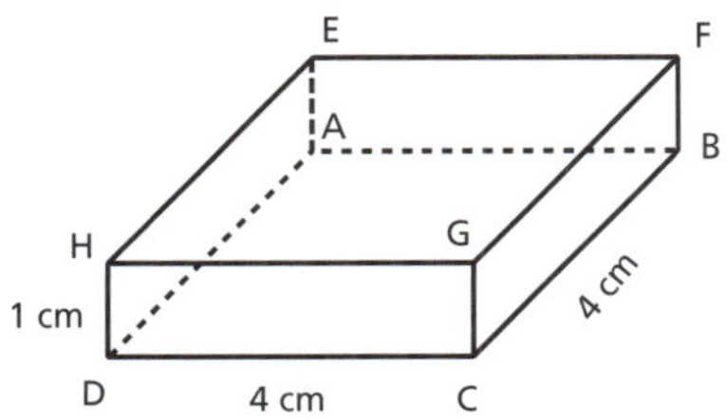

4 *Trois arêtes en pointillés*

On a commencé à dessiner un pavé droit en perspective cavalière.

Termine le dessin.

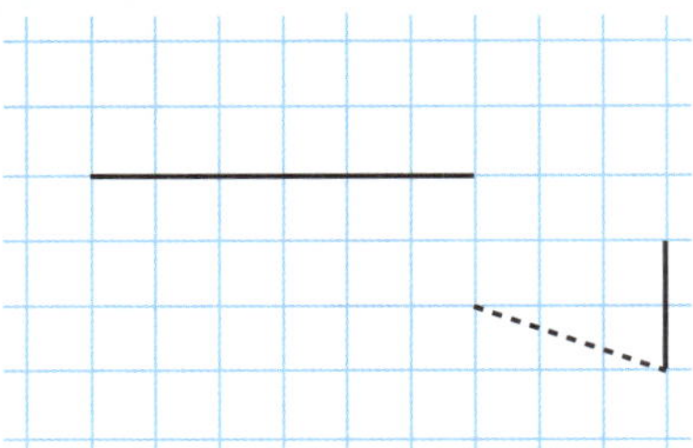

5 *Face manquante*

Ce dessin est le patron incomplet d'un parallélépipède rectangle.

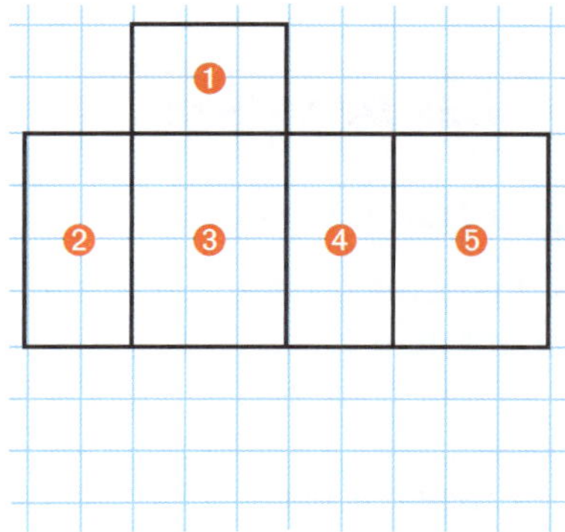

a. Dessine la face manquante ❻ sous la face ❺.
b. Reproduis ce patron incomplet et dessine cette fois la face manquante ❻ sous la face ❷.

6 *Casse-tête*

Voici quatre positions différentes d'un même cube.

Colorie la face avant de la position 4.

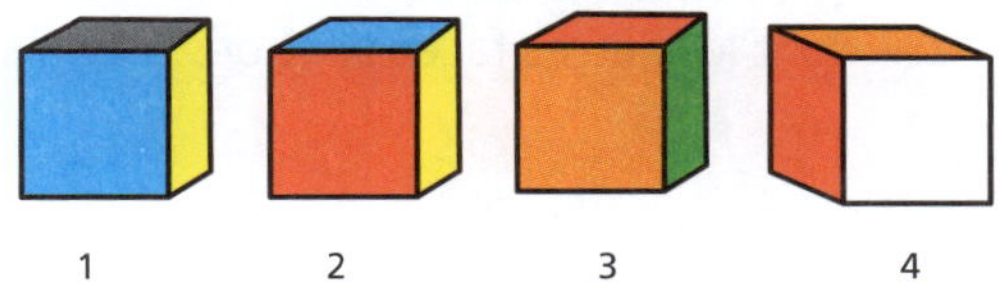

7 CONTRÔLE EXPRESS

a. Ce dessin est-il une perspective cavalière d'un parallélépipède rectangle ? Justifie ta réponse.

....

....

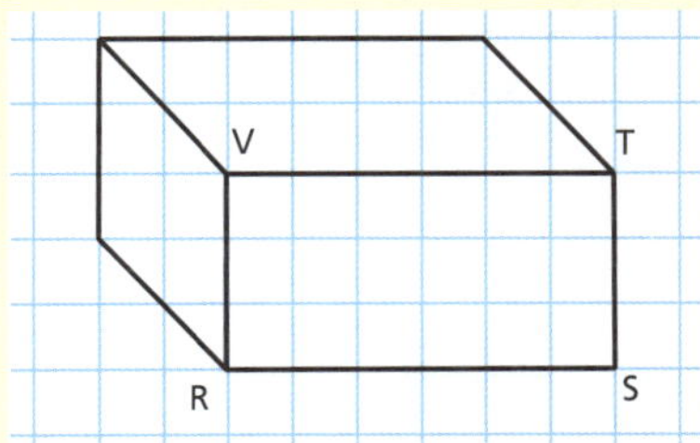

b. Dessine les arêtes cachées.
c. Nomme les sommets sachant que STPL et PLOC sont des faces du parallélépipède.

? indice

a. Les arêtes cachées sont-elles représentées ?

Corrigés page 30 du Guide

28 Prismes droits et pyramides régulières

Je me demande...
Existe-t-il un prisme droit dont toutes les faces ont une forme carrée ?

Les points clés

1 Prisme droit

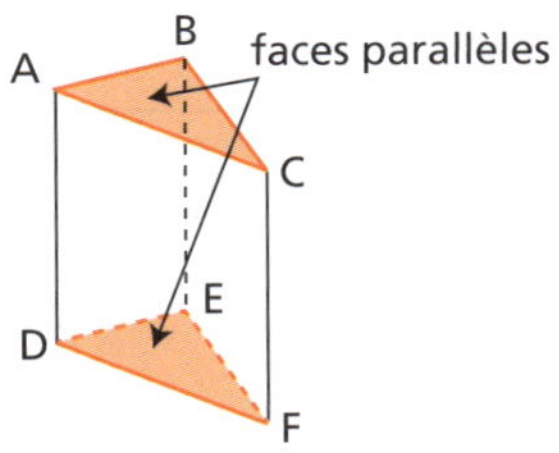

- Un prisme droit est un solide :
  – ayant **deux faces** (triangles, quadrilatères, etc.) qui sont **parallèles et superposables** ;
  – dont toutes les autres faces sont rectangulaires et perpendiculaires aux faces superposables.
- Cas particuliers :
  – Un prisme droit dont les faces parallèles sont rectangulaires est un **parallélépipède rectangle**.
  – Un prisme droit dont toutes les faces sont des carrés est un **cube**.

2 Pyramide régulière

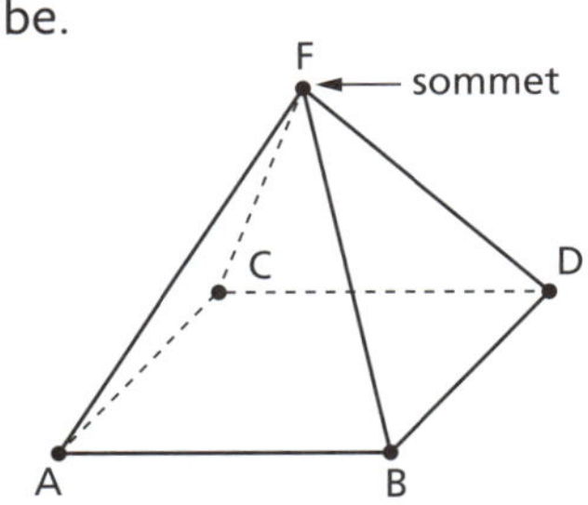

- Une pyramide régulière est un solide :
  – ayant une face (triangle équilatéral ou carré) **qui ne contient pas le sommet** de la pyramide ;
  – dont les autres faces sont des triangles isocèles superposables.

Un peu de méthode

Dessiner un prisme droit en perspective cavalière

1. Je dessine une des deux faces parallèles. 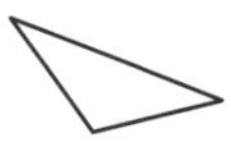	**2.** Je trace 3 segments « verticaux » parallèles et de même longueur. 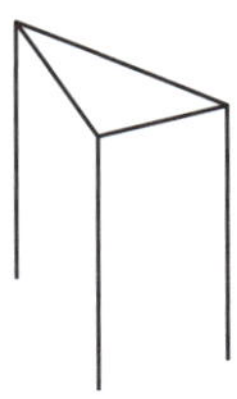	**3.** Je trace les arêtes de l'autre face parallèle. 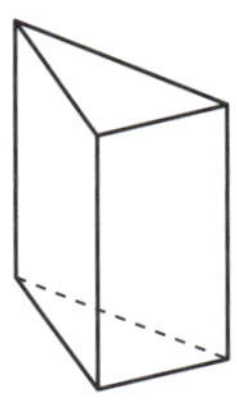

Construire un patron de pyramide régulière à base carrée

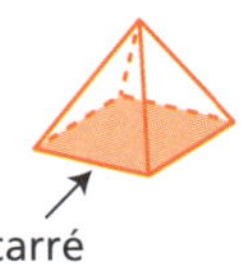	**1.** Je trace d'abord la face qui ne contient pas le sommet. 	**2.** Puis je trace 4 triangles isocèles identiques. 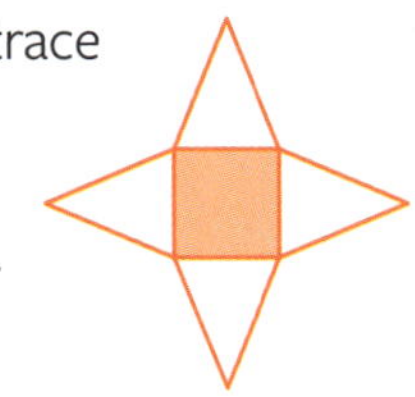

ESPACE ET GÉOMÉTRIE

On s'entraîne !

1 QUIZ

Vrai ou faux ?

	V	F
a. Dans un prisme droit, toutes les faces sont des rectangles.	☐	☐
b. Un parallélépipède rectangle est un prisme droit.	☐	☐
c. Une pyramide régulière a toujours toutes ses faces triangulaires.	☐	☐
d. Dans une pyramide régulière, les arêtes issues du sommet de la pyramide sont de même longueur.	☐	☐

2 *Cinq arêtes oubliées*

Voici le dessin inachevé d'un prisme droit en perspective cavalière. Ses deux faces parallèles sont des triangles.

Termine le dessin.

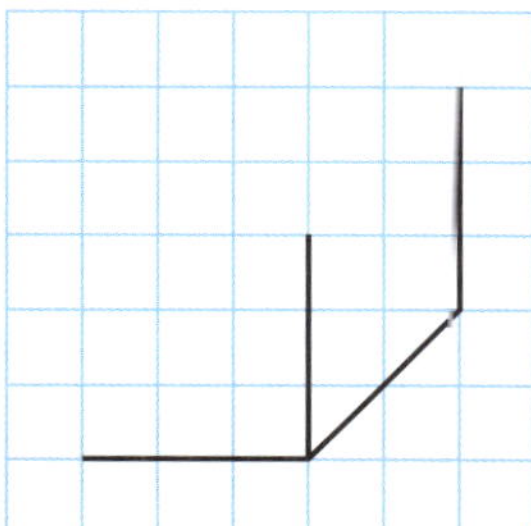

3 *La bonne face*

Il manque une face au patron de ce prisme droit.

Parmi ces quatre figures, entoure celle qui correspond à la face manquante.

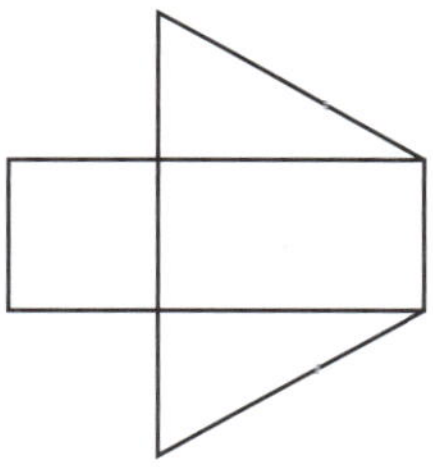

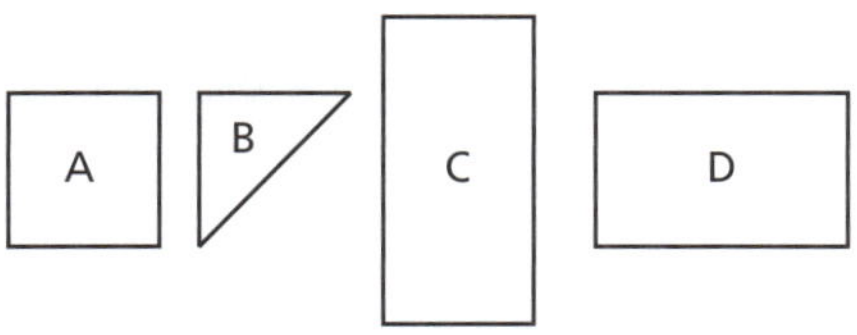

4 *Faces manquantes*

Thais a dessiné le patron d'un prisme droit, mais elle a oublié de tracer les deux faces parallèles.

Reproduis puis complète son dessin.

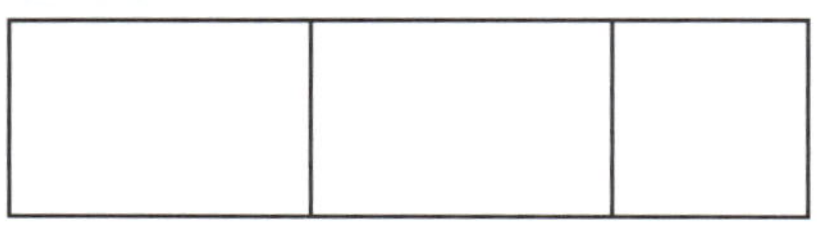

5 *Trois triangles isocèles*

Il manque trois faces au patron de cette pyramide régulière.

Dessine-les.

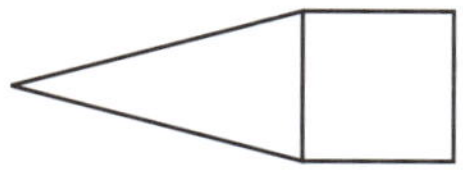

6 *Casse-tête*

Voici trois patrons d'un prisme droit.

Lequel correspond à ce prisme droit ?

....

....

7 CONTRÔLE EXPRESS

a. Ce dessin est-il le patron d'une **pyramide régulière** ?
Justifie ta réponse.

....

....

....

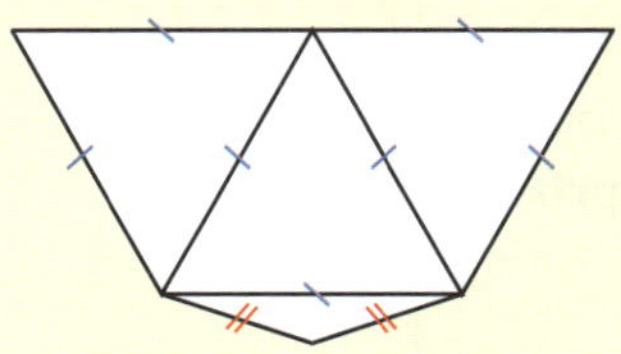

b. Corrige l'erreur.

Corrigés page 31 du Guide

Test - Bilan

Nombres et calculs

1 Dans la suite de nombres

34,6 ; $\frac{9}{2}$; 17 dixièmes ; 302 ; $\frac{5}{3}$

le nombre qui n'est pas décimal est :

☐ $\frac{9}{2}$ ☐ 302 ☐ $\frac{5}{3}$

2 Dans ✿ – 85,5 = 144,5, la valeur de ✿ est :

☐ 130 ☐ 230 ☐ 330

3 Sans utiliser ta calculatrice, trouve le résultat exact de 39,52 × 99,6.

☐ 1 936,192
☐ 3 936,197
☐ 3 936,192

4 Dans une division euclidienne, le diviseur est 45 et le reste est 12.

De combien peut-on augmenter le dividende sans que le quotient ne change ?

☐ 10 ☐ 32 ☐ 40

5 Dans une corbeille de 18 fruits, il y a 6 poires. Mathieu mange 50 % des poires.

Combien reste-t-il de poires ?

☐ 9 ☐ 15 ☐ 3

6 Quel est le coefficient de proportionnalité de ce tableau ?

Durée (en s)	5	20
Distance (en m)	6	24

☐ Il n'y en a pas. ☐ 4 ☐ 1,2

7 20 % de 500 g, c'est :

☐ 20 g ☐ 10 g ☐ 100 g

8 6 œufs coûtent 2 €.

Quel est le prix de 15 œufs ?

☐ 5 € ☐ 10 € ☐ 4,95 €

.... /8

Grandeurs et mesures

9 Un dixième de kilomètre correspond à :

☐ 100 m ☐ 1 hm ☐ 10 dam

10 Le périmètre d'un rectangle est 6 dm. L'un de ses côtés mesure 22 cm.

L'autre côté mesure :

☐ 38 cm ☐ 8 cm ☐ 19 cm

11 Les côtés d'un rectangle mesurent 4 cm et 25 mm.

Son aire est :

☐ 100 cm^2 ☐ 10 cm^2 ☐ 1 000 mm^2

12 Un aquarium a la forme d'un pavé droit dont le fond mesure 60 cm sur 25 cm. On le remplit d'eau sur une hauteur de 2 dm.

Le volume d'eau est :

☐ 30 dm^3 ☐ 300 dm^3 ☐ 30 L

.... /4

Espace et géométrie

13 Qui a plus de deux axes de symétrie ?

☐ le carré ☐ le losange ☐ le cercle

14 Dans un triangle, la droite perpendiculaire à un côté en son milieu s'appelle :

☐ la hauteur
☐ la diagonale
☐ la médiatrice

15 ABC est un triangle équilatéral, alors il a :

☐ trois côtés de même mesure.
☐ trois angles égaux à 60°.
☐ un axe de symétrie.

16 Dans le dessin en perspective cavalière d'un parallélépipède rectangle, combien y a-t-il d'arêtes dessinées en pointillés ?

☐ 1 ☐ 2 ☐ 3

17 Dans une pyramide régulière, les faces latérales sont :

☐ des carrés ☐ des losanges ☐ des triangles

.... /5

Score total : .... /17 CORRIGÉS P. 31 DU GUIDE

HISTOIRE-GÉO EMC

HISTOIRE

GÉOGRAPHIE

EMC

TEST – BILAN

1 Les débuts de l'humanité

Je me demande…

Quand sont apparus les premiers hommes ? Comment vivaient-ils ?

Les points clés

1 L'évolution lente de l'humanité

● Les **hominidés** sont apparus il y a 4 millions d'années, en **Afrique orientale**. L'homme est le premier d'entre eux à se tenir **exclusivement debout**, et il a un cerveau plus développé que l'**australopithèque**. Diverses **espèces du genre Homo** ont existé.

Homo habilis (homme habile)	• façonne les premiers outils en pierre • mange de la viande
Homo erectus (homme debout)	• maîtrise le feu • vit dans des grottes
Homo sapiens (homme intelligent)	• enterre ses morts • utilise un langage verbal

Mot-Clé

Hominidés : famille de grands singes qui peuvent se déplacer sur deux jambes, vivre en société et avoir une activité intellectuelle.

2 Des migrations permanentes

● L'**Homo sapiens** apparaît en Afrique il y a 200 000 ans. Il se déplace en Asie, en Amérique et en Australie. Il arrive en Europe il y a 40 000 ans.

● Les différents hominidés peuplent la terre par **vagues successives de migrations**. Ils adaptent leur mode de vie aux climats et milieux naturels. Il y a 1 million d'années, environ 100 000 hommes peuplaient la planète. Il y a 300 000 ans, ils étaient 1 million.

3 La vie au paléolithique

● Les hommes vivent en **groupes** et sont **nomades**. Ils **chassent** et **pêchent**. Ils pratiquent la **cueillette**. En hiver, ils s'installent dans des **grottes**. En été, ils édifient des **tentes** en peaux de bête ou des **huttes** de branchages.

● À la fin du paléolithique, ils **peignent** les parois des cavernes (grottes de Lascaux, de Chauvet…) et **sculptent** la pierre.

Le document clé

La lignée humaine

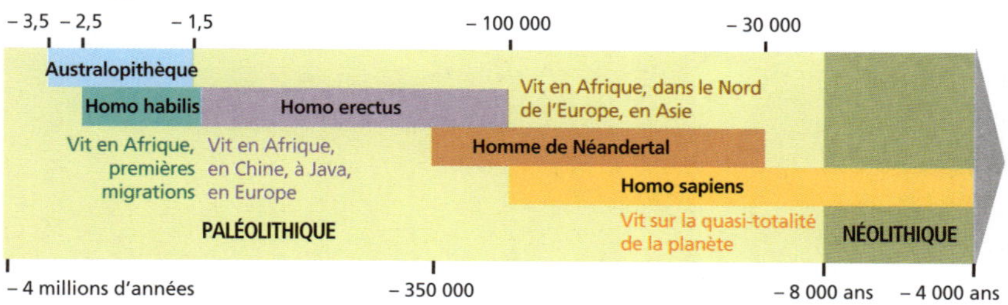

1. Analyser. Divers groupes d'hominidés ont existé. L'Homo sapiens a peu à peu dominé les autres.

2. Conclure. L'évolution de l'humanité a été lente. Certaines espèces d'hominidés ont disparu. Il a fallu plus de 3 millions d'années à l'homme pour coloniser la planète.

On s'entraîne !

1 QUIZ

Vrai ou faux ?

	V	F
a. Les premiers hommes sont sédentaires.	☐	☒
b. L'australopithèque vivait avant l'Homo habilis.	☒	☐
c. *Homo erectus* signifie « homme debout ».	☒	☐
d. L'homme a colonisé la planète en 300 000 ans.	☐	☒
e. L'Homo sapiens descend de l'homme de Néandertal.	☒	☐

2 *L'art pariétal : la grotte Chauvet*

Observe la photo ci-contre et réponds aux questions.

Cette grotte est située en France, dans le département de l'Ardèche. Elle a été découverte en 1991 par Jean-Marie Chauvet. Elle comporte un millier de peintures et de gravures préhistoriques, dont près de la moitié représentent des animaux.

Grotte ornée du Pont d'Arc, dite grotte Chauvet, salle du fond. Peintures pariétales représentant chevaux, bisons, mammouths, lions des cavernes... (– 36 000).

a. Cherche dans un dictionnaire ce que signifie « pariétal ».
b. Où se trouve la grotte Chauvet ?
c. À ton avis, s'agit-il d'animaux sauvages ou domestiques ?
d. Dans quelle attitude sont représentés ces animaux ? À ton avis, par quels moyens ont-ils été dessinés ?

? indice

d. Dans les grottes, les hommes pouvaient s'éclairer et se chauffer en faisant brûler du bois.

3 CONTRÔLE EXPRESS

Observe bien la carte ci-contre, puis réponds aux questions.

a. Quand la France a-t-elle été peuplée par l'Homo sapiens ?
b. Quelle partie du continent américain fut peuplée en premier ? D'où les hommes venaient-ils ?
c. À ton avis, pourquoi les premiers hommes ont-ils évité la partie centrale de l'Asie ?
d. Combien de temps a-t-il fallu à l'homme pour coloniser toute la planète ?

? indice

a. La grotte Chauvet se situe en France.

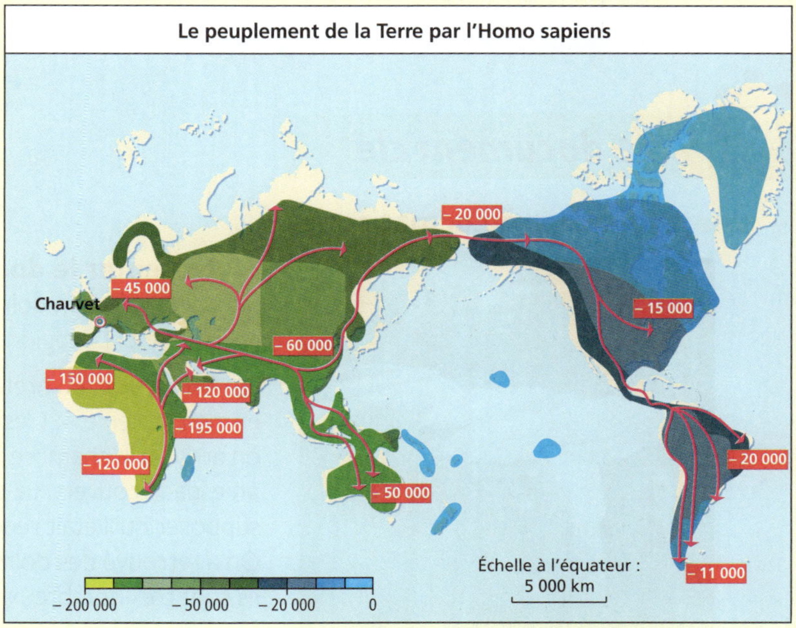

Corrigés page 32 du Guide

2 La révolution néolithique

Je me demande...
Qu'est-ce qui change durant cette période ? Combien de temps a-t-elle duré ?

Les points clés

Le néolithique (âge de la pierre polie), dernière période de la préhistoire, constitue un tournant essentiel dans l'histoire de l'humanité. Les conditions de vie s'améliorent et la population humaine augmente considérablement.

1 Apparition de l'agriculture et de l'élevage

- À partir de 8 000 av. J.-C., l'homme commence à pratiquer l'**agriculture** et l'**élevage** pour produire suffisamment de nourriture. Ces nouvelles pratiques, apparues d'abord chez les peuples du **Proche-Orient**, s'étendent à l'Europe (4 000 av. J.-C.) et aux autres continents.
- C'est une période d'**innovations techniques** : polissage de la pierre, fabrication de tissus, de céramiques...

2 Vers une organisation de la société

- Pour veiller sur leurs cultures et leur bétail, les hommes se **sédentarisent** et se regroupent en **villages**. Ils **défrichent** les forêts.
- Ils se partagent les tâches et échangent leurs productions (système de **troc**). Les sociétés se **hiérarchisent** et les villages se dotent d'un chef.
- Les hommes édifient des **mégalithes** : des **menhirs**, formés d'un bloc de pierre, et des **dolmens**, composés de plusieurs pierres et qui ont une fonction funéraire.

Mots-Clés
- **Sédentarisation** : abandon de la vie nomade pour un habitat fixe.
- **Mégalithe** : du grec, *mega*, « gros » et *lithos*, « pierre ».

3 Pourquoi parle-t-on de « révolution » ?

- En seulement **quelques milliers d'années**, on passe de l'homme des cavernes à une population sédentarisée et organisée. On parle de « révolution » car c'est un **changement rapide** à l'échelle de la préhistoire.

Le document clé

Les dolmens ne sont donc pas du tout des lieux d'habitation !

Un dolmen à Locmariaquer

1. Présenter le document. Il s'agit de la photographie d'un dolmen situé à Locmariaquer, en Bretagne. La région est riche en mégalithes.

2. Analyser. En breton, *dol* signifie « table » et *men* « pierre ». C'est un dolmen « à couloir » : on arrive à la chambre funéraire après avoir franchi un espace couvert. La pente douce des côtés laisse supposer qu'il était recouvert d'un tumulus de terre. On a retrouvé des dolmens partout dans le monde. Ils sont très nombreux dans l'Ouest de la France.

3. Conclure. Les dolmens servaient à enterrer les morts : ce sont des monuments funéraires.

On s'entraîne !

1 QUIZ

Vrai ou faux ?

	V	F
a. La période néolithique est appelée l'« âge de la pierre polie ».	☒	☐
b. L'homme commence à pratiquer l'agriculture à partir de 16 000 av. J.-C.	☐	☒
c. Les dolmens sont des habitations.	☒	☐

2 Ötzi, un homme du néolithique bien équipé

En 1991, on a retrouvé dans les Alpes italiennes la momie d'un homme mort il y a 5 300 ans. Observe cette reconstitution de Ötzi et réponds aux questions.

a. Où vivait Ötzi ? Décris ses vêtements.

en Italie

b. Ötzi disposait de nombreux outils. Complète les fléchages avec les mots suivants :
carquois et flèches • hache • arc • lance

c. Comment chassait-il le gibier ?

avec un arc

3 CONTRÔLE EXPRESS

Observe cette carte et réponds aux questions.

Origine et diffusion des cultures et de l'élevage

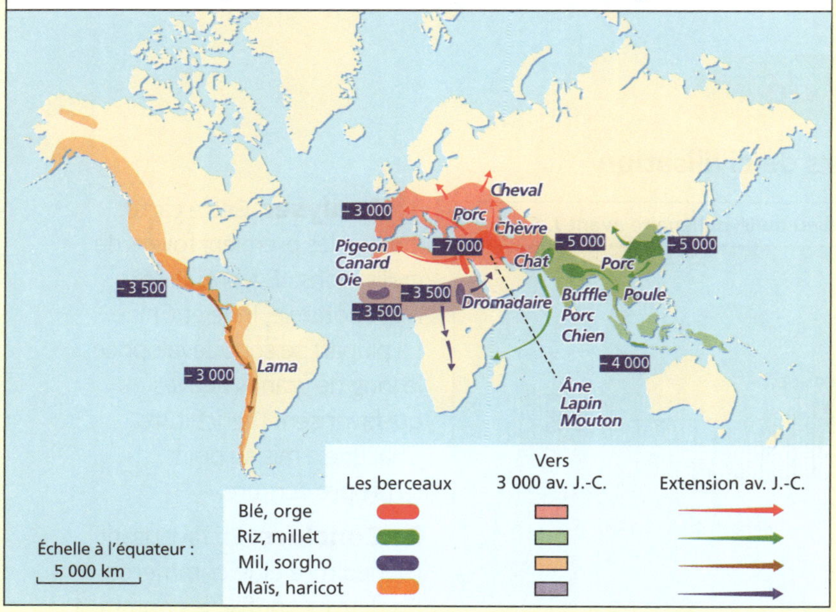

a. Dans quelles régions le blé et l'orge sont-ils cultivés ?

en europe

b. Pourquoi l'Inde et l'Asie du Sud-Est cultivent-elles essentiellement du riz ?

faux

c. Quelles sortes d'animaux sont élevées ?

animaux sauvage

Corrigés page 32 du Guide

HISTOIRE

3 Premiers États, premières écritures

Je me demande...

Où les premières écritures ont-elles été inventées ? Pour remplir quelles fonctions ?

Les points clés

Au IVe millénaire av. J.-C., la Mésopotamie et l'Égypte pharaonique donnent naissance à de grandes civilisations.

L'invention de l'écriture marque le passage de la préhistoire à l'histoire.

1 Les premiers États

- Dans les **plaines fluviales du Croissant fertile**, au Moyen-Orient, la population s'organise en villages puis en villes. Dirigées par des rois, des **cités-États** (Ur, Uruk, Akkad, ou Lagash) se dotent d'une armée et d'une administration.
- Vers 3000 av. J.-C., dans la **vallée et le delta du Nil**, Pharaon réunit Haute et Basse-Égypte. Memphis devient la capitale monumentale de ce **vaste royaume**.
- Le **commerce** s'amplifie en Méditerranée, à travers le Sahara, entre la Chine et l'Europe (route de la soie). L'**écriture devient nécessaire** pour inventorier les biens échangés et envoyer des ordres.

2 Les premières écritures

- En Mésopotamie, les **Sumériens** tracent sur des tablettes d'argile des dessins simplifiés (**pictogrammes** et **idéogrammes**). Puis vient **l'écriture cunéiforme** : les signes (environ 600) évoluent vers la représentation d'un son.
- Vers 3200 av. J.-C. sont créés en **Égypte** les premiers **hiéroglyphes** : ce sont des pictogrammes. Pour assurer la transmission des ordres et la comptabilité du Pharaon, les **scribes** développent une écriture simplifiée : le **hiératique**.
- L'écriture se répand dans le monde. Le premier **alphabet**, qui ne comporte que 30 signes, apparaît en Syrie vers 1400 av. J.-C.

Mots-Clés

- **Écriture cunéiforme** : elle se distingue par ses caractères en forme de clou.
- **Pictogramme** : signe graphique représentant un objet.
- **Idéogramme** : signe graphique représentant une idée.

Le document clé

Les premiers foyers de civilisation

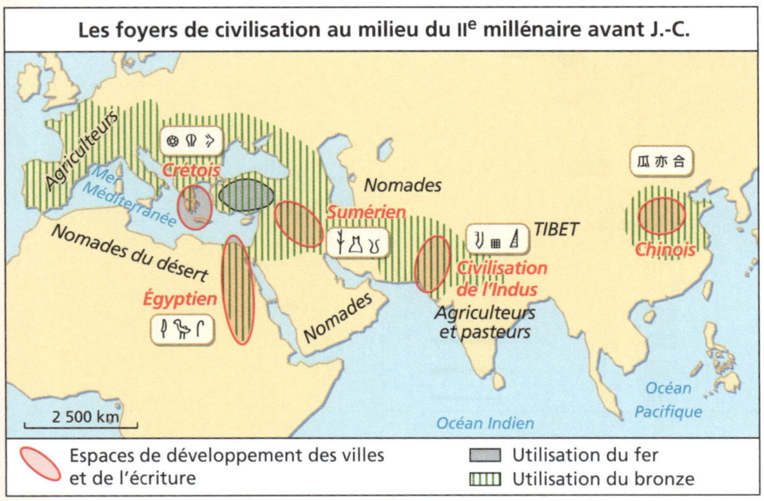

1. Analyser. Cette carte indique les premiers foyers de civilisations : Égypte, Crète, Mésopotamie, Inde et Chine. La plupart se sont développées le long de grands fleuves qui favorisent l'agriculture. Chacune a mis au point sa propre écriture.

2. Conclure. En favorisant l'agriculture et le commerce, les fleuves ont fixé les hommes et favorisé le développement de foyers de civilisations.

HISTOIRE

On s'entraîne !

1 QUIZ

Dès le IVe millénaire, les Égyptiens dessinent ce qu'ils veulent exprimer. **Relie chaque pictogramme ou idéogramme au mot correspondant.**

a. 	L'eau
b. 	La marche
c. 	Le ciel
d. 	La Lune
e. 	Le soleil
f. 	La joie
g. 	La Terre

2 *La cité d'Ur*

Observe ce schéma et réponds aux questions.

Au IIIe millénaire av. J.-C., Ur est une des plus puissantes cités de Mésopotamie.

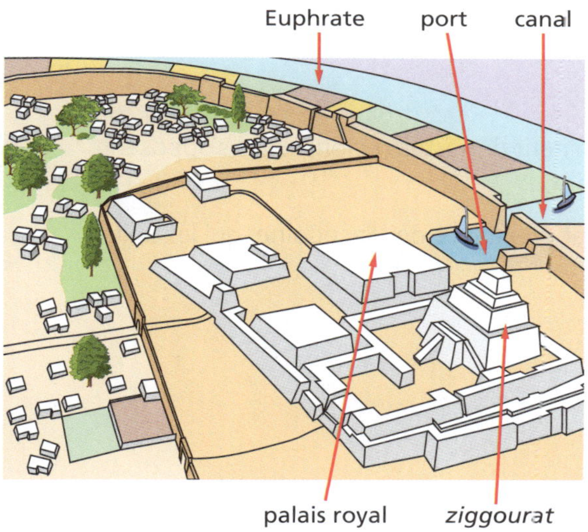

a. Où se situe Ur ? Quelle est son activité ?

....

b. La ville est entourée de remparts. Pourquoi ?

....

c. Où se trouvent les activités agricoles ?

....

d. Quelle est la particularité du *ziggourat* (temple) dédié au Dieu-Lune ?

....

3 CONTRÔLE EXPRESS

Observe ces quatre documents et réponds aux questions.

1 

....

2 

....

3 

....

4 

....

a. Replace dans la bonne case, sous les documents, les différents noms d'écriture : hiéroglyphes • pictogrammes • hiératique • cunéiforme

b. Quelle est l'écriture la plus ancienne ?

c. Quels sont les différents supports ?

d. Caractérise des écritures 2 et 4 ?

e. Dans quelles régions du monde ces écritures sont-elles apparues ? Pourquoi ?

Corrigés page 32 du Guide

4 Les cités grecques : divisions politiques

Je me demande...
Qu'est-ce qu'une démocratie ? Les cités grecques étaient-elles toutes des démocraties ?

Les points clés

Mot-clé
Acropole : ville haute où se trouvent les principaux temples.

1 Des cités multiples et indépendantes

- À partir du VIIIe siècle av. J.-C., les Grecs s'organisent en petits États indépendants, les **cités**, composées d'une ville fortifiée et de la campagne environnante. Chaque cité a son gouvernement, ses propres lois et honore son dieu protecteur. Elles possèdent souvent un **port** (commerce), une **agora** (place centrale), une **acropole**, et sont protégées par des **remparts**.
- Les Grecs conquièrent de nouveaux espaces le long des côtes méditerranéennes. Ce sont les **colonies**, soumises aux mêmes lois que la **métropole** (cité mère).

2 Le fonctionnement des cités

- Certaines cités sont dirigées par les aristocrates (**oligarchie**). Parfois, un seul homme détient le pouvoir (**monarchie** ou **tyrannie**). D'autres sont gouvernées par l'ensemble des citoyens : les **démocraties**. Les démocraties restent divisées.

Les citoyens : la *Boulè* (500 hommes tirés au sort) propose les lois que vote l'*Ecclésia* (assemblée des citoyens) — **Des cités divisées** — **Les non-citoyens** : métèques (étrangers), esclaves, femmes

3 Puissances et rivalités

- Certaines cités, comme **Sparte ou Athènes**, dominent de vastes régions. Elles s'opposent durant la guerre du Péloponnèse de 431 à 404 av. J.-C.
- Affaiblies par les conflits, elles sont contrôlées par **Alexandre de Macédoine**, qui les unit au sein de la ligue de Corinthe (337 av. J.-C.).

Le document clé

Athènes et la Grèce (VIe siècle av. J.-C. – IVe siècle av. J.-C.)

1. Analyser. Avant la démocratie, Athènes a connu l'aristocratie (ou oligarchie) et la tyrannie (pouvoir d'un seul). Les réformes entreprises par Clisthène l'engagent dans la voie de la démocratie pendant deux siècles.

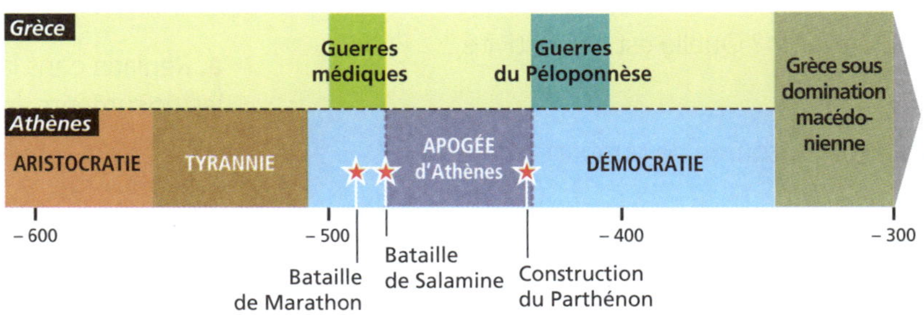

2. Conclure. Athènes est la première démocratie de l'histoire, mais son territoire, devenu trop vaste, attise les convoitises. Sa rivalité avec Sparte l'affaiblit.

On s'entraîne !

1 QUIZ

Complète le croquis avec les mots suivants :
acropole • ville • limites de la cité • campagne • fortifications

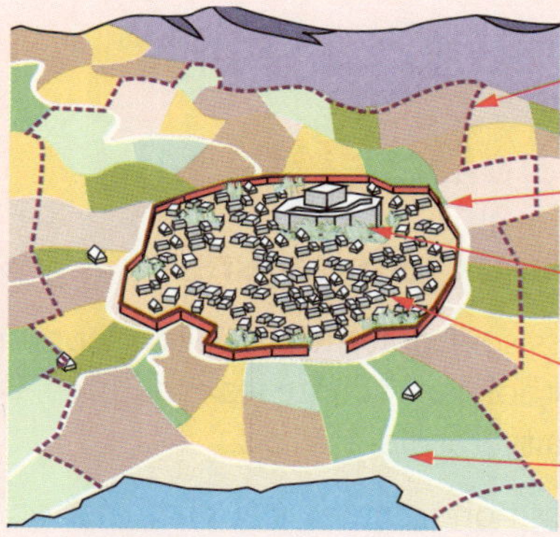

Vrai ou faux ?

	V	F
a. La cité grecque est indépendante de la campagne qui l'entoure.	☒	☐
b. Elle en est séparée par des fortifications.	☐	☒

2 *Le discours de Périclès*

Lis le texte et réponds aux questions.

La Constitution qui nous régit n'a rien à envier à celle de nos voisins. Loin d'imiter les autres peuples, nous leur offrons plutôt un exemple. Parce que notre régime sert les intérêts de la masse des citoyens et pas seulement d'une minorité, on lui donne le nom de démocratie. Mais si, en ce qui concerne le règlement de nos différends particuliers, nous sommes égaux devant la loi, c'est en fonction du rang que chacun occupe dans l'estime publique que nous choisissons les magistrats de la cité, les citoyens étant désignés par leur mérite plutôt qu'à tour de rôle. D'un autre côté, quand un homme sans fortune peut rendre quelque service à l'État, l'obscurité de sa condition ne constitue pas pour lui un obstacle. [...]

Un homme ne se mêlant pas de politique mérite de passer, non pour un citoyen paisible, mais pour un citoyen inutile. Nous intervenons tous personnellement dans le gouvernement de la cité au moins par notre vote, ou même en présentant à propos nos suggestions.
En résumé, j'ose le dire : notre cité, dans son ensemble, est pour la Grèce une vivante leçon.

Thucydide (v. 470 – v.404 av. J.-C.), *La guerre du Péloponnèse*, II, 37, fin du Vᵉ s. av. J.-C.

a. Dans un dictionnaire ou une encyclopédie, cherche qui était Périclès.
b. Pourquoi Périclès pense-t-il que la constitution athénienne est un modèle ?
c. Qu'appelle-t-il un « citoyen inutile » ?

? indice
Une constitution est la loi fondamentale d'un État.

3 CONTRÔLE EXPRESS

Observe la carte et sa légende et réponds aux questions.

a. Quel est le thème de la carte ?
b. Quelles sont les principales cités grecques? Où se situent-elles ?
c. Où se situent les colonies ?
d. Que désignent les flèches ?
e. Que peux-tu conclure du rôle de la Grèce en Méditerranée à cette époque ?

La colonisation grecque du VIIIᵉ au VIᵉ siècle av. J.-C.

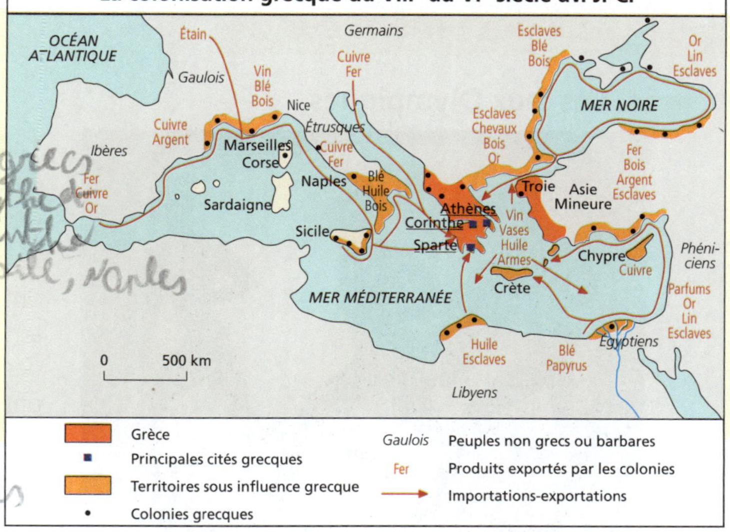

Corrigés page 32 du Guide

5 Les cités grecques : unité culturelle

Je me demande...
Qu'est-ce qui fait l'unité et la puissance de la civilisation grecque ?

Les points clés

1 Les dieux fédérateurs

- Les Grecs sont **polythéistes** : ils honorent plusieurs dieux et héros (Zeus, Ulysse, etc.) dont la mythologie raconte les aventures. Dans ***L'Iliade*** et ***L'Odyssée***, **Homère** vante les hauts faits d'arme des rois.
- Les Grecs honorent les dieux à la maison (Hestia), dans le temple de la cité (Athéna) et dans les **sanctuaires panhelléniques**, ouverts à tous les Grecs (Olympie, Delphes). Ils prient, apportent des offrandes, organisent des concours artistiques et sportifs.

2 Une civilisation rayonnante

- Les savants grecs de l'Antiquité se sont illustrés dans tous les domaines.

Les savants grecs
- **Hippocrate** : médecine
- **Aristote** : biologie, politique
- **Euclide** : mathématiques
- **Archimède** : physique
- **Ératosthène** : géographie
- **Épicure** : philosophie

3 Une civilisation gréco-orientale

- En conquérant l'Empire perse, le roi de Macédoine **Alexandre le Grand** permet à la **civilisation hellénistique** de rayonner sur toutes les villes de l'Orient.
- À Alexandrie, le Musée renferme l'ensemble des œuvres de la littérature grecque. Ainsi, Grecs et Macédoniens sont unis dans une **civilisation gréco-orientale**.

Le document clé

Les JO modernes sont inspirés des JO antiques !

Les jeux Olympiques

Amphore panethénaïque, IVe siècle av. J.-C., musée du Louvre, Paris.

1. Présenter. Il s'agit d'un vase en céramique représentant une course en armes.

2. Analyser. Les jeux Olympiques ont été créés en l'honneur de Zeus au VIIIe siècle av. J.-C. Ils rassemblent des athlètes de toute la Grèce et ont lieu tous les quatre ans, après des cérémonies religieuses. Il s'agit d'une compétition entre des cités en perpétuelle rivalité.

3. Conclure. En Grèce ancienne, la religion unit les hommes.

On s'entraîne !

1 QUIZ

Vrai ou faux ?

	V	F
a. Les Grecs sont monothéistes.	☒	☐
b. Hippocrate était géographe.	☐	☒
c. Athéna est la déesse qui protège les Athéniens.	☐	☒
d. Olympie et Delphes sont des déesses.	☒	☐

2 L'empire d'Alexandre

Observe attentivement la carte ci-dessous, puis réponds aux questions.

a. Combien d'années a-t-il fallu aux troupes d'Alexandre pour arriver jusqu'à la vallée de l'Indus ?

4 ans

b. Repasse en rouge les limites de l'empire d'Alexandre. Sur quels continents s'étend-il ?

c. Comment s'appellent les villes qu'il a créées ?

Alexandrie

L'empire d'Alexandre le Grand

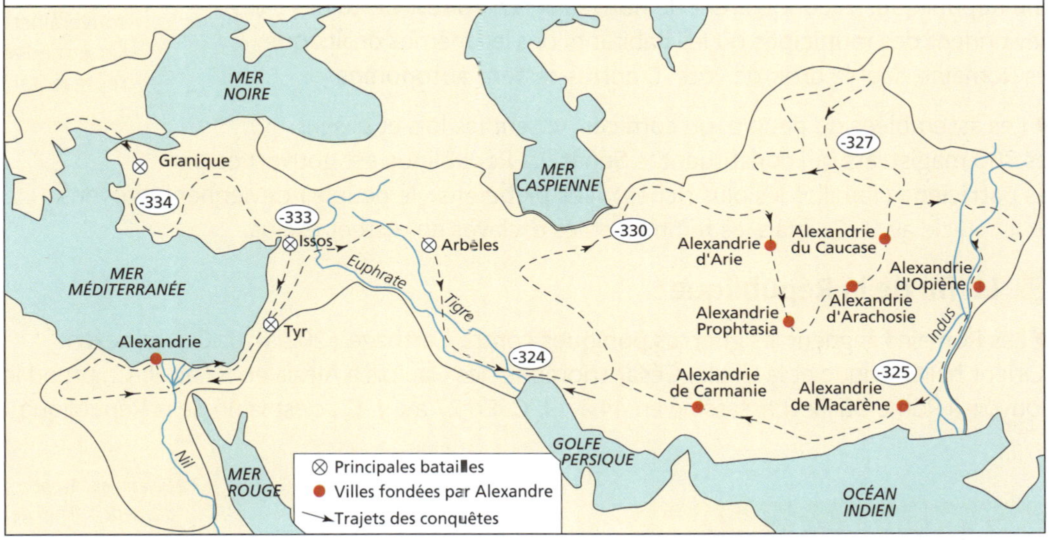

3 CONTRÔLE EXPRESS

Un sacrifice à Apollon

La prière achevée [...], on égorge, on dépèce, on dégage les os des cuisses ; des deux côtés on les couvre de graisse ; on dispose au-dessus les morceaux de chair crue ; après quoi, le vieillard les brûle sur des bûches et sur elles répand le vin aux sombres feux. Les os des cuisses brûlés on mange les viscères ; le reste, on le débite en menus morceaux ; on enfile ensuite ceux-ci sur les broches ; on les rôtit avec grand soin, on les tire tous enfin du feu. L'ouvrage terminé on festoie [...], à chacun les jeunes gens versent de quoi faire libation aux dieux. Et, tout le jour, en chœur, les fils des Achéens, pour apaiser le dieu, chantent le beau cantique et célèbrent Apollon.

Homère, *L'Iliade*, I, 457, 460.

Lis le texte et réponds aux questions.

a. Pourquoi dégage-t-on les os des cuisses ?

b. Cherche dans un dictionnaire la définition de « libation ».

c. À ton avis, pourquoi les jeunes gens font-ils des sacrifices et des libations aux dieux ?

? indice

Apollon est le dieu des arts, du chant, de la musique.

Corrigés page 32 du Guide

6 Rome, du mythe à l'histoire

Je me demande...
Quand la République romaine est-elle fondée ? Se limite-t-elle à la ville de Rome ?

Les points clés

1 Des origines légendaires

- Selon la légende, Rome a été fondée en 753 av. J.-C. par **Romulus**, fils de la prêtresse Rhéa Sylvia et du dieu Mars, après avoir tué **Rémus**, son frère jumeau.
- Les **Latins** vivent dans la plaine du Latium, traversée par le Tibre et entourée par sept collines. Les **Étrusques** développent la ville au VIIe siècle av. J.-C.

2 La République romaine

- En 509 av. J.-C., les Romains chassent les rois étrusques et instituent une République. Ils conquièrent de nouveaux territoires. Certaines cités deviennent des **municipes** où les habitants ont les mêmes droits que les Romains, sauf le droit de vote. D'autres restent **autonomes**.
- Les assemblées du peuple, ou **comices**, votent les lois et élisent les 300 **magistrats** qui constituent le **Sénat**. La République est gouvernée par les **patriciens** (familles les plus riches). Les **plébéiens** (le peuple) deviennent citoyens au IIIe siècle av. J.-C., mais les femmes et les esclaves en restent exclus.

Mot-Clé
République : régime politique dans lequel le peuple exerce sa souveraineté par l'intermédiaire de représentants élus.

3 La fin de la République

- Les Romains gagnent les **guerres puniques** contre Carthage (202 av. J.-C.), annexent l'Orient hellénistique et la Gaule. **César** triomphe des Gaulois à Alésia en 52 av. J.-C., prend le pouvoir à Rome où il est assassiné en 44 av. J.-C. En 27 av. J.-C., c'est la fin de la République.

Le document clé

La fondation de Rome par Romulus

Rémus et Romulus ne sont pas d'accord sur le nom de la ville qu'ils veulent édifier. Ils s'en remettent aux augures[1].

> À cet effet, Romulus choisit le Palatin et Rémus l'Aventin comme emplacement pour prendre les augures. Ce fut, dit-on, d'abord Rémus qui obtint un augure : six vautours. Il venait de le signaler quand le double se présenta à Romulus. Chacun d'eux fut proclamé roi par un groupe. Les uns faisaient valoir la priorité, les autres le nombre des oiseaux. On discute. On en vient aux mains ; les colères s'exaspèrent. C'est alors que, dans la bagarre, Rémus tomba frappé à mort. Selon une tradition plus répandue, Rémus, pour se moquer de son frère aurait franchi d'un saut les murailles nouvelles et Romulus, irrité, l'aurait tué en ajoutant cette apostrophe : "Ainsi périsse à l'avenir quiconque franchira mes murailles." Romulus resta donc seul maître de la ville qui porte son nom.

Tite-Live, *Histoire romaine*, Ier siècle av. J.-C.

1. Présages tirées de l'observation de signes, comme le vol des oiseaux.

1. Présenter. Tite Live est un historien romain.

2. Analyser. Il propose deux versions de la création de Rome. L'une selon laquelle Rémus meurt au cours d'une bagarre, l'autre selon laquelle son frère le tue.

3. Conclure. Quelle que soit la réalité historique, ce texte souligne l'importance des dieux dans la Rome antique.

On s'entraîne !

1 QUIZ

Vrai ou faux ?

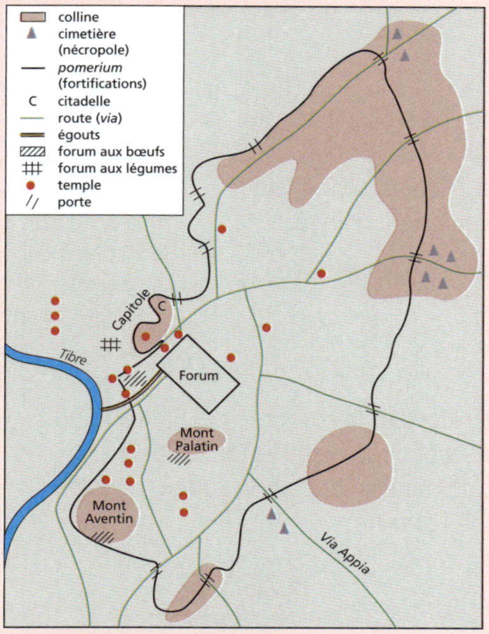

Plan de Rome au IIe siècle av. J.-C.

	V	F
a. Rome est établie sur les rives du Tibre.	☐	☐
b. Les cimetières des Romains s'appellent les *pomerium*.	☐	☐
c. Le *forum* est une place où se rassemblent les Romains.	☐	☐

2 *Les fortifications devant Alésia*

À partir de la reconstitution des fortifications romaines, explique la victoire de Jules César.

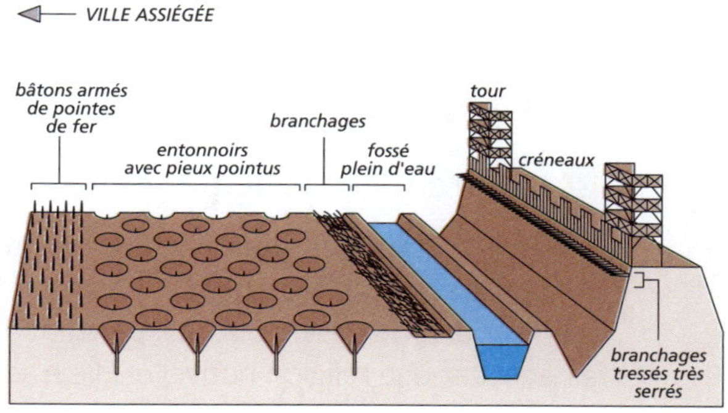

a. À quoi servent les tours ?

....

....

b. Pourquoi les Romains ont-ils construit ces fortifications ?

....

....

c. Explique l'issue de la bataille d'Alésia.

....

....

....

? indice

La stratégie de César était d'encercler les troupes gauloises jusqu'à ce qu'elles manquent de vivres.

3 CONTRÔLE EXPRESS

a. Retrouve la date des événements suivants.

1. Révolte des Romains contre les Étrusques : .... av. J.-C.
2. Guerres puniques et victoire romaine contre Carthage : .... av. J.-C.
3. Assassinat de César : .... av. J.-C.
4. Création de Rome par Romulus : .... av. J.-C.
5. Fin de la République : .... av. J.-C.
6. Bataille d'Alésia : .... av. J.-C.

b. Place ces événements sur la frise chronologique.

....

....

– 800 | – 700 | – 600 | – 500 | – 400 | – 300 | – 200 | – 100 | J.-C

Corrigés page 33 du Guide

7 La naissance du monothéisme juif

Je me demande…

Quelle est la capitale historique du peuple juif ? Qu'est-ce que la Diaspora ?

Les points clés

1 La première religion monothéiste

● Vers 1800 av. J.-C., sous la conduite d'Abraham, les Hébreux quittent la Mésopotamie et atteignent l'Égypte d'où ils sont chassés vers 1330 av. J.-C. Ils errent dans le désert du Sinaï pendant 40 ans : c'est l'**Exode**. Moïse leur fait adopter une religion nouvelle. Elle n'adore qu'un seul Dieu : **Yahvé**.

● Ils se placent sous la protection de **David** (roi de 1010 à 970 av. J.-C.) qui **fonde Israël** et fait de Jérusalem sa capitale.

Mot-clé

Monothéisme : croire en un seul dieu (*mono* = un, *theos* = dieu), contrairement au polythéisme (*poly* = plusieurs).

2 Le monothéisme menacé

● En 930 av. J.-C., le royaume se scinde entre Israël au Nord et le royaume de Juda au Sud. La population fuit : c'est le début de la **Diaspora**. Israël est occupé par les Perses puis les Grecs. Revenus à Jérusalem, les Israélites forment un minuscule État, la **Judée**, peuplée de Judéens ou **Juifs**, qui passe bientôt sous domination romaine.

66 av. J.-C. Début de la première **guerre judéo-romaine** (dure 7 ans)

70 ap. J.-C. Sac de Jérusalem et **destruction du Temple** par les Romains

135 ap. J.-C La Judée renommée **Palestine** par les Romains

3 La Bible hébraïque

● Pour conserver leur tradition malgré leur dispersion, prêtres et scribes israélites écrivent l'histoire de leur peuple, ses croyances, les lois à respecter. Ce sont **les Écritures** (Torah, les Prophètes et les Écrits) qui constituent la **Bible hébraïque**.

Le document clé

La présentation des Tables de la Loi aux Hébreux

Fresque du début du XVIe siècle, Raphaël, Loges du Vatican, Rome.

1. Présenter. Cette fresque (peinture réalisée directement sur un mur) représente la présentation par Moïse des Tables de la Loi aux Hébreux. Elle a été peinte sur le mur des Loges du Vatican au XVIe siècle, par Raphaël.

2. Expliquer. Moïse est présenté en vieil homme montrant les Tables de la Loi, écrites sur une stèle de pierre, à des fidèles. Il est au centre du tableau, de face.

3. Conclure. Cette fresque souligne l'importance de Moïse pour les Juifs.

HISTOIRE

On s'entraîne !

1 QUIZ

Coche la bonne réponse.

a. Le dieu des Hébreux s'appelle :

☐ Moïse. ☐ Yahvé. ☐ Jésus.

b. Une personne qui croit en un seul dieu est :

☐ polythéïste. ☐ solothéïste. ☐ monothéïste.

c. Le terme qui désigne la dispersion des Juifs est :

☐ la Torah. ☐ l'Exode. ☐ la Diaspora.

2 *Moïse et le buisson ardent*

Lis le texte suivant et réponds aux questions.

Après la sortie d'Égypte, au mont Sinaï, Moïse fait paître le troupeau de son beau-père Jethro.

Il emmena [le troupeau] par-delà le désert et parvint à la montagne de Dieu, l'Horeb. L'Ange de Yahvé lui apparut, dans une flamme de feu, du milieu d'un buisson. Moïse regarda : le buisson était embrasé mais le buisson ne se consumait pas. Moïse dit : « Je vais faire un détour pour voir cet étrange buisson qui ne se consume pas. » Yahvé vit qu'il faisait un détour pour voir, et Dieu l'appela du milieu du buisson. « Moïse, Moïse » dit-il et il répondit « Me voici. » Il dit : « n'approche pas d'ici, retire tes sandales de tes pieds car le lieu où tu te tiens est une terre sainte. » Et il dit : « Je suis le Dieu de tes pères, le Dieu d'Abraham, le Dieu d'Isaac et le Dieu de Jacob. » Alors Moïse se voila la face, car il craignait de fixer son regard sur Dieu.

La Bible, Exode 3, 1 à 6.

a. À quel moment de l'histoire du peuple hébreux se situe cet extrait ?

....

....

b. Sous quelle forme Dieu apparaît-il à Moïse ?

....

....

c. Pourquoi Moïse doit-il enlever ses sandales ?

....

....

d. Pourquoi Moïse craint-il de regarder Dieu ?

....

....

? indice

Le livre de l'Exode raconte la vie de Moïse.

3 CONTRÔLE EXPRESS

Regarde bien la carte et réponds aux questions.

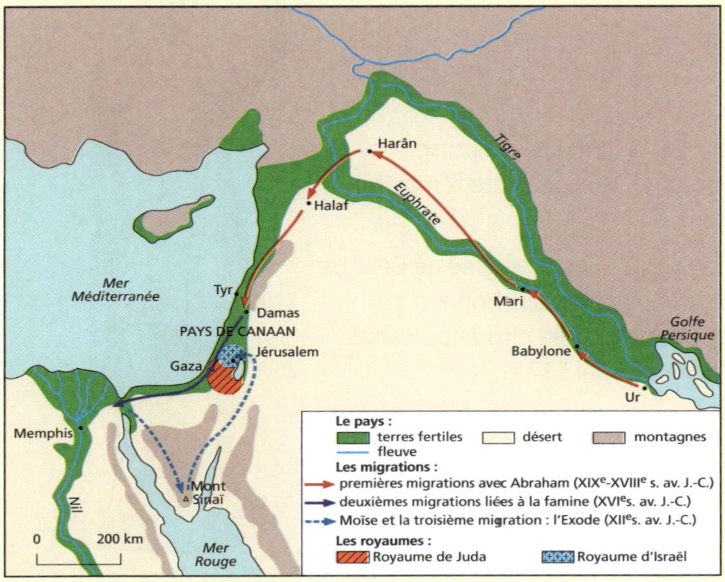

Les migrations des Hébreux du XIXe au XIIe siècle av. J.-C.

a. D'où sont partis les Hébreux ?

....

....

b. À ton avis, pourquoi s'étaient-ils installés en Mésopotamie ?

....

....

c. Quelles furent les étapes de leurs migrations ?

....

....

....

Corrigés page 33 du Guide

8 Conquêtes et paix romaines

Je me demande...

Par quels moyens l'empereur pouvait-il régner sur un territoire aussi vaste ?

Les points clés

Fondé en 27 av. J.-C., l'Empire atteint son extension maximale à la fin du Ier siècle ap. J.-C.

1 La puissance de l'empereur

- L'Empire est organisé par Octave, fils adoptif de César. Il règne sous le nom d'Auguste (27 av. J.-C. à 14 ap. J.-C.) avec le titre d'**empereur César-Auguste**. Le mot « empereur » vient de *imperator* (général en chef). L'empereur a la puissance des magistrats de la République et un **caractère divin**. Les 44 provinces de l'Empire sont gérées par des **gouverneurs**.

- L'empereur a un **pouvoir absolu**. Les empereurs morts sont considérés comme des Dieux. On honore le génie de l'empereur régnant, qui transmet son titre à son fils naturel ou adoptif. Le but est de rassembler les habitants autour d'un chef à l'**autorité incontestée**.

2 La paix romaine

- À son apogée, l'Empire romain couvre l'**ensemble du bassin méditerranéen** et s'étend jusqu'au nord de l'Angleterre. Grâce à la paix, **les populations prospèrent**.

Pax Romana (la paix romaine)

- **450 000 soldats romains** font respecter la loi romaine
- **90 000 km de routes** facilitent le déplacement des troupes, les échanges
- **Les frontières fortifiées (*limes*)** protègent l'empire des invasions
- **Les villes se développent** sur le modèle de Rome

Le document clé

La statue de Trajan

1. Présenter. Il s'agit d'une statue, c'est-à-dire une sculpture en ronde-bosse (on peut en faire le tour). Elle représente l'empereur Trajan prononçant un discours.

2. Se renseigner. Trajan est né dans la province romaine de Bétique (Sud de l'Espagne) en 53 ap. J.-C. Il suit la carrière des honneurs, c'est-à-dire qu'il exerce des magistratures de plus en plus importantes avant d'être proclamé empereur. Il règne de 98 à 117.

3. Observer. Le sculpteur lui a donné une attitude « impériale » : il se tient bien droit et son bras levé souligne sa volonté de dominer, de s'imposer. Il porte la toge, la robe des magistrats. La cuirasse ouvragée sous sa tunique rappelle qu'il est le chef des armées.

4. Conclure. Cette statue, réalisée de son vivant, est un hommage à un empereur romain conquérant.

Trajan cuirassé (108 ap. J.-C.), marbre, musée du Louvre, Paris.

On s'entraîne !

1 QUIZ

Observe cette pièce de monnaie et souligne en rouge les fonctions de l'empereur Trajan.

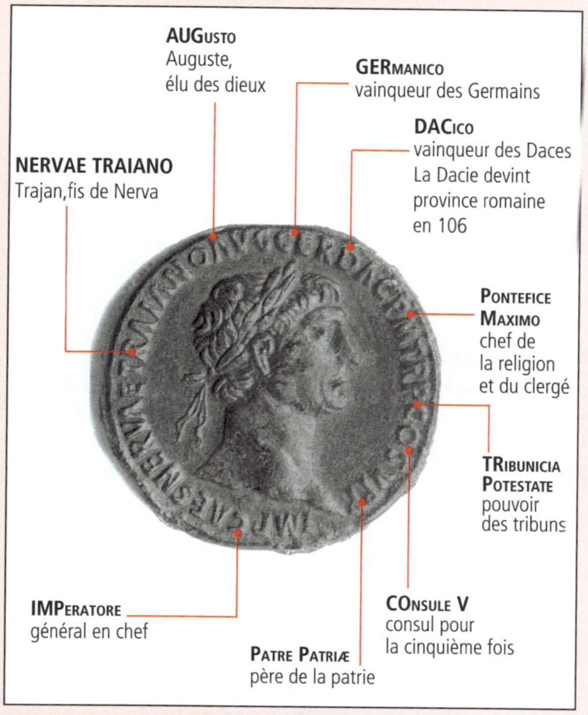

Monnaie en bronze à l'effigie de l'empereur Trajan (53-117).

2 La voie romaine

Observe attentivement ce dessin et réponds aux questions.

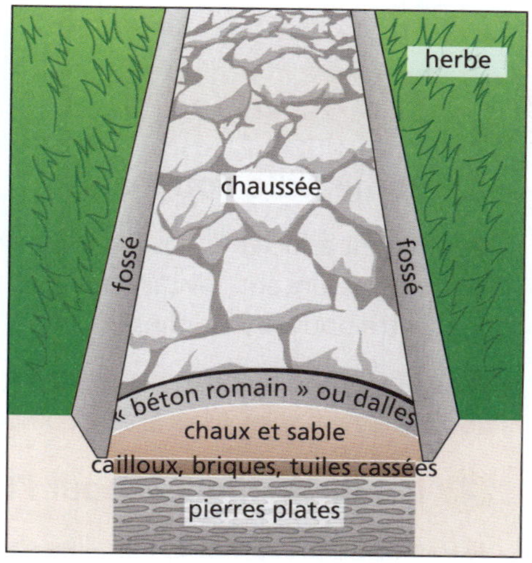

Coupe d'une voie romaine.

a. Plus de 2 000 ans après leur construction, certaines de ces routes sont toujours praticables. Pourquoi ?

....

b. Quelles précautions les Romains avaient-ils prises pour que les routes ne soient pas inondées ?

....

c. Pour quelles raisons les Romains prenaient-ils soin de construire des routes aussi solides ?

....

3 CONTRÔLE EXPRESS

Observe cette carte et réponds aux questions.

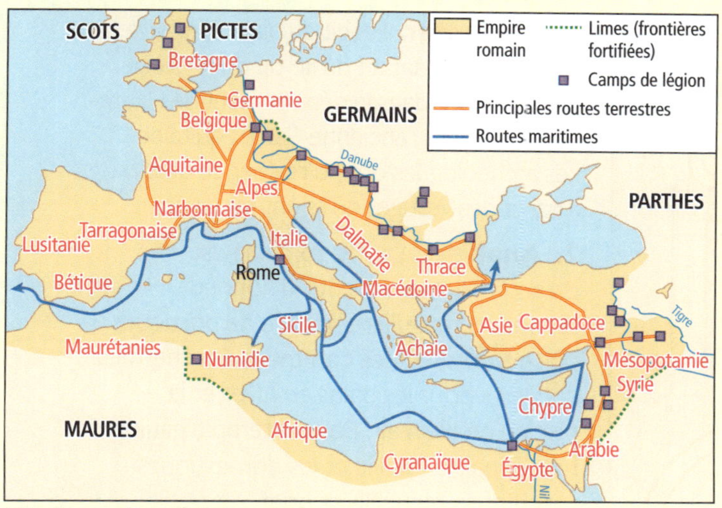

L'Empire romain au IIe siècle av. J.-C.

a. Dans quelle partie de l'Empire se trouvent principalement le *limes* ? Pourquoi ?

....

b. Comment est disposé le réseau routier par rapport à Rome et aux légions ?

....

c. Sur quels continents s'étend l'Empire romain ?

....

Corrigés page 33 du Guide

9 La romanisation de l'Empire

Je me demande...
Comment se manifestait la romanisation des populations de l'Empire ?

Les points clés

1 Rome, ville dominante

● Rome est appelée l'Urbs, « la ville d'entre toutes les villes ». Un impôt, l'**annone**, assure son ravitaillement. Elle compte un million d'habitants et concentre **pouvoir** et **richesses**.

● Le plus grand théâtre peut accueillir 35 000 spectateurs, le Grand Cirque 450 000 personnes. Mais la ville comporte aussi des quartiers insalubres.

2 Rome, un modèle pour l'Empire

● Partout dans l'Empire, les villes sont construites sur le modèle de Rome : forum, temples, théâtres, thermes, aqueducs, etc. Mais la société est essentiellement **rurale**. Les riches familles possèdent de grands domaines agricoles, les ***villae***.

3 La romanisation des populations

● Avec l'**édit de Caracalla**, en 212, tous les habitants de l'Empire, à l'exception des Égyptiens, deviennent des **citoyens romains**. Le latin se répand. Les citadins aisés habitent des ***domus*** et latinisent leur nom.

● L'art officiel est un mélange d'art grec et d'art romain (**art gréco-romain**) ou d'art romain et d'art gaulois (**art gallo-romain**). Les Romains respectent les croyances des pays conquis, mais ils interdisent les sacrifices d'enfants et les réunions secrètes des **druides** en Gaule.

Mots-Clés

- **Art officiel** : expression artistique autorisée par le pouvoir.
- **Annone** : réquisition d'une partie des productions pour ravitailler Rome. C'est un impôt en nature.

Le document clé

Peut-être y a-t-il des vestiges gallo-romains près de chez toi ?

La *villa* de Montmaurin (Haute-Garonne)

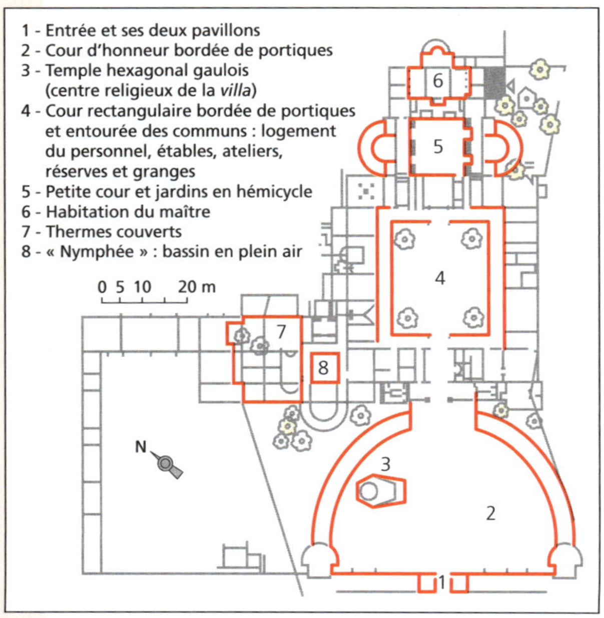

1. Présenter. Il s'agit du plan d'une *villa* gallo-romaine datant du IIIe ou du IVe siècle. Elle est située dans le département de Haute-Garonne, dans l'ancienne Gaule aquitaine. Les archéologues ont pu réaliser ce dessin à partir des vestiges qu'ils ont mis au jour.

2. Analyser. La *villa* romaine est caractérisée par : la cour d'honneur, la cour rectangulaire bordée de portiques où se trouvaient les communs, les thermes couverts pour les bains en hiver et la piscine en plein air. Dans le temple gaulois hexagonal, la famille et les domestiques venaient se recueillir et prier.

3. Conclure. Cette *villa* appartenait à un riche Gaulois qui avait adopté, au moins partiellement, le style de vie des Romains.

On s'entraîne !

1 QUIZ

Vrai ou faux ? Coche la case qui convient et corrige quand l'affirmation est fausse.

	V	F
a. Les Gaulois conservent leurs dieux.	☐	☐
b. L'annone est la culture de l'anis.	☐	☐
c. Le forum se trouve à la sortie de la ville.	☐	☐
d. Les Gaulois aisés latinisent leur nom.	☐	☐

2 Des Gaulois au Sénat de Rome

Lis attentivement le texte ci-dessous et réponds aux questions.

Les Tables claudiennes

L'empereur Claude vient de faire entrer des jeunes Gaulois au Sénat romain. Il justifie sa décision :

> Voyez tous ces brillants jeunes gens qui sont devant vos yeux ! Il n'y a pas de raison de regretter de les voir sénateurs. Si l'on considère que pendant dix ans les habitants de la Gaule chevelue ont tenu en haleine par la guerre le divin Jules, qu'on oppose à cela cent années de fidélité inébranlable. Ce sont eux qui, quand mon père Drusus soumettait la Germanie, assurèrent à ses arrières une paix sans inquiétude.
>
> D'après les *Tables claudiennes*, 48 apr. J.-C.

a. Qui est le « divin Jules » ?
b. Quels sont les arguments utilisés par Claude pour justifier l'entrée des Gaulois au Sénat ?
c. À ton avis, pourquoi parle-t-il de « Gaule chevelue » ?

3 CONTRÔLE EXPRESS

Observe attentivement ce bas-relief et réponds aux questions.

Cernunnos partageant les richesses entre Apollon et Mercure (Ier s. ap. J.-C.), autel gallo-romain en pierre, musée de la Ville, Reims.

a. Parmi les trois dieux représentés, qui est romain, qui est celte ?

b. Où se trouve le dieu celte Cernunnos ? Il tient un enfant dans ses bras : à ton avis, que représente ce dieu celte ?

c. D'après ce bas-relief, peut-on dire que la Gaule est totalement romanisée ? Justifie ta réponse.

? indice

Un bas-relief est une sculpture s'appuyant sur un fond qui lui sert de support et dont elle se détache peu.

Corrigés page 33 du Guide

10 Des chrétiens dans l'Empire

Je me demande…
Comment la religion chrétienne s'est-elle diffusée dans l'empire romain ?

Les points clés

1 Le christianisme et son message

● À la fin du Ier siècle av. J.-C., les Juifs attendent la venue du **Messie**. Au début du Ier siècle, Jésus-Christ parcourt la Palestine, réalise des miracles et annonce la venue imminente du règne d'un **Dieu d'amour**.

● Les autorités juives lui reprochent de ne pas prendre de position politique et le livrent au gouverneur Ponce-Pilate en 33. Il est condamné à mort et **crucifié**. Sa vie et son enseignement sont rapportés dans le **Nouveau Testament**, rédigé entre 70 et 95 par les **apôtres** (disciples de Jésus).

Mot-Clé
Martyr (« témoin » en grec) : chrétien victime de sévices mais qui préfère mourir plutôt que renoncer à sa foi.

2 La diffusion du christianisme

● **Paul de Tarse** (saint Paul) multiplie les **voyages missionnaires** et dissocie christianisme et judaïsme. La nouvelle religion gagne la Grèce, l'Asie mineure et Rome.

● Du Ier au IIIe siècle, les empereurs sont hostiles à cette religion qui place Dieu au-dessus de l'empereur. Les chrétiens sont **persécutés**. Ils pratiquent leur culte en cachette et enterrent leurs morts dans des cimetières souterrains, les **catacombes**.

● Nombre de Romains admirent la foi des **martyrs chrétiens**. À partir du IIe siècle, les conversions se multiplient.

3 Le triomphe du christianisme impérial

● En 313, par l'édit de Milan, l'empereur **Constantin** autorise les chrétiens à célébrer leur culte librement. Converti, il est le premier empereur romain chrétien.

● En 393, **Théodose** déclare le christianisme seule religion autorisée. L'**Église** chrétienne s'organise, construit des lieux de culte (**basiliques**).

Le document clé

L'expansion du christianisme dans l'Empire romain

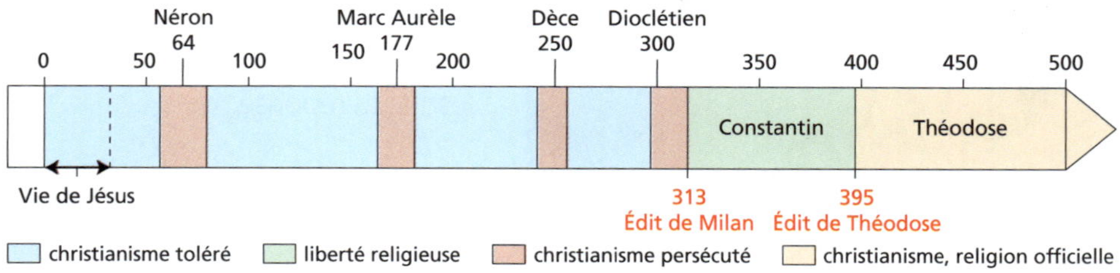

1. Analyser. Cette frise concerne l'histoire du christianisme de la naissance de Jésus à la fin de l'Empire romain d'Occident (476). Les chrétiens ont été persécutés sous les règnes de Néron, Marc-Aurèle, Dèce et Dioclétien. Il faut attendre Constantin pour que soient autorisées toutes les religions (313, édit de Milan).

2. Conclure. Les répressions violentes n'ont pas anéanti le christianisme.

On s'entraîne !

1 QUIZ

Vrai ou faux ?

	V	F
a. Théodose a signé l'édit de Milan en 313.	❑	❑
b. L'Ancien Testament a été écrit après la mort de Jésus.	❑	❑
c. Le christianisme est une religion monothéiste.	❑	❑

2 Une Épître et un Évangile

Lis ces deux textes et réponds aux questions.

La Bible est composée de l'Ancien Testament et du Nouveau Testament. Ce dernier regroupe :

- les **Évangiles**, rédigés par les apôtres (Matthieu, Marc, Luc, Jean) après la mort de Jésus ;
- les **Actes des Apôtres** qui racontent la naissance de l'Église chrétienne ;
- les **Épîtres** (lettres), sortes de traités qui permettent de réfléchir au sens de la foi ;
- l'**Apocalypse**.

Applique-toi à rester irréprochable. Que ton ambition soit de pouvoir te présenter à Dieu homme digne d'approbation. C'est pourquoi : fuis les passions de la jeunesse, détourne-toi des désirs et des convoitises auxquels sacrifient les autres jeunes. Que ton but soit de mener une vie intègre, remplie de foi, d'amour et de paix. Recherche l'harmonie et la concorde avec tous ceux qui invoquent le Seigneur d'un cœur pur.

Épître de Paul, II, Timothée 2, 15, 22.

Quand ils approchèrent de Jérusalem, Jésus envoya deux disciples en leur disant : « Rendez-vous au village [...] vous trouverez à l'attache, une ânesse avec son ânon ; détachez-les et amenez-les-moi... » Les disciples amenèrent l'ânesse et l'ânon. Puis, ils disposèrent sur eux leurs manteaux et Jésus s'assit dessus. [...] Quand il entra dans Jérusalem, toute la ville fut agitée. « Qui est-ce ? » disait-on, et les foules disaient « c'est le prophète Jésus, de Nazareth en Galilée ».

Évangile selon Matthieu, 21, 1-10.

a. À quelles catégories appartiennent ces deux textes du Nouveau Testament : Évangile, Acte ou Épître ?
b. Entoure les mots qui doivent, selon Paul, caractériser la vie d'un chrétien.
c. D'après le deuxième texte, comment Jésus a-t-il été accueilli à Jérusalem ?
d. En quoi cette nouvelle religion peut-elle plaire aux Romains ?

3 CONTRÔLE EXPRESS

Observe cette carte et réponds aux questions.

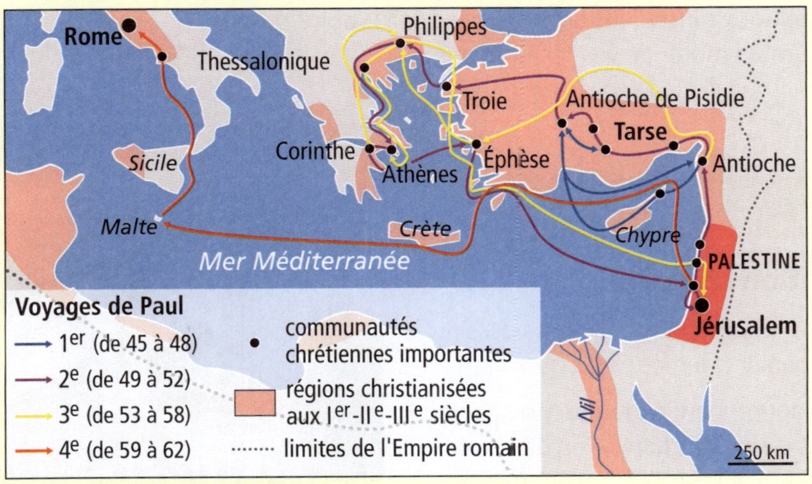

Les voyages missionnaires de Paul de Tarse.

a. Combien de voyages Paul de Tarse a-t-il effectués ?

....

....

Quel est l'objet de ces voyages ?

b. Pourquoi le christianisme se propage-t-il depuis les régions orientales de la Méditerranée

....

c. Comment le christianisme a-t-il progressé dans l'Empire ?

....

....

Corrigés page 33 du Guide

11 Les relations entre l'Empire romain et la Chine des Hans

Je me demande...
Quelle était la nature des échanges entre l'Empire romain et la Chine des Hans ?

Les points clés

Dès le IIe siècle av. J.-C., les empires chinois et romain entretiennent d'étroites relations grâce à la **route de la soie**.

1 La Chine des Hans, un empire puissant

- Les Chinois **étendent leur empire** au sud et à l'ouest, vers l'Asie centrale.
- Les Hans (206 av. J.-C. à 220 ap. J.-C.) érigent le **confucianisme** en système politique ; ils unifient le pays, en le dotant d'une monnaie et d'une écriture uniques et installent des **ambassades dans l'Empire romain**.
- La création d'un vaste réseau routier, la construction de canaux, l'essor d'une bourgeoisie marchande favorisent le développement des villes.

Mots-Clés

- **Ambassade** : représentation diplomatique d'un pays dans un autre. L'ambassadeur représente son pays.
- **Confucianisme** : doctrine philosophique et morale enseignée par Confucius (v. 551 av. J.-C.-479 av. J.-C.).

2 Des relations commerciales intenses

- La route ouverte par Zhang Qian au IIe siècle av. J.-C. est empruntée par les marchands d'étoffes de soie (d'où son nom de **route de la soie**).
- Les caravanes qui quittent l'Empire romain emportent de l'or, des pierres et métaux précieux, de l'ivoire, du corail. Celles qui viennent de Chine sont chargées d'étoffes de soie, de fourrures, de céramiques, de cannelle et d'armes en bronze.

3 Des échanges culturels

- Les caravaniers véhiculent des idées et croyances nouvelles, diffusent les techniques chinoises (force hydraulique, techniques agricoles, **gouvernail** et **boussole**).
- La route de la soie favorise les échanges avec d'autres royaumes orientaux, comme l'**Inde**. Les commerçants orientaux s'installent dans les villes de l'Empire romain, apprennent le latin et adoptent le mode de vie des Romains.

Le document clé

Le papier, une invention chinoise

1. Présenter. Il s'agit d'une lithographie, donc d'un dessin qui retrace l'importance du papier pour les Chinois.

2. Expliquer. Les Chinois apprennent à fabriquer du papier en faisant macérer des fibres de lin, de chanvre ou de bambou. Le produit obtenu est beaucoup plus facile à transporter et il est moins cher que le papier de soie.

3. Conclure. Il s'agit d'une découverte capitale qui a permis à la littérature chinoise de se développer.

Art de faire le papier en Chine, Père Benoist, XVIIIe siècle.

On s'entraîne !

1 QUIZ

Coche la (ou les) bonne(s) réponse(s).

a. La doctrine sur laquelle est fondé l'empire des Hans est :
- ☐ le confucianisme.
- ☐ l'absolutisme.
- ☐ le christianisme.

b. Zhang Qian a ouvert la route de la soie :
- ☐ en 220 ap. J.-C.
- ☐ au IIe siècle av. J.-C.
- ☐ en 313 ap. J.-C.

c. Les Chinois ont inventé :
- ☐ le gouvernail.
- ☐ la boussole.
- ☐ l'horloge.

2 *Une robe soyeuse*

Observe bien ce document et réponds aux questions.

Fresque de Pompéi, Ier siècle av. J.-C.

a. Selon toi, dans quel tissu léger cette robe a-elle été réalisée ?

b. Qu'est-ce qui montre qu'il s'agit d'un tissu fin ?

c. À quelle catégorie sociale appartient ce personnage ?

3 CONTRÔLE EXPRESS

Observe cette carte puis réponds aux questions.

La route de la soie durant l'Antiquité

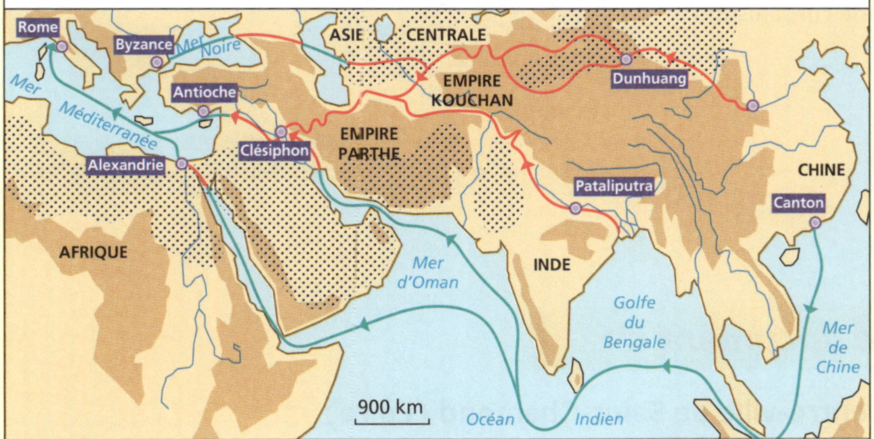

a. Quels types de relief la route de la soie traverse-t-elle ?

....

b. Mesure approximativement la distance qui sépare Byzance de Dunhuang.

....

c. Quels empires sont traversés par cette route ?

....

....

d. Par quelle autre voie les empires chinois et romain commercent-ils ?

....

? indice

b. Sers-toi de l'échelle.

Corrigés page 33 du Guide

12 Habiter une métropole

Je me demande...
Quels problèmes pose l'urbanisation ? À quoi ressemblera la ville de demain ?

Les points clés

1 Vers une « ville intelligente »

- En 2018, 30 villes comptent plus de 10 millions d'habitants. Partout dans le monde, la ville s'étale, favorise les **mouvements pendulaires**, consomme plus de 70 % de l'énergie et produit 80 % des gaz à effet de serre. Un projet de **ville durable** a été élaboré par les agendas 21.

- En 2003, le projet coréen U-Korea s'appuie sur l'idée de « l'informatique omniprésente ». Ainsi, la U-City de Songdo dispose d'un maillage Wi-Fi total. Vidéo-surveillance et systèmes de **gestion de l'énergie** sont mis en place.

- Depuis 2005, le concept de ***smart city*** (« ville intelligente ») se développe. Il s'agit d'optimiser les services interactifs et de réduire les émissions de CO^2 (rénovation de l'habitat, végétalisation, véhicules électriques).

Mots-Clés

- **Mouvement pendulaire** : trajet quotidien des habitants de la banlieue ou de la campagne entre leur domicile et leur travail.
- **Agenda 21** : programme d'actions pour le XXIe siècle orienté vers le développement durable.

2 La ville de demain

Les principaux enjeux de l'urbanisation

Les transports
Développer des moyens de transports moins polluants :
- transports en commun (bus, tram, train et métro)
- mobilités douces (vélo, marche...)

Les logements
Réhabiliter des quartiers anciens et construire des éco-quartiers :
- immeubles à basse consommation énergétique
- récupération des eaux de pluie
- tri des déchets

Les emplois
- Attirer des entreprises et des investisseurs
- Maintenir les commerces de proximité

GÉOGRAPHIE

Le document clé

Le centre-ville de Saint-Chamond (Loire)

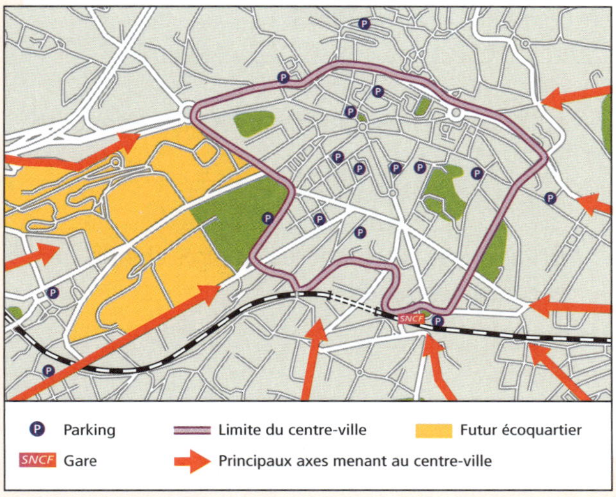

1. Expliquer. Cette ancienne cité industrielle compte 36 000 habitants et connaît d'importants mouvements pendulaires. Dans le centre-ville, les aires de stationnement sont saturées. Les usines ont fermé, libérant de vastes espaces en cours de réhabilitation. Un écoquartier est en construction et proposera des logements, des entreprises, des commerces, des loisirs, une voie verte.

2. Conclure. Comme nombre de villes, Saint-Chamond réorganise son espace.

On s'entraîne !

1 QUIZ

Vrai ou faux ?

	V	F
a. 10 villes dans le monde ont plus de 10 millions d'habitants.	☒	☐
b. Agenda 21 veut dire charte pour les 21 prochaines années.	☐	☒
c. La ville produit 80 % des gaz à effet de serre émis dans le monde.	☒	☐
d. Un écoquartier est un quartier dans lequel les mamans font des économies.	☐	☒
e. Le trajet quotidien des habitants de la campagne de leur domicile vers leur travail s'appelle le mouvement horloger.	☒	☐

2 À quoi ressemblera Paris en 2050 ?

Observe l'image et réponds aux questions.

Une vision d'architecte représentant Paris dans le futur.

a. À quoi servent les toits des immeubles ?
b. Quelle est la particularité des façades ?
c. Les architectes qualifient leur projet de « paysage-pont » : pourquoi ?

3 CONTRÔLE EXPRESS

Lis le texte suivant et réponds aux questions.

L'Agenda 21 de la communauté urbaine de Lyon

A comme Agenda. Pour agir, qu'on soit simple citoyen ou une institution, il n'y a qu'une solution : se fixer des objectifs dans des délais concrets.
G comme Générations futures. "Nous n'héritons pas de la terre de nos ancêtres, nous l'empruntons à nos enfants." (Saint-Exupéry).
E comme respect de l'Environnement, développement Économique pour tous et Engagement des citoyens dans la vie de la cité. Ce sont les trois piliers du développement durable.
N comme Nouveaux modes de vie. Les nations comme les collectivités sont amenées à changer leur manière d'agir [...]. Les Agendas 21 prévoient d'impliquer les citoyens et de les aider à modifier leurs comportements, leurs consommations, leurs déplacements, etc.
D comme Développement durable. "Le développement durable est un développement qui satisfait les besoins de la génération actuelle sans priver les générations futures de la possibilité de satisfaire leurs propres besoins" (rapport Brundtland, 1987).
A comme Agir. Car il faut agir d'urgence.
21 comme XXIe siècle. Nous y sommes.

? indice

c. C'est en 1987 que l'expression « développement durble » est utilisée pour la première fois.

a. Que signifie « Nous n'héritons pas de la terre de nos ancêtres, nous l'empruntons à nos enfants » ?

b. Es-tu impliqué dans le développement durable ? Peux-tu donner un exemple d'action qui respecte l'environnement ?

c. En une phrase, à partir du texte, explique ce qu'est le développement durable.

d. Ta commune a-t-elle mis en place un Agenda 21 ?

Corrigés page 33 du Guide

13 Les métropoles : Montréal et Dakar

Je me demande...
Comment les villes peuvent-elles s'adapter aux changements de modes de vie ?

Les points clés

1 Montréal, métropole d'un pays développé

- Montréal est la deuxième plus grande ville du **Canada** et la principale métropole de la province de Québec. L'**agglomération** compte plus de 4 millions d'habitants.
- Elle a un **statut international** (exposition universelle en 1967, jeux olympiques d'été en 1976). Ses universités accueillent des étudiants du monde entier. La ville est un **carrefour de communications** à l'intense activité commerciale.
- Pour faciliter le déplacement des habitants gêné par un hiver long et rigoureux (– 20 °C), un **réseau souterrain** de 30 kilomètres parcourt le centre-ville.

Mots-Clés
- **Métropole** : ville dominant une région par l'importance de sa population, ses activités économiques, culturelles, universitaires et politiques.
- **Agglomération** : la ville et ses banlieues.

2 Dakar, métropole d'un pays en développement

- Dakar est la **capitale du Sénégal**. Elle abrite des consulats et des ambassades, ce qui lui donne une **dimension internationale**. L'agglomération accueille 3,7 millions d'habitants (23 % de la population du pays) et 80 % des activités industrielles et tertiaires du pays.
- Port très actif, nœud ferroviaire, aéroport international, c'est une plateforme pour les **échanges avec l'Afrique de l'Ouest** et une ville universitaire.
- Dakar a la structure classique des villes portuaires africaines : **quartier colonial** et quartier indigène, la **médina**. De nouveaux quartiers se sont organisés.

Le document clé

Le paysage urbain de Montréal

1. Analyser. La photographie montre Montréal, la plus grande ville de la province de Québec, au Canada. Au premier plan, on voit un vaste parc avec des espaces de loisirs, des zones boisées et des routes larges. Au deuxième plan, le fleuve Saint-Laurent accueille le port où les navires accostent. Au troisième plan s'étend la ville, avec des immeubles et des tours modernes à usage de bureau et d'habitation.

2. Réaliser un croquis. Je reproduis les limites de chaque plan. Je numérote chacun d'entre eux. Je reprends la numérotation de chaque plan et indique à chaque fois la spécificité de chacun. Je donne un titre à mon croquis : « L'organisation de l'espace à Montréal ».

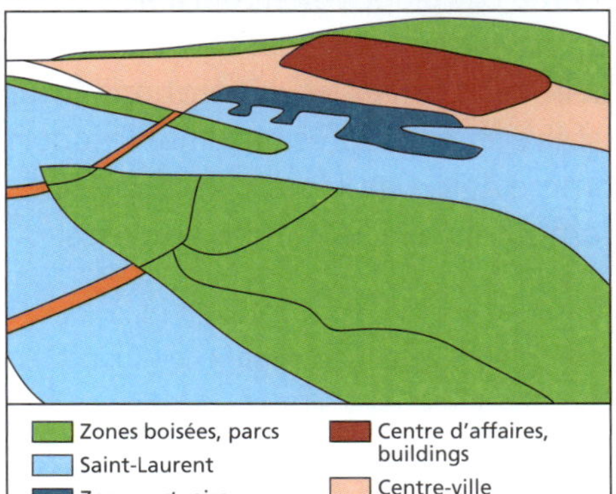

GÉOGRAPHIE

On s'entraîne !

1 QUIZ

Vrai ou faux ?

	V	F
a. Montréal est une ville souterraine.	☒	☐
b. Montréal est une ville universitaire internationale.	☐	☒
c. La vieille ville de Dakar se trouve dans le nord de la ville.	☒	☐
d. À Dakar, le technopôle a été construit à la périphérie de la ville.	☐	☒

2 *L'histoire inscrite dans le paysage urbain*

Observe ces plans de Montréal et de Dakar et réponds aux questions.

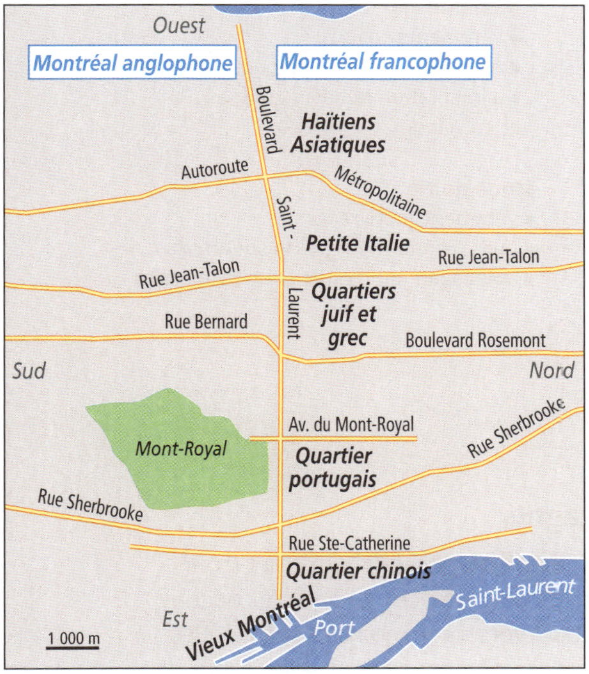

Le centre-ville de Montréal.

a. Sur le plan de Montréal, relève un nom de rue qui indique l'influence française et un autre l'influence anglo-saxonne.

Quartier Juifs et grec/ rue Bernard.

b. Quelles sont les autres communautés présentes ?

Italie, portugais, chinois.

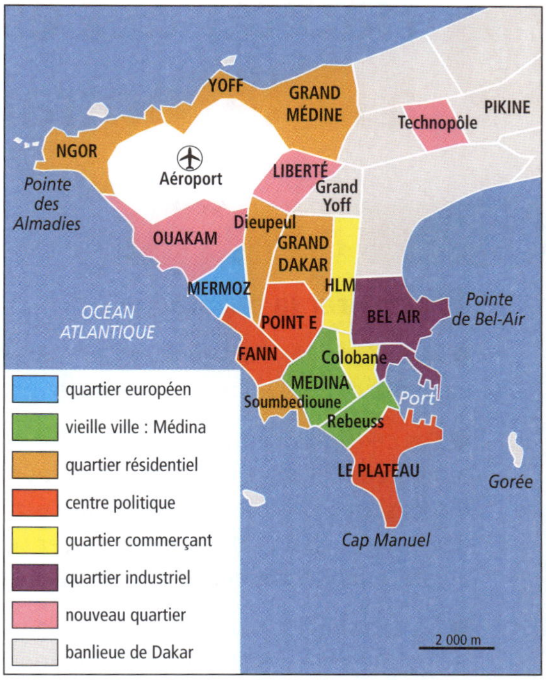

Les quartiers de Dakar.

c. Le Sénégal fut une colonie française. Quels noms témoignent de l'ancienne présence française ?

Liberté, Mermoz, Bel air.

d. À quelles contraintes physiques Dakar est-elle confrontée ?

la mer

3 CONTRÔLE EXPRESS

En prenant appui sur le document page 146 et sur les plans de l'exercice 2, réponds aux questions suivantes :

a. Quels aménagements urbains prouvent que ces deux villes sont des métropoles ?

aéroport

b. Pourquoi les sites de Montréal et Dakar sont-ils contraignants pour le développement des deux villes ?

Car ils sont aux bords de la mer

? indices

a. Une métropole se reconnaît à ses lieux de pouvoir et à ses infrastructures d'échanges.
b. La présence d'eau peut être une contrainte.

Corrigés page 34 du Guide

14 Habiter des espaces à forte contrainte

Je me demande...
Les sociétés humaines peuvent-elles s'adapter aux contraintes naturelles ?

Les points clés

1 Habiter la montagne

● Avec l'altitude, **l'oxygène et l'air manquent**. La température diminue. La **pente** oblige l'homme à aménager l'espace (**terrasses**).

● Les cultures occupent les fonds de vallées des montagnes de la zone tempérée. L'élevage se pratique sur les alpages (**transhumance**) et les forêts sont exploitées. L'**exode rural** est important. Cependant, dans les pays développés, l'essor des **sports d'hiver** redonne vie aux villages. La neige est un atout mais les aménagements fragilisent une **biodiversité vulnérable**.

● Dans les régions au climat chaud, la montagne est un **refuge** pour les populations (**Altiplano** dans les Andes). Les activités sont **étagées**.

Mots-Clés

- **Contrainte** : élément qui fait obstacle à l'installation humaine (climat, relief, isolement, végétation).
- **Biodiversité** : diversité des êtres vivants sur un territoire.

2 Habiter un désert

	Conditions de vie	Mode de vie
Déserts froids	• températures très basses (– 30 °C) • vent glacial (blizzard) • nuit polaire (durant plus de 24 h)	• vêtements chauds • équipements et techniques de chasse • alimentation riche en graisse et en viande
Déserts chauds	• dunes de sables (erg) • déserts de cailloux (reg) • cours d'eau intermittents (oued)	• vêtements couvrants • puits, canaux d'irrigation souterrains • aménagement d'oasis et de palmeraies

GÉOGRAPHIE

Le document clé

L'étagement de la végétation en montagne

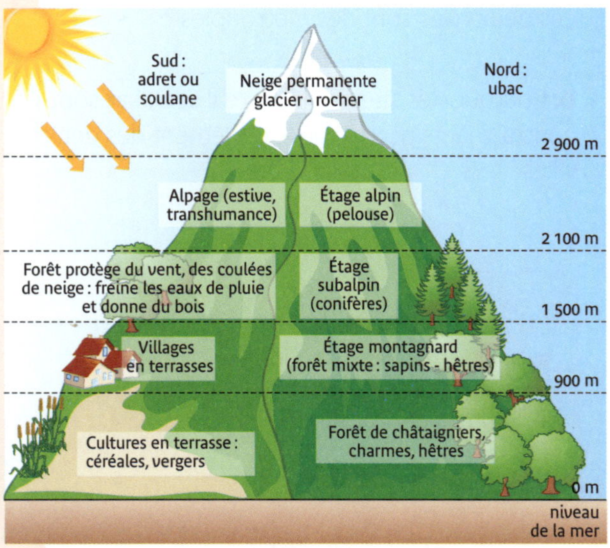

1. Expliquer. Ce schéma met trois points en évidence : **a)** La forêt occupe l'ubac, versant le moins ensoleillé. Les espèces d'arbres varient selon l'altitude. **b)** Au-delà de 2 000 m, la forêt laisse place aux pelouses. Ce sont les alpages où vient paître le bétail en été. **c)** Le village, installé sur l'adret (versant ensoleillé), occupe le bas de la montagne. Il est construit en terrasses. La forêt le protège du vent, freine les eaux de pluie et la neige.

2. Conclure. Habiter un espace montagnard suppose une adaptation à des contraintes de relief et de climat.

On s'entraîne !

1 QUIZ

Coche la case qui convient.

a. Les pelouses où viennent paître les troupeaux en montagne sont :

- [x] les alpages.
- [ ] l'ubac.
- [ ] la transhumance.

b. Le développement de la forêt s'arrête au-delà de :

- [ ] 900 m d'altitude.
- [x] 2 000 m d'altitude.
- [x] 3 000 m d'altitude.

c. Le vent glacial qui souffle dans les déserts froids s'appelle :

- [ ] le sirocco.
- [x] le blizzard.
- [ ] la tramontane.

d. Le terme « oued » désigne :

- [ ] un désert de cailloux.
- [x] un cours d'eau intermittent.
- [x] un vent chargé de sable.

2 *Un désert froid : le Groenland*

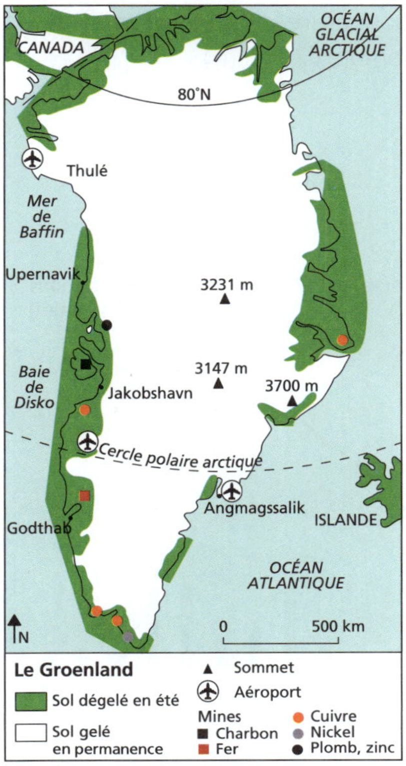

Après avoir pris connaissance de la carte, réponds aux questions ci-dessous.

a. À quelle latitude se situe le Groenland ?

80°N ✓

b. Où se situent les villes ? Pourquoi ?

Car en été le sol est dégelées ✓

c. À ton avis, quelle est la principale source d'emplois ?

Mines ~~et la~~ pêche ✓

? indice

a. La latitude est la distance angulaire entre un point de la Terre et l'équateur, représentée sur les cartes par des lignes imaginaires.

3 CONTRÔLE EXPRESS

Observe bien cette photo et réponds aux questions.

Village de La Grave au pied de la Meije.

a. À l'aide du schéma de la page 148, indique sur quel versant de la montagne se situe le village de La Grave ?

le village est aux sud

b. Comment les maisons occupent-elles l'espace ?

les maisons sont collés

c. À quel étage de végétation le village se trouve-t-il ?

à l'étages montagnards

Corrigés page 34 du Guide

15 Habiter le Sahara et les Andes

Je me demande...
Pourquoi et comment habiter dans le Sahara ? dans les Andes ?

Les points clés

1 Vivre dans le Sahara

- **Plus grand désert de la planète**, le Sahara est un désert chaud qui s'étire de l'Afrique du Nord au tropique du Cancer. C'est un milieu **aride**. La végétation est rare et la densité de population extrêmement faible. Les habitants, organisés en **tribus**, se sont adaptés à ce milieu très hostile.

- Certains sont **nomades (les Touaregs)** et vont de point d'eau en point d'eau. Ils sont aussi commerçants. D'autres, sont **sédentaires** et vivent dans une **oasis**. La présence de l'eau permet l'irrigation et une agriculture intensive.

- La découverte de **pétrole** et de **gaz naturel** a modifié le paysage et les genres de vie. De grandes villes attirent les populations, y compris les nomades qui se sédentarisent.

Mot-Clé
Irrigation : technique qui consiste à apporter de l'eau à une terre trop sèche.

2 Vivre dans les Andes

- Les Andes sont une **chaîne de haute montagne** qui s'étire sur 8 000 km le long de la côte pacifique de l'**Amérique du Sud**. Elles culminent à près de 7 000 m d'altitude. L'urbanisation y est très ancienne (Machu Picchu).

Je ne sais pas si j'aimerais y vivre, mais je voudrais y voyager !

- Les **populations amérindiennes** ont fui les plaines littorales marécageuses et le désert très aride d'Atacama. Elles se sont réfugiées sur l'**altiplano**, haute plaine comprise entre 2 000 et 4 000 m (en Argentine, Bolivie, Pérou, Chili), ont aménagé des terrasses et pratiquent une culture vivrière.

- Mais les **rendements restent faibles** et les populations sont attirées par les **villes** comme Quito en Équateur (2 850 m d'altitude) ou Bogota en Colombie (2 650 m).

Le document clé

Le climat de Tamanrasset (Sahara)

1. Présenter. Ce graphique climatique concerne la ville de Tamanrasset, dans le Sahara algérien. Il permet de visualiser l'évolution des températures mensuelles moyennes et la répartition mensuelle des précipitations.

2. Analyser. L'axe de gauche indique les températures (courbe rouge), celui de droite les précipitations (histogramme bleu). L'hiver est doux (12 °C en moyenne en janvier) et l'été très chaud (29 °C en moyenne en juillet et août). Les précipitations sont très faibles : 60 mm sur toute l'année (800 mm à Brest ou à Nice).

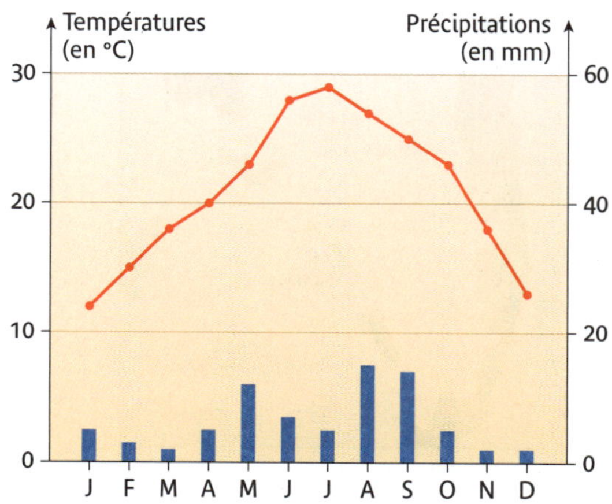

3. Conclure. Le climat de Tamanrasset est désertique.

GÉOGRAPHIE

On s'entraîne !

1 QUIZ

Vrai ou faux ?

	V	F
a. Un nomade vit dans une oasis.	☐	☐
b. Le paysan d'une oasis pratique une agriculture intensive.	☐	☐
c. Quito et Bogota sont construites à plus de 2 000 m d'altitude.	☐	☐
d. Les Andes sont inhabitées.	☐	☐

2 *Oasis de Ghardaïa en Algérie*

Observe les photos de l'oasis de Ghardaïa puis réponds aux questions.

A

Vue générale de Ghardaïa.

B

Palmeraie de Ghardaïa.

a. Recopie le tableau ci-dessous en notant tous les éléments que tu observes.

Photo A	• Aux 1er et 3e plans, quelles habitations observes-tu ? • Au 2e plan et en arrière-plan, quelle espèce d'arbres voies-tu ? Qu'est-ce que cela prouve ? Quel est l'intérêt d'une palmeraie ? • Quelle est la couleur du sol ? À quoi cela te fait-il penser ?
Photo B	• Que montre-t-elle ? • Quelle est la taille des terrains ? Pourquoi ? Que voit-on au milieu ? • Quelle est la couleur de la terre ? S'agit-il de sable ? • Comment l'agriculteur est-il habillé ? Pourquoi ?

b. Rédige un paragraphe qui montre que l'oasis est un endroit privilégié dans le désert.

indice

a. Note la disposition et la couleur des façades des habitations.

3 CONTRÔLE EXPRESS

Lis le texte, puis réponds aux questions.

Dans les Andes, l'adaptation des Indiens Quechua

Les Indiens Quechua vivent au Pérou à 4 500 m d'altitude. Ils sont exposés quotidiennement au froid et à une faible quantité d'oxygène. Ils portent des vêtements protecteurs efficaces. Leur corps s'adapte aux contraintes, leur température interne s'abaisse à 36 °C environ. Ils se sont adaptés au milieu. Ils ont une forte capacité thoracique : leurs poumons, plus développés, peuvent emmagasiner plus d'air. Leur muscle cardiaque est plus développé. Mais la vie dans ces milieux sains a fait disparaître certains anticorps qui permettent de faire face aux maladies tropicales. Les Indiens Quechua seraient donc plus facilement malades dans les milieux chauds et humides des basses terres d'Amazonie.

D'après J. Bittel, G. Savourey et R. Deloince, *Sciences naturelles et montagnes*, Éditions du CTHS, 1993.

a. Pourrais-tu vivre à 4 500 m d'altitude ? Pourquoi ?

....

....

b. Comment l'organisme des Quechua s'est-il adapté à la haute montagne ?

....

....

c. Les Quechua pourraient-ils s'installer en Amazonie ? Pourquoi ?

....

....

Corrigés page 34 du Guide

16 Habiter le monde rural

Je me demande...
Qu'est-ce qui différencie l'agriculture des pays développés et celle des pays pauvres ?

Les points clés

1 Dans les pays pauvres ou en développement (PED)

- Les PED, majoritairement situés dans la zone **intertropicale**, pratiquent une **agriculture vivrière, peu mécanisée**, aux **rendements faibles**. Les rares excédents sont vendus sur les marchés de la ville voisine.
- En Afrique, la **jachère** permet à la terre de se reconstituer et la pratique du **brûlis** assure un peu d'engrais. En Amérique latine, de nouvelles terres sont conquises par les **fronts pionniers** en empiétant sur la forêt amazonienne. En Asie, dans les régions de mousson, la **riziculture** demande une abondante main-d'œuvre.
- À proximité des villes, une agriculture commerciale s'est développée au détriment de l'agriculture vivrière et favorise l'**exode rural des jeunes**.

Mots-Clés
- **Exode rural** : départ des populations vers la ville.
- **Agriculture vivrière** : agriculture destinée à subvenir auxbesoinsalimentaires d'une population.
- **Rurbanisation** : développement des villes sur des espaces autrefois agricoles.

2 Dans les pays développés

- L'**exode rural** a entraîné un **vieillissement** et une « désertification » des campagnes. À l'inverse, la **rurbanisation** contribue au rajeunissement des villages proches des villes. Ils deviennent des **cités-dortoirs** car les nouveaux arrivants ne sont pas agriculteurs.
- Les agriculteurs pratiquent une agriculture **scientifique**, sélectionnent graines et races animales, utilisent engrais chimiques et produits phytosanitaires, pratiquent l'irrigation. C'est une agriculture très **mécanisée** qui demande peu de main-d'œuvre. C'est une agriculture **commerciale** (*agrobusiness*) qui travaille avec l'**industrie agro-alimentaire**.

Le document clé

L'agriculture des pays développés

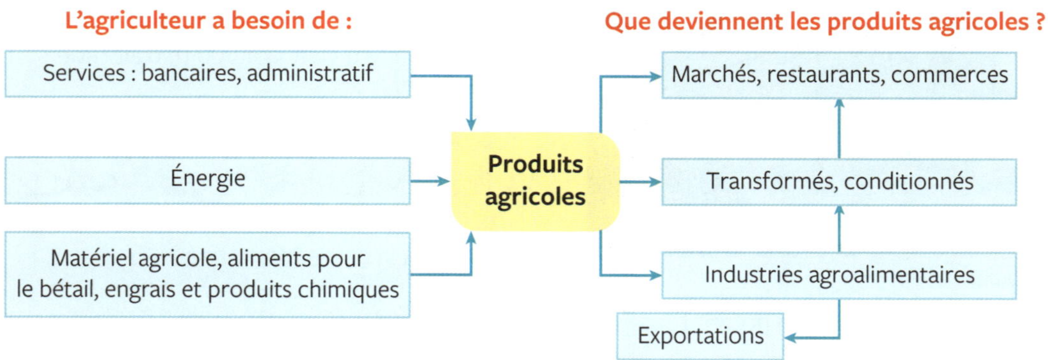

1. Expliquer. Ce schéma montre que l'agriculteur des pays développés sollicite tous les secteurs d'activité : primaire (énergie), secondaire (industrie) et tertiaire (services). Le petit agriculteur vend ses produits sur le marché local. Les autres les vendent à une industrie agroalimentaire qui les exporte.

2. Conclure. L'agriculture intensive doit satisfaire les besoins des citadins et produire une valeur ajoutée pour enrichir ceux qui produisent et transforment les aliments.

On s'entraîne !

1 QUIZ

Vrai ou faux ?

	V	F
a. L'agriculture vivrière est pratiquée dans les pays développés.	☐	☐
b. L'agriculture scientifique vise à diminuer les rendements.	☐	☐
c. L'exode rural désigne le départ des agriculteurs vers les villes.	☐	☐
d. Les produits agricoles ne peuvent pas être exportés.	☐	☐
e. La rurbanisation désigne une forme d'agriculture.	☐	☐
f. La céréale la plus cultivée en Asie est le blé.	☐	☐
g. PED signifie Pays en danger.	☐	☐
h. L'*agrobusiness* désigne une agriculture commerciale.	☐	☐

2 La riziculture en terrasses

Observe la photographie ci-dessous puis réponds aux questions.

Philippines : les rizières de la province d'Ifugao.

a. De quelle culture s'agit-il ? Comment appelle-t-on ce type de paysage ?

....

....

b. Où le village se trouve-t-il par rapport aux rizières ? Pourquoi ?

....

....

3 CONTRÔLE EXPRESS

Observe attentivement les deux photographies et réponds aux questions.

Ville d'Ablis dans les Yvelines, vue aérienne.

Régions de Kayes (Mali), village dans la brousse, vue aérienne.

a. Où se situe chacun des deux espaces photographiés ?
b. Répertorie les différents éléments des paysages.
c. Quelle forme a le village des Ablis ? et le village malien ?
d. Quelle est l'utilité des haies au Mali ?
e. Réalise un croquis à partir de chaque photographie, sans oublier de les légender et de leur donner un titre.

? indices

d. Pense aux conditions climatiques.
e. Aide-toi des consignes données dans la méthode page 146.

Corrigés page 34 du Guide

17 L'espace rural : Brésil et États-Unis

Je me demande...
Quel effet la mondialisation économique a-t-elle sur les pratiques agricoles ?

Les points clés

Mot-Clé
Front pionnier : espace jusqu'alors inoccupé par l'homme et récemment mis en valeur, souvent par le biais de la déforestation.

1 Les fronts pionniers brésiliens

- Au Brésil, plus de la moitié des terres cultivables sont possédées par de grands propriétaires qui emploient **à la journée** des paysans **« sans terre »** pour un salaire très bas. De plus, la modernisation de l'agriculture a entraîné une baisse de la main-d'œuvre paysanne et contraint des millions de paysans à l'**exode** près des petites villes.

- À partir des années 1970, l'État a débuté la distribution de parcelles dans la forêt amazonienne (**fronts pionniers**). Le travail de ces terres est difficile : il faut défricher la forêt puis expédier ses récoltes vers les villes. Ce sont surtout les grandes exploitations d'**élevage extensif** et la culture du palmier à huile qui s'y sont développées pour l'export.

2 Aux États-Unis, des campagnes sans hommes

- L'agriculture des États-Unis est la **première du monde**. Mais les agriculteurs y représentent à peine **2 % des actifs** et le nombre des petites exploitations est en baisse constante.

Types d'agriculteurs états-uniens
- **Un retraité ou une personne ayant un autre emploi** vend les productions de son lopin de terre comme complément de revenus.
- **Le *farmer* exploite une ferme familiale** bien équipée mais de taille moyenne, et réserve sa production au marché intérieur.
- **L'ingénieur agronome** gère souvent seul une immense exploitation dont les produits sont transformés par les industries agroalimentaires pour être exportés. Il utilise machines et substances chimiques (engrais, pesticides).

Le document clé

La forêt amazonienne

Image satellite de l'Amazonie prise le 29 août 2019.

1. Présenter. La photo montre une partie de la forêt amazonienne (dans le nord du Brésil en Amérique du Sud), dans la zone équatoriale.

2. Analyser. Les parcelles de couleur beige correspondent aux espaces cultivés. Les traits blancs qui les quadrillent marquent les routes et chemins pour y accéder. Le vert foncé indique la forêt très dense. Les panaches blancs montrent qu'elle est en feu et l'on remarque deux foyers d'incendie.

3. Conclure. Certains de ces incendies sont provoqués volontairement pour accroître les surfaces cultivables.

On s'entraîne !

1 QUIZ

Vrai ou faux ?

	V	F
a. Aux États-Unis, l'agriculture est vivrière.	☐	☐
b. Les fronts pionniers permettent de conquérir de nouvelles terres.	☐	☐
c. L'agriculture des États-Unis est la première du monde.	☐	☐
d. Le *farmer* dispose d'une vaste propriété.	☐	☐

2 *Les méthodes agricoles*

Après avoir bien regardé cette photo, réponds aux questions.

a. À ton avis, que déverse cet avion sur ce champ de salades ? De l'eau ou des pesticides ?

....

....

b. S'agit-il d'une petite exploitation familiale ou d'une grande exploitation ?

....

....

c. Ces cultures sont-elles destinées à la consommation familiale ?

....

....

3 CONTRÔLE EXPRESS

Regarde attentivement les photographies ci-dessous, puis réponds aux questions.

Les contrastes au Brésil

Une plantation de café dans l'État de Minas Gerais, Brésil.

a. Réalise un croquis montrant l'organisation de cette exploitation caféière. Indique les bois en vert foncé, les plantations de café en vert clair, les routes en rouge et les maisons en jaune.
b. S'agit-il d'une exploitation traditionnelle ou commerciale ? Justifie ta réponse.
c. Quelle est la particularité de ces plantations ?

Le quartier de Rio das Pedras à Rio de Janeiro, Brésil. Des familles de paysans sans terre se sont installées dans des logements de fortune.

d. Comment qualifier ce nouveau quartier ?
e. À partir de ces deux photos, rédige une phrase soulignant les contrastes de la vie en milieu rural au Brésil.

? indice

a. Applique la méthode donnée page 146.

Corrigés page 35 du Guide

18 Habiter les littoraux

Je me demande…

Quelles sont les conséquences de l'industrialisation des littoraux ? du tourisme balnéaire ?

Les points clés

1 Habiter un littoral industrialisé

- Les trois quarts des échanges mondiaux s'effectuent par la mer. Partout, **les ports s'adaptent à des navires toujours plus grands** (supertankers, minéraliers). Le **commerce maritime** ne cesse de se développer et les échanges concernent autant les **produits manufacturés** que les **matières premières** et les **sources d'énergie**.

- Les ports ont aménagé de vastes **zones industrielles**. Parfois, c'est le cas au Japon, des terres ont été gagnées sur la mer soit par remblaiement (les **terre-pleins**), soit par assèchement (les **polders**). Mais la concentration des usines crée des nuisances (**pollution, modification des équilibres écologiques**).

2 Habiter un littoral touristique

- Les littoraux sont les espaces qui attirent le plus les touristes dans le monde. Les villages côtiers, autrefois peuplés de pêcheurs, se transforment en **stations balnéaires** avec ports de plaisance, ensembles hôteliers et résidences. L'aménagement du front de mer **modifie le trait de côte et l'économie** de ces zones.

- Les littoraux touristiques présentent des contraintes. Le long du **littoral méditerranéen** se posent en été les problèmes du ravitaillement en eau et des feux de forêt. Dans les **îles tropicales**, les **écosystèmes sont menacés** (survie des coraux). Certains pays se dotent de **lois** pour protéger leurs côtes d'un développement incontrôlé (en France, loi Littoral et création du Conservatoire du littoral).

Mots-Clés

- **Littoral** : zone comprise entre la mer et la terre ferme.
- **Terre-plein** : terre gagnée sur la mer grâce à des remblais.
- **Supertanker** : gros navire qui transporte des milliers de tonnes de pétrole. Le minéralier porte des minerais.

Le document clé

Le littoral japonais

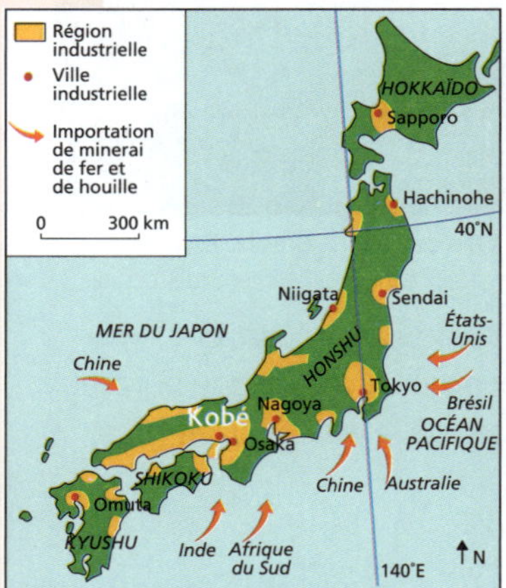

Les localisations industrielles au Japon

Le port de Kobé.

1. Analyser. La carte montre que les régions industrielles sont situées sur les littoraux. Kobe est le principal port du Sud du Japon. La photographie montre que la ville est coincée entre la montagne et l'océan. Au premier plan, on aperçoit le port industriel, le port de commerce et les entrepôts bâtis sur une île artificielle.

2. Conclure. Le Japon a aménagé son littoral en fonction du manque de terrains.

On s'entraîne !

1 QUIZ

Coche la bonne réponse.

a. La zone comprise entre la mer et la terre ferme s'appelle :
- ❑ la plage.
- ❑ le littoral.
- ❑ la côte.

b. La part des échanges mondiaux qui s'effectuent par la mer est de :
- ❑ 30 %.
- ❑ 50 %.
- ❑ 75 %.

c. Un supertanker transporte :
- ❑ des conteneurs.
- ❑ du pétrole.
- ❑ des minerais.

2 *Ports et industries à Marseille*

Complète le texte en utilisant les mots suivants :
agglomération • rurbanisation • industrialisation • terre-pleins • tourisme • CBD

Depuis la création en 1965 du complexe industrialo-portuaire de Fos, en banlieue de Marseille, l'.................................. a connu un fort développement.
Pour accueillir les pétroliers géants, il ne fut pas nécessaire de construire des ...., car des digues et des grands bassins ont suffi.
L'industrie du pétrole a servi de base à une .... plus diversifiée. L'arrivée d'ouvriers de l'Est de la France a entraîné un mouvement de ....
Les calanques ont été préservées et, à côté de l'industrie, une importante activité liée au .... s'est développée. Le centre de Marseille, véritable ...., a dû s'adapter.

? **indice**

a. CBD signifie *central business district*.

3 CONTRÔLE EXPRESS

Une carte à l'échelle 1/25 000 permet d'analyser l'aménagement d'un territoire.

Examine la photographie aérienne et l'extrait de la carte du Cap d'Agde, puis réponds aux questions.

Plage Richelieu et Île des Loisirs, Cap d'Agde.

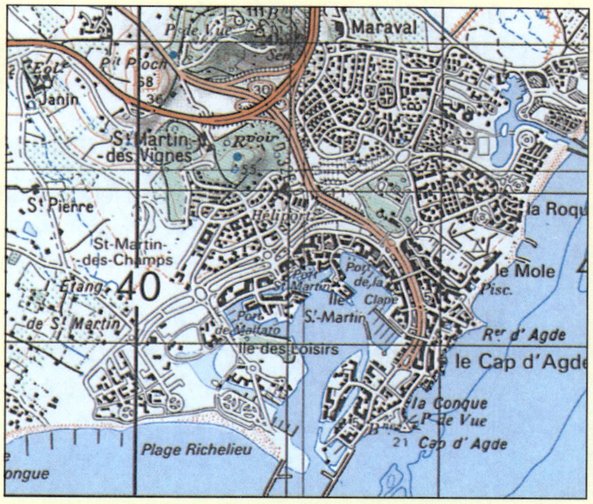

Carte topographique du Cap d'Agde (échelle 1/25 000).

a. Quels aménagements ont été spécialement réalisés pour les touristes ?
b. Quels éléments observés sur la carte retrouves-tu sur la photographie ?
c. Quel nom portent les différents ports ?
d. S'agit-il d'un littoral touristique ou industriel ?

? **indice**

a. Tu peux classer les aménagements selon leurs fonctions : transport, stationnement, logement, loisirs, etc.

Corrigés page 35 du Guide

19 Littoraux touristiques et industrialo-portuaires

Je me demande…
Quelles sont les différentes fonctions du littoral dans une petite île comme la Réunion ?

Les points clés

1 Habiter une île touristique : la Réunion

- La Réunion est un département français d'outre-mer localisé dans l'océan Indien.

⊖ Freins		⊕ Atouts
• éloignement de la métropole • nécessité d'importer les matières premières → vie chère	**La Réunion**	• localisation stratégique → commerce avec l'Asie et l'Afrique • tourisme (volcan…)

- Un **schéma de développement et d'aménagement touristique** a été élaboré. Le plan intègre également le développement des ports et des transports aériens (vols *low cost*). La Réunion a aussi développé le concept de village créole afin de valoriser la diversité de son patrimoine.

- Mais, **le tourisme modifie l'économie locale** (difficulté de l'activité sucrière). **L'urbanisation du littoral modifie les écosystèmes locaux.** Les déchets jetés dans le milieu marin attirent les requins, parfois très agressifs.

2 La valorisation d'une situation exceptionnelle : Gioia Tauro

- Gioia Tauro est un **port industriel** situé dans le sud de l'Italie, à mi-chemin entre le détroit de Gibraltar et le canal de Suez. Il assure le **tiers du trafic maritime méditerranéen** et a permis de dynamiser l'économie de cette région.

- On y transborde les marchandises des **navires venant d'Asie de l'Est, d'Europe du Nord et d'Amérique** sur des navires plus petits qui assurent ensuite la redistribution des marchandises vers d'autres pays du bassin méditerranéen. Le port est bien relié au reste de l'Italie et de l'Europe par la voie ferrée.

Mots-Clés

- **Écosystème littoral** : ensemble de la faune et de la flore vivant sur la plage, la dune et dans la mer.
- **Conteneur** : grande caisse pour le transport de marchandises par un navire spécialisé (porte-conteneurs).

Le document clé

La carte topographique de Gioia Tauro

1. Présenter. Il s'agit de la carte topographique de Gioia Tauro à l'échelle 1/200 000.
C'est un port situé dans le sud de l'Italie, en Calabre.

2. Décrire. Le port industriel est protégé par une longue digue de 3 km (1,5 cm sur la carte, donc 1,5 × 200 000 = 300 000 cm, soit 3 km).
Il est desservi par une multitude de routes, une autoroute et des canaux.

3. Conclure. Le site de Gioia Tauro est favorable à l'activité maritime et commerciale.

On s'entraîne !

1 QUIZ

Relie la définition au mot qui lui correspond.

a. Espaces gagnés sur la mer •	• écosystème
b. Bateau transportant des minerais •	• devise
c. Monnaie différente de celle du pays •	• polder et terre-plein
d. Coraux, éponges, algues •	• minéralier

2 *Récifs coralliens et urbanisation*

Lis le texte et réponds aux questions suivantes.

Djeddah, ville située sur la mer Rouge en Arabie saoudite, a vu sa population passer de 50 000 habitants en 1950 à 1 million en 1998 et plus de 4 millions en 2018.

> De 1971 à 1980, le nombre de voitures a été multiplié par 20, ce qui a engendré les habituels problèmes de circulation et de stationnement. Ils ont été résolus par la construction de routes et de parkings gagnés sur le front de mer en remblayant les récifs coralliens entraînant une destruction irréversible des récifs coralliens sur 20 kilomètres de côtes et une dégradation sérieuse sur 80 km. La croissance de la ville se fait vers une belle baie qui, à l'état naturel, était favorable à la vie récifale. Elle se trouve être aujourd'hui, avec ses marinas et ses plages privées ou publiques, la principale aire de loisirs de l'agglomération. Le corail a été tué par la sédimentation liée à ces travaux et par la pollution liée à un gros canal d'évacuation d'eaux usées. Il est trop tard pour envisager une parade.
>
> Roland Paskoff, *Les littoraux*, A. Colin, 2010 (3e éd.).

a. Comment a-t-on résolu les problèmes de circulation et de stationnement à Djeddah ?

....

....

b. Quelle a été la principale conséquence sur l'environnement ? Peut-on y remédier ?

....

....

3 CONTRÔLE EXPRESS

Observe la carte et réponds aux questions.
La densité moyenne de population à La Réunion avoisine 341 hab./km^2, soit trois fois plus qu'en métropole.

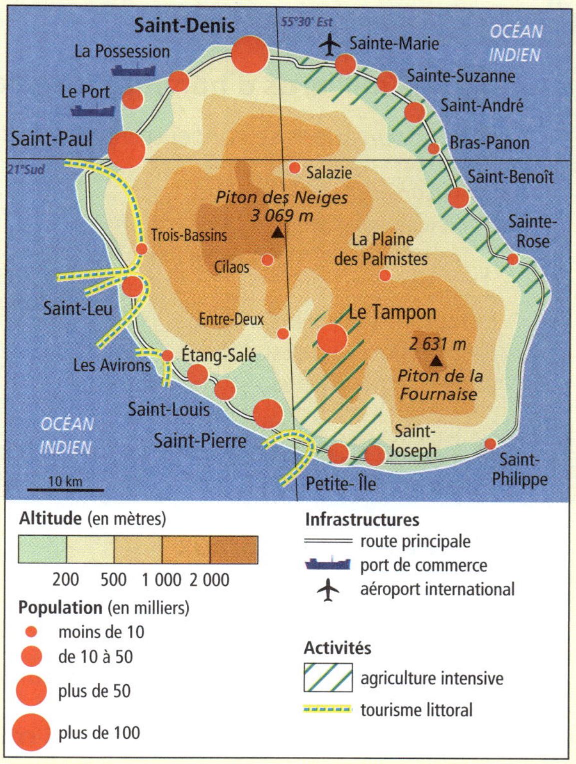

a. Dans quel hémisphère se trouve La Réunion ? À quelle latitude ? À quelle longitude ?

....

b. Quel océan baigne les côtes réunionnaises ?

....

c. Rappelle la définition de la densité de population.

....

d. La population est-elle bien répartie sur le territoire ?

....

e. Où se trouvent les villes ? Pourquoi ? Quelle particularité peux-tu remarquer en lisant leur nom ? Quelles sont leurs activités ?

....

? indice

Le Piton de la Fournaise est un volcan actif contrairement au Piton des Neiges.

Corrigés page 35 du Guide

20 La population mondiale

Je me demande…
Qu'est-ce qui explique la concentration des hommes sur les littoraux ?

Les points clés

1 7,7 milliards d'hommes inégalement répartis

- Les populations se concentrent le long des côtes, pour diverses raisons.

Concentration le long des côtes

- **Raisons économiques** : pendant longtemps le commerce s'est fait par la mer
- **Raisons climatiques** : le climat le long des côtes est plus tempéré (hivers doux, étés frais)
- **Raisons agricoles** : en Asie, la culture du riz s'est d'abord développée dans les deltas
- **Raisons historiques** : les migrants s'installaient dans le port où ils accostaient

- À l'inverse, **déserts** chauds ou froids, **hautes montagnes** et **régions équatoriales**, couvertes de forêts très denses, sont très peu peuplés.

2 Citadins et ruraux

- En 2018, 54 % de la population mondiale vivaient en ville (**citadins**). Certaines villes ont une banlieue très étendue : on parle d'**agglomération**.
- Ceux qui vivent à la **campagne** – les **ruraux** – ne sont pas tous agriculteurs.

3 D'importants mouvements migratoires

- Dans les **pays en voie de développement**, et tout particulièrement en Afrique, l'**exode rural** est important et concerne surtout les populations jeunes.
- Dans les **pays développés**, la population occupe surtout la banlieue.

Mots-Clés

- **Mégalopole** : très grande agglomération formée de plusieurs villes qui se rejoignent.
- **Mouvement migratoire** : déplacement de population d'un pays à un autre.

Le document clé

La répartition de la population en 2015

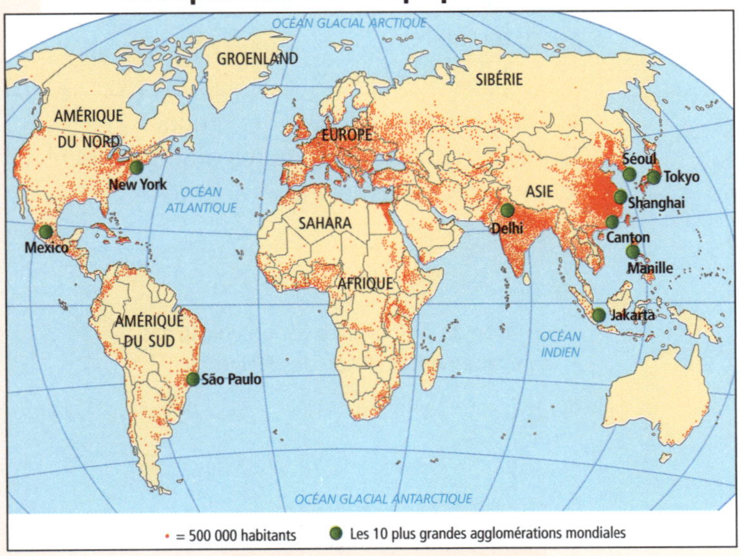

1. Présenter. Ce planisphère montre la répartition de la population mondiale vers 2015.

2. Analyser la carte. L'hémisphère nord est plus peuplé que l'hémisphère sud. Les continents y sont plus étendus. L'Asie du Sud et de l'Est est le principal foyer de peuplement. Les foyers secondaires sont l'Europe, le Nord-Est américain, la côte brésilienne et le golfe de Guinée.

3. Conclure. La population mondiale est très inégalement répartie.

On s'entraîne !

1 QUIZ

Relie chaque définition au mot correspondant.

a. Nombre d'habitants par km² •	• foyer de peuplement
b. Habitants des villes •	• mégalopole
c. Région du monde très peuplée •	• densité
d. Plusieurs agglomérations qui se rejoignent •	• citadin

2 Comparer des densités de population

État	Population (2018)	Superficie (km²)	Densité (hab./km²)
Allemagne	82 700 000	357 026	....
Chine	1 400 000 000	9 641 144	....
Espagne	46 600 000	505 911	....
États-Unis	326 000 000	9 629 048	....
France (incluant l'outre-mer)	67 100 000	632 834	....
France métropolitaine	64 810 000	552 000	....
Inde	1 340 000 000	3 287 000	....
Italie	60 500 000	301 336	....
Pays-Bas	17 100 000	41 528	....
Royaume-Uni	66 020 000	242 821	....
Suède	10 100 000	449 964	....

a. Calcule la densité moyenne de population de chaque État.

b. Un nombre élevé d'habitants est-il obligatoirement synonyme de forte densité ? Donne un exemple pour justifier ta réponse.

c. Quel État a la plus forte densité de population ?

d. Quels sont, en considérant le nombre d'habitants, les deux pays les plus peuplés ? Entoure-les.

e. Compare la densité de ces deux pays à celle de la France.

? indice

a. On calcule la densité en divisant le nombre d'habitants par la superficie du territoire donné.

3 CONTRÔLE EXPRESS

Observe la carte ci-dessous et réponds aux questions.

La répartition de la population africaine

Domaines climatiques
- domaine équatorial, forêt dense
- domaine tropical humide (savane) ou sec (steppe)
- domaine désertique, absence de végétation
- domaine méditerranéen, végétation méditerranéenne

Population
- chaque point représente 500 000 habitants
- agglomération de plus de 5 millions d'habitants
- agglomération entre 1 et 5 millions d'habitants

a. Combien chaque point représente-t-il d'habitants ?

....

....

b. La population est-elle équitablement répartie ?

....

c. Quelles sont les régions les plus peuplées ? Pour quelles raisons ?

....

....

d. À quels domaines climatiques correspondent les régions les moins peuplées ?

....

....

Corrigés page 35 du Guide

21 L'Asie de l'Est et l'Europe de l'Ouest

Je me demande...
Pour quelles raisons ces régions sont-elles devenues des foyers de peuplement ?

Les points clés

L'Asie du Sud, l'Asie de l'Est et l'Europe sont les trois grands foyers de peuplement. Ils rassemblent les deux tiers de la population mondiale.

Mots-Clés

- **Foyer de peuplement** : espace où la population est très nombreuse, depuis plusieurs siècles.
- **Urbanisation** : développement des villes.

1 En Asie, la culture du riz a fixé les populations

- La Chine et l'Inde (38 % de la population mondiale) **comptent chacune plus d'un milliard d'habitants**. Mais leur population vieillit. Deltas, vallées et littoraux concentrent les grandes villes et les plus fortes densités : Mumbai, Calcutta, Shanghai ou Tokyo dépassent 10 millions d'habitants.
- Pratiquée dans les deltas et les plaines balayées par la **mousson** (vent saisonnier apportant d'abondantes précipitations), la **culture du riz** exige une abondante main-d'œuvre. L'**irrigation** permet la culture du riz en terrasses. La riziculture a fixé les premières **villes**. Commerce et industrie ont favorisé les **ports**.

2 En Europe de l'Ouest, commerce et industries

- Les littoraux attirent les hommes, mais on note aussi de fortes densités **continentales**. La conquête des Amériques et les **relations avec les colonies** ont favorisé **les ports** de la façade ouest. Certains, au **fond de l'estuaire** d'un grand fleuve, bénéficient d'un important **arrière-pays**.
- Au XIXe siècle, l'essor de la sidérurgie et de la métallurgie dans les **régions minières** a profité aux villes continentales.
- Les montagnes sont mises en valeur pour les activités touristiques. Les régions agricoles sont peu peuplées car l'agriculture est très **mécanisée**.

En Europe, les routes romaines ont favorisé l'urbanisation des plaines et vallées.

Le document clé

Le repiquage du riz à Bali

Repiquage du riz à Bali.

1. **Présenter.** Cette photographie prise à Bali, une île d'Indonésie, montre des paysans en train de repiquer (c'est-à-dire replanter) des plants de riz.
2. **Analyser.** On y voit des parcelles inondées, très petites, séparées par des digues qui servent de chemin et retiennent l'eau. Le repiquage se fait à la main, plant par plant. C'est un travail long, minutieux et pénible : les riziculteurs travaillent dos courbé et pieds dans l'eau toute la journée. Il n'est guère possible d'utiliser un tracteur pour biner ou désherber les parcelles. Tout se fait à la main.
3. **Conclure.** La riziculture est une culture traditionnelle intensive qui nécessite beaucoup de main-d'œuvre mais peut donner jusqu'à trois récoltes par an.

On s'entraîne !

1 QUIZ

Vrai ou faux ?

	V	F
a. La Chine et l'Inde comptent chacune plus d'un milliard d'habitants.	☐	☐
b. La riziculture est une culture très mécanisée.	☐	☐
c. L'Europe de l'Ouest compte peu de grandes villes continentales.	☐	☐
d. L'Asie, l'Europe et l'Afrique sont les trois grands foyers de peuplement.	☐	☐

2 *La répartition des populations*

Observe ces deux cartes et complète le texte avec les expressions ou mots suivants :
riziculture • ports • densités • deltas • régions continentales • plaines littorales • attiré

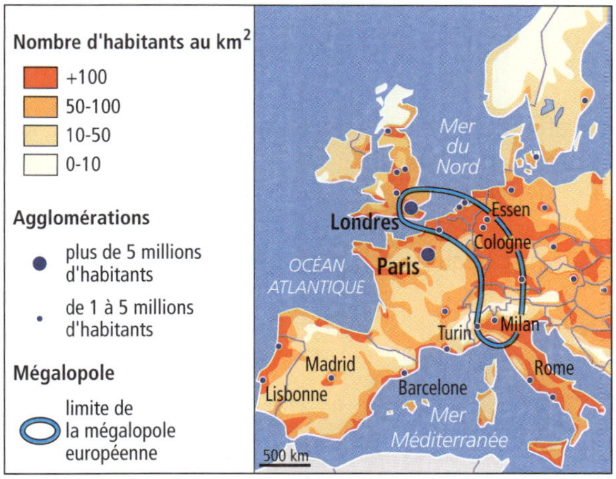

Les densités de population en Europe de l'Ouest.

Les densités de population en Asie de l'Est.

En Asie de l'Est et en Europe de l'Ouest, les littoraux ont .... les hommes. Mais les fortes densités sont deux fois plus élevées en Asie. Les très grandes villes sont surtout des .... Cependant, alors que la population de l'Asie est surtout installée dans les .... et les ...., en Europe, les plus fortes .... s'observent dans les .... En Asie, cela s'explique par l'importance de la ....

3 CONTRÔLE EXPRESS

Lis le texte et réponds aux questions.
Dans la deuxième moitié du xxe siècle, les États d'Asie ont dû augmenter la production de riz.

Rizière en terrasses aux Philippines.

La riziculture aux Philippines

La pression démographique a conduit à un paysage construit, marqué par une agriculture intensive. À l'assaut des versants des volcans grimpent des rizières en terrasses, sur des centaines de mètres. Cette organisation de l'espace demande un énorme travail de construction et d'entretien (400 jours de travail par hectare par an). L'autosuffisance est réalisée grâce aux deux récoltes annuelles. Aussi remarquable soit-elle, l'agriculture intensive du riz a ses limites : une solution actuelle consiste à déplacer la population « en surnombre » vers des îles moins peuplées.

TDC n° 455.

a. Pourquoi les habitants ont-ils aménagé des terrasses ?
b. Pourquoi parle-t-on de paysage « construit » ?
c. L'aménagement des terrasses a-t-il été suffisant ?

Corrigés page 35 du Guide

22 Les principes de la République

Je me demande…
Quelles garanties offre la Constitution aux citoyens ? Qu'est-ce que l'État de droit ?

L'exemple qui fait réfléchir

La Constitution de 1958 assure l'égalité entre les citoyens

Article 1 de la Constitution : La France est une République indivisible, laïque, démocratique et sociale. Elle assure l'égalité devant la loi des citoyens sans distinction d'origine, de race ou de religion. Elle respecte toutes les croyances.

Article 2 : La langue de la République est le français ; l'emblème national le drapeau tricolore, bleu, blanc, rouge ; l'hymne national *La Marseillaise* ; la devise de la République « Liberté, Égalité, Fraternité ».

- Une constitution est un ensemble de textes définissant l'**organisation politique** d'un pays. En l'occurrence, la Constitution de 1958 fonde la Ve République française.
- La France est une **république démocratique**, c'est-à-dire que les Français élisent librement leurs représentants. Elle est **laïque**, ce qui assure à chacun la liberté de culte.
- L'**égalité** de tous devant la loi est garantie par le code civil et le code pénal. Tout cela est contenu dans la **devise nationale**.

Les points clés

EMC

1 Les libertés fondamentales

- En France, la démocratie repose sur des **textes** qui affirment les libertés et garantissent la pluralité des opinions, des partis politiques et des organes de presse.

La Déclaration des droits de l'homme de 1789 stipule	« La liberté consiste à faire tout ce qui ne nuit pas à autrui » (art. 4)
La loi du 9 déc. 1905 instaure	• la séparation des Églises et de l'État • la liberté pour chacun de pratiquer la religion de son choix
La Constitution de 1958 garantit	• la liberté de conscience • la liberté d'expression • la liberté de circulation • la liberté de réunion • la liberté de manifestation • le droit au respect de la vie privée

2 L'État de droit

- État de droit signifie que les lois sont écrites et s'appliquent aux pouvoirs publics et à tous les citoyens, qui ont les **mêmes droits** et les **mêmes devoirs**.
- Plusieurs textes définissent les **droits** et les **libertés** : la Déclaration des droits de l'homme et du citoyen de 1789, le préambule de la Constitution de 1946 repris par la Constitution de 1958 et la Convention européenne des droits de l'homme de 1950.

On s'entraîne !

1 QUIZ

Vrai ou faux ?

	V	F
a. La loi de séparation de l'Église et de l'État a été votée en 1805.	☐	☐
b. La France est une République démocratique.	☐	☐
c. On peut faire tout ce que l'on veut.	☐	☐
d. Le catholicisme est religion d'État en France.	☐	☐

2 La liberté d'expression

Lis le texte puis réponds aux questions.

En janvier et en novembre 2015, la France connaissait des attentats meurtriers. L'un mené contre le journal satirique Charlie Hebdo *et un hypermarché juif (17 morts), l'autre contre des spectateurs qui assistaient à un concert de rock et des personnes attablées aux terrasses de cafés (130 morts et 352 blessés). Dans les deux cas, les auteurs ont dit agir au nom de leur religion.*

Dans le quotidien britannique The Guardian, *un journaliste réagissait :* « C'est le moment pour les journalistes et les rédacteurs en chef de grandes publications à travers le monde d'honorer leurs confrères assassinés de *Charlie Hebdo* en refusant l'autocensure. Rien, pas même une religion, ne doit être hors d'atteinte. La satire s'en prend aux icônes sacrées, mais elle ne les abat pas. La satire fait mal, mais elle ne provoque pas de blessures physiques. La satire blesse, mais elle ne tue pas. »

a. En refusant l'autocensure, quelle liberté défend ce journaliste ?

b. Cherche la définition du mot « satire ».

c. En quoi les auteurs de ces attentats ont-ils enfreint les principes de la République ?

3 CONTRÔLE EXPRESS

Quelques articles de la Charte de la laïcité à l'école publique

1 | La France est **une République indivisible, laïque, démocratique et sociale.** Elle assure l'égalité devant la loi, sur l'ensemble de son territoire, de tous les citoyens. Elle respecte toutes les croyances.

2 | La République laïque organise **la séparation des religions et de l'État.** L'État est neutre à l'égard des convictions religieuses ou spirituelles. Il n'y a pas de religion d'État.

3 | La laïcité garantit **la liberté de conscience** à tous. **Chacun est libre de croire ou de ne pas croire.** Elle permet la libre expression de ses convictions, dans le respect de celles d'autrui et dans les limites de l'ordre public.

4 | La laïcité permet l'exercice de la citoyenneté, en conciliant **la liberté de chacun** avec **l'égalité et la fraternité de tous** dans le souci de l'intérêt général.

5 | La République assure dans les établissements scolaires le respect de chacun de ces principes.

6 | La laïcité de l'École offre aux élèves les conditions pour forger leur personnalité, exercer leur libre arbitre et faire l'apprentissage de la citoyenneté. **Elle les protège de tout prosélytisme et de toute pression** qui les empêcheraient de faire leurs propres choix.

14 | Dans les établissements scolaires publics, les règles de vie des différents espaces, précisées dans le règlement intérieur, sont respectueuses de la laïcité. **Le port de signes ou tenues par lesquels les élèves manifestent ostensiblement une appartenance religieuse est interdit.**

a. Cherche la définition de « charte » et de « prosélytisme ».

b. Que signifie « la France est une République laïque » ? Que garantissent les cinq premiers articles ?

c. Personnels et élèves ont-ils le droit de porter, dans l'enceinte de l'établissement, un élément visible manifestant leur appartenance à une religion ? Pourquoi ?

? indice

c. La règle est rappelée dans l'article 14 de la charte. Mais, pour comprendre pourquoi elle s'applique aux personnels et aux élèves, tu devras te référer aux articles 2 et 6.

Corrigés page 36 du Guide

23 Être citoyen français et européen

Je me demande...
Quels sont les droits politiques du citoyen français ? et ceux du citoyen européen ?

L'exemple qui fait réfléchir

Un legs commun à tous les Européens

> Consciente de son patrimoine spirituel et moral, l'Union se fonde sur les valeurs indivisibles et universelles de dignité humaine, de liberté, d'égalité et de solidarité ; elle repose sur le principe de la démocratie et le principe de l'État de droit. Elle place la personne au cœur de son action en instituant la citoyenneté de l'Union et en créant un espace de liberté, de sécurité et de justice. Elle assure la libre circulation des personnes, des biens, des services et des capitaux.
>
> Extraits du préambule de la Charte des droits fondamentaux de l'Union européenne (2000).

- Les États européens ont un **patrimoine commun** qui date de l'**Antiquité grecque** (démocratie, patrimoine intellectuel et artistique) et romaine (administration, droit, langue).
- Le **christianisme** a structuré les sociétés. Les Européens partagent les mêmes valeurs de liberté et du respect de l'autre.

Les points clés

La Constitution de 1958 fixe nos institutions. Mais la France est aussi membre de l'Union européenne, donc soumise aux institutions européennes.

1 La France est une démocratie

- Le **préambule** (l'introduction) **de notre constitution renvoie à la première constitution** promulguée le 26 août 1789. Depuis, le texte a subi des modifications mais a gardé le même esprit.
- Tous les Français âgés de plus de 18 ans élisent le président de la République, les députés, les conseillers départementaux, régionaux et les conseils municipaux (suffrage universel direct). **Hommes et femmes ont les mêmes droits politiques.**
- La constitution garantit nos libertés, mais **leur exercice est soumis à des règles définies par la loi.**

2 Citoyen français et européen

- Depuis le **traité de Maastricht** (1992), un citoyen français est aussi un citoyen européen.
- La Charte des droits fondamentaux de l'Union européenne, signée en 2000, garantit les **mêmes droits à tous les citoyens européens** : circuler, travailler et résider dans le pays de son choix, participer aux élections municipales de son lieu de résidence. La **Cour de justice de l'Union européenne** assure le respect des droits communautaires.
- **Les élections européennes** (tous les 5 ans) se font au **suffrage universel direct**. Les députés siègent non pas par pays mais par sensibilité politique.
- Depuis 2002, **19 États** ont adopté la même monnaie : **l'euro**.

Mot-Clé
Suffrage universel direct : tous les citoyens majeurs élisent leurs représentants.

On s'entraîne !

1 QUIZ

Complète le texte avec les mots suivants :
2002 • 5 • suffrage universel • 19 • Cour de justice de l'Union européenne (CJUE)

Les électeurs des 27 pays qui composent l'Union européenne élisent leurs députés au .... tous les .... ans. .... pays ont adopté la même monnaie en .... ce qui facilite la mobilité des travailleurs. La .... assure le respect des droits de chacun.

2 *La liberté et l'égalité*

Lis ces extraits et réponds aux questions.

La Constitution de 1789

Article Ier
Les hommes naissent et demeurent libres et égaux en droits.

Article X
Nul ne doit être inquiété pour ses opinions, même religieuses, pourvu que leur manifestation ne trouble pas l'ordre public établi par la Loi.

Article XI
La libre communication des pensées et des opinions est un des droits les plus précieux de l'Homme : tout Citoyen peut donc parler, écrire, imprimer librement, sauf à répondre de l'abus de cette liberté, dans les cas déterminés par la Loi.

La Constitution de 1958

Article 1er
La France est une République indivisible, laïque, démocratique et sociale. Elle assure l'égalité devant la loi de tous les citoyens sans distinction d'origine, de race ou de religion. Elle respecte toutes les croyances.
La loi favorise l'égal accès des femmes et des hommes aux mandats électoraux et fonctions électives, ainsi qu'aux responsabilités professionnelles et sociales.

Article 2
Son principe est : gouvernement du peuple, par le peuple et pour le peuple.

a. Que signifie « libres et égaux en droits » ? Pourquoi cette notion de « droits » est-elle importante ? Retrouve, dans la Constitution de 1958, l'article et l'expression qui correspondent.
b. Peut-on faire tout ce que l'on veut ?
c. Quelles sont les libertés garanties par la Constitution ? Cite les articles concernés.
d. Comment appelle-t-on « un gouvernement par le peuple » ?

3 CONTRÔLE EXPRESS

Observe cet organigramme et réponds aux questions.

Le parlement européen en 2019 jusqu'en 2024
Représentation par groupes politiques
(En nombre de députés)

Nom du groupe	Positionnement
PPE Groupe du Parti populaire européen	Démocrates-chrétiens et droite
S & D Alliance Progressiste des Socialistes et Démocrates	Socialistes et sociaux-démocrates
Renew Europe Renew Europe groupe	Libéraux
Verts/ALE Verts/Alliance libre européenne	Verts et partis régionalistes
ID Identité et démocratie	Extrême droite
ECR Conservateurs et Réformistes européens	Conservateurs et eurosceptiques
GUE/GVN Gauche unitaire européenne/Gauche verte nordique	Extrême gauche et écologistes
NI Non inscrits	

Source : Parlement européen

a. Combien y a-t-il de députés européens en 2019 ?
b. Les députés conservateurs et réformistes européens se disent « eurosceptiques » et les députés de l'Alliance libre européenne soutiennent le régionalisme. Cherche dans un dictionnaire ce que veulent dire « eurosceptique » et « régionalisme ».
c. Pourquoi peut-on dire que l'Europe est dirigée selon le principe d'une démocratie ?

Corrigés page 36 du Guide

24 La différence entre croyance et opinion

Je me demande…

Est-on libre d'avoir ses propres croyances ? Qu'est-ce que l'opinion publique ?

L'exemple qui fait réfléchir

L'enfant croit au Père Noël

Ce que je me rappelle parfaitement, c'est la croyance absolue que j'avais à la descente par le tuyau de la cheminée du petit père Noël, bon vieillard à barbe blanche qui, à l'heure de minuit, devait venir déposer dans mon petit soulier un cadeau que j'y trouverais à mon réveil […]. Quels efforts incroyables je faisais pour ne pas m'endormir avant l'apparition du petit vieux ! J'avais à la fois grande envie et grand'peur de le voir […] mais jamais je ne pouvais me tenir éveillée jusque-là […]. Je courais, pieds nus, m'emparer de mon trésor.

George Sand, *Histoire de ma vie*, 1855.

- Les enfants croient au Père Noël. Personnage mystérieux, légendaire, dont l'existence se perd dans la nuit des temps.
- L'image d'un vieux monsieur bedonnant, à la barbe blanche, qui habite au pôle Nord et apporte des cadeaux aux enfants sages traverse les siècles tout en gardant ce **caractère magique et surnaturel** propre à une croyance.

Les points clés

Chacun est libre, en démocratie, d'avoir des croyances et des opinions personnelles.

1 Qu'est-ce que la croyance ?

- **C'est le fait de croire en l'existence de quelqu'un ou de quelque chose.** On croit en Dieu ou aux fantômes. Des êtres que l'on n'a jamais vus. On peut croire en une doctrine, une thèse, sans avoir pu en vérifier la portée réelle. On se fie à cette idée pour agir.
- **Une croyance peut durer plusieurs siècles** et constituer **la base d'une civilisation**. Les différentes religions ont imprimé leurs marques sur les façons de vivre, de penser, l'architecture (les temples grecs et romains dédiés aux dieux et déesses).
- Parfois, comme ce fut le cas à Rome lors de l'apparition du christianisme, elle est menacée par une autre croyance, décline et disparaît. À l'inverse, une croyance qui se développe, s'impose peu à peu et peut souder des peuples auparavant rivaux (Gallo-Romains et Francs avec le christianisme).

2 Qu'est-ce que l'opinion ?

- C'est **un jugement, une manière de penser**. D'ailleurs, quand on émet une opinion, on dit « je pense que ». L'opinion évolue parce qu'**elle est fondée sur un raisonnement**. Elle peut être **passagère**.
- À notre époque, **le rôle des médias est très important**. On dit d'ailleurs qu'ils « créent » l'opinion. Les hommes politiques le savent, analysent les sondages d'opinion, en tiennent compte pour la rédaction de leurs discours.

Mot-Clé

Médias : tous les procédés qui permettent de diffuser des informations (Internet, télévision, etc.).

EMC

On s'entraîne !

1 QUIZ

Complète la grille avec les mots correspondants.

Verticalement
1. Les hommes politiques y sont attentifs.
2. Ils donnent les informations.
3. Elle ne peut être démontrée.
4. Manière de penser.

Horizontalement
A. Elle est apparue en Grèce.
B. C'est la croyance en un ou plusieurs dieux.

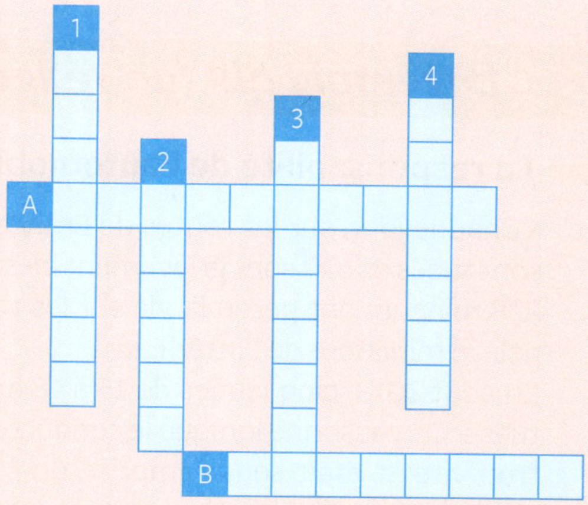

2 CONTRÔLE EXPRESS

Observe bien les résultats de ce sondage d'opinion, puis réponds aux questions.

Les Français plus « écolos » que jamais ?

Seriez-vous prêts à adopter l'une des mesures suivantes pour protéger l'environnement ?

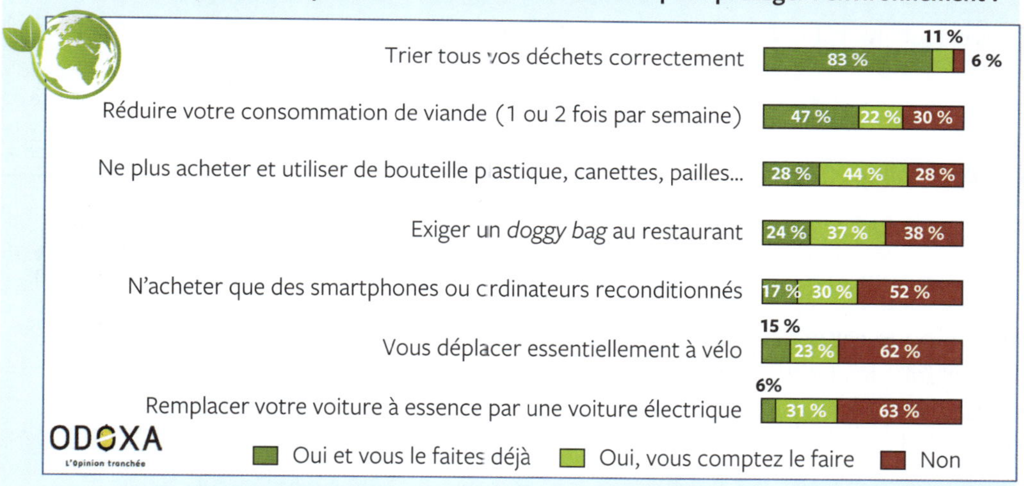

Méthodologie : sondage réalisé par Internet le 26 septembre 2019 auprès de 996 personnes.

Source : « Comportements visant à protéger l'environnement adoptés par les Français », sondage réalisé par l'institut Odoxa pour Aviva (groupe d'assurance), Challenges (magazine hebdomadaire) et BFM Business (station de radio), publié le 3 octobre 2019.

a. Combien de personnes ont-elles été interrogées ? Par quel moyen ?
b. Quel est le thème du sondage ?
c. Dans quel domaine les Français sont-ils les plus nombreux à vouloir faire un effort ?
d. Dans quel domaine ne sont-ils pas prêts ? D'après toi, pourquoi ?
e. Quel paradoxe relèves-tu dans le comportement des Français ?

indice
Un *doggy bag* est un emballage servant à emporter les restes d'un repas.

Corrigés page 36 du Guide

25 La responsabilité

Je me demande...
Qu'est-ce que le « civisme » ? Comment se comporter en collégien responsable ?

L'exemple qui fait réfléchir

La responsabilité de l'automobiliste

« Chaque jour, sur les routes de France, 9 personnes sont tuées et 100 sont grièvement blessées. En 2014, 228 mineurs ont perdu la vie sur les routes », a rappelé le ministère de l'Intérieur.
En août 2013, cinq jeunes de 15 à 18 ans avaient été tués à Carcassonne lorsque le conducteur, qui roulait trop vite et était sous l'emprise du cannabis, avait perdu le contrôle du véhicule dans lequel ils se trouvaient.

Extrait d'un article de *La Dépêche du Midi* daté du 2 août 2015.

- Les accidents de la route sont souvent dus à un **manque de sens de responsabilité**. Rouler trop vite pour impressionner les copains, fumer du cannabis ou boire de l'alcool altèrent les réflexes et le sens des réalités. Les conséquences peuvent être dramatiques.
- Le journaliste de *La Dépêche* écrit cet article en 2015 pour déplorer l'**insécurité routière** suite à un autre accident de la route qui a coûté la vie à quatre jeunes âgés de 15 à 17 ans et blessé plus ou moins grièvement dix de leurs camarades.

Les points clés

1 La responsabilité de l'individu

- La responsabilité est la **capacité de répondre de ses actes et de leurs conséquences.**

La responsabilité
- **morale** : respecter un engagement pris
- **civile** : réparer les dégâts causés
- **pénale** : répondre à une convocation devant un tribunal suite à une faute (infraction, propos diffamatoires...)

C'est parce qu'on est libre d'agir qu'on est responsable de ce que l'on fait.

- **Tout le monde est concerné.** Les parents sont responsables de l'éducation de leurs enfants, le chef d'entreprise de la sécurité de ses employés, l'enseignant de sa classe. Les élèves sont responsables de leur comportement et peuvent être sanctionnés s'ils ne respectent pas le règlement intérieur de l'établissement.

2 La responsabilité du citoyen

- Le citoyen élit les députés (qui votent les lois), les conseillers municipaux et peut lui-même être élu. **Par son vote, il est responsable des décisions prises.** Il doit obéir aux lois, respecter les règlements (code de la route) et le bien public, acquitter ses impôts. C'est le **civisme**. Beaucoup de villes ont un conseil municipal des enfants.
- Au collège, élu par ses camarades, le délégué assiste au conseil de classe dont il fait le compte rendu. Il doit être discret et impartial.

3 La responsabilité des médias

- **Le journaliste est pénalement responsable de ses propos.** Certaines chaînes ont été sanctionnées après les attentats de janvier 2015 et des journalistes critiqués pour ne pas avoir pris suffisamment de précautions avec le droit à l'image. *Closer*, *Paris Match* et bien d'autres médias se retrouvent régulièrement au tribunal pour atteinte à la vie privée.

On s'entraîne !

1 QUIZ

Vrai ou faux ?

	V	F
a. Je suis libre de ne pas respecter mes engagements.	☐	☐
b. Le collégien doit respecter le règlement intérieur de l'établissement.	☐	☐
c. Le conducteur d'une voiture est responsable de la sécurité de ses passagers.	☐	☐
d. Le journaliste doit vérifier ses informations avant de les divulguer.	☐	☐
e. Le citoyen n'a aucune responsabilité dans les décisions prises par les élus.	☐	☐

2 *La responsabilité du journaliste*

Lis le texte puis réponds aux questions.

Le 28 février 2015, l'Agence France-Presse (AFP) annonçait la mort de l'industriel Martin Bouygues. Une fausse nouvelle. Le 5 mars, le journal Le Monde *écrivait :*

> « Cinq jours après l'annonce erronée de la mort de Martin Bouygues par l'Agence France-Presse, les premières conséquences ont été actées avec la démission, jeudi 5 mars, du directeur de la région France et du rédacteur en chef. [...] La journaliste de permanence a pris seule la décision de publier la dépêche annonçant à tort la mort de M. Bouygues. »

a. Quelles conséquences a eu l'annonce, fausse, du décès de Martin Bouygues ?

....

....

b. Pourquoi est-ce le directeur de la région et le rédacteur en chef qui ont démissionné ?

....

....

c. Qu'aurait dû faire la journaliste avant de donner l'information ?

....

....

3 CONTRÔLE EXPRESS

Lis le texte et observe la photographie, puis réponds aux questions.

Procès après la tempête Xynthia

Le 28 février 2010, la tempête Xynthia dévastait le village de La Faute-sur-mer et faisait 29 victimes. Les familles ont porté plainte contre le maire.

Tout un quartier de La Faute-sur-Mer submergé lors de la tempête.

> Le tribunal correctionnel des Sables-d'Olonne a rendu sa décision sur les responsabilités pénales [...]. Verdict ? Quatre ans de prison ferme pour l'ancien maire de la commune, René Marratier, reconnu coupable d'homicides involontaires et de mises en danger de la vie d'autrui. Son ancienne adjointe à l'urbanisme, Françoise Babin, est condamnée à deux ans et 75 000 euros d'amende. Le fils de cette dernière, agent immobilier, à 18 mois. [...] Quant à Alain Jacobsoone, seul représentant de l'État sur le banc des prévenus, il est relaxé par le tribunal qui n'a retenu qu'une faute simple à son encontre.
>
> Derrière ces condamnations et cette relaxe pointe le débat sur les responsabilités respectives des élus locaux et de l'État. [...]
>
> Si la faute caractérisée des élus a été retenue dans la gestion de la crise, le tribunal a toutefois relevé plusieurs manquements des services de l'État, qui avaient accepté que la zone soit rendue constructible et délivré des avis favorables à des permis de construire.
>
> Laurent Radisson, *Environnement et technique*, n° 343.

a. Quelle fut la principale conséquence de la tempête Xynthia pour les habitants ?
b. Pourquoi le maire, son adjointe et l'agent immobilier ont-ils été condamnés ?
c. Qui avait rendu cette zone constructible et approuvé les permis de construire ?

Corrigés page 36 du Guide

Test - Bilan

Histoire

1 Le peuplement de la Terre s'est fait par vagues successives.

☐ vrai ☐ faux

2 Les premières cités-États se sont constituées dans le Croissant fertile et se sont dotées d'une armée.

☐ vrai ☐ faux

3 Numérote les types d'écriture selon leur ancienneté :

.... hiéroglyphes
.... pictogrammes-idéogrammes
.... écriture cunéiforme

4 Dans la Grèce ancienne, toutes les cités sont des démocraties.

☐ vrai ☐ faux

5 La civilisation gréco-orientale mélange des éléments des civilisations grecque et macédonienne.

☐ vrai ☐ faux

6 César a triomphé des Gaulois en 52 apr. J.-C.

☐ vrai ☐ faux

7 L'annone est un impôt acquitté par les habitants de l'Empire romain pour ravitailler Rome.

☐ vrai ☐ faux

8 L'Édit de Caracalla fut signé en :

☐ – 212 ☐ 212 ☐ 312

9 La route de la soie s'appelle ainsi parce que :

☐ les voyageurs qui la parcouraient portaient des vêtements de soie.
☐ les caravanes partant de Chine transportaient des tissus de soie.
☐ les coussins sur lesquels s'asseyaient les caravaniers étaient recouverts de soie.

10 Le monothéisme est le fait de croire en plusieurs dieux.

☐ vrai ☐ faux

.... /10

Géographie

11 Dans un éco-quartier, on :

☐ construit des immeubles qui consomment peu d'énergie.
☐ favorise l'utilisation de la voiture.
☐ économise l'eau.
☐ ferme les commerces de proximité.

12 Coche la (ou les) bonne(s) réponse(s).

☐ En Afrique, la pratique du brûlis apporte de l'engrais à la terre.
☐ L'agriculture vivrière assure la richesse des paysans africains.
☐ L'agriculture scientifique n'utilise ni engrais ni produits phytosanitaires.
☐ L'agriculture commerciale produit pour le commerce local.

13 Coche la (ou les) bonne(s) réponse(s).

☐ Un front pionnier est un espace défriché pour attirer de nouvelles populations.
☐ Les paysans brésiliens sont, en majorité, propriétaires de leurs terres.
☐ Aux États-Unis, les petites exploitations dominent.

14 Coche la (ou les) bonne(s) réponse(s).

☐ La mousson est une tempête tropicale.
☐ La population de l'Asie rajeunit.
☐ L'agriculture intensive traditionnelle nécessite beaucoup de main-d'œuvre.
☐ En Asie, le riz peut être cultivé en terrasses.

.... /4

EMC

15 La France est un État de droit parce que :

☐ les lois sont écrites.
☐ chacun fait ce qu'il veut.

16 Les Français sont citoyens européens depuis le traité :

☐ de Rome. ☐ de Maastricht.

17 L'opinion est une manière de penser.

☐ vrai ☐ faux

.... /3

Score total : .... /17

CORRIGÉS P. 36 DU GUIDE

SCIENCES & TECHNO

1 Les corps purs et les mélanges

Je me demande…
Qu'est-ce qu'un « corps pur » ? Quand peut-on dire d'un mélange qu'il est une solution ?

Les points clés

Toute matière occupe un **volume** (de l'espace) et possède une **masse**. On rencontre la matière, le plus fréquemment, sous trois états : **solide**, **liquide** et **gazeux**.

1 Les corps purs et les mélanges

- On appelle **corps purs** les matières constituées d'une seule espèce chimique.
- Un **mélange** est constitué de plusieurs corps purs mis ensemble (eau salée, air).

Un mélange peut être
- **hétérogène** : on peut distinguer les éléments qui le constituent
- **homogène** : on ne peut pas distinguer à l'œil nu les différents éléments qui le constituent

- Si le résultat d'un mélange de deux liquides est homogène, on dit qu'ils sont **miscibles**.

2 Les solutions

- Une solution est un mélange parfaitement homogène composé d'un **solvant** présent en plus grande quantité et d'un ou de plusieurs **solutés** solides ou gazeux. Lorsque le solvant est de l'eau, on parle de **solution aqueuse**.
- Une solution est dite **saturée**, lorsqu'il n'est plus possible de dissoudre davantage de soluté dans le solvant.

3 Dissolution et transformation chimique

- À la différence d'une dissolution au cours de laquelle les constituants ne sont **pas modifiés**, une transformation chimique a pour résultat une **modification des constituants initiaux** : certains apparaissent et d'autres disparaissent.

Mot-clé
Dissolution : résultat du mélange d'un soluté dans un solvant.

Un peu de méthode

Voilà une expérience facile à faire chez moi !

Fabriquer des pyramides de sel

1. Dans une bouteille en plastique vide, je verse l'équivalent d'un verre d'eau du robinet, puis une cuillère à soupe de sel fin. Je rebouche et j'agite pour bien mélanger afin d'obtenir une **solution d'eau salée**.
2. Je recommence jusqu'à ce que le sel ne se dissolve plus. La solution est arrivée à **saturation**.
3. Je verse un peu de cette solution dans un récipient plat et je laisse **l'eau s'évaporer** (cela prendra plusieurs jours).
4. J'observe la formation de magnifiques pyramides de sel. On appelle ces **cristaux de sel** des trémies.

On s'entraîne !

1 QUIZ

Vrai ou faux ?

	V	F
a. Plusieurs corps purs réunis constituent un mélange.	☐	☐
b. On peut distinguer les différents composants d'une solution.	☐	☐
c. L'eau et l'huile sont miscibles.	☐	☐
d. Une eau saturée en sel, c'est une eau dans laquelle le sel ne peut plus se dissoudre.	☐	☐

2 *Mélanges et solutions*

Complète ces phrases avec les mots suivants :
aqueuse • sel • solvant • hétérogène • saturée • soluté

a. Un mélange où l'on distingue des éléments non dissous est un mélange ....

b. Une solution d'eau salée .... est une solution dans laquelle on ne peut plus dissoudre de ....

c. Une solution .... est une solution dont le solvant est de l'eau.

d. Dans une solution, le .... est dissous dans le ....

3 *La récupération d'un gaz par déplacement d'eau*

a. Qu'observes-tu lorsque tu ouvres une bouteille d'eau gazeuse ? **Comment l'expliques-tu ?**

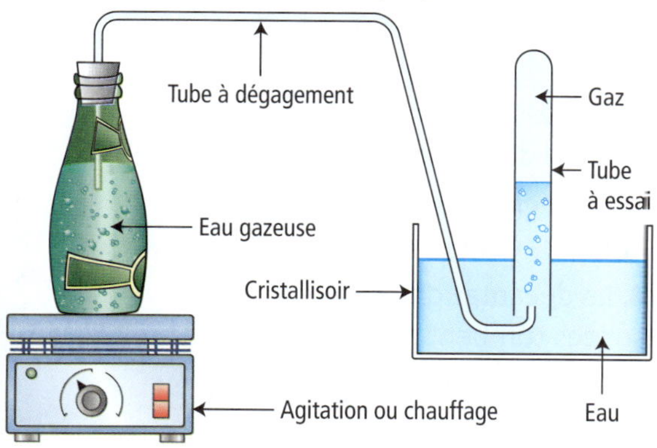

b. Dans le dispositif présenté ci-contre, **d'où vient le gaz** qui remplit le tube à essai ?

c. Où va l'eau chassée de ce tube ?

d. En quoi est-ce utile d'agiter ou de chauffer l'eau gazeuse ?

indice

La solubilité du gaz diminue quand la température augmente.

4 *Rédiger un compte rendu d'expérience*

Tu mélanges une cuillère de sel fin dans un verre d'eau. **Décris dans un texte ce que tu observes en utilisant les mots de la liste suivante :**

- eau
- sel
- soluté
- dissoudre
- solvant
- solution
- homogène
- limpide

5 CONTRÔLE EXPRESS

Lis le texte, puis réponds aux questions.

Souvenirs de voyage

Bastien et Rémi ont rapporté avec eux, en souvenir de leur voyage, deux bouteilles dans lesquelles ils ont mis précisément 1,5 L d'eau de mer. Dans l'une, celle de leur premier voyage, il y a de l'eau de la mer Méditerranée, qui contient 36 g de sel par litre. Dans l'autre, celle de leur second voyage, il y a de l'eau de la mer Morte, qui contient 300 g de sel par litre. Mais les étiquettes se sont décollées lors du retour. Ils ne savent plus d'où l'eau de chaque bouteille provient...

a. Comment vont-ils procéder pour retrouver l'origine de l'eau de chacune des deux bouteilles ? Aide-les en citant plusieurs méthodes.

b. Quelle masse de sel contient chacune des deux bouteilles ?

indice

Les bouteilles contiennent 1,5 L d'eau et les concentrations sont données par litre.

Corrigés page 37 du Guide

2 Séparer les constituants d'un mélange

Je me demande...

Sépare-t-on de la même façon les constituants d'un mélange homogène et hétérogène ?

Les points clés

Différentes techniques permettent de séparer les constituants des mélanges liquides. Elles reposent toujours sur les différentes **propriétés physiques** qui caractérisent chacun de ces constituants.

1 Cas des mélanges hétérogènes

● **La décantation.** Elle est utilisée lorsqu'au moins l'un des constituants du mélange hétérogène est liquide.

- Dans le cas d'un mélange liquide/solide, les particules solides tombent, sous l'effet de la **gravité**, au fond du récipient. Les plus lourdes se déposent en premier, puis les plus fines.
- Dans le cas de liquides non miscibles, c'est le liquide le plus dense qui descend vers le fond du récipient.

La propriété physique mise en jeu est la **différence de densité des constituants.**

● **La filtration.** Elle est utilisée pour les mélanges hétérogènes liquide/solide. Le mélange est versé sur un filtre, qui laisse passer le liquide et retient les particules solides. La propriété physique mise en jeu est la **taille des constituants.**

Mots-Clés

- **Gravité** : force d'attraction des corps par la Terre.
- **Densité** : rapport entre la masse volumique d'un corps (liquide ou solide) et celle de l'eau.

2 Cas des mélanges homogènes

● L'**évaporation**. Elle consiste à éliminer la partie liquide d'un mélange homogène en la transformant en gaz.

● La propriété physique mise en jeu est la **température de changement d'état**.

Le document clé

Nettoyer les eaux usées : la station d'épuration

Lorsque nous jetons des eaux usées dans les égouts, celles-ci sont acheminées vers une **station d'épuration**, où elles sont nettoyées en plusieurs étapes :

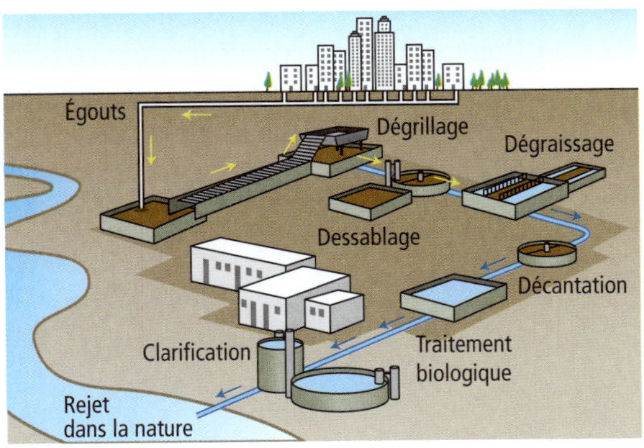

1. Le **dégrillage** : les plus gros déchets sont retenus par une grille.
2. Le **dessablage** : le sable tombe au fond du bassin.
3. Le **dégraissage** : les graisses qui flottent sont éliminées.
4. La **décantation** : les particules solides tombent au fond du bassin.
5. Le **traitement biologique** : des bactéries nettoient l'eau.
6. La **clarification** : les plus petits résidus tombent au fond du bassin.

On s'entraîne !

1 QUIZ

Coche la bonne réponse.

a. Pour recueillir le sel de mer, j'effectue une :
- ☐ filtration ☐ décantation ☐ évaporation

b. On peut séparer des constituants d'un mélange par décantation lorsqu'au moins l'un de ces constituants est :
- ☐ liquide ☐ solide ☐ gazeux

c. Par rapport à l'eau, l'huile est :
- ☐ moins dense ☐ aussi dense ☐ plus dense

d. Lors d'une filtration, la propriété physique des constituants mise en jeu est :
- ☐ leur aspect ☐ leur taille
- ☐ leur température d'ébullition

2 *Séparer les constituants d'un mélange*

Retrouve, dans chaque cas, par quelle technique les constituants du mélange sont séparés.

a. l'huile et le vinaigre d'une vinaigrette •
b. l'huile d'un moteur et les particules solides qu'elle contient •
c. les sédiments qui se déposent au fond des océans •
d. un soluté dissous et son solvant •

• filtration
• décantation
• évaporation

3 *L'épuration de l'eau*

Réponds aux questions suivantes à l'aide du document clé sur la station d'épuration.

a. Les eaux usées, qui arrivent par les égouts, sont-elles des mélanges homogènes ou hétérogènes ?
b. Dans cette station, quelle étape fonctionne sur le principe de la filtration ?
c. Quelle est la nature du filtre ?
d. Quelles étapes fonctionnent sur le principe de la décantation ?
e. À la sortie de la station, l'eau rejetée dans la nature est-elle potable ? Pourquoi ?

4 *Jouer à l'apprenti chimiste*

Léna a mélangé du sable à du sel de cuisine. Clément, son grand frère apprenti chimiste, propose de récupérer le sel sans le sable. Il a une idée. Mais laquelle ?

Comment penses-tu qu'il va s'y prendre ?

....

....

indice
Le sel se dissout très bien dans l'eau.

5 CONTRÔLE EXPRESS

Lis le texte et observe le schéma, puis réponds aux questions.

Le sel de mer
Un marais salant est un endroit ou l'on produit du sel à partir de l'eau de mer. Dans des bassins de faible profondeur, l'eau de mer circule. L'eau s'en évapore progressivement sous l'action conjuguée du soleil et du vent pour laisser, en fin de parcours, apparaître le sel qui était dissous dedans. On dit que le sel cristallise, c'est-à-dire qu'il prend la forme de cristaux. Il peut alors être récolté, durant l'été, au fond des derniers bassins.
En France, les marais salants se trouvent sur les côtes atlantiques et méditerranéennes.

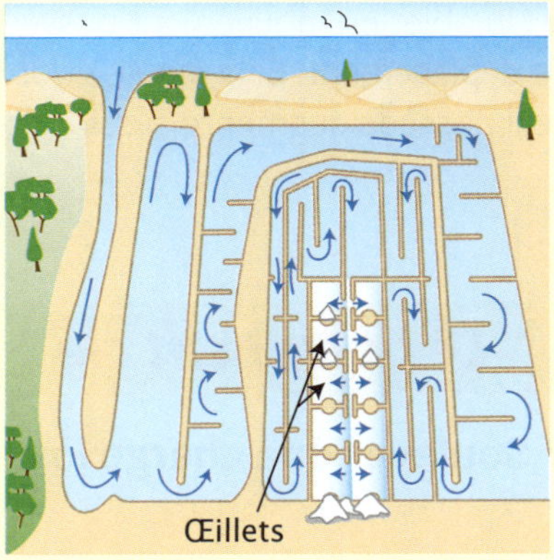

Un marais salant.

a. Quelle est la technique utilisée pour séparer le sel de l'eau ?
b. À quelle saison cette récolte a-t-elle lieu ? Pourquoi ?
c. Pourquoi le sel cristallisé tombe-t-il au fond des derniers bassins ?

Corrigés page 37 du Guide

3 Le mouvement d'un objet

Je me demande…

Deux objets de masses différentes se déplaçant à la même vitesse possèdent-ils la même énergie ?

Les points clés

On ne peut affirmer qu'un objet est en **mouvement** que par rapport à un autre objet qui sert de repère, de référence. Pour cette raison, on nomme ce dernier **référentiel**.

1 Trajectoire et vitesse d'un objet

Le mouvement d'un objet est caractérisé par sa trajectoire et sa vitesse.

- La **trajectoire** d'un point de l'objet est l'ensemble de ses positions successives au cours du mouvement.
Un mouvement est **rectiligne** si la trajectoire décrit une ligne droite, ou **circulaire** si la trajectoire décrit un arc de cercle.

- La **vitesse** est la distance parcourue par l'objet par unité de temps.
Elle s'exprime en mètres par seconde (m/s). Elle peut :
– rester constante, on dit que le mouvement est **uniforme** ;
– augmenter, c'est une **accélération** ;
– ou diminuer, c'est une **décélération**.

Mots-Clés

- **Énergie** : capacité de produire du mouvement, de la chaleur, de la lumière, etc.
- **Masse** : grandeur physique qui correspond à la quantité de matière et dont l'unité est le kilogramme (kg).

2 Mouvement transmis

Transmission d'un mouvement au sein d'un mécanisme

- **sans transformation de mouvement** : rectiligne → rectiligne ou circulaire → circulaire
- **avec transformation de mouvement** : circulaire → rectiligne ou rectiligne → circulaire

3 Énergie associée à un objet en mouvement

- Un objet en mouvement possède une **énergie** liée à sa masse et à sa vitesse de déplacement. Si la masse et/ou la vitesse de cet objet augmentent, alors l'énergie qu'il possède augmente aussi.

Le document clé

Soulever une charge lourde : la cage à écureuil

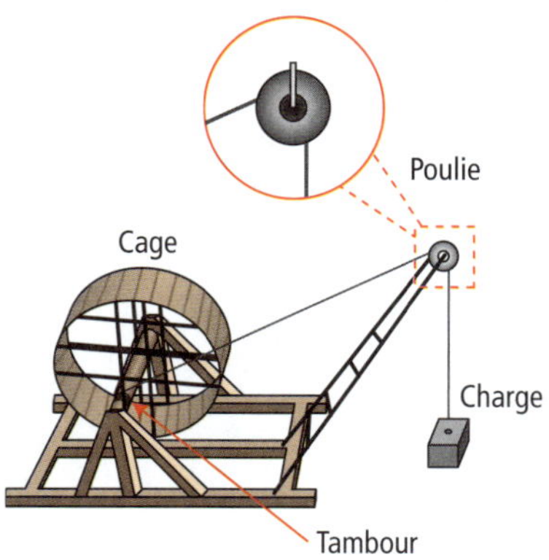

- « Cage à écureuil » est le nom donné à ce système de grue utilisé au Moyen Âge. Un homme marchait dans la cage pour la faire tourner (**mouvement circulaire**). Une corde s'enroulait alors autour de l'axe de la cage, ce qui permettait grâce à une poulie de soulever des charges lourdes (**mouvement rectiligne**).

- Un système de sécurité empêchait la rotation de la cage dans le sens inverse. Cette machine permettait à un homme seul de soulever des charges de **plusieurs centaines de kilogrammes**.

On s'entraîne !

1 QUIZ

Vrai ou faux ?

	V	F
a. Un référentiel est indispensable pour l'étude d'un mouvement.	☐	☐
b. Une rotation est un mouvement circulaire.	☐	☐
c. On parle de décélération lorsque la vitesse d'un objet diminue.	☐	☐
d. Lorsqu'on tourne la manivelle pour faire monter le seau d'un puits, il y a transmission avec transformation de mouvement.	☐	☐
e. Lorsque la vitesse d'un objet diminue, son énergie augmente.	☐	☐

2 Mouvements rectilignes ou circulaires

Relie chaque cas au mouvement correspondant.

a. une porte qui s'ouvre •
b. le volant d'une voiture •
c. l'aiguille d'une horloge •
d. la cabine d'un ascenseur •

• mouvement rectiligne
• mouvement circulaire

3 Le bâton de colle

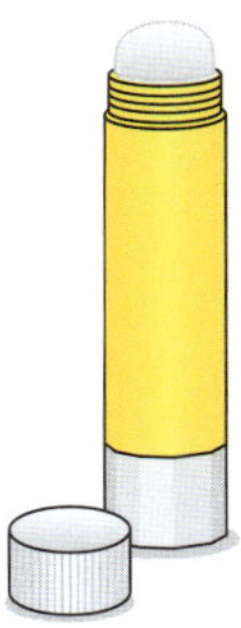

a. Explique le fonctionnement d'un bâton de colle en t'appuyant sur la description des différents mouvements observables lors de son utilisation.
b. La transmission du mouvement se fait-elle avec ou sans transformation ?
c. Trouve au moins deux autres objets qui fonctionnent sur ce même principe.

4 Les cratères de la Lune

Pour comprendre la formation des cratères d'impact lunaires, des élèves lâchent des boules au-dessus d'un bac rempli de farine. Ils utilisent des balles de ping-pong et des boules en bois, de même diamètre.

a. À ton avis, s'ils lâchent une balle de ping-pong à 15 cm au-dessus de la farine et une autre à 1 m au-dessus, **quelle balle produira le cratère le plus important et pourquoi ?**
b. S'ils lâchent maintenant une balle de ping-pong et une boule en bois chacune à 30 cm au-dessus de la farine, **laquelle produira le cratère le plus important et pourquoi ?**

5 CONTRÔLE EXPRESS

Voici deux photos que Corentin a prises cet été lors d'une étape du Tour de France.

Photo 1.

Photo 2.

a. Si l'on considère seulement le cadre du vélo, sur quelle photographie peut-on dire qu'il est en mouvement ? Justifie ta réponse.

....

indice
a. Il faut chercher un référentiel.

b. De quel type de mouvement s'agit-il ?

....

c. Sur la photo 1, quel type de mouvement décrit la valve du pneu arrière ? **Sur la photo 2,** le mouvement de cette même valve est-il du même type ?

....

Corrigés page 37 du Guide

4 Sources et conversions d'énergie

Je me demande…
Y a-t-il une différence entre une source et une forme d'énergie ?

Les points clés

1 Sources d'énergie

● L'être humain a besoin d'énergie. Pour la trouver, il exploite des matières ou des phénomènes que l'on appelle **sources d'énergie**.

Les sources d'énergie

- **renouvelables** ou « propres » : sont inépuisables et génèrent peu de déchets et de pollutions → **soleil, vent, marée, chaleur terrestre**
- **non renouvelables** ou « fossiles » : s'épuisent à l'échelle humaine et sont plus ou moins polluantes et dangereuses → **pétrole, gaz, charbon, uranimum**

2 Conversions d'énergie

● L'énergie peut prendre diverses **formes** : mécanique, thermique, chimique, rayonnante, nucléaire, électrique…

● L'énergie peut être **stockée** sous certaines de ces formes, **transportée** ou **convertie** d'une forme à une autre.

● L'énergie **se conserve** : elle n'apparaît jamais de rien et ne disparaît pas.

● On appelle **chaîne d'énergie** l'ensemble des changements de forme d'énergie dans un dispositif (exemple : l'énergie électrique convertie en énergie mécanique dans un ventilateur).

Mots-Clés

- **Énergie solaire** : énergie que transmet le Soleil sous forme de chaleur (thermique) et de lumière (rayonnante).
- **Énergie éolienne** : énergie du vent (mécanique).

Un peu de méthode

Capter l'énergie du Soleil

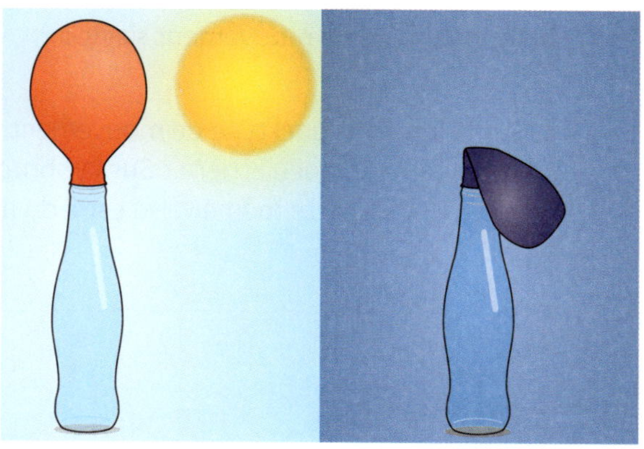

1. Je prends deux bouteilles vides en verre identiques.

2. Je pose sur le goulot de chacune d'elles un ballon de baudruche dégonflé.

3. J'expose une seule de ces deux bouteilles aux rayonnements du Soleil en été.

4. J'attends et j'observe la différence entre les deux dispositifs.

On s'entraîne !

1 QUIZ

Coche la bonne réponse.

a. Le corps humain trouve principalement l'énergie dont il a besoin dans :
- ☐ son sommeil ☐ sa respiration
- ☐ son alimentation

b. L'énergie nucléaire est considérée comme une énergie :
- ☐ fossile ☐ renouvelable ☐ propre

c. L'énergie lumineuse est une énergie dite :
- ☐ mécanique ☐ rayonnante ☐ chimique

d. Dans la chaîne d'énergie d'un aspirateur, l'énergie électrique est convertie en énergie :
- ☐ mécanique ☐ rayonnante ☐ thermique

? indice

L'énergie nucléaire est produite avec de l'uranium.

2 *De l'énergie pour naviguer*

Cite la source d'énergie qu'utilise chacun de ces bateaux pour se déplacer et entoure-la en vert si elle est renouvelable.

a. le voilier ....

b. la barque à rames ....

c. le bateau à vapeur ....

d. le porte-avions nucléaire ....

3 *Produire de la lumière avec un sandwich !*

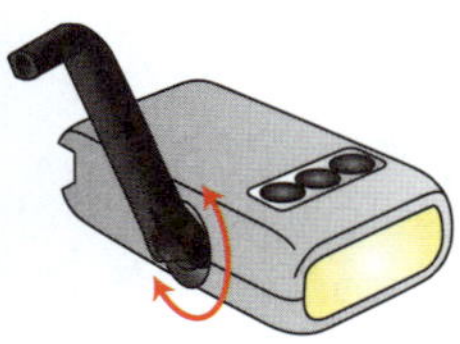

Lise lance le pari suivant à sa camarade Yasmine : « Je vais produire de la lumière grâce à ce sandwich ! » Elle tient dans une main le sandwich et dans l'autre une lampe de poche dynamo à manivelle comme ci-contre.

Complète la chaîne d'énergie qui lui permettra, après avoir mangé, de produire de la lumière.

énergie chimique (sandwich) → énergie .... → énergie .... → énergie .... → énergie ....

4 *Économies d'énergie*

Les Martin viennent d'acheter une nouvelle maison. Attentifs à leur consommation d'énergie, ils réalisent quelques travaux et aménagements.

Explique en quoi ces modifications permettent de diminuer la consommation d'énergie.

a. Ils isolent les murs.

b. Ils changent les fenêtres.

c. Ils changent les ampoules à filament contre des ampoules à LED.

d. Ils remplacent la baignoire par une douche.

5 CONTRÔLE EXPRESS

Observe le schéma et lis le texte, puis réponds aux questions.

Une centrale hydroélectrique

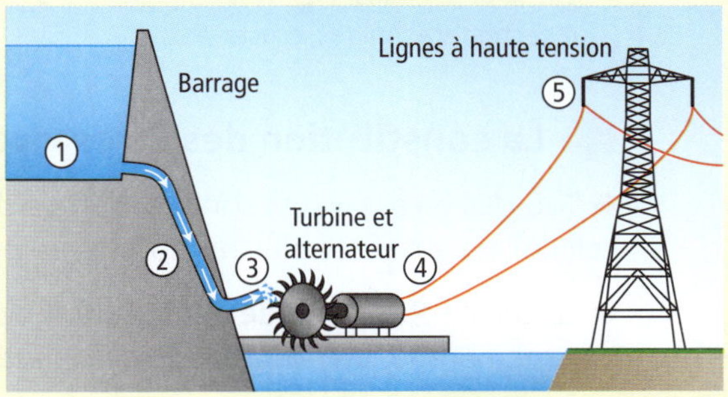

Dans cette installation, l'eau retenue dans le lac (1) coule dans des conduites forcées (2). Elle y prend de la vitesse. L'énergie qu'elle véhicule fait tourner la turbine (3) d'un alternateur (4), une sorte de grosse dynamo, qui produit de l'électricité. Celle-ci est ensuite transportée dans les lignes électriques à haute tension (5) pour être distribuée.

a. Pourquoi l'eau du lac de retenue (1) descend-elle dans la conduite forcée (2) ?

b. Quelle forme d'énergie met la turbine (3) en mouvement ?

c. Dans cette centrale hydroélectrique, où peut-on dire que l'énergie est stockée ? Où est-elle transformée ?

d. Où l'énergie est-elle ensuite utilisée ?

e. Quelle chaîne d'énergie peut-on observer ici ?

? indice

Il y a trois étapes.

Corrigés page 37 du Guide

5 Unité et diversité des êtres vivants

Je me demande...
Comment expliquer l'extraordinaire diversité des êtres vivants qui peuplent la Terre ?

Les points clés

Mots-Clés
- **Vertébré** : animal pourvu d'une colonne vertébrale formée d'os.
- **Invertébré** : animal dépourvu d'os.

1 La diversité des êtres vivants

- Une **espèce** regroupe, sous le même nom, des êtres vivants qui ont des caractéristiques communes et qui peuvent se reproduire entre eux.
- Les espèces différentes peuvent être groupées selon divers **critères**.

Classification des êtres vivants

- **Animaux vertébrés** — EXEMPLES poissons, amphibiens, reptiles, oiseaux, mammifères...
- **Animaux invertébrés** — EXEMPLES mollusques, vers, insectes, arachnides, crustacés...
- **Végétaux à fleurs** — EXEMPLES chênes, rosiers, orchidées...
- **Végétaux sans fleurs** — EXEMPLES sapins, fougères, mousses, algues, champignons...

2 La constitution des êtres vivants

- Tous les êtres vivants sont constitués de **cellules**. Certains sont formés d'une seule cellule ; d'autres, les plus nombreux, en possèdent un très grand nombre.
- La cellule est **l'unité de constitution** des êtres vivants ; elle possède notamment une membrane, un noyau et du cytoplasme.

3 L'histoire de la biodiversité

- De génération en génération, les êtres vivants **se transforment** progressivement. Les modifications adaptées aux conditions de vie se transmettent.
- Au fil des centaines de millions d'années de l'histoire géologique, les êtres vivants se différencient les uns des autres, de **nouvelles espèces** s'individualisent, d'autres disparaissent.

Le document clé

Les paramécies : des êtres vivants unicellulaires

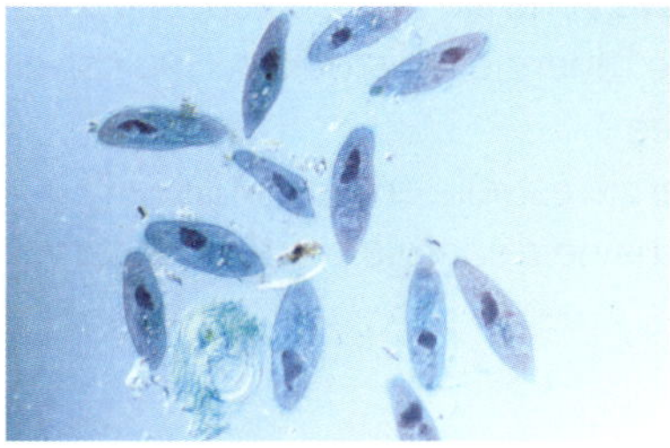

Paramécies observées au microscope avec colorant, grossissement faible.
On distingue la membrane cellulaire, le cytoplasme et le noyau (tache sombre).

1. Observer. Dans un récipient, on laisse reposer dans de l'eau de pluie quelques feuilles recueillies en milieu non pollué. Au bout de quelques jours, un voile se forme à la surface de l'eau. On en recueille une goutte, qu'on observe au microscope. Des êtres vivants unicellulaires (constitués d'une seule cellule) se déplacent, grâce à la vibration de la multitude de cils qui bordent leur membrane. Ce sont des paramécies.

2. Conclure. L'observation d'une paramécie montre qu'une cellule peut réunir toutes les fonctions caractérisant la vie.

On s'entraîne !

1 QUIZ

Vrai ou faux ?

	V	F
a. Un vertébré est un animal qui a 4 pattes.	☐	☐
b. Un animal dont la peau porte des écailles est forcément un poisson.	☐	☐
c. Un oiseau a toujours des plumes.	☐	☐
d. Si une plante vit dans l'eau, c'est une algue.	☐	☐

2 *Trouver l'intrus*

Observe les séries et réponds aux questions.

a. Cherche et barre l'animal qui n'est pas à sa place.
b. Justifie ton choix.
c. Nomme le groupe des animaux restants pour chaque série.

Série 1 :	• Anguille • Ver de terre • Boa • Python
Série 2 :	• Tortue • Lapin • Lièvre • Ours
Série 3 :	• Requin • Merlan • Morue • Dauphin
Série 4 :	• Escargot • Limace • Lombric • Bigorneau
Série 5 :	• Baleine • Dauphin • Phoque • Manchot
Série 6 :	• Grenouille • Crapaud • Hérisson • Rainette

? indice

Tu peux t'aider du manuel ou du dictionnaire pour obtenir une description des animaux.

3 *Dessin d'observation*

À partir de la photo microscopique du document clé page précédente, réalise un dessin d'observation d'une paramécie.

Agrandis la paramécie pour qu'elle mesure environ 5 cm de long. Donne un titre et annote ton dessin le plus complètement possible.

4 *Principaux éléments d'une cellule*

Sur les photos microscopiques ci-dessous ainsi que sur celle du document clé page précédente, **place des flèches montrant une cellule, une membrane, un noyau, le cytoplasme, lorsqu'ils sont visibles sur la photo.**

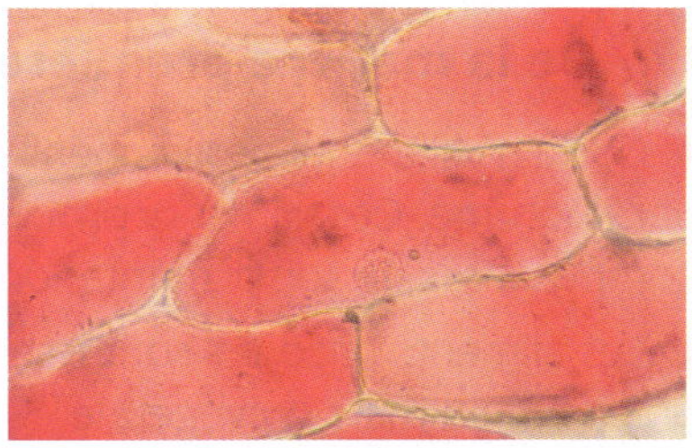

Grossissement microscopique, avec colorant, d'épiderme d'écaille d'oignon.

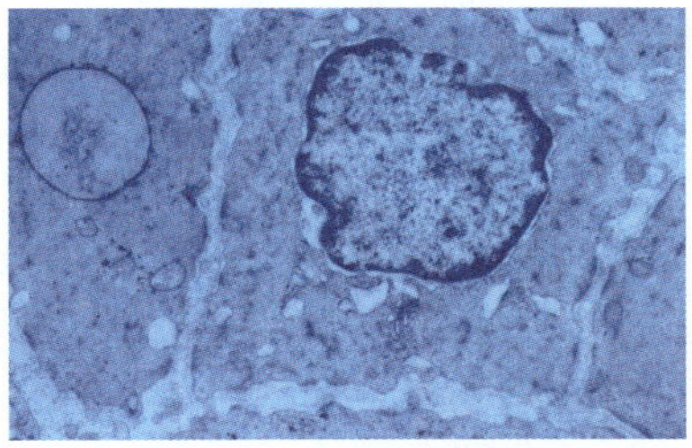

Grossissement microscopique, avec colorant, d'un tissu animal.

5 CONTRÔLE EXPRESS

Lis ce texte et réponds aux questions.

Croisement entre espèces

La reproduction d'un âne avec une jument donne le mulet. Issu du croisement entre deux espèces différentes, le mulet est un hybride. Les hybrides sont généralement stériles : ils ne peuvent se reproduire.

a. Donne la définition d'une espèce.

....

b. Propose une explication au fait que deux animaux d'espèces différentes puissent exceptionnellement se reproduire entre eux.

....

c. Justifie le fait que la jument et l'âne soient classés dans deux espèces différentes.

....

....

Corrigés page 38 du Guide

6 La biologie et l'alimentation humaine

Je me demande...
Comment l'homme transforme-t-il la matière animale ou végétale en aliment ?

Les points clés

1 De la matière première à l'aliment

- Certains aliments proviennent d'une **transformation biologique opérée par l'homme**. Ces aliments procurent à l'être humain une ou plusieurs composantes de son alimentation.
- Les aliments produits sont issus de la transformation d'une **matière première animale** ou **végétale**.

Mot-clé
Transformation biologique : transformation de matière première animale ou végétale en aliment.

2 Les aliments obtenus par transformation du lait

- En transformant le lait, on peut produire des aliments variés.

Lait
- En laissant reposer le lait → **crème**
- En battant la crème, on sépare l'eau des lipides (graisses) → **beurre**
- En faisant prendre en masse (coaguler) les protéines du lait → **yaourts et fromages**

Aliment	Composition en grammes pour 100 grammes d'aliments			
	Eau	Lipides	Protéines	Glucides
Lait	88	3,7	3,4	4,9
Crème fraîche	60	30	3	4
Beurre	10	82	1	0
Yaourt	80	1,5	5	4,5
Camembert	55	23	20	1

Le document clé

La fabrication du pain

- Les grains de blé, débarrassés de leur enveloppe, sont écrasés finement en une poudre blanche : la **farine**. Le boulanger y ajoute de l'**eau**, du **sel**, de la **levure** (champignons microscopiques), puis mélange le tout dans une grande cuve : le pétrin.
- Il laisse ensuite la **pâte reposer** à température ambiante. Les levures transforment une partie de la farine en dégageant du **dioxyde de carbone**, qui fait des bulles emprisonnées dans la pâte.
- Le boulanger façonne des portions de pâte de masse déterminée en fonction du pain qu'il veut obtenir. La **cuisson à four chaud** tue les levures, fait sécher et dorer la surface du pain.
- Le pain apporte à l'être humain des **protéines** et des **glucides** du blé, ainsi que des **sels minéraux**.

On s'entraîne !

1 QUIZ

Vrai ou faux ?

	V	F
a. Farine, eau, œufs, sel, levure sont les principaux constituants du pain.	☐	☐
b. Le lait est à l'origine de tous les fromages.	☐	☐
c. Les fromages doivent leur consistance pâteuse aux protéines.	☐	☐
d. La fabrication du pain se fait à l'aide de champignons microscopiques.	☐	☐
e. Tous les yaourts ont une base commune. On ajoute ensuite des fruits, des arômes... selon les goûts des clients.	☐	☐

2 Diversité des produits laitiers

En utilisant le tableau sur la transformation du lait de la page de gauche, **classe les produits obtenus du moins gras au plus gras.**

....

....

3 Le pain et ses variantes

Quelle que soit son appellation, le pain a toujours la même composition de base : eau, sel, farine, levure.
Repère chez le boulanger des types de « pains spéciaux » et demande leur particularité.

4 Des aliments d'origine végétale

Dans une grande surface, cherche trois produits provenant de la transformation du maïs et trois produits provenant de la transformation de pommes de terre.

Produits provenant de la transformation du maïs :

....

Produits provenant de la transformation de pommes de terre : ....

....

5 Un aliment « parfait »

Dans le tableau présentant le lait et les aliments qui proviennent de sa transformation en page précédente, **précise celui qui est le plus complet et le plus équilibré pour l'alimentation humaine.**

....

....

6 Animale ou végétale ?

Précise la matière première à l'origine des aliments suivants et si elle est d'origine animale ou végétale.

a. pâté de tête ← ....

b. rillettes ← ....

c. foie gras ← ....

d. compote ← ....

e. crème glacée ← ....

f. sorbet ← ....

g. confiture ← ....

h. chocolat ← ....

i. andouille ← ....

7 Diversité des produits alimentaires

Les rayons des supermarchés proposent une variété de plus en plus grande de produits dérivés du lait.

Cite cinq exemples et explique cette multiplication des produits.

....

....

....

8 CONTRÔLE EXPRESS

Dans la liste suivante, surligne les aliments dans la couleur qui convient.

Aliments provenant d'une transformation de matière première
- animale
- végétale

huile • beurre • corn-flakes • chocolat • vin • pâté • biscuit • bonbon • sucre • boudin noir.

Corrigés page 38 du Guide

SCIENCES & TECHNO

7 Les micro-organismes dans l'alimentation

Je me demande...
Comment l'homme peut-il utiliser les micro-organismes à son service ?

Les points clés

Mots-Clés
- **Micro-organisme** : être vivant microscopique.
- **Fermentation** : transformation de matière animale ou végétale à l'abri de l'air, sous l'action de micro-organismes.

1 Des micro-organismes au service de l'alimentation

- L'homme maîtrise la production et l'utilisation des **micro-organismes** (microbes) nécessaires à la fabrication de certains de ses aliments.
- Au cours de la fabrication de certains aliments, des micro-organismes sélectionnés transforment le produit d'origine, par **fermentation**, dans des conditions physico-chimiques particulières.
- Dans la **fabrication du yaourt**, le lait est utilisé comme aliment par les micro-organismes. En échange, ils produisent des substances qui le transforment : c'est la fermentation. Le développement et l'activité des micro-organismes sont maximaux vers 50 °C. On porte les cuves contenant le lait à cette température.

2 Une production de qualité

- **Sélection des micro-organismes** employés : par la transformation qu'ils opèrent, ils sont responsables du produit fini (saveur différente) → **Amélioration de la production**
- Meilleure qualité des **matières premières** → **Amélioration de la production**
- Meilleur respect des **règles d'hygiène** → **Amélioration de la production**

3 Un procédé de conservation des aliments

- Une **température basse** ralentit le développement des micro-organismes. La conservation des aliments au réfrigérateur permet de **limiter la prolifération** de micro-organismes qui pourraient être nuisibles à la santé. Pour la même raison, les produits surgelés ont une durée de conservation très longue.

Le document clé

L'importance de règles d'hygiène strictes

- De nombreux micro-organismes peuvent se développer dans le lait. Certains peuvent causer des troubles digestifs graves chez la personne qui les consommerait.
- Les usines de fabrication de yaourts sont de véritables laboratoires, où les **règles d'hygiène** permettent de s'assurer de l'absence de micro-organismes nuisibles.

On s'entraîne !

1 QUIZ

Vrai ou faux ?

	V	F
a. Il faut lutter contre tous les micro-organismes : ils ne nous apportent que des maladies.	☐	☐
b. D'une marque à l'autre, la différence de goût entre des yaourts « nature » est due aux micro-organismes.	☐	☐
c. Une température basse ralentit la multiplication des micro-organismes.	☐	☐
d. Soumettre un aliment à très haute température avant de l'emballer permet de le conserver plus longtemps.	☐	☐
e. Une bouteille de lait entamée se conserve facilement plusieurs semaines.	☐	☐

2 *Cidre et jus de pomme*

Le jus de pomme et le cidre ont tous deux la même origine : des pommes écrasées pour en extraire le jus.

Explique pourquoi le cidre est pétillant, tandis que le jus de pomme ne l'est pas.

? indice

Il faut plus de temps pour produire du cidre car il y a une étape supplémentaire.

3 *Conservation du lait*

Lis les textes et réponds aux questions

a. Propose une explication à la pratique suivante.

> Autrefois, il était courant d'aller « chercher son lait à la ferme ». Il était conseillé de s'y rendre vers 18 heures, juste après la traite des vaches. De retour à la maison, on le faisait immédiatement bouillir pendant quelques minutes, alors que sa consommation n'était prévue que pour le petit déjeuner du lendemain.

b. Précise le rôle du passage du lait à très haute température.

> Les boîtes de lait portent souvent l'indication UHT pour ultra haute température. Ce lait a la particularité de pouvoir se conserver plusieurs semaines. Pour cela, le lait est soumis à une haute température pendant un temps très bref, puis il est injecté dans des boîtes scellées.

c. Explique pourquoi le lait caille.

> Abandonné à l'air libre, un verre de lait se gâte rapidement. Des masses blanches se forment dans un liquide clair. Le lait a caillé. Cette transformation est tout à fait comparable à celle qui donne le yaourt. Pourtant, un tel lait caillé a un goût aigre et est impropre à la consommation.

4 *La recette du « pain maison »*

Pour confectionner un pain à la maison, un père de famille a soigneusement mélangé, comme indique la recette : la farine, l'eau, le sel et la levure. Il a obtenu une pâte qu'il a façonnée en boule, puis l'a mise au four pendant le temps recommandé. À la sortie du four, sa déception fut grande de voir une sorte de galette sans forme et cassante.

Décris l'erreur qu'il a commise.

5 CONTRÔLE EXPRESS

Pour la fabrication de la plupart des fromages, le micro-organisme responsable de la fermentation est soigneusement sélectionné et introduit dans le lait.

a. **Donne un avantage** de cette sélection.

....

b. **Explique pourquoi** le public n'est jamais autorisé à visiter une fromagerie.

....

....

Corrigés page 38 du Guide

8 Le développement des êtres vivants

Je me demande...
Par quelles étapes doit passer un être vivant pour former un nouvel individu adulte ?

Les points clés

La **nutrition** assure la croissance et le développement des êtres vivants. À l'âge adulte, les organes sexuels deviennent fonctionnels : ils produisent des gamètes. Quand un gamète mâle et un gamète femelle fusionnent, une cellule-œuf se forme : c'est la **fécondation**.

1 Le développement des animaux

- De nombreux animaux donnent naissance à un jeune adulte « miniature ». Seuls les organes reproducteurs, **testicules** et **ovaires**, ne deviennent fonctionnels que plus tard.
- D'autres animaux donnent par reproduction sexuée un être très différent (forme, mode de vie) : une **larve**, qui se transformera ensuite en adulte apte à la reproduction.

2 Le développement des végétaux

- Dans des conditions favorables (température, humidité, lumière), de nombreuses plantes fleurissent. Les fleurs sont le lieu de la reproduction sexuée : le **pistil** contient les gamètes femelles (ou ovules) et les **étamines** produisent les grains de pollen donnant les gamètes mâles.
- La **pollinisation** est le transport des minuscules grains de pollen par le vent, l'eau, les animaux... jusqu'au pistil d'une fleur de la même espèce.

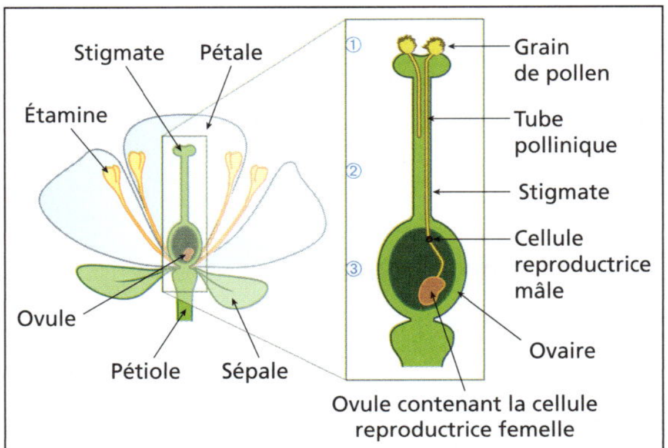

Coupe longitudinale de fleur — **De la pollinisation à la fécondation**

- La cellule-œuf issue de la fécondation se transforme en **graine** dans le **fruit**. Les graines sont alors libérées et certaines donnent une nouvelle plante : c'est la **germination**.
- Chez les **plantes sans fleurs**, la fécondation a lieu sur d'autres organes spécialisés.

Le document clé

Le cycle de développement de la mouche

- Les mouches femelles pondent des œufs qui donnent des larves ressemblant à des petits vers : ce sont les **asticots**.
- Après trois stades larvaires se forme une **pupe**, immobile, dont l'enveloppe se fendra en deux pour libérer la mouche adulte.

Une mouche femelle peut pondre entre 500 et 1 000 œufs.

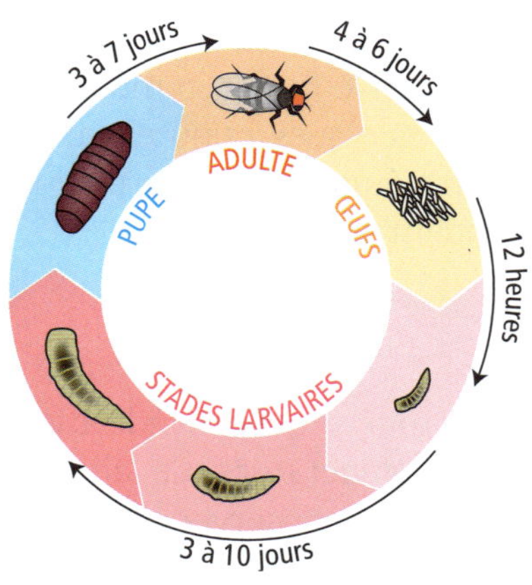

Mot-clé
Développement : transformations d'un être vivant, de la cellule-œuf à l'adulte apte à se reproduire.

On s'entraîne !

1 QUIZ

Vrai ou faux ?

	V	F
a. Une larve est un jeune adulte.	☐	☐
b. La fécondation existe chez les animaux et les végétaux.	☐	☐
c. Chez les plantes à fleurs, la fécondation se produit dans la fleur.	☐	☐
d. Un chiot est une larve de chien.	☐	☐
e. Dépourvues de fleurs, les fougères ne peuvent pas se reproduire.	☐	☐

2 La reproduction des crapauds

Lis le texte suivant, puis réponds aux questions.

> À la belle saison, les crapauds adultes qui peuplent la prairie gagnent la mare la plus proche. La femelle y libère alors ses ovules, que le mâle vient arroser de ses spermatozoïdes. La fécondation a lieu et la cellule-œuf se développe. Un jeune naît : il n'a pas de pattes, mais une queue en forme de nageoire qui l'aide à se déplacer dans la mare, où il se nourrit de végétaux. C'est un têtard.
> Plus tard, la queue disparaît peu à peu, tandis que les pattes se forment. Le jeune quitte alors la mare pour aller grandir dans la prairie et se nourrir d'insectes. Il deviendra ainsi un adulte capable de se reproduire à son tour.

Un têtard.

a. Construis un tableau dans lequel tu inscriras les différences entre le jeune et l'adulte.
b. À quel stade de développement correspond le têtard ?

3 Le développement des animaux

On dit parfois que la grenouille ou le crapaud sont des animaux à « développement indirect », tandis que le chien ou le chat ont un « développement direct ».

Justifie l'emploi de ces deux expressions.

4 Le développement des pensées

Paul a semé des graines de pensées. Elles germent et donnent des plantes vertes, mais Paul est déçu : aucune fleur n'apparaît. Sur le conseil de sa mère, il attend l'année suivante, et là – surprise ! – de jolies fleurs se développent.

a. Complète le schéma du cycle de vie d'une pensée ci-dessous à l'aide des expressions suivantes :
Germination • Reproduction sexuée • Développement

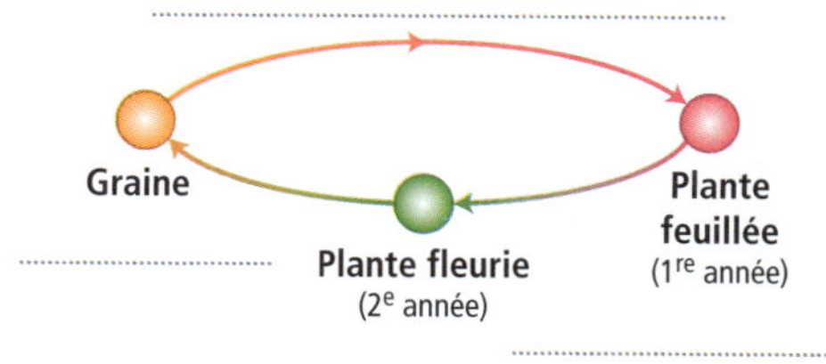

? indice
Les expressions peuvent être utilisées plusieurs fois.

b. On dit que la pensée est une plante bisannuelle. En observant le cycle de vie de la pensée et la construction du mot *bisannuelle*, **explique** l'expression « plante bisannuelle ».

5 CONTRÔLE EXPRESS

Observe le schéma ci-dessous.
a. Complète les légendes à l'aide des expressions suivantes :
Germination • Fleur • Fruit • Graine • Pollen • Fécondation • Nouvelle plante • Pollinisation
b. Donne un titre au schéma.

....

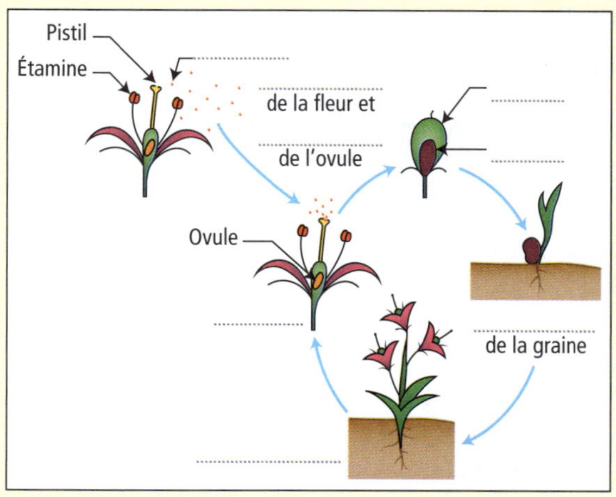

Corrigés page 39 du Guide

9 La matière organique des êtres vivants

Je me demande...

D'où vient la matière qui forme les organes des êtres vivants ?

Les points clés

1 Les besoins alimentaires des plantes vertes et des animaux

- Par leurs racines, les plantes vertes puisent dans le sol l'**eau** et des **sels minéraux**. Au niveau des feuilles, elles absorbent dans l'air l'eau et le **dioxyde de carbone** (gaz). À partir de ces matières minérales, grâce à la chlorophylle qui lui donne sa couleur verte, la plante fabrique sa matière organique.
- Les plantes vertes (ou végétaux chlorophylliens) n'ont ainsi besoin que de matière minérale pour se nourrir, à condition de recevoir de la **lumière**.
- Les animaux se nourrissent de matière minérale (principalement de l'**eau**) et de **matière provenant d'autres êtres vivants**, animaux ou végétaux.

Mots-clés

- **Besoin alimentaire** : ce que doit absorber un être vivant pour vivre et se développer.
- **Matière organique** : matière constituant les organes des êtres vivants.

2 Les réseaux alimentaires (ou trophiques)

- Tous les êtres vivants sont producteurs de matière, appelée **matière organique**. Ils produisent leur propre matière à partir de celle qu'ils prélèvent dans le milieu.

Les producteurs primaires	Les producteurs secondaires
se nourrissent exclusivement de matière minérale	consomment et digèrent de la matière organique
↓	↓
végétaux chlorophylliens	tous les autres êtres vivants

- Pour leur nutrition, tous les êtres vivants dépendent les uns des autres et des substances minérales du milieu. Les diverses espèces constituent les maillons de **chaînes alimentaires** organisées en **réseaux**.

Un peu de méthode

Schématiser une chaîne alimentaire

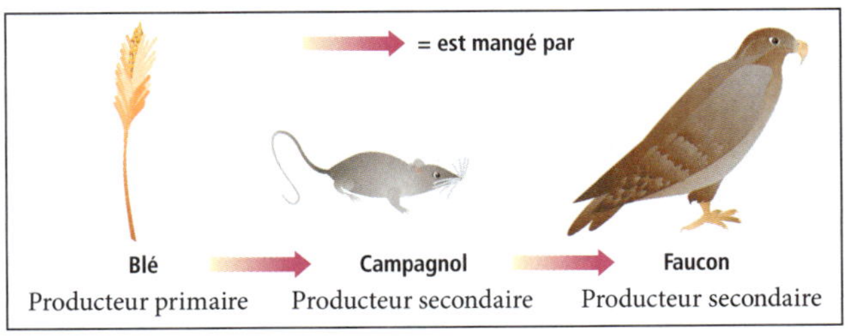

- Je choisis quelques êtres vivants et je les relie par des flèches signifiant « est mangé par ».
- Je forme ainsi une **chaîne alimentaire**.
- Certains êtres vivants appartiennent à plusieurs chaînes alimentaires. Lorsque plusieurs chaînes se recoupent, on dit qu'il se forme un **réseau alimentaire** (ou trophique).

On s'entraîne !

1 QUIZ

Vrai ou faux ?

	V	F
a. Tous les êtres vivants produisent de la matière.	☐	☐
b. Seules les plantes vertes consomment de la matière minérale.	☐	☐
c. Les seuls besoins alimentaires des plantes vertes sont la matière minérale.	☐	☐
d. La matière minérale consommée par un être vivant pour se nourrir peut être sous la forme d'un gaz.	☐	☐
e. À l'origine d'une chaîne alimentaire, il y a toujours une plante verte.	☐	☐

2 *Définitions*

Donne une définition de *producteur primaire* et *producteur secondaire*.

producteur primaire : ....

....

producteur secondaire : ....

....

3 *La chaîne alimentaire*

Complète la phrase suivante.

Au point de départ de toute chaîne alimentaire, il y a un .... ; tous les autres sont des ....

4 *Régime alimentaire de quelques animaux*

Surligne avec la couleur qui convient.

Animaux se nourrissant principalement de :
- matière animale
- matière végétale
- matières animale et végétale

cheval • chien • lapin • renard • ours • souris • papillon • araignée • chat • hamster • loup • Homme • lion • vache • rat • mite • brochet • moustique • tortue terrestre • mouche • carpe

5 *Lumière et végétaux chlorophylliens*

Schématise une expérience montrant que la lumière est nécessaire à l'alimentation des plantes chlorophylliennes.

6 *Croissance d'un arbre*

Lis ce texte et réponds aux questions.

Au XVIIe siècle, un biologiste plante un saule (arbre) dans un pot contenant 90,99 kg de terre. La masse du saule est alors de 2,3 kg. Il arrose régulièrement la terre avec de l'eau sans sels minéraux. Au bout de cinq ans, il déplante l'arbre. Sa masse est alors de 76,8 kg, tandis que la masse de terre dans le pot est de 90,84 kg.

a. Complète ce tableau à l'aide des données du texte.

	Masse de la terre	Masse de l'arbre
Au moment de la plantation	....	....
Cinq ans plus tard	....	....

b. Explique en quelques lignes les résultats obtenus.

....

....

7 CONTRÔLE EXPRESS

Lis cette liste d'espèces animales et végétales.

grenouille • gland (fruit du chêne) • musaraigne • escargot • herbe • grive • merle • cerise • buse • chouette • puceron • coccinelle.

a. Dans la liste ci-dessus, souligne en vert les producteurs primaires.
b. Relie les êtres vivants par une flèche signifiant « est mangé par ». Change de couleur pour chaque chaîne alimentaire que tu formes.

? indice

Tu peux t'aider du manuel de classe, du dictionnaire ou de tout autre document pour connaître le régime alimentaire des différents êtres vivants.

Corrigés page 39 du Guide

10 La matière organique dans le sol

Je me demande...
De quoi le sol est-il composé ? Qu'est-ce qu'un déchet biodégradable ?

Les points clés

1 Les constituants du sol

● Le sol est un milieu de vie composé d'éléments divers.

- **Nombreux êtres vivants** : petits vertébrés, insectes, vers, bactéries, champignons... → Sol
- **Restes d'êtres vivants** : excréments ou cadavres d'animaux, débris de végétaux... → Sol
- **Matière minérale** provenant des roches du sous-sol → Sol

Mot-clé
Réseau trophique (ou alimentaire) : ensemble d'êtres vivants d'un même milieu, reliés entre eux par une relation alimentaire.

2 Des réseaux trophiques dans le sol

● Les **décomposeurs** sont les animaux du sol qui se nourrissent de la matière organique contenue dans le sol. Ils la digèrent et rejettent des excréments sous forme de **matière minérale**, à nouveau disponible pour l'alimentation des végétaux.

● Comme à la surface, des relations alimentaires s'établissent entre les êtres vivants du sol : des **réseaux trophiques** se constituent.

3 L'exploitation des réseaux trophiques par l'homme

● **Un décomposeur au service de l'agriculture**
En Inde, des chercheurs ont dispersé, dans des plantations de théiers, un mélange de fumier (paille et excréments animaux), de vers de terre et de petits morceaux de bois. Ils ont obtenu une production de feuilles de théier 2,5 fois plus importante qu'avec les méthodes habituelles de culture.

● **Le tri des déchets organiques**
Le tri sélectif des déchets ménagers consiste à séparer les déchets biodégradables décomposés par les êtres vivants du sol et qui peuvent donc être accumulés dans des décharges. D'autres déchets peuvent être réutilisés après traitement par l'industrie, tandis que d'autres enfin, doivent être détruits.

Un peu de méthode

Construire un réseau trophique

● Dans un peu de terre de jardin (un bol) qu'on étale sur une feuille de papier blanc, **on sépare**, à l'aide d'une loupe et d'une aiguille, les constituants du sol provenant d'êtres vivants, les éléments minéraux (débris de roches) et les êtres vivants eux-mêmes.

● Voici un exemple schématisé.

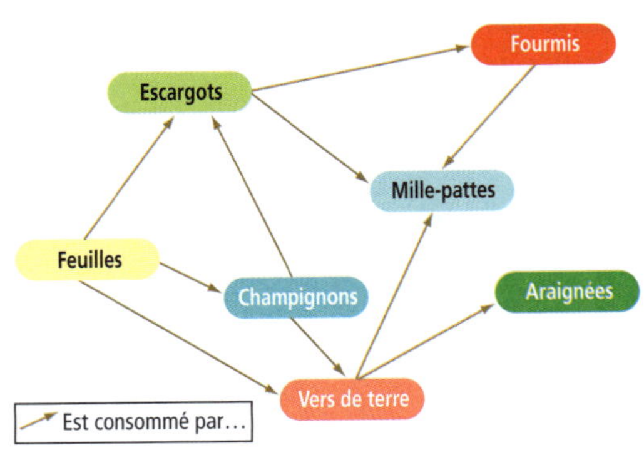

On s'entraîne !

1 QUIZ

Vrai ou faux ?

	V	F
a. Le sol est entièrement constitué de débris de roches.	☐	☐
b. La terre de jardin contient des éléments minéraux et de la matière organique.	☐	☐
c. Le sol est un milieu peuplé d'êtres vivants animaux et végétaux.	☐	☐
d. Les vers de terre sont des animaux nuisibles pour les cultures.	☐	☐
e. La matière minérale produite par les décomposeurs peut être utilisée par les végétaux chlorophylliens.	☐	☐

2 *Agriculture et décomposeur*

Dans le texte ci-dessous, souligne les expressions qui montrent que les vers de terre sont une aide précieuse pour le cultivateur.

Les vers de terre préfèrent les sols frais, humides, riches en débris végétaux. Ils vivent dans des galeries qu'ils creusent dans le sol en avalant la terre qu'ils rejettent derrière eux sous forme de tortillons. On en compte jusqu'à 2 à 4 millions par hectare. Les galeries aèrent le sol, séparent les grains de terre les uns des autres, facilitant le développement des racines. Au passage, les vers se nourrissent de débris végétaux avalés, et participent à la décomposition de la matière organique. Leurs rejets (excréments) forment de la matière minérale utilisable par les plantes.

3 *Identifier un décomposeur*

Souligne le décomposeur dans le texte suivant.

Certaines fourmis, nommées Atta, sont incapables de digérer les morceaux de feuilles mortes qu'elles récoltent à la surface du sol. Elles transportent ces débris dans des salles aménagées dans la fourmilière. Des champignons poussent sur ces morceaux de feuilles. Les fourmis « cultivent » soigneusement ces champignons dont elles se nourrissent.

4 *Tri des déchets*

On a dressé la liste des déchets trouvés dans la poubelle d'une famille.

Dans la liste ci-dessous, surligne les mots dans la couleur qui convient.

Déchets
- (vert) biodégradables
- (bleu) réutilisables par l'industrie
- (rose) devant être détruits

pain rassis • pots de yaourt en plastique • marc de café • bouteilles en verre • canettes de soda en métal • épluchures de légumes • bouteilles en plastique • journaux • fruit gâté • barquettes en plastique ayant contenu de la viande • piles usagées • tontes de gazon • chaussettes de laine usagées • mouchoirs en papier.

5 *Préservation d'un réseau trophique*

De nombreux produits de traitement utilisés en agriculture et en jardinage détruisent les insectes et autres petits animaux nuisibles aux cultures. Leur emploi est maintenant règlementé et il est conseillé d'en limiter l'usage.

Écris une phrase justifiant ce conseil.

....

....

....

6 CONTRÔLE EXPRESS

Lis le texte et réponds aux questions.

Des feuilles mortes se sont déposées sur le sol de la forêt en automne. Quelques semaines plus tard, on constate en les retournant qu'elles sont couvertes de filaments blancs de champignon. À la fin de l'hiver, il ne reste que les nervures des feuilles.

a. Écris une phrase expliquant ce qu'est devenue la matière organique des feuilles.

....

....

....

b. Complète la phrase suivante.

Le champignon est donc un ....

Corrigés page 39 du Guide

11 Les évolutions d'un objet technique

Je me demande…
Pour quelles raisons la plupart des objets techniques doivent-ils évoluer ?

Les points clés

On appelle « **objet technique** » un objet fabriqué par l'homme pour répondre à un **besoin**.

1 Évolution d'un objet technique au cours du temps

- La plupart des objets techniques que nous utilisons ont **évolué** pour s'adapter à nos besoins, à nos goûts ou encore aux méthodes de fabrication de notre époque.
- Ils sont souvent le résultat de multiples **inventions** et **innovations** techniques successives. Les automobiles, par exemple, sont bien différentes de ce qu'elles étaient lors de leur création.

Mots-Clés
- **Invention** : création de quelque chose qui n'existait pas avant.
- **Innovation** : amélioration d'un objet existant pour le rendre plus performant.

Aspects concernés par les évolutions
- **Principes techniques** EXEMPLE moteur à vapeur → moteur à explosion
- **Énergies utilisées** EXEMPLE pétrole → électricité
- **Matériaux employés** EXEMPLE le carbone
- **Formes** EXEMPLE aérodynamisme
- **Esthétisme** EXEMPLE couleurs
- **Impact** sur l'environnement

2 Fonctions d'usage et d'estime

- La **fonction d'usage** d'un objet, c'est le service qu'il nous rend. On la définit en posant la question : « À quoi sert cet objet ? » On regroupe les objets qui ont la même fonction d'usage en **familles d'objets**. Par exemple, une moto ou un scooter servant à se déplacer.
- La **fonction d'estime** est liée aux goûts de l'utilisateur de l'objet. On la définit en posant la question : « Est-ce que cet objet me plaît et pourquoi ? » Par exemple, une personne préférera une voiture bleue et une autre une voiture rouge.

Le document clé

L'évolution des automobiles : frise chronologique

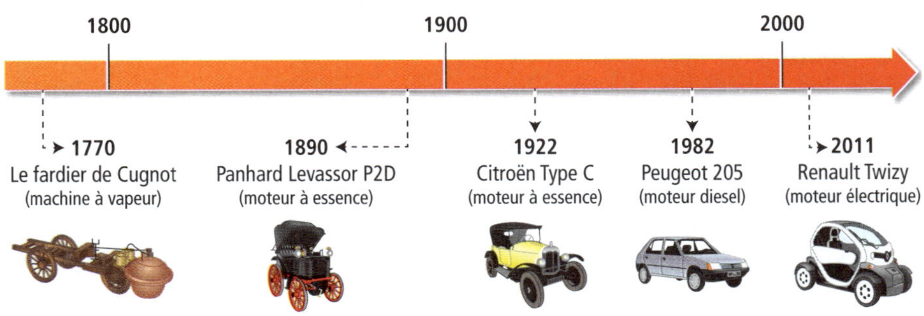

On s'entraîne !

1 QUIZ

Vrai ou faux ?

	V	F
a. L'homme fabrique des objets techniques pour répondre à ses besoins.	☐	☐
b. Une famille d'objets regroupe les objets constitués des mêmes matériaux.	☐	☐
c. La fonction d'usage d'un objet technique répond à la question : à quoi sert-il ?	☐	☐
d. Un objet technique ne peut avoir qu'une seule fonction d'usage.	☐	☐
e. La fonction d'estime d'un objet peut dépendre de sa couleur.	☐	☐

2 *Objets techniques ou non ?*

Dans cette liste, entoure les objets techniques.

une moto • un caillou • un lecteur mp3 • une route • un arbre • une rivière • un morceau de bois • une cuillère en bois • une lampe de chevet • un avion • une pile • une orange • une trottinette

? indice

Quand un objet n'est pas technique, on peut le trouver dans la nature.

3 *L'évolution d'un objet technique : l'automobile*

À l'aide du document clé de la page précédente, réponds à ces questions.

a. Complète : Ces automobiles ont été fabriquées à des époques différentes mais elles ont toutes la même fonction d'.................................... .

b. Cite les différents principes techniques de propulsion des automobiles présentées.

c. Quelles sont les autres évolutions techniques que tu peux observer ?

d. Quelles sont les évolutions esthétiques ?

e. Pourquoi l'esthétique des automobiles a-t-elle évolué ?

4 *Différents vélos pour différents usages*

a. **Associe** chaque nom de vélo à l'image correspondante :

..... VTT • ..... BMX • ..... vélo pliable • ..... tandem • ..... vélo couché • ..... vélo de course

b. Pour faire la course du Tour de France, **quel type de vélo choisirais-tu** ?

c. La fonction « se déplacer rapidement » est-elle **une fonction d'usage ou d'estime** ?

d. Quel vélo trouves-tu **le plus joli** ?

e. Quelle est la nature de la **fonction « plaire à l'utilisateur »** ?

5 CONTRÔLE EXPRESS

Lis le texte, puis réponds aux questions.

Le couteau suisse

Connu dans le monde entier comme étant le couteau de survie par excellence, le couteau suisse est un outil multifonctions indispensable.
Les couteaux suisses innovent régulièrement pour répondre aux besoins actuels.
Le modèle présenté ici est un couteau suisse classique (lame, lime-tournevis et ciseaux), doté d'une clé USB de 16 Go.

a. Cet objet technique a-t-il plusieurs fonctions d'usage ? Cite ces fonctions d'usage.

....

b. Trouve 3 autres objets qui ont plusieurs fonctions d'usage.

....

....

Corrigés page 40 du Guide

12 Fonctionnement d'un objet technique et choix des matériaux

Je me demande...
Qu'est-ce qu'une fonction technique ? une solution technique ?

Les points clés

1 Fonctionnement d'un objet technique

- Pour assurer sa fonction d'usage, c'est-à-dire répondre au besoin de l'utilisateur, un objet technique doit être capable de réaliser un ensemble d'actions que l'on nomme des **fonctions techniques**. Par exemple, certaines de ses fonctions techniques permettent à une automobile d'avancer (propulsion), d'autres de la diriger (direction) ou bien encore de la freiner (freinage).
- Pour assurer ces fonctions techniques, il faut trouver des **solutions techniques**. Ce sont, en général, des assemblages de pièces qui permettent d'accomplir l'action souhaitée.
- Plusieurs **solutions techniques différentes** sont en général possibles pour remplir une **même fonction**. Dans le cas de la direction d'une automobile (fonction technique : diriger), une solution technique possible consiste à retenir l'assemblage de pièces décrit dans le document clé ci-dessous.

Mots-Clés
- **Propriétés** : caractéristiques d'un matériau, ses qualités particulières.
- **Schéma** : tracé simplifié ne faisant apparaître que les éléments essentiels d'un objet dans le but d'expliquer son fonctionnement.

2 Choix des matériaux pour fabriquer un objet technique

- Les matériaux utilisés pour la fabrication des pièces d'un objet technique sont choisis pour leurs **propriétés**, leur aspect, leur coût et leur impact sur l'environnement. Ils sont classés par **grandes familles** (métaux, bois, plastiques, verres, caoutchouc, etc.).
- Pour expliquer le fonctionnement d'un objet technique, il faut souvent le représenter, le dessiner. Cette **représentation** peut prendre diverses formes : dessin à main levée, schéma, dessin 2D ou 3D, coupe, etc.

Le document clé

La direction d'un vélo est bien plus simple !

La direction d'une automobile

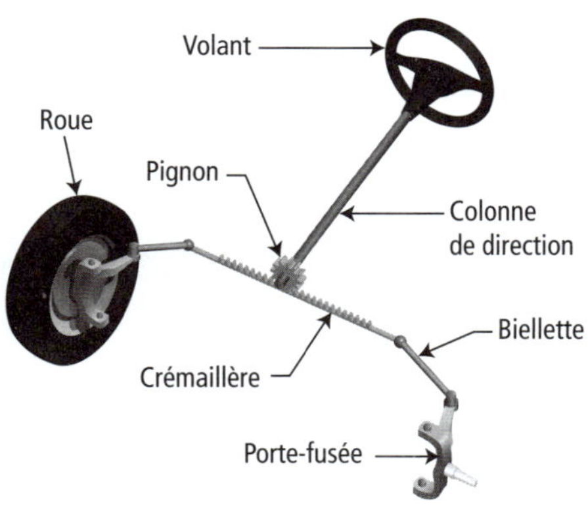

La direction d'une automobile, c'est l'assemblage des pièces qui remplit la fonction technique de **diriger le véhicule**.

1. Lorsque le conducteur **tourne le volant**, ce dernier entraîne la colonne de direction.

2. À son extrémité, un système pignon-crémaillère transforme ce mouvement de **rotation** en un mouvement de **translation**.

3. Les biellettes et porte-fusées assurent la **liaison avec les roues** directrices.

On s'entraîne !

1 QUIZ

Coche la bonne réponse.

a. Quelle fonction technique est commune à un avion et un voilier ?
- ☐ voler ☐ flotter ☐ avancer

b. Pour assurer la fonction d'usage d'une trottinette, quelle fonction technique est indispensable ?
- ☐ se plier en deux ☐ diriger ☐ klaxonner

c. Pour une automobile, la fonction technique « avancer » est assurée par :
- ☐ le volant et les roues avant
- ☐ le moteur et les roues avant
- ☐ la pédale et les disques de frein

d. Le caoutchouc est un matériau :
- ☐ dur ☐ élastique ☐ conducteur électrique

2 *Le système de freinage d'un vélo*

Associe chaque image au nom correspondant à son mode de représentation.

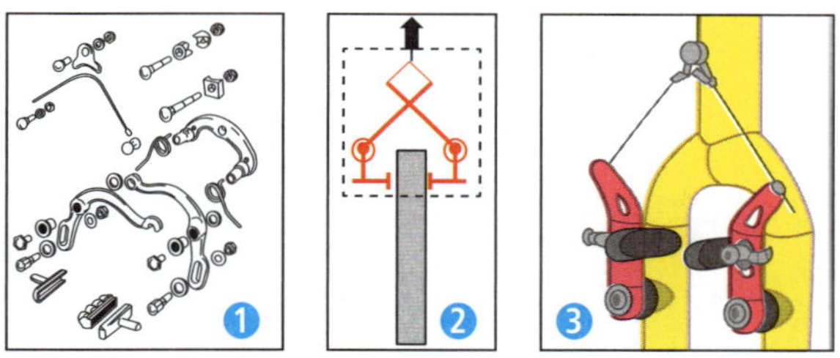

a. perspective éclatée **b.** modèle numérique 3D
c. schéma

3 *Le choix des matériaux*

L'objectif de cet exercice est de justifier le choix des matériaux utilisés pour fabriquer certains objets en fonction des contraintes identifiées.

a. Cite des matériaux conducteurs d'électricité et d'autres isolants. Donne, dans chaque cas, des exemples d'objets qui utilisent ces matériaux.
b. Propose une expérience qui permet de tester la flottabilité de différents matériaux.
c. Quel matériau utilise-t-on pour fabriquer : une cocotte ; un pare-brise ; un pull-over ? Précise la propriété importante du matériau dans chaque cas.

4 *Le BMX : solutions techniques*

La fonction d'usage « se déplacer » d'un vélo est assurée par 3 fonctions techniques principales : avancer ; diriger ; freiner.

Fais la liste des éléments qui assurent chacune de ces fonctions sur le BMX représenté ci-dessous.

Avancer : ....

Diriger : ....

Freiner : ....

5 CONTRÔLE EXPRESS

Les matériaux « verts » de nos voitures

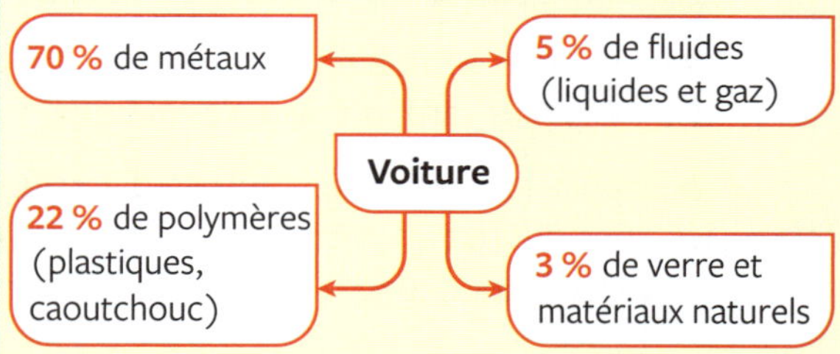

Pour réduire l'impact environnemental de leurs véhicules, les constructeurs réfléchissent aux matériaux qu'ils utiliseront pour leurs nouveaux modèles. Parmi les pistes qu'ils explorent, il y a notamment l'utilisation des matériaux recyclables (plastiques et métaux), des matériaux naturels comme le bois, le lin ou le chanvre, et des matériaux bio-sourcés (fabriqués à partir de matières végétales comme le maïs, le colza ou le soja).

a. Pourquoi parle-t-on de matériaux « verts » ?
b. Quelle différence fais-tu entre matériaux recyclables et naturels ? Pourquoi les privilégier ?
c. Cherche dans un dictionnaire ou sur Internet la signification de l'expression « matériaux renouvelables ».

Corrigés page 40 du Guide

13 Les conditions de la vie terrestre

Je me demande…
Quels sont les caractères particuliers de la planète Terre où s'épanouit la vie ?

Les points clés

1 La Terre, une planète favorable à la vie

- La Terre est une **planète rocheuse** composée de matériaux solides (à la différence des planètes gazeuses) et favorable à l'épanouissement de la vie.
- Elle est entourée d'une **atmosphère**, couche de gaz contenant du diazote (78 %), du dioxygène indispensable à la respiration des êtres vivants (21 %), et d'autres gaz (1 %, dont de l'eau, sous forme de vapeur, et du dioxyde de carbone). L'ozone de la couche supérieure de l'atmosphère protège la Terre des rayons ultraviolets.
- La température moyenne à la surface terrestre est de + 15 °C, avec un minimum de – 90 °C aux pôles et un maximum de + 55 °C à l'équateur.
- Les gaz de l'atmosphère retiennent une partie de la chaleur à la surface terrestre : c'est l'**effet de serre**.
- La **pression atmosphérique** permet à l'eau de rester à l'état liquide, à 97,5 % sous forme d'eau salée (mers et océans).

Mot-Clé
Conditions de la vie : présence d'une atmosphère respirable (dioxygène) et d'eau liquide, température douce.

2 L'histoire de la vie sur Terre

- La planète Terre a été formée il y a 4,5 milliards d'années. La vie est apparue un milliard d'années plus tard, en milieu aquatique, avec des **êtres constitués d'une seule cellule**.
- Depuis, les formes vivantes se diversifient sans cesse, de **nouvelles espèces** dérivant les unes des autres (voir le chapitre 5). L'**Homme** moderne tel que nous le connaissons actuellement occupe la Terre depuis environ 150 000 ans.

Le document clé

La Terre dans le système solaire

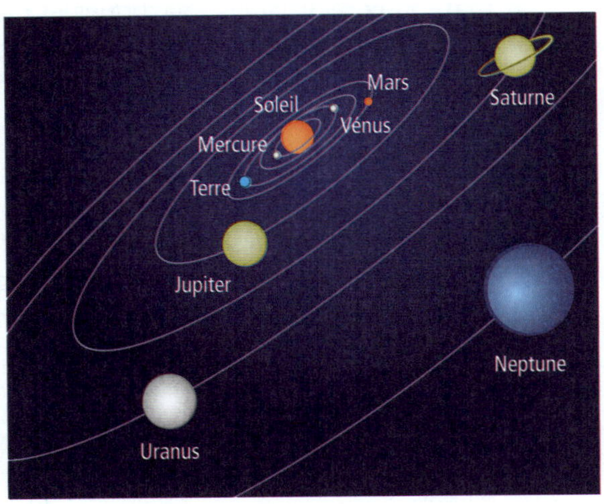

La Terre est la seule planète sur laquelle la vie est connue.

- La Terre est l'une des planètes du système solaire. Elle tourne constamment autour du Soleil en suivant une trajectoire appelée **orbite**.
- Elle est située en troisième position, à 149 600 000 km du Soleil. À cette distance, la chaleur et la lumière émises par le Soleil permettent l'**épanouissement de la vie**.

On s'entraîne !

1 QUIZ

Vrai ou faux ?

	V	F
a. Le Soleil fournit à la Terre lumière et chaleur.	☐	☐
b. La plus grande partie de l'eau sur Terre est constituée d'eau douce.	☐	☐
c. Les premières formes de vie sur Terre sont apparues sur le sol sec.	☐	☐

2 *La Terre, une planète favorable à la vie*

Complète le texte suivant en utilisant des mots ou expressions tirés de la page précédente.

La Terre est une planète .... qui tourne autour du .... selon une trajectoire précise : son ....

En surface, la présence d'eau à l'état ...., une atmosphère respirable grâce au .... et une température moyenne douce sont des caractéristiques propres à la Terre. Ces caractéristiques ont permis l'apparition de la ....

3 *La planète bleue*

La Terre vue de l'espace.

a. Sur cette photo de la Terre vue de l'espace, **à quoi correspond** la couleur bleue ?

....

b. À ton avis, **pourquoi** a-t-on surnommé la Terre la « planète bleue » ?

....

....

4 *La vie sur d'autres planètes ?*

À l'aide du document clé page précédente, explique en une phrase **pourquoi il est infiniment peu probable, ou même impossible, qu'il y ait de la vie sur Neptune.**

5 CONTRÔLE EXPRESS

Observe la frise chronologique et réponds aux questions.

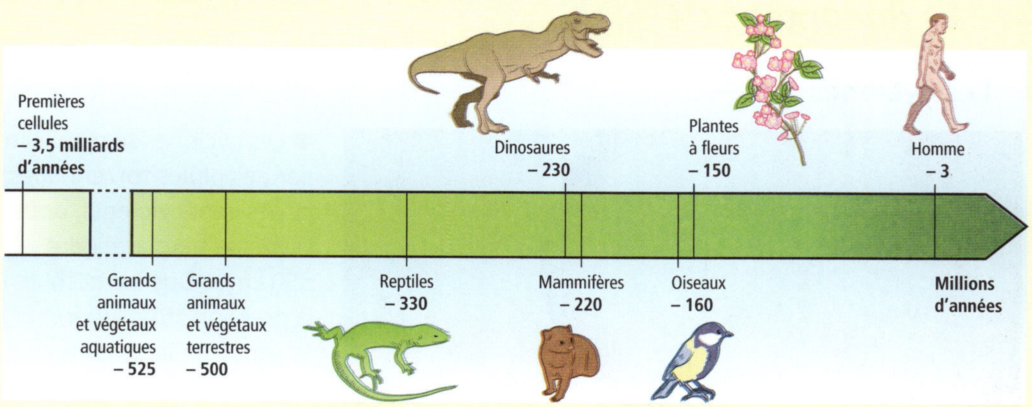

a. Précise la date d'apparition des grands animaux et végétaux aquatiques.
b. Les dinosaures apparaissent-ils avant ou après les mammifères ?
c. Les premiers dinosaures pouvaient-ils manger des fleurs ?
d. Calcule le temps écoulé entre l'apparition des reptiles et celle de l'Homme.

Corrigés page 40 du Guide

14 L'activité interne et externe de la Terre

Je me demande...
La Terre est-elle un simple globe solide sur lequel la vie se développe ?

Les points clés

Mot-clé
Catastrophe naturelle : modification brutale d'un paysage, résultant de l'activité interne ou externe du globe, aux conséquences souvent tragiques.

1 La Terre, une planète dynamique

● Les **volcans**, les tremblements de terre, ou **séismes**, sont des témoins de l'**activité interne** du globe. Les séismes sont dus à la rupture des roches en profondeur, provoquant des cassures ou failles. Par les volcans, des matériaux du sous-sol remontent, sous forme solide (blocs, cendres), liquide (lave) ou gazeuse.

● Séismes et volcans mettent en jeu des quantités d'**énergie** que l'homme ne peut contrôler. Ils peuvent être à l'origine de catastrophes : destruction de villes, victimes, etc.

● L'**activité externe** de la Terre se manifeste par le déplacement des masses d'air à sa surface, qui peut entraîner :
- des **modifications climatiques** majeures comme une sécheresse prolongée (Afrique subsaharienne) ;
- des **phénomènes météorologiques** violents comme des pluies torrentielles causant des inondations (Haïti, France) ou des cyclones (Nouvelle Calédonie, Caraïbes...).

2 Risques naturels et prévention

● La survenue des **catastrophes naturelles** est rarement prévisible. Cependant, on identifie à la surface de la Terre des **zones à risques**, où les populations sont particulièrement exposées.

● Ainsi, des mesures de **prévention** s'imposent. Elles doivent tenir compte des intérêts économiques et touristiques, ce qui les rend parfois difficiles à mettre en œuvre.

Le document clé

Les cyclones

● Les cyclones se manifestent par des **pluies torrentielles** et des **vents violents,** dont la vitesse peut atteindre 350 km/h. Dus à une chute de la pression atmosphérique, ils sont fréquents dans les régions tropicales, où ils forment des **tourbillons**.

● Leur violence, l'étendue et la localisation des territoires où ils se produisent en font des **phénomènes dévastateurs**.

On s'entraîne !

1 QUIZ

Vrai ou faux ?

	V	F
a. L'homme peut empêcher un séisme.	☐	☐
b. En cas de cyclone, il est prudent de s'abriter sous un arbre.	☐	☐
c. C'est parce que l'intérieur du globe terrestre est actif qu'il y a des volcans.	☐	☐
d. Des perturbations météorologiques causant des inondations n'existent pas en France.	☐	☐

2 *Le cyclone Hugo*

Étudie les documents puis réponds aux consignes.

Le cyclone Hugo, en septembre 1989, a été l'un des plus violents. Il a touché, entre autres, la Guadeloupe, les États-Unis et le Canada. Les vents atteignant une vitesse de 300 km/h ont fait au total plus de 100 victimes.
En Guadeloupe, le cyclone a causé la perte de 60 % de la production de canne à sucre et de toute la production de bananes. En détruisant les bateaux, il a anéanti les activités liées à la pêche. Il a laissé 25 000 personnes sans abri et 35 000 sinistrés. Le coût des réparations équivaut à près de 610 millions d'euros.

Un village dévasté par le cyclone Hugo.

a. Dans le texte précédent, souligne en rouge les dégâts occasionnés aux personnes, et en bleu les dommages matériels.

b. Résume en une phrase les conséquences du passage du cyclone pour l'île de la Guadeloupe.

indice

a. Sois attentif aux chiffres qui sont donnés.

3 *Une question d'énergie*

En utilisant des éléments du cours, cite des preuves de l'activité de la Terre, interne et externe.
Pour chacune d'elles, tu feras une phrase montrant qu'il s'agit de la manifestation d'une forme d'énergie.

Preuves de l'activité interne	Preuves de l'activité externe
....	....
....	....
....	....
....	....

4 CONTRÔLE EXPRESS

Observe la photo et réponds aux questions.

La photo ci-dessus a été prise après le passage d'un cyclone.

a. Décris les dégâts occasionnés.
b. Qu'est-ce qui a provoqué ce bouleversement ?
c. À ton avis, cette catastrophe aurait-elle pu être évitée ?

indice

c. Pense à l'emplacement de la maison ainsi qu'à la manière dont elle est construite.

Corrigés page 40 du Guide

15 Les variations du peuplement d'un milieu

Je me demande...

Pourquoi le peuplement animal et végétal d'un milieu n'est-il pas le même en toutes saisons ?

Les points clés

1 Les variations du peuplement animal

- En fonction des **conditions climatiques** (température, éclairement) et **alimentaires** (disparition de certains végétaux à certaines saisons), des animaux se déplacent, parfois sur de très longues distances. Ainsi, les hirondelles qui peuplent nos régions au printemps et en été se rassemblent en septembre pour un voyage qui les mènera en Afrique (Côte d'Ivoire, Nigeria, Cameroun...) : c'est la **migration**.
- D'autres animaux, comme le hérisson, profitent des mois d'été pour se nourrir abondamment. L'hiver, leur organisme fonctionne « au ralenti » : c'est l'**hibernation**.
- À l'inverse, certains animaux, tels le moineau, ont une forme de vie qui varie peu en fonction des saisons.
- De nombreux papillons ne sont adultes que quelques jours ou semaines (temps de la reproduction sexuée). Les œufs donnent des chenilles (**larves**) dont le mode de vie permet à l'espèce de passer toute la « mauvaise » saison.

Mots-Clés

- **Peuplement** : ensemble des êtres vivants installés durablement sur un territoire donné.
- **Conditions du milieu** : ensemble des facteurs extérieurs (température, humidité, lumière, présence ou non d'un sol) agissant de façon durable sur les organismes.

2 Les variations du peuplement végétal

- Certaines plantes, comme le haricot, se sont développées au printemps et en été, et ont libéré leurs graines, puis fanent et meurent dès l'automne : ce sont les **plantes annuelles**.
- D'autres en revanche, comme le chêne ou la jonquille, restent présentes en hiver, parfois sous forme d'organes enfouis dans le sol (bulbe de jonquille) ou d'organes apparents (pissenlits) : ce sont les **plantes vivaces**.

Le document clé

Étude du peuplement d'un milieu par des oiseaux

Un scientifique capte les signaux envoyés par des émetteurs accrochés sur les oiseaux.

Pour suivre le déplacement d'une espèce d'oiseaux migrateurs, il faut :

1. **baguer une espèce d'oiseau** en posant une bague équipée d'un émetteur autour d'une patte de l'oiseau puis relâcher l'animal ;
2. **repérer l'oiseau** à des dates régulièrement échelonnées grâce au dispositif de localisation puis **reporter le lieu repéré et la date** sur une carte ;
3. **tracer le chemin** suivi par l'oiseau en reliant les points.

On s'entraîne !

1 QUIZ

Vrai ou faux ?

	V	F
a. D'année en année, le nombre d'hirondelles diminue : c'est le résultat de la migration.	☐	☐
b. Les arbres sont des plantes vivaces.	☐	☐
c. En hiver, les plantes annuelles ne se développent plus.	☐	☐
d. L'hibernation est un sommeil prolongé.	☐	☐

2 *Germination des graines*

On cherche à savoir ce qui provoque au printemps la germination des graines, et donc le retour de la plante à la vie active. On retient deux hypothèses :
1. l'allongement de la durée des jours ;
2. l'augmentation de la température.

Schématise les expériences à réaliser pour tester ces hypothèses avec :
- un pot rempli de terre humide ;
- des graines ;
- un cache noir ;
- un dispositif de chauffage.

3 *Migration des hirondelles*

La carte ci-dessous montre la migration des hirondelles en automne.

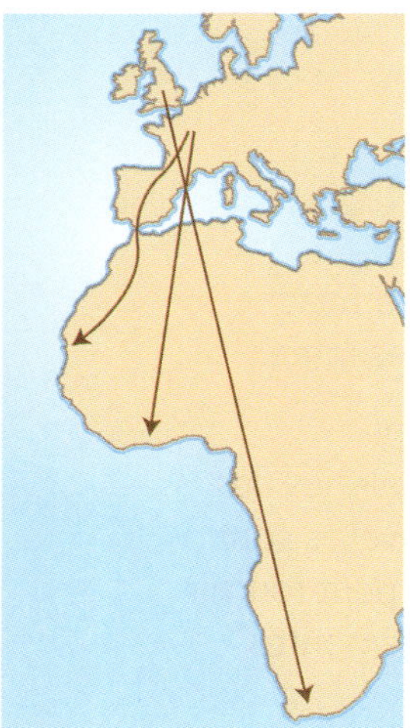

a. À l'aide d'un atlas, **situe** les pays suivants :
① Angleterre ② France
③ Espagne ④ Mauritanie
⑤ Côte-d'Ivoire
⑥ Afrique du Sud

b. Décris le trajet de migration (départ-arrivée) des hirondelles en automne.

c. Propose une explication à ce départ pour le continent africain en automne.

d. Décris une expérience permettant de tester cette explication.

4 *Étude de la variation d'un peuplement animal*

Observe ces documents et réponds aux questions.

→ sens d'écoulement de la rivière

Des prélèvements ont été réalisés dans la rivière avant et après le village possédant une usine. On a aussi dénombré les insectes présents dans un rayon de 10 km autour du village. Les résultats sont donnés sur le graphique suivant.

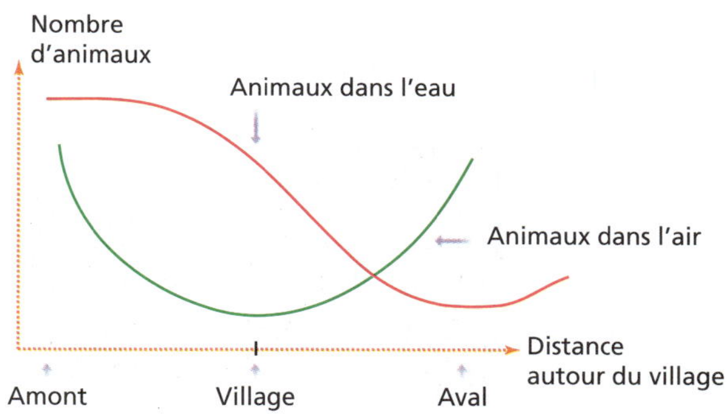

a. Comment varie la population des animaux aquatiques ? Et celle des animaux dans l'air ?

b. Propose une explication.

c. Quelles installations l'homme pourrait-il mettre en place pour compenser les effets nuisibles qu'il cause ?

5 CONTRÔLE EXPRESS

a. Sous quelle forme les plantes annuelles passent-elles l'hiver ?

b. Que reste-t-il des plantes vivaces pendant la saison froide ?

Corrigés page 41 du Guide

16 L'action de l'homme sur l'environnement

Je me demande...

Pourquoi et comment l'homme modifie-t-il son environnement naturel ?

Les points clés

● En fonction de ses **choix d'aménagements** et de ses **besoins** alimentaires et industriels, l'homme agit sur l'environnement.

Différents types d'actions

Modifications topographiques	EXEMPLES urbanisation, construction d'un canal...
Prélèvements de matériaux utiles	EXEMPLES carrière, exploitations minières...
Modification de la flore et de la faune	EXEMPLES agriculture, déboisement...
Rejets de déchets	EXEMPLES gaz à effet de serre, produits toxiques...

Le document clé

Une mine de charbon

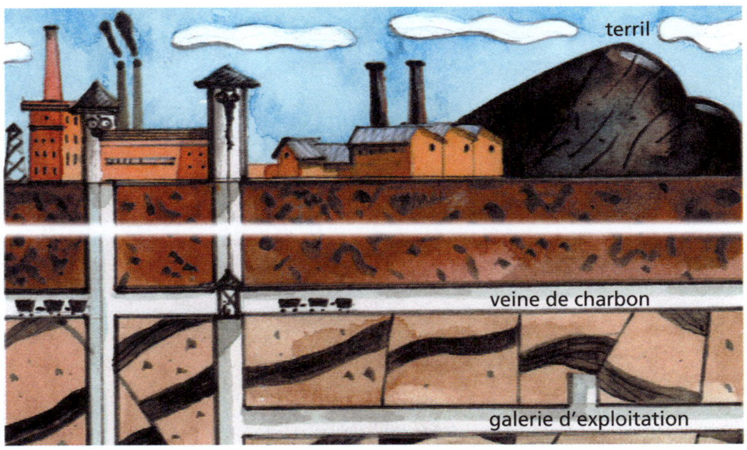

Coupe schématique d'une mine de charbon dans le bassin houiller du nord de la France.

● Jusqu'au début du XVIIe siècle, le nord de la France offre un **paysage rural** (campagne parsemée de villages et quelques grandes villes). La **forêt** y est largement représentée.

● Vers 1850, le **développement de l'industrie** et la découverte du **charbon** vont profondément modifier le paysage. Les arbres sont abattus pour soutenir les galeries des mines et empêcher les effondrements. Autour des puits miniers, des villes nouvelles sont construites pour loger les mineurs. Le charbon est exploité pour l'énergie qu'il peut fournir aux industries et aux particuliers. Les **déchets** (roche non combustible) sont remontés à la surface où ils constituent des sortes de collines : les **terrils**.

● De nos jours, le paysage est devenu **urbain** (ville). Certaines galeries minières se sont effondrées ; en surface, l'eau de pluie s'est accumulée formant des **lacs** peu profonds. L'exploitation du charbon a cessé, seuls les terrils témoignent du passé dans le paysage.

Mots-Clés

- **Aménagement du territoire** : modifications du paysage faites par l'homme à son profit.
- **Modifications topographiques** : transformation du relief d'un territoire donné.

LA TERRE ET L'ENVIRONNEMENT

On s'entraîne !

1 QUIZ

Vrai ou faux ?

	V	F
a. L'action de l'homme peut être destructrice pour la planète.	☐	☐
b. L'action de l'homme peut favoriser l'équilibre naturel.	☐	☐
c. Le recyclage des déchets contribue au respect de la nature.	☐	☐
d. L'utilisation d'engrais pour les cultures augmente la production.	☐	☐
e. L'utilisation d'engrais pour les cultures n'est jamais nuisible.	☐	☐

2 *Actions de l'homme sur l'environnement*

Souligne en vert les actions de l'homme qui protègent l'environnement, et en rouge celles qui sont nuisibles.

a. La forêt des Landes est la plus grande forêt de France. Elle est surtout peuplée de pins qu'on coupe dès qu'ils sont assez grands pour servir à l'industrie.
b. Les branches, trop fines dans l'industrie du meuble, permettent de fabriquer du papier.
c. La fabrication du papier utilise d'énormes quantités d'eau à laquelle on ajoute des produits chimiques pour blanchir le papier. Cette eau est rejetée dans les rivières.
d. Chaque arbre abattu est immédiatement remplacé.
e. Dans le Midi, l'imprudence de certains touristes est à l'origine d'incendies qui détruisent chaque année des surfaces considérables de forêt.
f. Dans le sud de la France, l'État encourage (et parfois oblige) les propriétaires de terrains à débroussailler, c'est-à-dire à couper toutes les plantes au ras du sol.

3 *Réseau routier et environnement*

Il n'est pas rare qu'une autoroute traverse une forêt. Quel beau paysage sur la route des vacances ! **Donne trois effets nuisibles d'un tel aménagement.**

....

....

4 *Un aménagement en région parisienne*

Explique la raison de l'aménagement décrit ci-dessous, et précise s'il est favorable ou défavorable à l'environnement. Justifie ta réponse.

....

....

....

Autour de la région parisienne, la plus grande partie des forêts — où autrefois les rois et seigneurs aimaient chasser le grand gibier — a aujourd'hui disparu. Elle est remplacée par de vastes étendues cultivées (blé, maïs...).

5 CONTRÔLE EXPRESS

Lis le texte et répond aux questions.

L'évolution des paysages dans nos régions
Depuis des siècles, la Vendée, la Bretagne et la Normandie sont des régions où l'on cultivait différentes plantes utiles à l'alimentation humaine, dans des champs de taille moyenne, séparés par des haies. Depuis quelques dizaines d'années, les haies disparaissent et les champs deviennent immenses.

a. Donne une raison qui pousse à réunir les champs en d'immenses étendues. ....

....

b. Propose une conséquence sur le peuplement animal de ces régions. ....

....

Corrigés page 42 du Guide

Test - Bilan

On y va !

Matière, mouvement, énergie, information

1 Un mélange :
- ☐ est constitué de plusieurs corps purs mis ensemble.
- ☐ est toujours homogène.
- ☐ d'eau et d'huile est appelé « solution ».

2 Le mouvement d'un objet :
- ☐ ne peut être défini que par rapport à un autre objet servant de repère.
- ☐ est uniquement caractérisé par sa trajectoire.
- ☐ est dit « uniforme » si sa vitesse est constante.

3 L'énergie :
- ☐ ne peut pas être stockée.
- ☐ peut prendre diverses formes.
- ☐ doit être économisée.

.... /3

Le vivant et sa diversité

4 Pour les êtres vivants, la cellule est :
- ☐ le nom donné à une cage d'élevage.
- ☐ le laboratoire où sont étudiés les êtres vivants microscopiques.
- ☐ le nom donné à l'unité de constitution de tout organisme.

5 Les micro-organismes :
- ☐ peuvent être utilisés pour la fabrication de certains aliments.
- ☐ doivent obligatoirement être éliminés de tout aliment.
- ☐ sont à l'origine du goût de certains aliments.

6 Le développement d'un être vivant :
- ☐ est l'ensemble des transformations qu'il subit de la fécondation à l'état adulte.
- ☐ ne concerne que les animaux.
- ☐ consiste à isoler tous les organes les uns des autres pour les étudier.

.... /3

Matériaux et objets techniques

7 L'évolution d'un objet technique :
- ☐ permet de l'adapter aux besoins des utilisateurs.
- ☐ correspond toujours à un changement de sa fonction d'usage.
- ☐ s'accompagne fréquemment de changements de principes techniques.

8 Les matériaux utilisés pour la fabrication des objets techniques :
- ☐ sont choisis pour répondre à des contraintes (telles que le coût, la forme souhaitée, l'usage, etc.).
- ☐ sont classés par grandes familles.
- ☐ sont choisis pour leurs propriétés physiques ou chimiques.

.... /2

La Terre et l'environnement

9 La planète Terre :
- ☐ a dû être fortement transformée par l'homme pour que la vie s'y épanouisse.
- ☐ présente des caractéristiques physiques et chimiques favorables à l'apparition de la vie.
- ☐ est actuellement la seule planète où la vie est connue.

10 La planète Terre :
- ☐ est en constante évolution, en raison de phénomènes volcaniques, sismiques, météorologiques et climatiques.
- ☐ est une planète où certains volcans peuvent menacer la vie humaine.
- ☐ est un globe formé il y a 4,5 milliards d'années, qui n'a pas changé depuis.

11 L'action de l'homme sur l'environnement :
- ☐ est telle qu'à plus ou moins long terme, elle conduira à la destruction de la vie sur Terre.
- ☐ est dictée par le souci d'améliorer ses conditions de vie.
- ☐ menace la biodiversité.

.... /3

Score total : .... /11 CORRIGÉS P. 42 DU GUIDE

ANGLAIS

VERBE ETRE il y a

1 Be, there is/there are, this/that

Je me demande…
Comment parler de soi et des autres ? Comment décrire ce qui m'entoure ?

Les points clés

1 Be

- *Be* renseigne sur **ce que l'on est** (âge, nom, nationalité, métier, etc.).
- Conjugaison de *be* au **présent de l'indicatif**

Forme affirmative	Forme interrogative	Forme négative
I **am** (I'**m**) you **are** (you'**re**) he/she/it **is** (he, she, it'**s**) we **are** (we'**re**) you **are** (you'**re**) they **are** (they'**re**)	**am** I? **are** you? **is** he/she/it? **are** we? **are** you? **are** they?	I **am not** (I'**m not**) you **are not** (you **aren't**) he/she/it **is not** (**isn't**) we **are not** (we **aren't**) you **are not** (you **aren't**) they **are not** (they **aren't**)

- Voici quelques **expressions** qui se construisent avec *be* en anglais.

I'm twelve. J'ai douze ans. I'm fine. Je vais bien. I'm cold/hot. J'ai froid/chaud.

2 There is/there are

There is/there are servent à parler de **ce qu'il y a.** *There is* est suivi d'un singulier ; *there are*, d'un pluriel.

There is a bike in the garage. Il y a un vélo dans le garage.
There are two bikes in the garage. Il y a deux vélos dans le garage.

3 This/that

- *This* et *that* servent à **désigner** ou **montrer** une personne ou un objet : ce sont des démonstratifs.
- Ils ont des formes différentes au singulier et au pluriel.

This et *these* désignent ce qui est **proche** de nous : this chair → these chairs.
That et *those* désignent ce qui est **éloigné** de nous : that flower → those flowers.

This is a rose and that is an apple tree. Pour désigner la rose que j'ai dans la main et le pommier que je montre du doigt.

boots

scarf

gloves

cap

coat

belt

Un peu de vocabulaire

Clothes

On s'entraîne !

1 QUIZ

Relie la question à la réponse associée.

a. Is Paul at school?	Yes, I am.
b. Are you hungry?	No, they aren't.
c. Is Sarah in the garden?	Yes, it is.
d. Is this your bag?	Yes, she is.
e. Are her parents at home?	No, he isn't.

2 Be au présent

Complète les phrases en employant le verbe *be*.

a. The teacher is American.

b. We are tourists.

c. My friends are always early.

d. My German friend is never late.

e. I am thirteen.

f. You are very nice.

3 Décrire une image

Décris ce que tu vois en utilisant *there is* ou *there are* et les mots suivants :

poster • ~~chair~~ • teacher • ~~blackboard~~ • book.

a. There is blackboard

b. There are chairs

c. there is poster

d. there is teacher

e. there are books

4 Comment dirais-tu... ?

a. Ma sœur Mary a très faim et soif.

My sister Mary is very hungry and thirsty

b. Il a douze ans. He is twelve years old

c. Il y a un chien et deux chats dans la voiture.

~~hy~~ there is one dog and two cats in the car.

? **indice**

I'm hungry. J'ai faim.
I'm thirsty. J'ai soif.

5 Au singulier ou au pluriel

Mets ces phrases au singulier ou au pluriel selon le cas.

a. This is your book.

there are your books.

b. That is Jack's bike.

those are Jack's bikes.

c. Those flowers are expensive.

that flower is expensive.

d. I don't like these paintings.

I don't like this painting.

6 Vocabulaire

Que porte ce drôle de singe ?

This strange monkey is wearing a green skirt, a yellow shirt, an orange jacket, blue socks and black shoes

7 CONTRÔLE EXPRESS

Complète avec *there is* ou *there are*.

a. there are twenty students in my class.

b. there is a present for you on the table.

c. there are a lot of books on the shelf.

d. there is a dog and two cats at Jim's.

Corrigés page 43 du Guide

2 L'article, le nom

Je me demande…

Comment choisir le bon article devant le nom ? Comment mettre les noms au pluriel ?

Les points clés

1 L'article indéfini *a*/*an*

- L'article indéfini a deux formes au singulier :
  - *a* devant une consonne, devant un *y* ou un *u* prononcé [ju] : a cup, a yard ;
  - *an* devant un mot commençant par une voyelle ou un *h* muet (non prononcé) : an umbrella, an egg, an hour.
- L'article indéfini n'a pas de forme plurielle. They are eating Ø potatoes.

butcher

2 L'article défini *the*

- L'article défini *the* est invariable : the boy → the boys • the girl → the girls.
- *The* se prononce de deux manières :
  - [ðə] devant un nom commençant par une consonne, un *y* ou un *u* prononcé [ju] : the ball, the yellow car, the university ;
  - [ði:] devant un nom commençant par une voyelle : the umbrella.
- On n'emploie pas *the* devant certains noms : les **langues** (She teaches English), les **repas** (Come for lunch), les **jours**, **mois** et **saisons** (I visit my grandmother on Saturdays) et les **activités humaines** (I play golf) excepté la musique (I play *the* piano).

doctor

florist

3 Le nom : dénombrables et indénombrables

- Le nom désigne une personne, un animal, une chose.
  - Les **dénombrables** = ce que l'on peut compter. Ils peuvent être précédés de l'article *a* et se mettent au pluriel : a car → cars • a dog → dogs.
  - Les **indénombrables** = ce que l'on ne peut pas compter. Ils ne sont jamais précédés de l'article *a* et ne se mettent pas au pluriel : water, sugar, time, money, bread.

nurse

4 La formation du pluriel des noms

- La plupart des noms prennent un *-s* au pluriel. Il se prononce [s] ou [z].
- Quelques mots terminés par *-o* (tomatoes, potatoes, mais pianos), par *-y* (babies, ladies, stories), par *-x*, *-s*, *-sh*, *-ch* (boxes, buses, brushes, matches) forment leur pluriel en *-es*. Il se prononce [ɪz].
- Certains pluriels sont **irréguliers**.
  a woman → women • a child → children • a foot → feet • a tooth → teeth

waiter

painter

ANGLAIS

Un peu de vocabulaire

Jobs

grocer

greengrocer

policeman

postman

baker

hairdresser

On s'entraîne !

1 QUIZ

Relie ces mots à la forme qui convient.

a. mother
b. bus
c. car
d. window
e. match
f. boy
g. bag
h. box

Pluriel en *-s*

Pluriel en *-es*

2 A, an ou Ø (pas d'article)

Complète les phrases suivantes.

a. She wants to buy .... yellow hat.
b. Is Peter .... painter? No, he's .... architect.
c. There are .... dogs in the garden.
d. She is .... American journalist.
e. The meeting is in .... hour.

3 La prononciation

Souligne l'article *the* lorsqu'il se prononce [ði:].

the article • the magazine • the shop • the university • the umbrella • the hour • the zoo • the clock

indice

Le *h* ne se prononce pas dans *hour*.

4 Le pluriel des noms

Que vois-tu sur ces images ?

a.

b.

c.

a. I can see ....
b. I can see ....
c. There are ....
and ....

5 Questions-réponses

Construis les questions et les réponses sur le modèle suivant.

Ex. : Arthur • architect • teacher
Is Arthur an architect? No, he isn't.
He's a teacher.

a. Helen • florist • grocer : ....
b. Ben • doctor • dentist : ....
c. Sam and Simon • painters • policemen : ....
d. You • writer • musician : ....

indice

Dans les réponses brèves, on utilise le pronom personnel et *be*.

6 Vocabulaire

Complète cette grille des métiers.
Quel est le mot mystère en bleu ?

			G								
					N						
	F				I						
					I						
							S		M		N
P			I					N			
					K						
	D		C								

Le mot mystère est : ....

7 CONTRÔLE EXPRESS

Place ces mots dans la bonne colonne.

sugar • glass • book • bread • money • computer • milk • time • orange • water • chair • salt

Dénombrables	Indénombrables

Corrigés page 43 du Guide

ANGLAIS

3 Have got, how many/ how much, some/any

Je me demande...
Comment parler de ce que l'on possède ? Comment exprimer la quantité d'une chose ?

Les points clés

1 Have got

- *Have got* sert à parler de **ce que l'on possède**.

  I have got a nice dog.

Forme affirmative	I/you/we/they **have got** ('ve got) he/she/it **has got** ('s got)
Forme interrogative	**have** I/you/we/they **got**? **has** he/she/it **got**?
Forme négative	I/you/we/they **have not got** (haven't got) he/she/it **has not got** (hasn't got)

2 How many/how much

- *How many*, suivi d'un nom au pluriel, interroge sur le **nombre**.

  How many pages are there in the book?

- *How much*, suivi d'un indénombrable, interroge sur la **quantité** et sur le **prix**.

  How much money do you want? How much is it?

3 Some/any

Pour exprimer une **quantité non définie**, on utilise *some* et *any*.

- *Some* s'emploie dans les phrases affirmatives et dans les phrases interrogatives où l'on attend une réponse affirmative (demande ou offre).

  There is some tea in the cup. There are some postcards on the table.
  Can I have some bread please? Would you like some coffee?

- *Any* s'emploie dans les phrases négatives contenant *not* et dans les phrases interrogatives lorsque l'on ne sait pas s'il y a ce que l'on demande.

  There aren't any biscuits on the plate. Have you got any milk?

eat

drink

sleep

dream

read

speak

Un peu de vocabulaire

Family

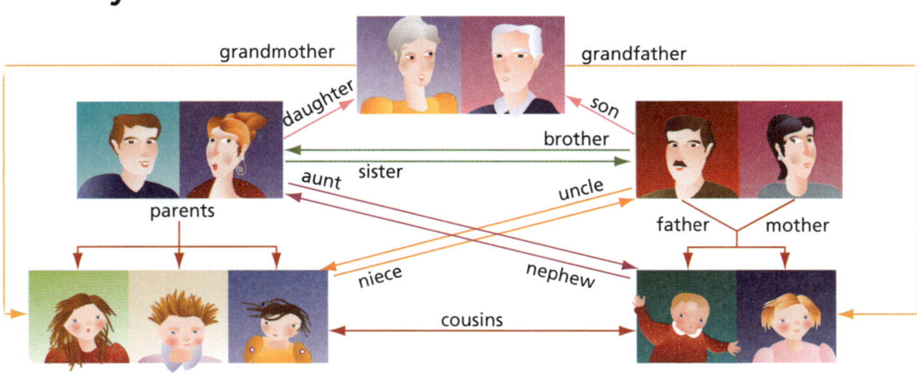

On s'entraîne !

1 QUIZ

Observe cet arbre généalogique et trouve de qui il s'agit.

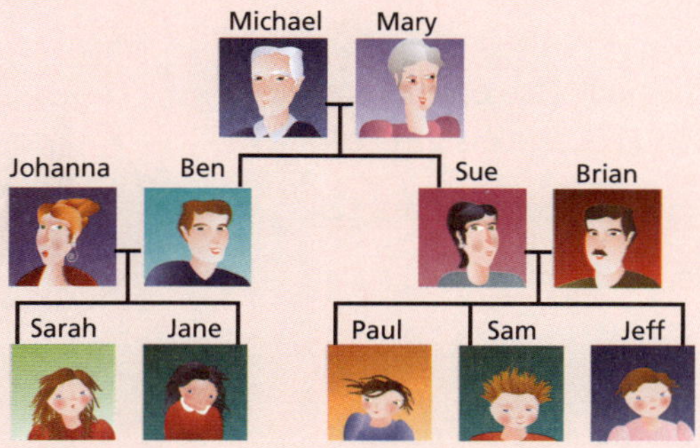

a. She has got five grandchildren. •
b. She has got two nieces. •
c. He has got three nephews. •
d. He has got three sons. •
e. She has got two daughters. •

• Brian
• Sue
• Johanna
• Ben
• Mary

2 How much *ou* how many ?

Pose des questions sur les groupes de mots en bleu.

a. Patricia has got a lot of work.

....

b. Fred has got four sisters.

....

c. John's parents have got two cars.

....

d. I've got a lot of bread.

....

3 Some *ou* any ?

Complète les phrases suivantes.

a. There are .... toys on the floor.
b. There aren't .... glasses on the table.
c. Would you like .... tea?
d. Have you got .... ideas?

4 Questions-réponses

À partir des dessins, forme les réponses aux questions comme dans l'exemple donné.

Ex. : Are there any sweets in the box?
No, there aren't any. There are some biscuits.

a. Are there any posters on the wall?

....

b. Is there any champagne in the bottle?

....

c. Are there any books in the bag?

....

5 Vocabulaire

Cette grille contient neuf mots que tu viens d'étudier. Les lettres restantes te permettront de compléter le mot mystère.

D	A	U	G	H	T	E	R
F	A	T	H	E	R	A	S
D	N	I	E	C	E	U	O
N	C	O	U	S	I	N	N
A	M	O	T	H	E	R	R
R	N	E	P	H	E	W	E
G	U	N	C	L	E	N	H
G	R	A	N	D	M	O	T

Le mot mystère est _ _ _ T

6 CONTRÔLE EXPRESS

Pour chacune des phrases suivantes, indique s'il s'agit du *s* de *has* ou de *is*.

	has	is
a. She's got a lot of animals.	☐	☐
b. She's very tired.	☐	☐
c. He's working in the garden.	☐	☐
d. He's got a new tennis racket.	☐	☐

Corrigés page 43 du Guide

4 L'adjectif, les adverbes, la comparaison

Je me demande...

Comment comparer ?
Comment caractériser une chose ou une action ?

Les points clés

1 L'adjectif

- L'adjectif accompagne le nom et en précise le sens. Il peut être **épithète** en se plaçant avant le nom (I like your red bag) ou **attribut** (This book is interesting).
- L'adjectif est **invariable**. The boy is tall. The girl is tall. The teacher are tall.
- Les adjectifs de **nationalité** prennent une majuscule. I'm English.

tall/short

2 Les adverbes

- L'adverbe précise le sens d'un verbe. Les adverbes de **manière** se forment en ajoutant *-ly* à l'adjectif. Paul walks slowly.
Attention : happy → happily • comfortable → comfortably.
- *Well* et *very much* sont des adverbes. Ils se placent après le complément.
Well est l'adverbe qui correspond à l'adjectif *good*. He plays tennis well.
Very much signifie « beaucoup ». I like chocolate very much.

old/young

3 La comparaison

- Le **comparatif d'égalité** se forme en mettant *as* de chaque côté de l'adjectif.

  Exercise 2 is as easy as exercise 5. L'exercice 2 est aussi facile que l'exercice 5.

- Le **comparatif de supériorité** se forme de deux manières :
more + adjectif long + *than* ; adjectif court + *-er* + *than*.

  Jane is more beautiful than Sue. Jane est plus belle que Sue.

  My dress is shorter than yours. Ma robe est plus courte que la tienne.

Attention aux modifications orthographiques : (big → bigger • fat → fatter • happy → happier) et aux formes irrégulières (good → better • bad → worse).

happy/sad

cheap/expensive

Un peu de vocabulaire

The face, the body

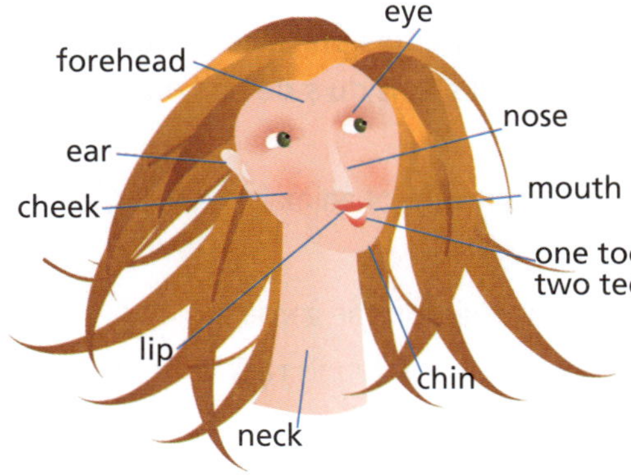

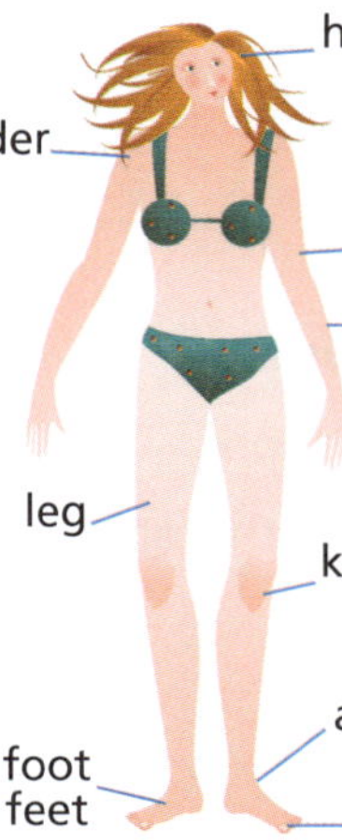

On s'entraîne !

1 QUIZ

Écris le contraire des adjectifs pour compléter la grille.

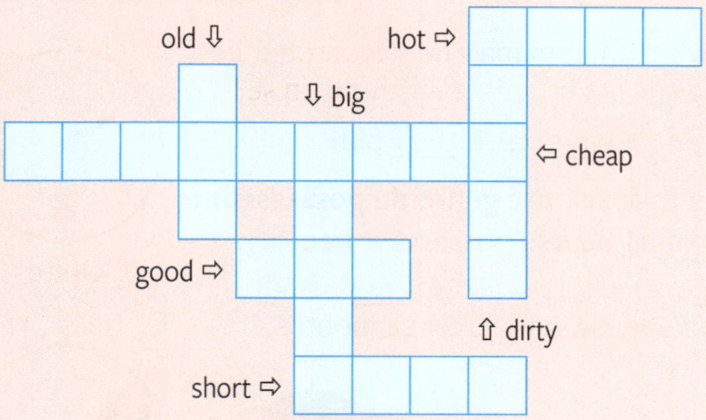

2 *Former des phrases*

Mets les mots dans le bon ordre.

a. are • shoes • dirty • Your

....

b. teacher • My • English • interesting • is

....

c. expensive • Her • is • dress • new

....

3 *Le comparatif de supériorité*

Construis des phrases avec les éléments donnés.

Ex. : Peter • tall • Paul
→ Peter is taller than Paul.

a. Your bag • heavy • my bag

....

b. California • hot • Canada

....

c. Jane • small • Allison

....

d. Michael • happy • Jonathan

....

indice

Souviens-toi : fat → fatter ; funny → funnier.

4 *Les adverbes*

Transforme ces adjectifs en adverbes.

a. quick ....
b. simple ....
c. good ....
d. happy ....
e. quiet ....
f. fast ....
g. kind ....
h. bad ....

5 *Vocabulaire*

Complète les phrases suivantes avec un élément du visage ou du corps.

a. I can smell flowers with my ....
b. I can touch my nose with my ....
c. I can eat ice cream with my ....
d. I can see the sky with my ....
e. I can walk and dance with my ....
f. I can hear the song with my ....

6 CONTRÔLE EXPRESS

Complète les phrases en utilisant *as… as*, *-er… than* ou *more… than*, et les adjectifs *cheap* et *expensive*.

a. The tomatoes are .... the potatoes.
b. The apples are .... the oranges.
c. The bananas are .... the carrots.
d. The bananas are .... the apples.
e. The potatoes are .... the carrots.

Corrigés page 43 du Guide

5 La possession, *whose*

Je me demande...
Comment parler des objets et de leurs propriétaires ?

Les points clés

1 Les déterminants possessifs

- Les déterminants possessifs sont toujours suivis d'un nom mais ne s'accordent pas avec ce nom.

  my pen • your pen • his/her/its pen • our pen • your pen • their pen

- À la 3e personne du singulier, on choisit le possessif selon le **genre du possesseur** : ***his*** (possesseur masculin), ***her*** (possesseur féminin) ou ***its*** (possesseur neutre).

  His name is Tom. This is his watch.
  Il s'appelle Tom. C'est sa montre.

  Her name is Julia. This is her watch.
  Elle s'appelle Julia. C'est sa montre.

2 Le cas possessif

- La possession est exprimée au singulier par ***'s*** suivi d'un nom sans déterminant.
- Le possesseur est placé en **premier**.

  Henry's computer : l'ordinateur d'Henry
  (Henry = possesseur)

- Au pluriel, le *s* du cas possessif **disparaît** mais l'apostrophe demeure.

  the tourists' cameras : les appareils photo des touristes

- Lorsque le pluriel du nom est **irrégulier**, on emploie ***'s***.

  the children's toys : les jouets des enfants

3 *Whose*

- *Whose* interroge sur l'**appartenance**.

  Whose jacket is this? It's Joe's jacket.
  À qui est cette veste ? C'est la veste de Joe.
  On peut aussi répondre : It's Joe's. It's his jacket.

Un peu de vocabulaire

Everyday objects

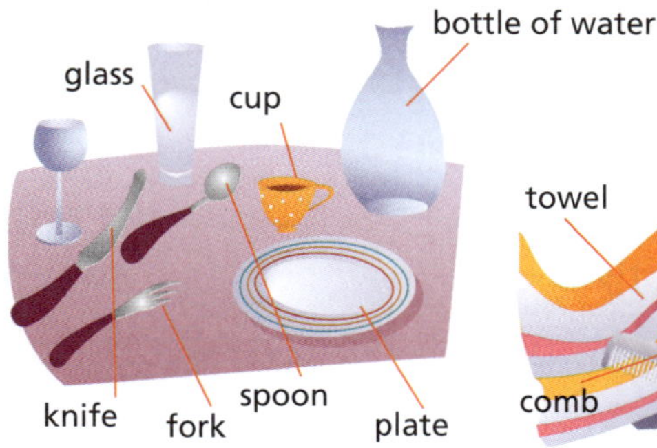

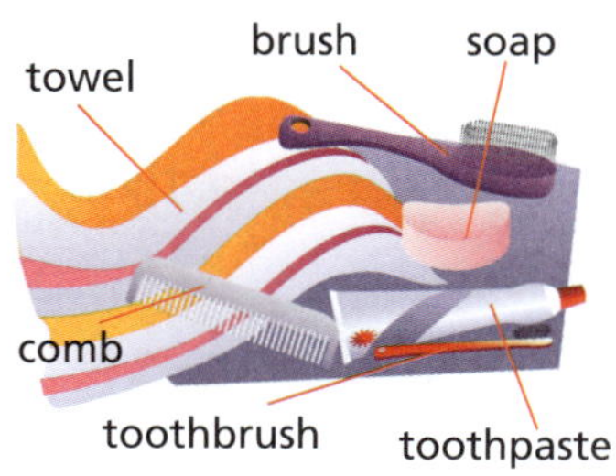

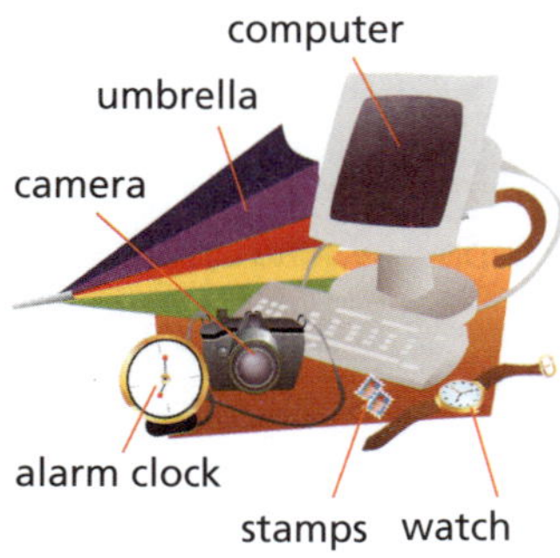

On s'entraîne !

1 QUIZ

Relie le déterminant possessif à la phrase associée.

- **a.** Jonathan is my friend. .... mother is American.
- **b.** I like Paula but I don't like .... sister.
- **c.** This is Allison and Jessica's room. It's .... room.
- **d.** We would like to invite you to .... country house.

- their
- our
- his
- her

2 Le cas possessif

Donne une réponse négative et complète.

Ex. : Is it Sally's car? (Helen)
No, it isn't. It's Helen's.

a. Is it Mr and Mrs Simpson's house? (the Browns)

....

b. Is it Colleen's coat? (Britney)

....

c. Are they your friend's shoes? (Brian)

....

d. Is it Elton's umbrella? (Cathy)

....

3 Comment dirais-tu... ?

a. À qui sont ces lunettes ?

....

b. À qui est ce stylo ?

....

c. Mon ami est le frère de Mike.

....

d. J'aime John mais pas son frère.

....

e. Ma mère est la cousine de Pierre.

....

? indice

lunettes : glasses • cousine : cousin

4 Les déterminants possessifs

Remplace les mots en bleu par des déterminants possessifs.

a. I like my cousin's car. → ....

b. Look at my parents' new television. → ....

c. Allison always plays with Fred's sister. → ....

d. Where is my friend's bike? → ....

? indice

a. et **d.** Il y a deux réponses possibles.

5 Vocabulaire

Complète les phrases avec les mots présentés dans la liste ci-dessous.

a camera • a spoon • a fork • a knife • my computer • a bottle • a toothbrush • my umbrella

a. I brush my teeth with ....

b. I cut my steak with ...., I eat my yoghurt with .... and I eat potatoes with ....

c. When it rains I take ....

d. I take pictures with ....

e. I fill .... with water when I go for a picnic.

f. After school I usually play on ....

6 CONTRÔLE EXPRESS

Construis les questions et les réponses sur le modèle suivant.

Ex. : Pamela • father
Whose father is he? He's Pamela's father.

a. Karen • baby ....

....

b. The girls • toys ....

....

c. Jessica • dictionary ....

....

d. The children • bikes ....

....

Corrigés page 43 du Guide

6 Le présent en *be* + V-*ing*

Je me demande…

Comment décrire une action en cours ?

Les points clés

1 Emploi

- Pour parler d'une action qui est **en train de se dérouler** au moment où l'on parle, on emploie le présent en *be* + V-*ing* (appelé **présent continu** ou **progressif**).

  Look! Jane is playing tennis. Regarde ! Jane joue au tennis.

  What is she doing? Que fait-elle [en ce moment] ?

2 Formation

- Voici les formes principales :

Forme affirmative sujet + **be** + verbe + **-ing**	I am ('m) working. He/she/it is ('s) working. We/you/they are ('re) working.
Forme interrogative **be** + sujet + verbe + **-ing**	Am I working? Is he/she/it working? Are we/you/they working?
Forme négative sujet + **be** + **not** + verbe + **-ing**	I am not ('m not) working. He/she/it is not (isn't) working. We/you/they are not (aren't) working.

- Dans les réponses brèves, on reprend le sujet sous forme de pronom personnel et l'auxiliaire *be*.

  Are your friends listening to music? No, they aren't.

  Est-ce que tes amis sont en train d'écouter de la musique ? Non.

table

chair

bed

armchair

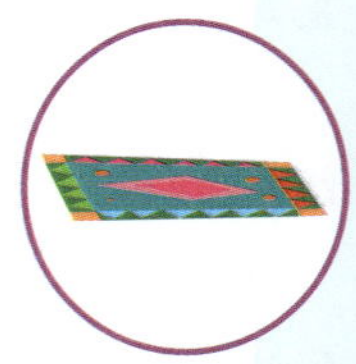
carpet

curtains

Un peu de vocabulaire

The house

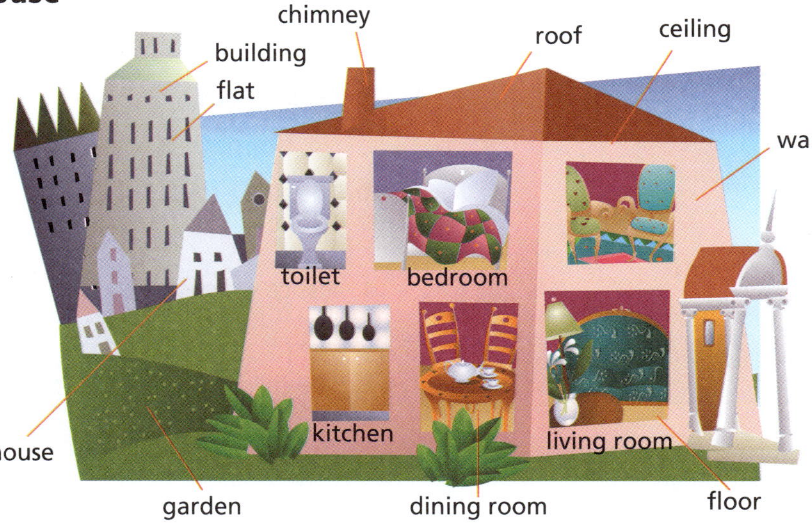

On s'entraîne !

1 QUIZ

Relie ces questions à leur réponse brève.

a. Are you reading? •
b. Is Matthew painting? •
c. Are his brothers playing in the garden? •
d. Are you and your cousins watching TV? •

• Yes, they are.
• Yes, I am.
• No, we aren't.
• No, he isn't.

2 Questions-réponses

Dis ce que chacun est en train de faire.

a. What is he doing?

He's ....

b. ....?

She ....

c. ....?

They ....

d. ....?

She ....

indice

to wash: laver • to push: pousser • to dance: danser • socks: chaussettes

3 La forme négative

Mets ces phrases à la forme négative.

a. Peter is making a cake.

....

b. His parents are painting the garage.

....

c. The English tourists are taking pictures.

....

d. I'm listening to music.

....

4 Comment dirais-tu... ?

a. Rachel nettoie ma chambre.

....

b. Mon père est en train de réparer mon vélo.

....

c. Je regarde la télévision maintenant.

....

indice

to clean: nettoyer • to repair: réparer

5 Vocabulaire

Coche la bonne réponse.

a. I sleep in my...
- [ ] bathroom
- [ ] bedroom
- [ ] living room

b. I have dinner in the...
- [ ] garage
- [ ] garden
- [ ] dining room

c. I watch TV in the...
- [ ] living room
- [ ] kitchen
- [ ] toilet

d. I cook in the...
- [ ] dining room
- [ ] garage
- [ ] kitchen

e. My mother plants flowers in the...
- [ ] living room
- [ ] garden
- [ ] bathroom

f. My father parks his car in the...
- [ ] bedroom
- [ ] garden
- [ ] garage

6 CONTRÔLE EXPRESS

Mets le verbe entre parenthèses au présent simple ou au présent progressif selon le cas.

a. He .... the train every day at eight. (take)

b. Look! Amanda .... TV. (watch)

c. We .... at seven in the morning. (get up)

d. .... you .... tea in the morning? (drink)

Corrigés page 44 du Guide

7 Le présent simple

Je me demande...

Comment parler de mes habitudes ? Comment énoncer des vérités ?

Les points clés

1 Le présent simple

- Le présent simple sert à décrire des **actions habituelles**, à parler de **vérités générales** et de **faits permanents**.

  I get up at 7 every day. The sun shines in summer. He loves me.

- À la forme **affirmative**, on utilise la base verbale à toutes les personnes. À la 3e personne du singulier, on ajoute un *-s* au verbe.

  I/we/you/they play tennis. He/she/it plays tennis.

- Aux formes **interrogative** et **négative**, il faut utiliser *do* ou *does* à la 3e personne du singulier.

	I/we/you/they	he/she/it
Forme interrogative	Do you play tennis?	Does he play tennis?
Forme négative	I do not (don't) play tennis.	He does not (doesn't) play tennis.

- Dans les réponses brèves, on reprend le sujet sous forme de pronom personnel et *do* ou *does*.

  Do you like orange juice? Yes, I do. Tu aimes le jus d'orange ? Oui.

  Does he live here? No, he doesn't. Est-ce qu'il vit ici ? Non.

2 Les adverbes de fréquence

- Les adverbes sont des mots **invariables** qui servent à modifier un verbe, un adjectif ou un autre adverbe.

- *Often* (souvent), *sometimes* (quelquefois), *always* (toujours), *never* (jamais), *usually* (habituellement) sont des adverbes de fréquence. Ils se placent **avant le verbe**, mais toujours **après *be* conjugué**.

  The teachers **are** always angry because Peter never **does** his homework.

  Les professeurs sont toujours en colère car Peter ne fait jamais ses devoirs.

forest

hill

river

wood

meadow

Un peu de vocabulaire

La première lettre des noms des jours et des mois s'écrit toujours en majuscule.

Days, months

Monday Tuesday Wednesday Thursday Friday Saturday Sunday

January February March April May June July August September October November December

On s'entraîne !

1 QUIZ

Relie la question à la réponse brève associée.

a. Does it rain in London? •
b. Do the teachers give you a lot of exercises? •
c. Do you like cheese? •
d. Does your father play golf? •

• Yes, they do.
• Yes, it does.
• No, he doesn't.
• No, I don't.

2 *Formes interrogative et négative*

Mets ces phrases à la forme interrogative, puis à la forme négative.

a. It often rains here.
b. My cousins live in New York.
c. I like my dog.

3 *Présent simple ou progressif ?*

Mets le verbe entre parenthèses au temps qui convient.

a. Gilbert never .... at night. (drive)

b. Look! The baby .... in her mother's arms. (sleep)

c. Lilian .... to the market on Sundays. (go)

d. Grandpa .... TV but Grandma isn't. (watch)

e. He often .... dinner. (cook)

4 *Les adverbes*

Place l'adverbe au bon endroit dans la phrase.

a. They go to school by bus. (often)

....

b. I am late. (never)

....

c. My parents get up very early. (always)

....

5 *Comment dirais-tu... ?*

a. Je ne joue jamais au tennis.

....

b. Il pleut toujours dans ma ville.

....

c. Mon oncle ne regarde jamais la télévision.

....

? indice
Pense à placer l'adverbe du bon côté du verbe.

6 *Les mois*

Regarde le calendrier et réponds aux questions suivantes.

a. What is the sixth month of the year? ....
b. What is the third month of the year? ....
c. What is the eleventh month of the year? ....
d. What is the ninth month of the year? ....

7 *Vocabulaire*

Complète cette grille avec des noms de jours. Quel jour est dans la colonne bleu foncé ?

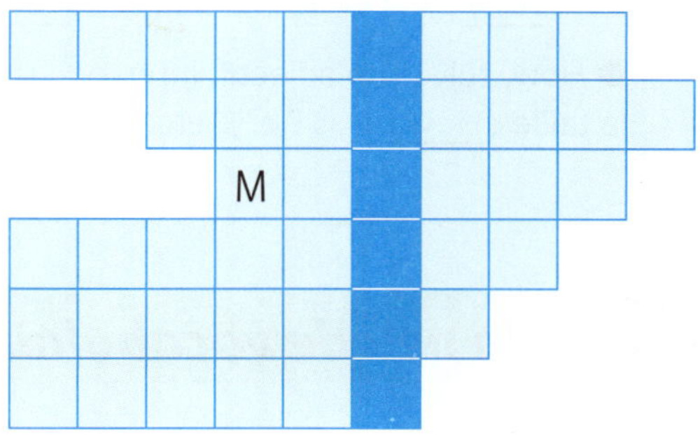

Le jour est : ....

8 CONTRÔLE EXPRESS

Complète avec *do* ou *does*.

a. .... your friend drink tea?
b. I .... not live here.
c. .... her parents give her pocket money?
d. Helen .... not smoke.
e. .... you like chocolate cakes?

Corrigés page 44 du Guide

8 Les mots interrogatifs

Je me demande...
Quels mots sont utiles pour poser des questions ?

Les points clés

1 *Wh-* questions

● Selon qu'on interroge sur une chose, une personne, un lieu, etc., on n'emploie **pas le même** mot interrogatif.

L'objet de la question

- **what** → la chose, l'action
  What is she reading?
  Que lit-elle ?
- **who** → la personne
  Who is Paul?
  Qui est Paul ?
- **whose** → l'appartenance
  Whose book is it?
  À qui est ce livre ?
- **when** → la date, le moment
  When does he work?
  Quand travaille-t-il ?
- **where** → le lieu
  Where do you go?
  Où allez-vous ?
- **why** → la cause
  Why are you late?
  Pourquoi es-tu en retard ?

● Si le mot interrogatif est accompagné d'une **préposition**, il faut la placer en fin de question, **après le verbe**. What is Vincent listening to? What are you waiting for?

2 Questions en *how*

● *How* interroge sur la **manière**, le **comment** des choses.
How can I go to the station? How are you?

● *How*, suivi d'un adjectif, interroge sur l'**âge** (How old are you?), la **taille** (How tall is he?), etc.

street

building

shops

Un peu de vocabulaire

Animals

zebra crossing

traffic light/ bus stop

On s'entraîne !

1 QUIZ

Relie ces phrases au mot interrogatif qui convient.

a. .... is he? He's 18. •
b. .... are you studying? At the library. •
c. .... are you studying? History and geography. •
d. .... is Tom? He's fine. •
e. .... car is it? Benjamin's. •

• How
• What
• How old
• Whose
• Where

2 Construire des questions

Mets les mots dans le bon ordre pour former des phrases interrogatives.

a. are • books • Whose • these • ?

....

b. the • is • man • behind • your • Who • car • ?

....

c. brothers • got • you • How • many • have • ?

....

3 Wh- *et* how questions

Pose des questions sur les mots en bleu.

a. Ken is 15.

....

b. Pat is driving her car.

....

c. These flowers are my mother's.

....

d. I'm leaving next Monday.

....

e. Stuart lives in Manchester.

....

? indice

Fais attention au temps des verbes pour former correctement les questions.

4 Questions en how

Complète ces phrases avec l'un des mots interrogatifs suivants :

how • how old • how many • how much.

a. .... are you? I'm thirteen.
b. .... cousins do you have?
c. .... sugar do you want in your tea?
d. .... is your little sister? She's fine.

5 Comment demanderais-tu à Ben... ?

a. Où il travaille. ....
b. Quel est son âge. ....
c. Combien de livres il lit (en ce moment).

....

6 Vocabulaire

Utilise les lettres du panier pour compléter ces noms d'animaux.

a. _ I _ _ R
b. _ I O _
c. _ _ A R
d. M _ _ K _ _
e. _ I _ D
f. _ N _ K _
g. C _ _ _ L

7 CONTRÔLE EXPRESS

Ajoute la préposition manquante.

a. What are you looking ....?
– The garden.

b. Who are you waiting ....?
– My mother.

c. What is he listening ....?
– The radio.

d. Where do you come ....?
– London.

e. What are you playing ....?
– My computer.

Corrigés page 44 du Guide

9 L'expression du futur

Je me demande...
Comment parler d'événements proches et de l'avenir ?

Les points clés

Pour parler de l'avenir, on peut utiliser plusieurs constructions différentes.

1 *Be going to* + base verbale

- La construction *be going to* + BV sert à exprimer **ce qu'on a l'intention de faire**, une **action qui va se dérouler** dans un futur proche, ou à **prédire un événement**.

  I'm going to cook. Je vais cuisiner.
  Look! She's going to dive. Regarde ! Elle va plonger.
  It's going to rain. Il va pleuvoir.

- Voici les différentes formes.

Forme affirmative	I **am going to** paint. He/she/it **is going to** paint. We/you/they **are going to** paint.
Forme interrogative	**Am** I **going to** paint? **Is** he/she/it **going to** paint? **Are** we/you/they **going to** paint?
Forme négative	I **am not going to** paint. He/she/it **is not going to** paint. We/you/they **are not going to** paint.

- Dans les réponses brèves, on utilise le pronom personnel sujet et l'auxiliaire *be*.

  Is Mary going to take her car? Yes, she is./No, she isn't.
  Est-ce que Mary va prendre sa voiture ? Oui. / Non.

2 *Be* + base verbale + *-ing*

- Le présent progressif peut servir à exprimer le futur lorsque le sujet est un **être animé** et que l'action est **prévue**.

  Peter is coming at seven. Peter vient à 7 heures.
  I'm leaving next Tuesday. Je pars mardi prochain.

English

French

German

Italian

Spanish

American

Un peu de vocabulaire

Food

ANGLAIS

On s'entraîne !

1 QUIZ

Ces phrases sont-elles au futur (F) ou au présent (P) ?

	F	P
a. She is going to the park.	☐	☐
b. She is going to go to the supermarket.	☐	☐

2 À faire cette semaine

Regarde ce qui est inscrit sur l'agenda de cette maman et écris ce qu'elle va faire en 5 phrases.

3 Questions-réponses

Utilise les éléments donnés pour construire une question et sa réponse.

Ex. : Jack • ski • yes → Is Jack going to ski? Yes, he is.

a. Benjamin • play tennis • yes

→ ....

b. Matthew • go to the party • no

→ ....

c. Jessica and Allison • clean their room • yes

→ ....

4 Les deux formes du futur

Donne les deux formes possibles du futur à partir des éléments fournis.

Ex. : Brian • sign the contract • tomorrow
→ Brian is going to sign/is signing the contract tomorrow.

a. Sam • go to the swimming pool • tomorrow

b. Her friends • take the train • at eight

5 Que vont-ils faire ?

Regarde les dessins et dis ce que ces gens vont faire. Tu peux t'aider des mots suivants : climb up • throw • stop • a ladder • a rope.

a. The policeman ....

b. The fireman ....

c. The acrobat ....

d. The baseball player ....

6 Vocabulaire

Regarde le dessin en page de gauche et écris ce que tu peux prendre pour le petit déjeuner et pour le dîner.

a. For breakfast, I can have ....

....

b. For dinner, I can have ....

....

7 CONTRÔLE EXPRESS

Donne des réponses brèves.

a. Is it going to rain? No, ...

b. Is Bill going to repair your car?
Yes, ...

c. Are your cousins leaving tomorrow?
Yes, ...

Corrigés page 44 du Guide

ANGLAIS

10 *Can* et *must*

Je me demande...

Comment dire ce que je sais faire ? Comment dire ce que je dois faire ?

Les points clés

1 Règles générales

- *Can* et *must* sont suivis d'un verbe à l'infinitif, **sans *to***. Ils ont la même forme à toutes les personnes. Ils ne prennent donc **pas de -*s*** à la 3e personne du singulier.

  She can swim. He must go now.

- À la forme interrogative, on place *can* en début de phrase puis on ajoute le sujet. (On utilise peu *must* dans les questions.) Can you speak Spanish?
- À la forme négative, ils sont directement suivis de ***not***.

  I cannot (can't) drive. You must not (mustn't) be late.

- Dans les réponses brèves, on reprend l'**auxiliaire modal**. Can he swim? Yes, he can.

2 Les emplois de *can*

Can exprime
- **la capacité physique/intellectuelle**
  I can play the piano. Je sais jouer du piano.
- **la permission**
  Can I smoke? Est-ce que je peux fumer ?
- **la demande polie**
  Can you pass me the salt? Peux-tu me passer le sel ?

Can't exprime
- **l'incapacité**
  I can't speak German. Je ne sais pas parler allemand.
- **l'impossibilité**
  I can't come tonight. Je ne peux pas venir ce soir.
- **l'interdiction**
  You can't play now. Tu ne peux pas jouer maintenant.

3 Les emplois de *must*

- *Must* s'emploie pour exprimer :
– l'**obligation** ; You must clean your room. Tu dois nettoyer ta chambre.
– l'**interdiction**. You mustn't smoke here. Tu ne dois pas fumer ici.

run

walk

swim

sing

paint

collect

Un peu de vocabulaire

Hobbies

ANGLAIS

On s'entraîne !

1 QUIZ

Relie ces phrases à l'auxiliaire modal qui convient.

a. The table is heavy. I .... carry it. •
b. It's late. You .... go to bed. •
c. She lives in Madrid. She .... speak Spanish. •
d. I'm tired. I .... help you. •
e. We are in a hospital. You .... smoke here. •
f. Your exam is tomorrow. You .... work. •
g. .... you give me a pencil, please? •
h. Children, come here! You .... walk on the grass. •

• can
• can't
• must
• mustn't

2 Les réponses brèves

Donne des réponses brèves.

a. Can John play the flute? No, ...
b. Can you swim? Yes, ...
c. Can they go to the party tonight? No, ...
d. Can you open the door please? Yes, ...

3 Questions-réponses

Construis la question et la réponse sur le modèle suivant.

Ex. : Frank • play tennis at five • go to the doctor's
Can Frank play tennis at five? No, he can't.
He must go to the doctor's.

a. Bernie • go out • do his homework

....

b. Wendy and Peter • watch TV • help their mum

....

4 Comment dirais-tu... ?

a. Je sais jouer au football.

....

b. Je ne dois pas marcher sur la pelouse (grass).

....

c. Je dois faire mes devoirs.

....

d. Je ne sais pas nager.

....

5 Vocabulaire

Que font ces amis le dimanche ? Tu peux t'aider des mots suivants : play • dance • stamp.

a. Karen ....
b. Keith ....
c. Katlyn ....
d. Kimberley ....
e. Kevin ....

6 CONTRÔLE EXPRESS

Relie chaque phrase à la notion qu'elle exprime.

a. I can't carry it. •
b. He can swim fast. •
c. You mustn't smoke. •
d. I must learn my lesson. •
e. Can I go out tonight? •

• interdiction
• permission
• capacité
• impossibilité
• obligation

Corrigés page 44 du Guide

11 Les nombres, la date et l'heure

Je me demande…
Comment dire l'heure et la date ?

Les points clés

1 Les nombres

- Les nombres **cardinaux** représentent une **quantité précise**.

1 one	6 six	11 eleven	16 sixteen	30 thirty	60 sixty
2 two	7 seven	12 twelve	17 seventeen	31 thirty-one	70 seventy
3 three	8 eight	13 thirteen	18 eighteen	32 thirty-two	80 eighty
4 four	9 nine	14 fourteen	19 nineteen	40 forty	90 ninety
5 five	10 ten	15 fifteen	20 twenty	50 fifty	

100 a/one hundred   120 one hundred and twenty   200 two hundred (pas de *s*)

- Les nombres **ordinaux** servent à **classer**, à donner un rang (premier, deuxième, etc.). Sauf exceptions, on ajoute *-th* aux nombres cardinaux.

1st first	6th sixth	11th eleventh	20th twentieth
2nd second	7th seventh	12th twelfth	30th thirtieth
3rd third	8th eighth	13th thirteenth	32nd thirty-second
4th fourth	9th ninth	14th fourteenth	50th fiftieth
5th fifth	10th tenth	15th fifteenth	100th hundredth

2 La date

- Voici comment on écrit une date en anglais : December 31st, 1999.
On dit *December the thirty-first, nineteen ninety-nine* ou *the thirty-first of December, nineteen ninety-nine*. À partir de l'an 2000, on utilise *two thousand*.

3 L'heure

- Pour demander l'heure, on dit : What time is it?
Attention, en anglais, on annonce **les minutes avant l'heure.**

It's eight o'clock.

It's half past eight.

It's twenty past eight.

It's twenty-five to eight.

open

close

catch

fall

jump

Un peu de vocabulaire

Prepositions

- John is sitting **behind** Ben.
- Ben is sitting **between** John and Sarah.
- Vincent is sitting **in front of** Ben.
- Sarah is sitting **near** Vincent.
- The boy is **under** the seat.
- The child is sitting **on** his father's shoulders.

ANGLAIS

On s'entraîne !

1 QUIZ

Relie ces nombres à leur transcription en toutes lettres.

a. 28	ninety-one
b. 91	thirteen
c. 13	a/one hundred and twenty-eight
d. 128	eighty-eight
e. 220	twenty-eight
f. 88	two hundred and twenty

2 Les nombres en chiffres

a. fifty-three: ....

b. seventeen: ....

c. one hundred and eighty: ....

3 Les dates en chiffres

a. nineteen eighty-two: ....

b. seventeen eighty-nine: ....

c. eighteen seventy-three: ....

4 Lire l'heure

Regarde ces montres et écris l'heure.

a.

b.

c.

d.

e.

indice

En anglais, on annonce les minutes avant l'heure.

5 Donner la date

Observe ce calendrier, puis complète les phrases.

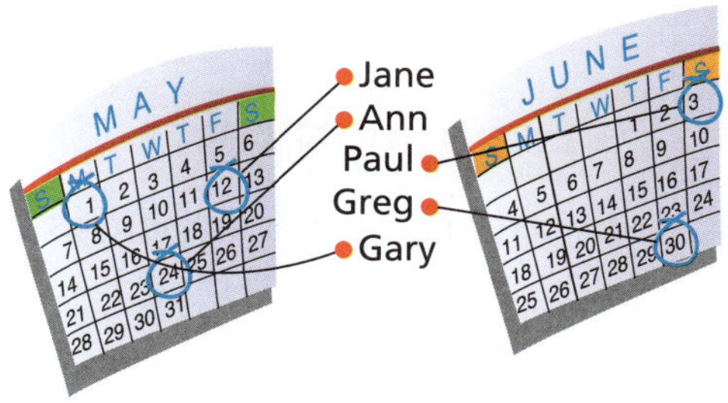

a. Jane's birthday is on ....

b. Paul's birthday is on ....

c. Greg's birthday is on ....

d. Ann's birthday is on ....

e. Gary's birthday is on ....

6 Vocabulaire

Complète avec la préposition qui convient.

a. Betty is .... the tree.

b. Allison is .... Jessica.

c. Jessica is .... Allison and Matthew.

d. Matthew is .... Jessica.

e. Bill is .... the wall.

7 CONTRÔLE EXPRESS

Lis l'heure puis place les aiguilles correctement.

a. It's half past eleven.

b. It's ten to twelve.

c. It's (a) quarter past two.

d. It's twenty past ten.

e. It's twenty-five past six.

Corrigés page 44 du Guide

12 Le prétérit simple

Je me demande...

Comment parler d'événements passés ?

Les points clés

Le prétérit sert à parler de **faits passés**.

1 Prétérit de *be*

- Forme affirmative : *I was, you were, he/she/it was, we were, you were, they were.*

  My sisters were in Italy last week.

- Forme interrogative : on fait passer l'auxiliaire avant le sujet.

  Was he at school yesterday? Est-ce qu'il était à l'école hier ?

- Forme négative : on place *not* après l'auxiliaire.

  We weren't on holiday last month.

- Pour les réponses brèves, on utilise le pronom personnel sujet et l'**auxiliaire**.

  Were they happy? Yes, they were. Was he tired? No, he wasn't.

2 Prétérit des verbes réguliers

- On ajoute ***-ed*** à la base verbale à toutes les personnes, ou simplement *-d* quand le verbe se termine déjà par **e**.

  play → play**ed** • like → like**d** • decide → decide**d**

- Les formes **interrogative** et **négative** se construisent avec *did* + BV.

  Did he repair your car yesterday? I didn't make my bed this morning.

3 Prétérit des verbes irréguliers

- Certains verbes ont un prétérit irrégulier qui est le même à toutes les personnes. Il faut les apprendre par cœur : take → took • give → gave • see → saw.

Forme affirmative	I/he/she/it/we/you/they **saw** Larry yesterday.
Forme interrogative	**Did** I/he/she/it/we/you/they **see** Larry yesterday?
Forme négative	I/he/she/it/we/you/they **didn't see** Larry yesterday.

autumn

spring

summer

winter

Un peu de vocabulaire

Means of transport

bus

tube/underground

taxi

bicycle (bike)

lorry

car

On s'entraîne !

1 QUIZ

Relie ces phrases au prétérit qui convient.

a. Yesterday Melissa .... very late. •
b. My father .... a cake. •
c. I .... so tired last night. •
d. She .... him very much. •
e. We .... to Berlin in August. •
f. You .... time for shopping. •
g. Helen .... me a nice card. •

• had
• went
• was
• worked
• gave
• made
• loved

2 Les réponses brèves

Donne des réponses brèves.

a. Did you open the door? Yes, ...

b. Was the English test difficult?
No, ...

c. Did the teacher repeat the lesson?
Yes, ...

3 Formes affirmative et négative

Regarde ces dessins et réponds comme dans l'exemple donné. Tu peux t'aider des mots suivants : circus • angry.

Ex. : (watch, play) I didn't watch TV. I played tennis.

a. (go)

b. (listen, wash)

c. (be)

4 Formes interrogative et négative

Mets ces phrases à la forme interrogative, puis à la forme négative.

a. His brother went to the concert yesterday.

....

b. We were late this morning.

....

c. You went to the cinema last night.

....

5 Vocabulaire

En reliant les points de 0 à 32, tu découvriras un moyen de transport.
Écris son nom (10 lettres).

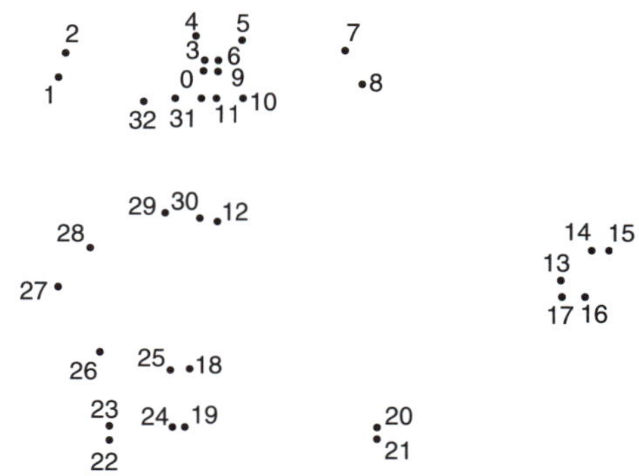

_ _ _ _ _ _ _ _ _ _

6 CONTRÔLE EXPRESS

Relie le ballon contenant l'infinitif au ballon contenant son prétérit irrégulier.

buy — saw — kept — fall — write — bought — sat — keep — sit — began — fell — wrote — see — begin

Corrigés page 45 du Guide

Test - Bilan

Le groupe nominal

1 Her hair ……… too long.
☐ are ☐ is ☐ has got

2 Are there ……… eggs in the fridge?
☐ some ☐ no ☐ any

3 This is John's jacket. Look at ……… name.
☐ her ☐ his ☐ its

4 We are going to the cinema; come with ……… .
☐ them ☐ we ☐ us

5 Look at ……… strange cloud in the sky.
☐ that ☐ this ☐ these

6 Comment dirais-tu : « Valentino vient de Rome » ?
☐ Valentino is going to Rome.
☐ Valentino comes from Rome.
☐ Valentino goes to Rome.

7 Comment dit-on « 2019 » ?
☐ two hundred and twenty
☐ two thousand and nineteen
☐ nineteen hundred and ninety-nine

……… /7

Le groupe verbal

8 ……… some pupils in the classroom.
☐ There is ☐ There are ☐ They are

9 How old will she ……… next Monday?
☐ have ☐ get ☐ be

10 Gary ……… tennis twice a week.
☐ played ☐ is playing ☐ plays

11 Look at Emma! She ……… with her cat.
☐ plays ☐ is playing ☐ played

12 Tomorrow Jane ……… get up early.
☐ will ☐ has ☐ is

13 Sorry! I ……… help you now; I am too busy.
☐ can ☐ cannot ☐ must

14 Does Lucas like vegetables?
☐ Yes, he is. ☐ Yes, he does. ☐ Yes, he likes.

15 Where ……… you yesterday?
☐ are ☐ was ☐ were

16 Comment dirais-tu : « Lucas sait nager » ?
☐ Lucas must swim.
☐ Lucas can't swim.
☐ Lucas can swim.

17 Comment dirais-tu que tu as vu ton cousin hier ?
☐ I saw my cousin yesterday.
☐ I see my cousin yesterday.
☐ I can see my cousin yesterday.

……… /10

La phrase

18 ……… is Roman waiting ……… ?
☐ What ... to ☐ What ... at ☐ What ... for

19 ……… people were at the party?
☐ How much ☐ How many ☐ What

20 Today is November ……… .
☐ the 5th ☐ the 5 ☐ 5th

21 Comment dirais-tu : « Emma est née en mai » ?
☐ Emma is born in May.
☐ Emma was born in May.
☐ Emma were born in May.

22 Comment dirais-tu : « Il pleut souvent à Londres » ?
☐ It rains a lot in London.
☐ It often rains in London.
☐ It will rain tomorrow in London.

……… /5

Score total : ……… /22 CORRIGÉS P. 45 DU GUIDE

VERS LA 5^{e}

L'année prochaine en FRANÇAIS

Le programme de français en 5e te permet de te plonger dans de nouvelles lectures, d'enrichir ta culture et d'améliorer ton expression à l'écrit et à l'oral.

Lecture

- Tu lis des livres autour des thèmes suivants :

1. Le voyage et l'aventure ;
2. Familles, amis, réseaux ;
3. Imaginer des univers nouveaux ;
4. Héros/héroïnes et héroïsmes ;
5. L'être humain est-il maître de la nature ?

- À partir de ces lectures, tu établis des liens avec d'autres œuvres littéraires ou artistiques...

POUR BIEN DÉMARRER !

Quelques lectures possibles :

- J.-C. Noguès, *Le Voyage inspiré*, LPJ, 2015
- D. de Vigan, *No et moi*, Livre de poche, 2009
- P. Bottero, *La Quête d'Ewilan*, Rageot, 2003

J'ai aimé lire tous ces livres, mais La Quête d'Ewilan *est mon préféré à cause de son héroïne !*

Expression écrite et orale

- En 5e, tu continues de rédiger toutes sortes de textes, notamment des **textes narratifs ou descriptifs**. Tu apprends à préparer et à réviser tes écrits.
- En expression orale, tu t'exerces au compte rendu et au **récit oral**. Tu interprètes des **poèmes** ou des scènes de **théâtre**.

POUR BIEN DÉMARRER !

- Faire progresser un récit, p. 54-55
- Désigner et décrire un personnage, p. 58-59

Grammaire

- En grammaire, tu approfondis ta connaissance des **compléments d'objet** et découvres de nouveaux types de **compléments circonstanciels** (moyen, manière, but...).
- Tu abordes l'analyse des **phrases complexes** et la **forme passive**.

POUR BIEN DÉMARRER !

- Les fonctions dans la phrase, p. 18-19
- Les compléments circonstanciels, p. 20-21
- Phrase simple et phrase complexe, p. 22-23

Orthographe et conjugaison

- En orthographe, de nouvelles **règles d'accord** te sont expliquées, qui concernent l'adjectif ou le verbe dans des cas un peu complexes.
- Concernant les formes verbales, tu es conduit à mémoriser la conjugaison de différents **verbes irréguliers** (verbes du 1er groupe avec un radical variable et verbes du 3e groupe).
- Tu apprends à conjuguer un verbe au **subjonctif présent** et à distinguer les valeurs des différents temps de l'indicatif, notamment celles du passé simple et de l'imparfait dans un récit.

POUR BIEN DÉMARRER !

- L'accord du verbe avec le sujet, p. 24-25
- L'accord du participe passé, p. 26-27
- L'imparfait et le passé simple, p. 38-39

Lexique

- Tu continues à observer la formation des mots et apprends ainsi à connaître le sens des **préfixes** et **suffixes** les plus courants, ainsi que celui de certains « étymons » grecs ou latins.
- Tu apprends à établir le **champ sémantique** d'un mot, en distinguant bien **sens propre et sens figuré**, et à lui trouver des **synonymes**.

POUR BIEN DÉMARRER !

- Le dictionnaire, p. 44-45
- La forme des mots. L'étymologie, p. 48-49

L'année prochaine en MATHS

Tu vas aborder un nouveau thème : l'algorithmique et la programmation. Voici les cinq grands thèmes de mathématiques en 5e.

Nombres et calculs

● Tu dois maîtriser les calculs sur les **nombres décimaux positifs** et les règles de priorité.

POUR BIEN DÉMARRER !

- ▶ L'addition et la soustraction, p. 68-69 ; la multiplication, p. 70-71 ; la division, p. 72-73

● Tu utilises les **fractions** pour comparer, par exemple des proportions. Tu approfondis la notion de **divisibilité**.

POUR BIEN DÉMARRER !

- ▶ Le quotient de deux nombres (1) et (2), p. 74-77

● Tu commences à étudier les **nombres relatifs** (addition, soustraction) et le **calcul littéral**.

Organisation et gestion de données

● Tu poursuis le travail sur la représentation et le traitement des données, notamment avec la découverte des **histogrammes**.

POUR BIEN DÉMARRER !

- ▶ Les graphiques, p. 82-83
- ▶ Les diagrammes, p. 86-87

● Tu résous des problèmes de **proportionnalité**, par exemple de pourcentages.

POUR BIEN DÉMARRER !

- ▶ La proportionnalité, p. 78-79
- ▶ Les pourcentages, p. 80-81

● Tu découvres les **probabilités** (lancer de pièces ou de dés, tirage de cartes…).

Grandeurs et mesures

● Tu utilises les **grandeurs** (périmètre, aire, volume, durée…) pour résoudre des problèmes.

POUR BIEN DÉMARRER !

- ▶ Les périmètres, p. 92-93 ; les aires, p. 94-95
- ▶ Les volumes, p. 96-97 ; les durées, p. 88-89

● Tu apprends à **calculer une échelle** (maquette, carte…).

Espace et géométrie

● Tu apprends à te **repérer** sur une droite, dans un plan ou un parallélépipède.

POUR BIEN DÉMARRER !

- ▶ La demi-droite graduée, p. 84-85

● Tu approfondis l'étude de la **symétrie axiale** et débutes celle de la **symétrie centrale**. Tu dois savoir utiliser les propriétés relatives aux **triangles** et aux **parallélogrammes**, afin de réaliser des constructions ou des démonstrations.

POUR BIEN DÉMARRER !

- ▶ La symétrie par rapport à une droite, p. 110-111 ; les triangles, p. 106-107 ; les quadrilatères, p. 108-109

● Tu poursuis l'étude des différents solides. Ainsi, tu apprends à dessiner le patron d'un **cylindre** et à calculer son volume.

POUR BIEN DÉMARRER !

- ▶ Les parallélépipèdes rectangles, p. 116-117
- ▶ Prismes droits et pyramides régulières, p. 118-119

Algorithmique et programmation

● C'est une nouveauté en 5e : tu t'inities à la **programmation**. Tu pourras notamment programmer des petits jeux (labyrinthe…).

J'ai hâte de m'exercer à la programmation informatique grâce à mon cours de maths !

L'année prochaine en HIST.-GÉO • EMC

En 5e, le programme d'histoire s'étend du Moyen Âge à la Renaissance. En géographie, tu étudies l'occupation humaine des espaces et la gestion des ressources, et en EMC, les droits fondamentaux.

Histoire

● Tu étudies les mondes de la **chrétienté et de l'islam du VIe au XIIIe siècles**, ainsi que les contacts qu'ils ont noués. Tu découvres des sociétés marquées par la religion, au sein desquelles s'imposent de nouvelles manières de penser, de voir et de parcourir le monde, d'exercer le pouvoir. La **Méditerranée** est alors un vaste lieu d'échanges de toutes sortes.

POUR BIEN DÉMARRER !

- Premiers États, premières écritures, p. 126-127
- Des chrétiens dans l'Empire, p. 140-141

● Tu étudies la **société féodale**, un monde fondé sur l'économie rurale mais où se développent des centres urbains et marchands. Le **pouvoir royal** s'impose face aux pouvoirs féodaux, allant vers un État moderne.

POUR BIEN DÉMARRER !

- Les relations entre l'Empire romain et la Chine des Hans, p. 142-143.

● Aux XVIe et XVIIe siècles s'accomplit une **première mondialisation**. Les bouleversements scientifiques, techniques, culturels et religieux de la **Renaissance** font évoluer le rapport entre pouvoir politique et religion. Tu te penches aussi sur l'évolution de la **figure du roi** en France.

Géographie

● Tu travailles sur la **croissance démographique**, ses incidences sur le développement et l'accès de tous aux biens et aux services de base. Tu étudies aussi l'inégale **répartition des richesses** à l'échelle du monde.

POUR BIEN DÉMARRER !

- La répartition de la population mondiale et ses dynamiques, p. 160-161

● Tu approfondis les enjeux liés aux ressources : l'**énergie**, l'**eau**, l'**alimentation** sont autant de sujets fondamentaux pour l'humanité, qui doit les ménager.

POUR BIEN DÉMARRER !

- Habiter une métropole, p. 144-145

● Le thème du **changement global** concerne le changement climatique, l'urbanisation généralisée, la déforestation... Il te permet d'appréhender la vulnérabilité et la résilience des sociétés face aux risques.

POUR BIEN DÉMARRER !

- Deux exemples d'occupation de l'espace rural : Brésil et États-Unis, p. 154-155
- Habiter les littoraux, p. 156-157

EMC

● Tu étudies la notion d'**identité**, en différenciant identité légale, personnelle et numérique.

● Tu approfondis les **droits fondamentaux** de tout être humain et les droits spécifiques des enfants.

POUR BIEN DÉMARRER !

- Les principes de la République pour vivre ensemble, p. 164-165
- Être citoyen français et européen, p. 166-167

● Tu travailles sur la notion d'**égalité** et ses différentes dimensions (égalité morale, politique...). Tu étudies les formes de **discrimination**.

● Tu réfléchis à la notion de responsabilité en étudiant les différents **risques**, ainsi que la **prévention** individuelle ou collective.

POUR BIEN DÉMARRER !

- La responsabilité, p. 170-171

Le programme d'histoire me passionne et me permet d'enrichir ma culture.

L'année prochaine en SC. & TECHNO

À partir de la 5e, tu auras trois disciplines avec trois enseignants différents. Voici ce que tu vas apprendre en physique-chimie, en sciences de la vie et de la Terre, et en technologie jusqu'en 3e.

Physique-chimie

● **Organisation et transformations de la matière.** Tu apprends à distinguer les propriétés physiques et chimiques, mais aussi à mesurer volume, masse et température. Tu sais caractériser les changements d'état de la matière.

POUR BIEN DÉMARRER !

▶ Les corps purs et les mélanges, p. 174-175

● **Mouvements et interactions.** Tu sais décrire le mouvement d'un objet et modéliser une action mécanique par une force.

POUR BIEN DÉMARRER !

▶ Le mouvement d'un objet, p. 178-179

● **L'énergie et ses conversions.** Tu apprends à schématiser et monter différents circuits électriques. Tu sais aussi mesurer la tension et l'intensité d'un courant électrique.

POUR BIEN DÉMARRER !

▶ Sources et conversions d'énergie, p. 180-181

● **Des signaux pour observer et communiquer.** Tu apprends à distinguer les principaux types de signaux qui permettent de communiquer. Tu étudies la propagation de la lumière.

Sciences de la vie et de la Terre

● **La planète Terre, l'environnement et l'action humaine.** Tu travailles sur les phénomènes géologiques, météorologiques et climatiques et les impacts positifs et négatifs de l'action humaine.

POUR BIEN DÉMARRER !

▶ L'activité interne et externe de la Terre, p. 200-201
▶ L'action de l'homme sur l'environnement, p. 204-205

● **Le vivant et son évolution.** Tu découvres la nutrition, la reproduction et le peuplement des milieux, la diversité génétique, la parenté des êtres vivants et l'évolution.

POUR BIEN DÉMARRER !

▶ L'origine de la matière organique des êtres vivants, p. 190-191
▶ Unité et diversité des êtres vivants, p. 182-183

● **Le corps humain et la santé.** Tu étudies les systèmes nerveux et cardiovasculaire, l'alimentation et la digestion, le monde microbien et les réactions immunitaires, la reproduction et la sexualité.

POUR BIEN DÉMARRER !

▶ L'utilisation des micro-organismes dans l'alimentation humaine, p. 186-187

Technologie

● **Design, innovation et créativité.** Tu découvres comment créer un cahier des charges pour répondre à un besoin. Tu peux comparer et commenter les évolutions des objets quotidiens.

POUR BIEN DÉMARRER !

▶ Les évolutions d'un objet technique, p. 194-195

● Tu analyses le fonctionnement et la structure d'un **objet technique**.

POUR BIEN DÉMARRER !

▶ Fonctionnement d'un objet technique et choix des matériaux, p. 196-197

● **L'informatique et la programmation.** Tu études le fonctionnement d'un réseau informatique.

L'année prochaine en ANGLAIS

En 5e, tu es censé atteindre le niveau A1+/A2 décrit par le CECRL (Cadre européen commun de référence pour les langues). Voici ce que cela signifie, pour chacune des cinq activités de communication.

Écouter et comprendre

- L'objectif est que tu saches, en fin d'année, suivre des instructions orales et **comprendre une conversation** simple sur un sujet familier.
- Tu apprends ainsi à identifier le sujet et les points essentiels d'une conversation.

Réagir et dialoguer

- Tu dois être en mesure de **participer à une conversation** portant sur des situations de la vie quotidienne ou faisant appel à l'imaginaire.
- Ta production peut être brève, comporter des hésitations, mais tu dois réussir à te faire comprendre.

POUR BIEN DÉMARRER !

- ▶ *Have got*, *how many*/*how much*, *some*/*any*, p. 212-213
- ▶ Les mots interrogatifs, p. 222-223

Parler en continu

- Dans la prise de parole en continu, les énoncés sont plus complets que dans la conversation.
- Tu dois être capable de **te présenter**, de **décrire** ton lieu d'habitation et de parler des gens que tu connais.

Lire et comprendre

- Tu dois parvenir à comprendre globalement **un récit**, **un dialogue**, **une lettre familière**. Tu sais repérer des éléments précis dans un texte.

POUR BIEN DÉMARRER !

- ▶ Les temps, p. 218-221, 224-225 et 230-231

Écrire

- Le travail d'expression écrite se caractérise par des activités courtes et fréquentes.
- Tu dois apprendre à **construire des énoncés simples** mais cohérents, par exemple à écrire une lettre personnelle de remerciement.

POUR BIEN DÉMARRER !

- ▶ L'article, le nom, p. 210-211
- ▶ *Can* et *must*, p. 226-227

L'année prochaine en ESPAGNOL

En 5e, tu dois apprendre une deuxième langue vivante en développant des capacités orales et écrites. Peut-être choisiras-tu d'étudier l'espagnol parlé dans plus de 30 pays dans le monde ?

NOTES PERSONNELLES

Table des illustrations

1	Guide parents	ph ©	Ruslan Huzau / Alamy Stock Photo
2	Guide parents	ph ©	contrastwerkstatt / Fotolia
4	Guide parents	ph ©	nadyatess / Fotolia
5	Guide parents	ph ©	Lisa F. Young / Fotolia
6, 14	Guide parents	ph ©	Christian Schwier / Fotolia
15	Guide parents	ph ©	Andrey Popov / Fotolia
16	Guide parents	ph ©	Christopher Futcher / iStock
5		ph ©	iStock / Getty Images Plus
6	hg	ph ©	sbayram / E+ / iStock / Getty-Images Plus
6	hd	ph ©	PeopleImages / E+ / iStock / Getty-Images Plus
6	bg	ph ©	paolo81 / iStock / Getty-Images Plus
6	bd	ph ©	SanneBerg / iStock / Getty-Images Plus
11		ph ©	clu / E+ / iStock / Getty-Images Plus
19, 21		Coll.	Archives Hatier
24		©	IMAV Editions
43		ph ©	Robert Doisneau / Gamma - Rapho
45		©	Dictionnaire Le Robert
52		Coll.	Archives Hatier
59		ph ©	Jean-Gilles Berizzi / RMN / © Succession Picasso, 2020
61		Coll.	Archives Hatier
63		ph ©	Luis - stock.adobe.com
121		ph ©	sborisov - stock.adobe.com
123		©	Jean Clottes
124		©	Gehrard Haubold
125		ph ©	South Tyrol Museum of Archaeology - www.iceman.it
127	- 1	ph ©	Z. Radovan / Lebrecht / Leemage / Bridgeman Images
127	- 2	ph ©	DeAgostini / Leemage / Bridgeman Images
127	- 3	ph ©	Tomasz Tomaszewski / Buchcover / Photononstop
127	- 4	ph ©	Bnf, Paris
130		ph ©	Hervé Lewandowski / RMN-Grand Palais (Musée du Louvre)
134		ph ©	Scala
136		ph ©	Hervé Lewandowski / RMN-Grand Palais
137		ph ©	Giraudon / Bridgeman Images
139		ph ©	Pietro Baguzzi / Akg-Images
142		ph ©	Bnf, Paris
143		ph ©	Electa / Leemage / Bridgeman Images
145		©	Jacques Ferrier-Dalix Architectes / Image Splann
146		ph ©	AGF Foto / Photononstop
149		ph ©	Lionel Montico / Hémis.fr
151	- h	ph ©	J. Raga / Explorer / Gamma - Rapho
151	- b	ph ©	C. Sappa / Gamma - Rapho
153	- h	©	Michel Edme
153	- bg, bd	ph ©	Yann Arthus-Bertrand / hémis.fr
154		ph ©	Planet Lab
155	- hd	©	Fernando Rebêlo
155	- mg	ph ©	Tetra Images / Photo12
155	- bd	ph ©	Pedro Lobo / Picturetank
156		ph ©	Tsukioka Youichi / amanaimages / Corbis / Getty-Images plus
157	- h	ph ©	Planet Observer / IGN / Gamma - Rapho
157	- b	©	Carte IGN Série Orange n°2645 / IGN - Paris 2014 - Autorisation n° 80-1412
162		ph ©	L. Giraudou / Explorer / Gamma - Rapho
163		©	Michel Edme
165		©	Ministère de l'Éducation Nationale de l'Enseignement Supérieur
169		©	Challenges
171		ph ©	Philppe Cherel / PhotoPQR / Ouest-France / Maxppp
173		ph ©	denisismagilov - stock.adobe.com
174		ph ©	Monique Berger / Biosphoto
179		ph ©	Belga / Icon Sport
182		ph ©	C. Gautier / Jacana / Gamma - Rapho
183	- h	ph ©	Peter Arnold Inc. / Biosphoto
183	- b	ph ©	Peter Arnold Inc. / Manfred Kage / Biosphoto
184		©	Espace Pain Information
186		ph ©	Stéphane Leitenberger / REA
187		ph ©	kucherav - stock.adobe.com
189		ph ©	Siepmann / Imagebroker / Biosphoto
195		©	Victorinox
199		ph ©	Planet Observer / Gamma - Rapho
200		ph ©	vicnt / iStockphoto / Getty-Images Plus
201	- g	ph ©	AP / Sipa Press
201	- d	ph ©	John Cancalosi / Biosphoto
202		ph ©	Mathieu Pujol / Biosphoto
205		ph ©	F. Gilson / Biosphoto
207		ph ©	Andrei Nekrassov - stock.adobe.com
233		ph ©	Monkey Business - stock.adobe.com

PAPIER À BASE DE FIBRES CERTIFIÉES

Hatier s'engage pour l'environnement en réduisant l'empreinte carbone de ses livres. Celle de cet exemplaire est de : 1.4 kg éq. CO_2
Rendez-vous sur www.hatier-durable.fr

Achevé d'imprimer en Espagne par Grafo
Dépôt légal nº 09526-7/01 - Mars 2023

L'Union européenne

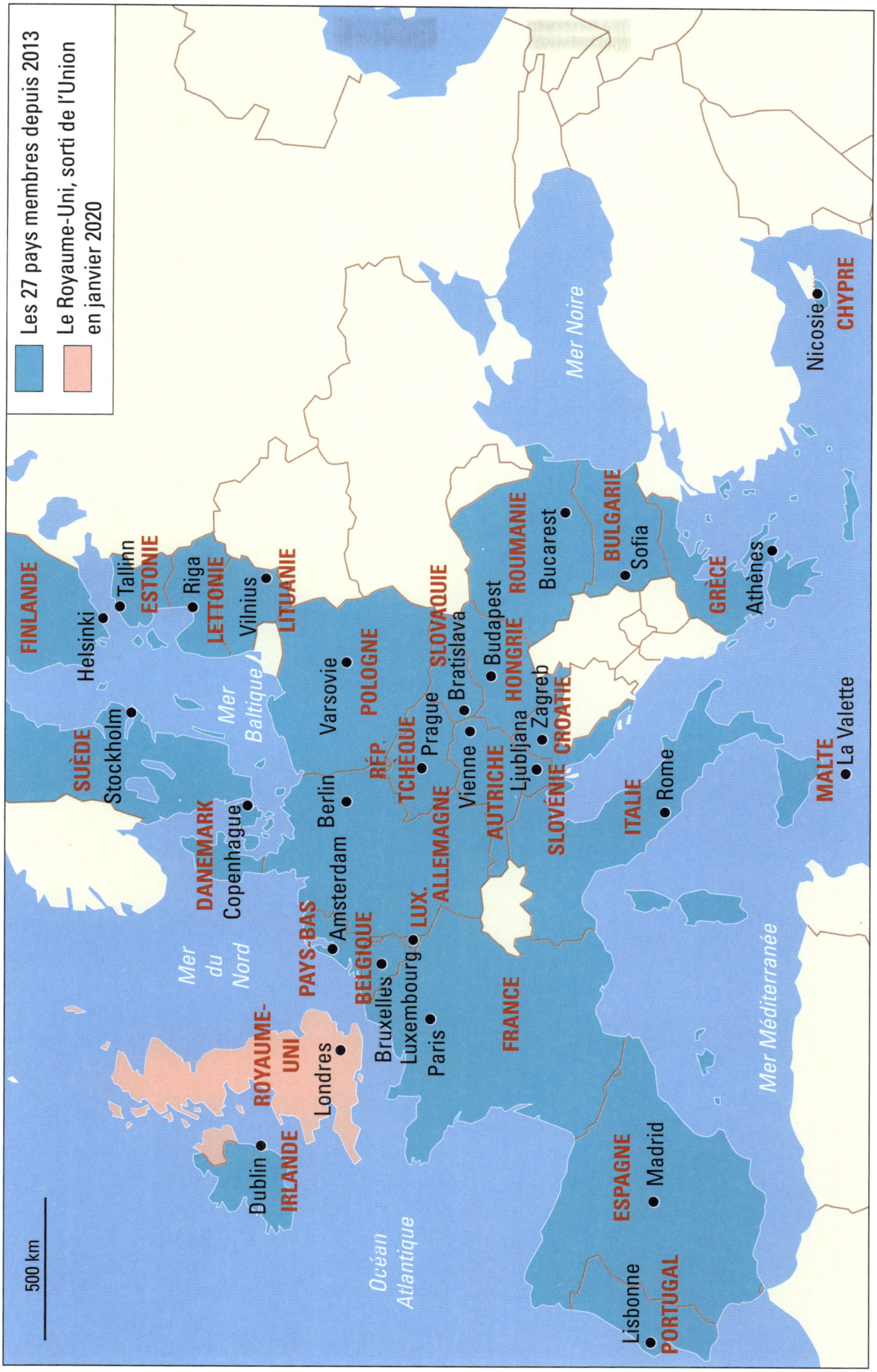

Les États du monde